글터 GEUL TEO

약편 선도체험기 6권을 내면서

『약편 선도체험기』 6권은 『선도체험기』 19권부터 25권까지의 내용 중에서 선별하여 구성하였다. 시기적으로는 1993년 8월부터 1994년 7월까지 일어난 이야기다.

사람의 몸은 정에서, 마음은 성에서, 기는 명에서 나왔으므로 성명정 세 가지를 함께 닦아야 한다. 몸공부, 기공부, 마음공부가 반드시 삼위 일체가 되어야 진짜 깨달음을 얻을 수 있다. 이 세 가지 수련이 완전히 조화를 이루지 못하고 어느 한 가지나 두 가지만 고집해도 수련은 헛돌게 되어 있다.

이 중에 마음공부는 바로 관찰이다. 누구를 믿고 의지하고 기도하는 것은 관찰이 아니다. 오직 자기 자신의 자성을 밝혀나가는 것이 마음 공부이고 관찰이다. 구도자가 자기 마음을 다스릴 줄만 안다면 견성을 했다고 할 수 있다. 무슨 일에 자기도 모르게 화가 났을 경우엔 지체 없이 내가 지금 화가 나 있다는 사실을 분명히 알아차리는 것이다.

두려움도 슬픔도 증오심도 혐오감도 자만심도 일어나는 순간 알아차리기만 하면 된다. 알아차리는 것이 바로 관찰이다. 알아차리지 않고는 살펴볼 수 없기 때문이다. 이렇게 하여 자성을 가리고 있던 미망의 껍질을 한 꺼풀 한 꺼풀씩 벗겨나가는 것이 바로 관찰을 통하여 마음을 다스리는 방법이다.

자기가 지금하고 있는 일에 정신을 번쩍 차리고 그것에 온 신경을 집중함으로써 우리는 번뇌에서 벗어난다. 번뇌만 물리칠 수 있다면 우리는 지혜를 거머잡을 수 있다. 지혜는 관찰을 통해서만이 얻을 수 있는 열매이다. 바로 이 지혜가 여러분의 수련을 향상시켜줄 것이다.

『약편 선도체험기』 6권은 위와 같은 관찰 외에 빙의 현상에 관하여 집중적으로 다뤘다. 육식 거부 현상, 중단이 막히는 이유, 기운이 잘 느껴지지 않는 이유 등이 빙의 때문인 경우가 많다. 이러한 빙의 현상도 관찰로써 해결할 수 있으니, 수련으로 관찰하는 힘을 키우기 바란다. 마지막으로, 이 책이 나오는 데 있어서 작업을 도와준 조광, 책을 출판해 준 글터 한신규 사장님께 감사의 뜻을 전한다.

단기 4354년(2021년) 1월 20일
서울 강남구 삼성동 우거에서 김태영 씀

차 례

〈19권〉

정신 똑바로 차리는 것

단기 4326(1993)년 8월 6일 금요일 20~26℃

오후 3시. 지난 몇 개월 동안 나한테 와서 수련을 도움받고 있는 박윤수라고 하는 중년의 수련생이 말했다.

"선생님, 깨달음이라는 것이 무엇인지 저 같은 어리석은 사람이라도 좀 알아들을 수 있게 설명 좀 해주시겠습니까?"

"일상생활에서 부딪치는 온갖 일들이 다 공부라고 생각하고 그렇게 관찰하는 사람은 깨달았다고 할 수 있습니다."

"그럼, 이 세상에서 일어나는 모든 일이 공부 아닌 것이 없다는 얘깁니까?"

"그렇게 보인다면 정말 다행입니다. 공부가 될 뿐만 아니고 시련도 되고 숙제도 되고 연구 과제도 된다고 보면 틀림없습니다. 그러다 보면 생로병사까지도 조용히 관조할 수 있게 될 것입니다. 남들이 제일 겁내는 죽음조차도 내 손안에 있다고 당당하게 말할 수 있는 사람이 바로 깨달은 사람입니다."

"선생님 그런 사람의 심정은 어떨까요?"

"항상 담담하고 고요하고 평온합니다. 마음은 항상 텅 비어있습니다. 텅 비어 있기 때문에 그 안에서 만물이 생성되어 나옵니다."

"말이 그렇지 실제로 텅 비어 있는 데서 만물이 어떻게 생성되어 나올 수 있을까요?"

"양파 껍질을 자꾸만 벗기다 보면 나중엔 뭐가 남습니까?"

"아무것도 남는 것이 없게 되는 거 아닙니까?"

"맞습니다."

"태풍의 눈이라는 거 아십니까?"

"알죠."

"태풍의 눈 속에 뭐가 있습니까?"

"기상학자들은 아무것도 없이 텅 비어 있다고 하더군요."

"그런데도 바로 그 태풍의 눈을 중심으로 태풍은 막강한 힘을 발휘하지 않습니까? 자동차 운전면허증 가지고 계십니까?"

"네, 2종 보통 면허증 가지고 있습니다."

"기어 변속기에 보면 뉴트럴이라는 것이 있죠?"

"네, 중립이라고도 하더군요."

"맞습니다. 중립은 1단, 2단, 3단, 4단, 5단, 후진 기어, 어느 것에든지 들어갈 수 있고 일단 어느 기어에든 들어갔다가 나오면 다시 중립이 됩니다. 그러나 어느 기어에든지 속해 있지 않습니다. 그러나 어느 기어에든지 들어갔다가 나올 수가 있습니다. 아무것도 아닌 것 같지만 막상 따지고 보면 아무것도 아닌 게 아니라 기어 전체라고도 할 수 있습니다. 깨달은 사람의 마음은 텅 비어 있으면서도 막강한 힘을 낼 수 있는 겁니다. 이처럼 마음이 텅 비어 있어야 전지전능할 수 있다 그겁니다. 진공묘유(眞空妙有)를 터득한 사람은, 중립(뉴트럴)이 어떤 기어에도 집착하지 않듯이 이 세상 그 무엇에든지 집착하지 않습니다. 생사, 시종, 유무, 시비, 선악, 시공을 초월한 위치에 있을 수밖에 없는 이유가 바로 여기에 있습니다."

"선생님 그런 것을 머릿속으로는 이해할 수 있는데 막상 무슨 일을 당하면 그렇게 느껴지지 않습니다. 그것은 왜 그럴까요? 마음의 장난 때문이 아닙니까?"

"마음이 어디에 있습니까?"

"……???"

"마음이 있으면 한번 꺼내놔 보세요"

"마음을 어떻게 눈앞에 내보일 수가 있나요?"

"그럼 눈 뒤에는 내보일 수 있습니까?"

"그건 불가능한 일 아닙니까?"

"그렇게 묻지 마시고 스스로 판단해 보세요."

"결국 마음은 없는 거 아닙니까?"

"또 그렇게 어정쩡하게 말하십니까? 있으면 있다 없으면 없다 확실하게 자신 있게 말해 보세요. 마음이 있으면 내보이라는 말은 조사(祖師)들 중의 한 분이 한 말이지만 이 말을 들은 제자는 그 순간에 마음을 깨달았다고 합니다. 결국은 마음은 없습니다. 그것을 무심(無心)이라고 합니다. 수도(修道)는 마음으로 마음이 없음을 깨닫는 과정이라고 지금까지는 생각되어 왔습니다.

그러나 나는 그렇게만 생각지 않습니다. 마음으로만 깨달을 것이 아니라 기운과 몸으로도 깨달아야 합니다. 그래야 지감·조식·금촉 수련이 동시에 이루어집니다. 한때는 성명쌍수라고 해서 몸과 마음으로 동시에 깨달아야 한다고 했습니다. 그러나 두 가지만 가지고는 안 됩니다. 사람은 심(心)·기(氣)·신(身) 세 요소가 조화를 이루고 있기 때문입니다. 그래서 삼황천제님들은 지감·조식·금촉 수련을 해야 성통공완할 수 있다고 『삼일신고』에 적어 놓았습니다. 마음은 성(性)에서 나왔고 기는 명(命)에서 나왔고 몸은 정(精)에서 나왔으니까 성명쌍수가 아니라 성명정삼수(性命精三修)라야 보다 정확한 표현이 됩니다."

"선생님 진정으로 깨달은 사람을 도인이라고 한다면 그 도인이 가져야 할 심성에 대해서 좀 말씀해 주십시오."

"막연한 일반론은 피하기로 하고 구체적인 사례를 들어 말하겠습니다. 진정한 도인이라면 누가 그에게 무례하고 괘씸하고 인색한 짓을 저질렀다고 해도 화를 내지 않습니다. 화를 내지 않는다는 말은 정확한 표현이 아닐지도 모릅니다. 원천적으로 화가 나지 않아야 합니다. 그런데도 과거생의 습기(習氣) 때문에 화가 났다면 아아 나는 아직 도인이 되기는 멀었구나 하고 그것을 관찰합니다."

"그래도 화가 가라앉지 않으면 어떻게 하죠?"

"그런 때는 나 자신은 남에게 무례하고 괘씸하고 인색하게 굴었던 일이 없었던가 하고 반성해 봅니다. 솔직히 말해서 그런 일이 없었다고 단언할 만한 사람은 없을 겁니다. 모든 것을 상대개념으로 파악하지 말아야 합니다. 둘로 보지 말고 하나로 보아야 합니다. 그래야 상대의 결점이 바로 내 결점으로 아프게 실감이 됩니다.

나 개인은 하나가 아니고 전체의 한 부분을 이루고 있을 뿐입니다. 따라서 부분이면서도 전체입니다. 하나는 전체고 전체는 하나입니다. 색은 공이고 공은 색이며, 생사, 시비, 유무, 시종, 선악이 다 내 손아귀 안에 쥐어져 있다고 관합니다. 물론 이때는 수도자 자신이 도인이라고 스스로 생각해야 합니다. 그래야 도인의 길에 들어설 수 있습니다."

"도인도 아니면서 도인인 체하는 것은 위선이 아닐까요?"

"도와 진리는 결국은 나 자신의 자성을 밝히는 것임을 알고 그것을 실천하면 그 사람은 이미 도인입니다. 남이 나를 도인이라고 보든 안 보든 개의할 필요가 없습니다. 우리가 수련을 하는 것은 대외 선전용이 아니기 때문입니다. 상대와 나를 둘로 보지 않고 하나로 보면서 온갖 경계를 자기 중심공(中心空)에 놓고 관하는 것을 역지사지 방하착 관법이라고 합니다. 이것을 일상생활화 하십시오. 이것이 본궤도에 오르면 자기도 모르는 사이에 자성이 점점 밝아져 대외적으로도 빛을 발하게 될 것입니다. 누구나 가지고 있는 자성은 닦으면 닦을수록 빛을 내는 보석이기도 하고, 발전기이기도 하고 용광로이기도 하여 스스로 때가 되면 광명과 열기를 발산하게 되어 있습니다.

이렇게 자성이 밝아지게 되면 신불(神佛)이 바로 나 자신임을 깨닫게 될 때가 반드시 오게 됩니다. 그때쯤 되면 도움을 받으려고 구도자들이 꾸역꾸역 몰려오게 되어 있습니다. 홍익인간 하화중생은 누가 시켜서 하는 것이 아니라 스스로 하게 되어 있습니다. 어느 특정한 사람만 그렇게 될 수 있는 것이 아니라 누구나 제대로 수련만 하면 다 그렇게 될 수 있다는 데 깊은 매력과 묘미가 있습니다. 따지고 보면 이 우주에는 하느님 아니고 부처님 아닌 사람은 아무도 없기 때문입니다. 단지 그 사실을 알고 있느냐 모르고 있느냐가 다를 뿐입니다. 도의 길에 들어서서 이것을 실천하는 사람은 위선자가 될 수가 없습니다. 도의 길에서 벗어난 사람이 위선자일 뿐입니다."

"선생님 잡념과 망상을 없애려면 어떻게 하면 되겠습니까?"

"잡념과 망상을 없앤다는 생각조차 하지 말고 그것을 지켜봅니다. 정신 똑바로 차리고 지켜보기만 해도 지켜보는 것 자체가 에너지를 집중시키는 효과를 가져옵니다. 잡념과 망상은 어둠이나 안개와 같습니다. 이때 관찰은 햇볕과 같은 구실을 하게 되므로 그것들은 중심공 속의 용광로에서 녹아버려 마침내 연료로 변하여 새로운 활력으로 바뀌게 됩니다."

"선생님, 그럼 번뇌가 일어날 때는 어떻게 합니까? 예를 들어 말하자면 억울한 일, 화나는 일, 괘씸한 일, 슬픈 일, 공포와 전율, 탐욕, 정욕 따위는 어떻게 다스리는 것이 좋겠습니까?"

"그럴 때 가장 중요한 것은 그러한 부정적인 감정들이 내 맘속에 일어나고 있다는 사실을 분명히 알고 그것을 자기의 중심에 놓고 조용히 관찰만 해도 그 관찰이 불길이 되어 그러한 부정적인 감정들을 태워버리면서 새로운 활력으로 바꾸어줄 것 입니다. 그 대신 긍정적인 감정들은 어떻게 되는지 아십니까?"

"그럼 긍정적인 감정들도 관찰합니까?"

"그럼요. 만약 자비심, 관대함, 사랑, 우정, 동포애, 인류애, 지극정성,

성심성의, 형제애, 부부애, 효심, 도덕심 같은 좋은 감정들을 관찰하게 되면 마치 햇볕에 숯불이 호응하듯 상승작용을 일으키게 될 것입니다. 비슷한 파장을 가진 에너지가 공명작용을 일으키면 에너지가 배가되는 것과 같은 이치입니다. 자성의 본질은 큰 덕(德)과 큰 지혜와 큰 능력이니까 비슷한 덕목들끼리 상호감응을 일으키는 것은 당연한 일입니다."

"선생님 그리고 선생님께서는 늘 사람의 중심은 우주의 중심과 일치되어 있다고 강조하시는데 어떻게 하면 그것을 누구나 알 수 있게 가시화할 수 있겠습니까?"

"이때의 중심은 물론 이기적인 자기중심을 말하지 않습니다. 각자에게 있는 자성을 말합니다. 내 자성은 우주의 중심과 일치되어 있다는 것은 깨달음이 아니고는 인식할 수 있는 방법이 없습니다. 수련을 통해서 새로운 개안(開眼)이 되지 않는 한 가슴에 와닿지는 않을 것입니다. 『천부경』과 『반야심경』의 핵심을 꿰뚫지 않고는 설명할 방도가 없습니다. 우리의 자성은 거대한 우주의 동심원의 중심과도 같습니다. 이 중심은 각 개인의 중심이면서도 묘하게도 우주의 중심과도 일치되어 있습니다. 우리는 우리 자신을 하나의 구체(球體)라고 가정할 수도 있습니다. 그런데 그 구체의 중심은 각 개인의 중심이면서도 우주 전체의 중심과도 일치하는 겁니다. 이것은 『천부경』의 원리인 하나는 전체고 전체는 하나라는 원리를 모르면 이해할 수 없습니다. 또 물질(색)은 비물질(공)이고 비물질은 물질이라는 것을 꿰뚫어보지 못하는 한 이해할 도리가 없습니다.

학문이나 과학은 지식을 추적해 나가는 동안에 성과를 거두지만 수도는 깨달음이 전제가 되어야 합니다. 지식과 깨달음은 차원이 다릅니다. 지식은 물질의 한계 안에 묶여 있지만 깨달음은 물질과 비물질을 초월하는 영원하고 무한한 세계입니다. 지식은 시공의 한계 속에 갇혀 있지만 깨달음은 시공을 초월합니다."

"선생님 불교계 안에서는 하화중생에 대해서 두 가지 의견이 대립이 되어 있다고 합니다. 하나는 깨달은 후에 하화중생해야 된다는 견해고 또 하나는 자기가 터득한 만큼의 진리를 포교해야 한다는 의견입니다. 선생님께서는 어떻게 생각하십니까?"

"진리는 하나지만 깨달음의 정도는 천차만별일 수 있습니다. 이 세상에서 견성해탈한 사람만이 진리를 보급할 수 있는 자격이 있다고 주장한다면 중생제도는 백년하청 격이 될 것입니다. 바다를 진리라고 할 때 그 바다로 흐르는 물에는 수천수만 가지 종류가 있습니다. 큰 강도 있고 작은 실개천도 있을 수 있습니다. 또 작은 개울들이 합쳐서 큰 강도 되고 대하(大河)도 되어 도도히 바다로 흘러들어 갑니다. 바다로 흘러 들어가는 물은 수천수만 종류지만 바닷물이 된다는 점에서는 똑같습니다.

이와 마찬가지로 사람들은 자기가 깨친 만큼의 진리를 자기 나름으로 널리 펴내야 합니다. 꼭 큰 강이 될 때만을 기다릴 필요는 없습니다. 작은 강은 작은 강 그대로 바다로 흘러들면 진리와 하나가 됩니다. 그러니까 누구든지 자기 한계 내에서, 자기가 깨닫고 터득한 만큼의 진리를 이웃에게 퍼뜨려야 합니다. 티끌 모아 태산이라고, 그러한 노력이 큰 열매로 성장하는 겁니다. 남에게서 전수받은 도법이나 진리를 자기 혼자만 간직하고 있으면 흐르지 않는 물처럼 썩거나 증발되어 버립니다. 그러나 어떻게 하든지 많은 사람에게 보급을 시키면 그것은 큰 강줄기가 되어 도도하게 흐르게 될 것입니다. 따라서 여러분의 수련이 점점 향상되고 깨달음을 점점 더 넓혀나가는 지름길은 자기가 터득한 진리나 도법을 어떻게 해서든지 이웃에게 보급하는 겁니다.

그것이 바로 큰 물과 합쳐지는 길입니다. 박윤수 씨에게서 도법을 전수받은 사람이 늘어나면 늘어날수록 박윤수 씨는 더욱 큰 기운을 받게 될 것입니다. 그 기운은 우주의 중심에서 박윤수 씨를 통하여 박윤수 씨가 전도(傳道)한 사람들에게 흘러가게 되는 겁니다. 이 도리를 알게 되면 우리는 한시도 가만히 있을 수 없습니다. 부지런히 움직이고 머리를 써서 한 사람의 이웃에게라도 더 이 진리를 전달할 의무가 있는 겁니다. 이것이 바로 자기 자신의 자성을 밝히는 지름길이기도 합니다. 남을 가르치면, 가르친 그만큼 자기공부가 되니까요."

"좋은 말씀 많이 들었습니다. 선생님의 귀중한 시간을 너무나 많이 빼앗았습니다. 그럼 오늘은 이만 실례하겠습니다."

1993년 8월 8일 일요일 19~28℃ 구름 많음

＊ 수련(修練), 수도(修道), 선(禪), 관(觀)은 결국 정신 똑바로 차리는 것이다. 늘 정신 똑바로 차리고 자기 자신의 몸과 기와 마음을 관찰만 해도 지혜는 저절로 열리게 되고 번뇌는 사라지게 되어 있다. 자연을 유심히 관찰하던 뉴턴이 나무에서 사과가 떨어지는 것을 보고 만유

15

인력을 발견하듯 우리는 우리 자신의 마음과 기와 몸을 관찰함으로써 자성(自性)을 발견하게 된다. 그 자성을 보는 것이 견성(見性)이다.

창조주가 어디에 있습니까?

1993년 8월 24일 화요일 20~26℃ 한 두 차례 비

오후 3시. 경호원(警護員)으로 일하는 박한성 씨가 오래간만에 찾아왔다.

"선생님 뭐 한 가지 물어봐도 되겠습니까?"

"그래요."

"창조주는 어디에 있습니까?"

"『선도체험기』를 몇 권까지 읽었나요?"

"지금까지 나온 것은 모조리 다 읽었습니다."

"그런 사람이 그런 질문을 하면 어떻게 되나요?"

"그게 그렇게 되나요? 그래도 선생님, 우리 조상을 자꾸만 더듬어 올라가면 창조주가 나올 거 아닙니까?"

"나오지. 나오구말구요."

"그럼 그 창조주가 어디에 계십니까?"

"어디에 계신다고 생각하나요?"

"저도 그걸 모르겠습니다. 그래서 선생님께 질문드리는 겁니다."

"박한성 씨는 일어서서 걸어갈 때 비틀대지 않고 똑바로 마음먹는 대로 걸어갈 수 있는 것은 무엇 때문이라고 생각하죠?"

"중심이 잡혀 있기 때문이 아닙니까?"

"맞아요. 그럼 중심엔 무엇이 있다고 했죠?"

"자성(自性)이 있습니다."

"그 자성이 바로 창조주예요."

"그렇습니까?"

"그렇구말구."

"그러나 보이지 않으니 믿을 수가 있어야죠?"

"박한성 씨가 쓰러지지 않고 걸어갈 수 있는 것은 중심이 잡혀 있기 때문이라고 했죠?"

"네."

"그럼 그 중심이 눈에 보입니까?"

"보이지는 않습니다."

"그럼 그렇다고 해서 중심이 없습니까?"

"아, 참, 그렇군요."

"박한성 씨는 왜 나한테 찾아오죠?"

"왠지 모르지만, 자꾸만 오고 싶은 마음이 일어나서 왔습니다."

"마음이라고 했어요?"

"네."

"그럼 그 마음이 어디 있습니까?"

"사람의 마음이야 어디 눈에 보입니까?"

"눈에 보이지 않으면 없습니까?"

"그렇지는 않은 것 같은데요."

"왜?"

"저 자신의 중심도 마음도 있는 것은 틀림없는데 눈에는 보이지 않으니까 그렇게 말할 수밖에요."

"그럼 창조주 하느님도 눈에 보이지 않는다고 해서 안 계신 것은 아니지 않아요. 안 그래요?"

"이치로 보면 그런데, 얼른 실감이 가지 않습니다."

"수련을 지극정성으로 열심히 하면 그것이 실감이 날 때가 자연히 오게 되어 있습니다."

"선생님 그럼 삼황천제님은 어디에 계십니까?"

"삼황천제님들도 박한성 씨의 자성 속에 계십니다."

"그럼 우리 조상님들은 어디에 있죠?"

"조상님들도 박한성 씨의 자성 안에 있습니다."

"아! 그럼 선생님, 조상님께 제사 지낼 때는 어떻게 됩니까?"

"뭐가요?"

"선생님께서는 방금 조상님들은 제 자성 안에 있다고 말씀하시지 않았습니까?"

"그랬지."

"그렇다면 제상을 차려놓고 절을 한다는 것은 무의미하지 않습니까?"

"그것은 생각 나름입니다. 무의미하다고 생각하면 무의미할 수밖에 없습니다. 그러나 그렇지 않다고도 생각할 수 있습니다. 문제는 둘로 보느냐 하나로 보느냐의 차이입니다. 둘로 보면 허상에게 절을 하는 것이고, 하나로 보면 자기 자신의 자성에게 절을 하는 것입니다. 내 자성 속에 우주 전체와 삼천 대천세계가 다 들어 있다고 확신하고 절을 하면 둘로 보는 것이 아니고 하나로 보고 자기 자신에게 절을 하는 것이 됩니다. 절에 가서 불상을 향해 절을 할 때도 둘로 보지 말고 하나로 보고 절을 하면 됩니다. 그러나 둘로 보고 숭배의 대상으로 보고 절을 하면 허상을 좇는 것밖에는 되지 않습니다."

"선생님 그런데요. 아무래도 그 점이 좀 이해가 되지 않습니다."

"그 점이라니?"

"어떻게 둘을 하나로 보느냐 그겁니다."

"자연법의 세계에서는 하나에 하나를 더하면 둘이 되지만 절대의 세계, 실상의 세계에서는 하나에 하나를 합치면 둘이 아니고 하나가 된다는 것을 알아야 되요. 하나는 전체가 될 수 있고 전체는 또 하나가 될 수 있어요. 『천부경』의 원리가 바로 그것입니다. 하나는 시작 없는 무한에서 시작되고 또 하나는 끝없는 무한으로 끝난단 말입니다. 색은 공이고 공은 색입니다. 시간도 공간도 없습니다. 선도 악도 없고 시비도 없어요."

"선생님 그것을 어떻게 알 수 있습니까?"

"자기 마음을 참을성 있게 끈질기게 관찰하면 마침내 그 진상이 드러납니다."

"역시 어려운데요."

"머릿속으로 굴려서 사물을 알아내려고 하면 지식이라는 잣대로 진리를 알아내려는 것과 같습니다. 진리는 지식이나 생각으로 알아낼 수 있는 것이 아니고 지혜와 통찰력으로밖에는 알아낼 수 없습니다. 마음으로 알아내려고 해도 알아낼 수가 없습니다. 마음이 무심으로 변할 때 지혜가 열리고 깨달음이 옵니다. 깨달음을 통해서만 진리는 터득할 수 있습니다."

"저 같은 무식한 인간도 깨달을 수 있을까요?"

"깨달음은 지식과는 관계가 없습니다. 지식은 깨달음에 오히려 장애가 될 수도 있습니다. 조사(祖師)들 중에는 유식한 사람보다도 무식하되 지혜가 열린 사람이 더 많았습니다. 박한성 씨가 지금 가장 궁금한 것이 무엇입니까?"

"창조주 하느님이 과연 내 자성 속에 있는가 하는 겁니다."

"그렇다면 나는 과연 무엇인가를 화두로 삼아 끈질기게 파고 들어가 보세요. 오매불망 그것만을 물고 늘어져 보세요. 그러나 건강한 몸으로 기운을 타고 화두를 잡는 것을 잊으면 아니 됩니다."

"그럼 선생님 '나는 과연 무엇인가?'를 자꾸만 불러대면 됩니까?"

"우선 그렇게 하다가 경과를 나한테 얘기하세요."

"네, 알겠습니다."

1993년 8월 29일 일요일 18~28℃ 맑은 후 흐림

＊ 남의 잘못을 용납 못하는 것은 만사를 상대개념으로 파악하기 때문이다. 상대개념은 아상과 이기심에 그 뿌리를 두고 있다. 이기심만 버리면 만물은 하나다. 너와 내가 따로 없다는 말이다. 그렇게 되면 상대의 잘못은 바로 내 잘못인데 용서고 말고 할 것도 없는 일이 아니겠는가.

* 언제나 번잡한 도로에서 운전대를 잡은 심정으로 자기 자신과 주변을 살피라. 이것이 바로 관(觀)이다. 관이란 관찰이다. 정신 똑바로 차리고 살피는 것을 말한다. 수많은 성현들이 자기 성찰을 통해서 진리를 깨달았다. 우리라고 그렇게 되지 말라는 법이 없다. 역지사지하고 방하착하는 것이 관찰이다. 희구애노탐염의 모든 경계를 중심에 놓고 살펴나갈 때 자성이 보인다.

* 불교의 어떤 큰스님은 장좌불와(長坐不臥)를 8년을 했느니 9년을 했느니 한다. 눕지 않고 앉은 채 8, 9년씩 버틴다는 말이다. 누가 시켜서 그런 게 아니고 스스로 고생을 사서 그렇게 한 것이다. 인간의 인내력의 한도를 시험이라도 해 본 것 같다. 달마대사도 결과부좌하고 9년 면벽(面壁)을 하다가 다리가 굳어서 무척 고생을 했다는 말이 있다. 있을 수 있는 일이다. 인간은 원래가 움직이는 생물이다. 눕기도 하고 앉기도 하고 서기도 하고 걷기도 하고 달리기도 하고 일도 하고 글을 쓰기도 하고 물건을 만들기도 하고 농사도 짓고 온갖 일을 다 한다. 갖가지 동작을 골고루 해야만 건강을 유지할 수 있게 되어 있다.

그런데 수도를 한다고 해서 똑같은 동작을 8, 9년씩 지속하는 것은 우선 무리라고 본다. 자연에 대한 역행이기도 하다. 졸릴 때 자고, 배고플 때 먹고, 급할 때는 달리기도 하고 필요할 때는 말도 하고, 사색도 하고 관찰도 하고 성찰도 통찰도 하도록 되어 있다. 그런데 어떠한 이유에서건 똑같은 동작으로 인체를 구속하는 것은 자연의 원리를 거역하는 것이다. 어떤 동작을 오래 취했으면 반드시 그 반대 동작으로 몸을 풀어주어야 균형이 잡힌다.

나는 수련하는 여러분에게 한 가지 권하고 싶은 것이 있다. 밤에 숙면을 취한 이상 아무리 피곤하더라도 병만 나지 않았으면 낮에는 눕는 습관만은 들이지 말았으면 한다. 낮에 피곤을 느끼는 수련자는 관으로 피곤이 회복되도록 해야 한다. 그럼 어떻게 관을 하라는 말인가? 피곤 자체를 관하면 된다. 피곤을 관하면서 삼매에 들어가 보라. 놀랍도록 신속하게 피곤은 회복될 것이다. 피곤이라는 경계를 살피고 지켜보는 한 그 정체는 우리들의 손안에 쥐어져 있게 되는 것이다.

손안에 쥐어져 있는 것은 언제나 우리 마음대로 처분할 수 있다. 그와 마찬가지로 우리는 우리들 자신의 입장까지 관찰할 수 있다. 관찰 당하는 대상은 내 세력권 안에 있다는 말이다. 내 세력권 안에 있는 것을 우리 맘대로 못하면 무엇을 우리 맘대로 할 수 있단 말인가. 다소간 시간은 걸릴지 몰라도 조만간 우리의 손안에 들어 있는 이상 결국은 내 맘대로 할 수 있는 때가 온다.

1993년 9월 3일 금요일 20~28℃ 소나기

* 선도수련을 통해서 몸공부, 기공부, 마음공부가 꾸준히 향상되면 수련자 자신이 우주와 하나가 된다. 자기도 모르는 사이에 나라는 존재는 우주 속에 녹아 들어가 버린다. 그렇게 되면 온전히 우주의 주인이 된다. 그 첫 번째 단계가 우주 내에 있는 모든 기운을 자기 마음대로 가져다가 쓸 수 있는 능력을 갖게 되는 것이다. 첫째로 지구상에 있는 이름난 산의 정기를 자기 마음대로 불러올 수 있어야 한다. 그다음

단계로는 태양계에 있는 행성들 예컨대 목성, 화성, 토성, 금성, 수성, 명왕성, 해왕성 등은 물론이고 북두칠성을 위시하여 우주 내의 어떠한 별의 기운도 끌어다 쓸 수 있다. 그다음에는 우리들 자신의 수련을 도와주는 성현들의 기운도 끌어다 쓸 수 있어야 한다.

환인, 환웅, 단군 할아버지와 부처와 예수 그리스도의 모습을 한 분씩 떠올리면서 선정에 들면 그분들의 기운이 들어오게 되어 있다. 만약에 그렇게 해도 그분들의 기운을 느낄 수 없으면 수련을 더 해야 한다. 기운을 느끼는 정도는 수련자 자신의 수련 수준에 따라 다르게 나타난다. 선도 수련자에게 위에 말한 다섯 분은 자성을 일깨워주는 일을 하시는 분들이다. 숭배의 대상이 아니라 수련자 자신들의 자성을 깨닫도록 인도하시는 분이라는 말이다. 만약에 이들 다섯 분들의 기운을 확실히 느낄 수 있고 그 차이를 구분할 수 있을 정도로 수련이 향상된 수련자라면 그다음부터는 우주의 핵심에서 오는 기운을 직접 자기 몸에 받아들여 운영할 수 있을 것이다.

1993년 9월 24일 금요일 12~25℃ 구름 조금

오후 2시. G은행의 M지점에서 과장으로 일하는 유정림 씨가 오래간만에 찾아왔다. 그는 지난 2월에 우리집에 와서 대주천 수련이 된 사람이다.

"수련은 잘되고 있습니까?"

"네, 선생님 덕분에 잘되고 있습니다. 그런데 수련이 일취월장, 자꾸만 진척이 되다 보니 요즘은 제 마음까지도 변하고 있습니다."

"어떻게 변하고 있습니까?"

"회사에서 매년 실시하는 진급시험에 응시하고 싶은 생각이 없어졌습니다."

"그래서야 되겠습니까? 내가 주장하는 선도는 어디까지나 자기 생활을 충실히 하면서 선도수련을 병행해 나가자는 것인데, 직장에서도 모든 면에서 남의 모범이 되어야죠. 선도수련 때문에 직장에서 동료들보다 뒤떨어진다면 그것은『선도체험기』의 취지에 맞지 않는데요. 어떻습니까? 진급시험에 통과하는 것하고 그렇지 않은 것하고는 직장생활에 어떤 차이가 있습니까?"

"책임이 커지고 정년퇴직이 몇 해 더 연장되는 것 이외에는 별 차이가 없습니다. 시험에 합격되면 좀더 높은 지위가 보장되고 명예도 오르고 수익도 높아지겠지만 그로 인해서 업무가 바빠지면 자연 수련에는 소홀해질 수밖에 없습니다. 그렇게 되느니 차라리 맘 편하게 수련이나 할 수 있는 직책에 머물러 있는 것이 낫겠다는 생각이 듭니다."

"발상을 전환하는 것이 좋겠습니다. 책임이 커지고 지위가 높아지면 업무에 바빠질 것이라고 지레 짐작을 하십니까?"

"그럴 수밖에 없지 않겠습니까?"

"그것은 지극히 안이한 관념에 지나지 않습니다. 환경이 바뀌고 높은 지위와 큰 책임이 맡겨지면 그만큼 능력도 새로워진다는 것을 알아야 합니다. 싸움터에서 치열한 공방전이 벌어질 때 중대장이 전사하면 선임 소대장이 중대장이 됩니다. 새 중대장이 후송되면 그다음 소대장이, 그 중대장이 전사하면 선임 하사가 중대장이 됩니다. 그 중대장의 유고시에는 그다음 계급자가 중대장이 됩니다.

인간의 능력이라는 것은 절대로 고정되어 있는 것이 아닙니다. 급박한 상황 속에서는 누구나 맡겨진 임무를 수행할 수 있는 능력이 샘솟게 되어 있습니다. 그래서 부대가 완전 포위되었을 때는 생사의 기로에서 진짜 초능력이 발휘되기도 합니다. 더구나 구도자라면 이러한 이치를 그 누구보다도 환히 꿰뚫고 있어야 할 텐데, 왜 그렇게 나약한 생각을 하십니까? 시험을 치게 되면 피하지 말고 치십시오.

그것이 나에게 맡겨진 숙제라고 보면 오히려 마음이 홀가분해질 겁니다. 업무가 바빠지고 명예가 높아지면 수련에 지장을 초래할 것이라는 발상은 지극히 퇴영적이고 안이합니다. 과감하게 국면 전환을 하여 새 환경에 자기를 적응시킴으로써 자신의 내부에 잠재해 있는 지금까지 발휘되지 못하고 있던 잠재능력을 구사해 보는 겁니다.

어떠한 환경, 어떠한 상황이나 난국이든지 극복해 나가겠다는 자세가 중요합니다. 그러한 자세를 견지하는 한 그때그때에 알맞는 지혜와 능력은 무제한으로 구사될 수 있다는 확신을 가져야 됩니다. 생활이 바로 수련입니다. 직장생활 역시 수련의 연장으로 보아야 합니다. 어떠한 난관이나 상황에 부닥쳐도 관찰만 게을리하지 않는다면 어떻게 하든지 타개해 나갈 수 있는 자신감이 샘솟게 될 것입니다. 문제는 이 모든 국면들을 자신의 손아귀에 쥐고 있느냐의 여부입니다.

어떠한 난관이든지 내 손아귀 속에 있는 한 겁날 것은 아무것도 없습니다. 우리가 진정으로 겁내야 할 것은 난관을 앞에 두고 회피하거나 좌절하는 겁니다. 일이 바빠지면 바빠지는 대로 그 바빠진 것을 손아귀에 거머쥐면 됩니다. 망중한이라는 말이 있지 않습니까? 번갯불에

콩 튀겨 먹고, 돌 틈에도 용서가 있다는 말이 있습니다. 아무리 바빠도 다 사람이 하는 일입니다.

바쁜 일을 바쁘다고 생각하면 한없이 바쁜 것이고 아무리 바빠도 마음에 여유를 갖고 그 일을 임하면 얼마든지 잘해 낼 수가 있는 것이 사람이 갖고 있는 무한한 잠재 능력입니다. 요컨대 어떠한 난관이든지 극복 못 할 것이 이 세상에 없다는 확신을 갖는 것이 제일 중요합니다. 그런 확신에 차 있는 사람은 무한한 능력을 구사할 수 있습니다. 일에 지치지 말고 일을 제때에 갈무리하기만 하면 어떤 일이든지 자기 통제 하에 둘 수 있습니다."

"요컨대 자신감을 갖는 것이 중요하다는 말씀이군요."

"바로 그겁니다. 지위가 높아지고 책임이 커지면 그만큼 자기의 영향력도 커지고 시야도 넓어지고 지금까지 생각도 하지 못했던 능력과 여유도 갖게 됩니다. 그렇게 되면 업무 때문에 수련에 지장을 받기는 고사하고 오히려 그로 인해 수련의 단계도 높아질 것입니다. 일에 지치지 말고 일을 거머잡으라 그겁니다. 타성에 빠지지 말고 나태해지지 않는 한 언제든지 국면 전환을 할 수 있는 기회는 열려 있습니다.

그 기회를 잡아야 합니다. 일에 지쳐 버리면 언제나 일에 질질 끌려 다니게 됩니다. 그렇게 되기 시작하면 언제나 피동적으로 일에 얽매이게 됩니다. 관찰을 게을리하지 않는 사람은 일에 지치거나 끌려다니는 대신에 일을 즐깁니다. 대세를 항상 휘어잡는 바둑의 고수처럼 항상 여유 있게 국면을 이끌어 나갑니다.

나는 유정림 씨가 언제나 이런 고수가 되기를 바랍니다. 눈코 뜰 새

없이 분망한 가운데서도 느긋한 여유를 한껏 즐기는 달인이 되기를 바랍니다. 이 세상의 공직자 중에서 바쁘기로 말하면 대통령 이상 가는 직책은 없을 겁니다. 하루에도 수십 명 또는 수백 명의 방문객을 맞이해야 하고 수많은 서류를 결재해야 됩니다. 또 이곳저곳 방문을 해야 합니다.

그러나 유능한 대통령은 얼굴에 일에 쫓기거나 지친 표정을 짓지 않습니다. 언제나 느긋한 여유를 보여 줍니다. 그것은 그만큼 자기 일에 자신이 있고 어떠한 난국에도 대처할 수 있는 융통성과 유연성을 발휘할 수 있는 태세가 되어 있기 때문입니다. 인간의 능력에 한계가 있는 것이 아닙니다.

다만 인간은 스스로 자기 한계를 설정해 놓고 그 속에 얽매어 있을 뿐입니다. 우리가 수련을 하는 목적들 중의 하나는 바로 이러한 자기가 만든 한계 속에서 벗어나자는 겁니다. 자기 한계가 바로 아상(我相)입니다. 누구나 이 아상에서만 벗어난다면 유유자적할 수 있습니다. 자신감을 갖되 절대로 어떤 한계를 설정하고 그 안에 안주하려고 하지는 마십시오. 성통이니 해탈이니 하는 것은 바로 스스로 설정한 자기 한계에서 벗어난 것을 말합니다."

"선생님 그럼 견성은 무엇을 말합니까?"

"견성은 자기 한계에서 벗어날 수 있는 가능성을 발견한 것을 말합니다. 나도 이제는 아상의 껍질을 깰 수 있다는 자신감을 갖게 된 것을 말합니다. 자기 한계, 아상의 껍질이 바로 다름 아닌 이기심이고 욕심이라는 것도 깨닫게 됩니다. 이처럼 견성을 한 사람은 두 번 다시 그 아상, 다시 말해서 이기심의 구렁텅이에 빠지지 않습니다. 적어도 이 정도의 수준에 오른 사람이라야 초능력을 구사해도 공익을 해치지 않습니다.

어떻게 하면 자기 한계에서 벗어날 수 있다는 것을 알아버린 이상 다시는 그 아상의 껍질 속에 기어 들어가려고는 하지 않게 됩니다. 다시 말해서 이기심을 만족시키기 위해서 초능력을 사용할 만큼 어리석지는 않다 그 말입니다. 좀더 까놓고 말하면 초능력으로 돈벌이를 하겠다는 생각은 애초부터 가질 수가 없다는 얘기죠. 그것뿐이 아닙니다. 초능력으로 난치병을 고치고, 공중 부양을 하고, 물위를 걸어가고 말 한마디로 수십 리 떨어진 곳에 있는 물건을 감쪽같이 옮겨오고 죽은 자를 살려내는 따위의 이적을 행하는 것은 일종의 마술이고 객기(客氣)에 지나지 않는다는 것도 알게 됩니다.

이것이 비록 돈벌이와는 관계가 없다고 해도, 자연의 질서를 어지럽히는 어린애 장난에 지나지 않는 겁니다. 그런 능력이 있으면 한 사람이라도 더 자성을 깨닫게 하는 데 주력해야 합니다. 또 갈 길을 잃고 헤매는 영가(靈駕)들을 하나라도 더 천도(薦度)시키는 데 힘을 기울일 것입니다. 구도자에게 있어서 홍익인간하고 하화중생하는 일만큼 보람 있는 일이 어디 있습니까? 견성을 하면 이 모든 일을 저절로 알게 됩니다."

"선생님 견성을 일단하고 나서도 다시 그 이전으로 후퇴하는 일도 있습니까?"

"내가 보기에는 제대로 견성을 한 사람이라면 개구리가 올챙이로 되돌아갈 수 없는 것처럼 그 이전으로 되돌아가는 일은 없다고 봅니다."

"잘 알겠습니다. 그럼 선생님 저는 진급시험을 치르는 것이 좋을까요?"

"그걸 나한테 묻지 말고 자기 자신에게 물어 보십시오. 나는 유정림 씨에게 방법만을 가르쳐줄 뿐입니다. 선택은 언제나 당사자 스스로 하는 겁니다. 그러나 한 가지 조심할 것은 어떠한 경우에도 자기 자신에게 물어봐서 재가가 떨어져 자신감을 회복한 뒤에 도전장을 내야 합니다. 그렇지 않고 어정쩡한 가운데 일을 시작하면 맡은 일을 주도해 나가는 게 아니고 그 일에 질질 끌려다니게 됩니다. 그런 짓은 하지 말아야죠."

"그렇다면 자신감이 생길 때까지 기다리라는 말씀인가요?"

"그렇습니다. 때가 무르익었을 때 일을 착수해야 성공을 거둡니다. 때가 되지 않았을 때 일을 성급히 시작했다가 실패하는 것보다는 좀더 무르익을 때까지 기다렸다가 자신감이 딱 붙은 뒤에 일을 시작하는 것이 성공의 지름길입니다."

"선생님 그럼 그때를 어떻게 하면 알 수 있겠습니까?"

"관찰을 통해서 알 수 있습니다. 그래서 관찰이 중요하다는 겁니다. 저수지의 관리인이 물이 차오르는 것을 지켜보다가 만수위가 되었을 때 수문을 열어놓듯 자기 마음을 꾸준히 살펴보다가 자신감이 생겼을 때 일을 시작하면 됩니다. 내 말을 곧이곧대로 해석하면 곤란합니다. 관찰을 하라고 했다고 해서 아무 일도 안 하고 지켜보라는 뜻은 아닙니다. 시험을 치르려면 그만한 준비가 있어야 합니다. 남들이 하는 모든 것을 똑같이 하는 겁니다. 단지 다른 것이 있다면 모든 일을 주도적으로 하는 것이 다를 뿐입니다. 어떤 일이 있어도 이끌려가지는 말라는 얘기입니다."

"선생님 이젠 무슨 뜻인지 알겠습니다. 이제는 생활이 곧 선도라는 것도 무슨 뜻인지 알 것 같습니다."

"알기만 해서야 되겠습니까? 자기 앞에 닥쳐오는 어떠한 도전도 과감하게 이끌어 나갈 수 있어야죠. 안주(安住)에서 벗어나야 합니다. 안주에 집착하면 발전과 진화는 없습니다."

영가천도(靈駕薦度)

1993년 9월 25일 토요일 13~26℃ 구름 조금

오후 2시부터 9명의 수련생들이 내 서재에 들어와 앉아 수련을 하다가 4시쯤 되자 그중 다섯 명이 먼저 자리를 떴는데, 그중에는 최근에 우리집에 와서 대주천 수련이 된 중년 여자가 둘이 있었다.

도운 스님이 말했다.

"선생님 방금 나간 두 중년 부인한테서는 탁기가 아주 심하게 나는데요. 한 여자한테서는 생선 썩은 비릿한 냄새가 나고 또 한 여자에게서는 아주 자극적인 김장 양념에서나 나는 매운 냄새가 코를 찌릅니다."

"도운 스님도 우리집에 한 반년 출입하시더니 수련이 많이 됐습니다. 처음에 우리집에 오실 때는 도운 스님도 지금 그 여자들처럼 심한 탁기를 쏟아냈다는 것을 모르시죠."

"아이구 참 미안합니다. 그랬던가요?"

"개구리 올챙이 적 생각 못 한다는 말이 꼭 들어맞는군요."

다른 수련생이 말했다.

"그때에 대면 도운 스님은 정말 수련이 많이 됐습니다. 그 당시에는 탁기도 전연 맡지 못했고 영가가 들고나는 것도 감지하지 못하지 않았습니까? 그런데 지금은 탁기도 맡을 수 있고 어떤 영가가 들어오고 나가는지도 환히 알고 계시지 않습니까. 그것만 해도 상당한 발전을 한 겁니다. 수련으로 그만큼 관찰의 영역이 확대된 것을 말합니다."

"전부가 선생님께서 저의 수련을 도와주신 덕분입니다."

"다 그럴 만한 때가 되어서 그렇게 된 거죠."

"그런데 선생님 저는 선생님 댁에 오려고 하면 꼭 절에 있는 영가가 하나씩 제 몸으로 파고듭니다. 승려들은 보통 한 절에 3개월 이상씩 머물지 않습니다. 선생님 댁에 출입하면서 벌써 절을 세 군데나 옮겼는데 그때마다 선생님 댁에 올 때는 꼭 영가가 하나씩 묻어옵니다."

"하나씩이 아니라 어떤 때는 둘 이상씩도 묻어오던데요. 전에 도운 스님께서 절에서 백일 천도재를 올릴 때는 한꺼번에 수십 명씩 몰려들어오기도 했습니다. 그중에는 어린 비구, 비구니도 있었고, 농약 먹고 자살한 영가도 있었습니다. 농약 먹고 자살한 영은 심한 농약 냄새를 풍기더군요. 최근에는 삿갓 쓴 승려의 영가가 자주 들어옵니다."

"지난번에 선생님 댁에 오기 전날 밤에는 절에서 참선을 하고 있는데, 난데없이 저벅저벅 발자국 소리가 들려오는 겁니다. 이 밤중에 누가 오나 하고 밖을 내다보았지만 아무 것도 보이지 않았어요. 그 순간 공연히 마음이 불안했었는데 참선 중에 영안으로 보니 삿갓을 쓴 비구니였습니다. 그렇게 빙의가 된 뒤로는 가슴이 답답하고 옆구리가 결리고 하더니 이곳에 온 뒤로는 그런 증상이 싹 없어졌습니다."

"바로 한 시간 전에 천도되었습니다."

"선생님 그걸 보면 영가들은 꼭 어떤 연줄을 타고 이곳에 오는 것 같습니다."

"왜 요즘 유선무죄(有線無罪), 무선유죄(無線有罪)라는 말이 있지 않습니까? 공직자 재산공개 시에 연줄이 있는 사람은 죄를 면할 수 있고 연줄이 없는 사람은 죄를 뒤집어쓴다는 말입니다. 얼마 전에는 대구에서 장을순이라는 중년 부인이 올라온 일이 있는데, 그분은 우리집에 올 때마다 스님처럼 꼭 몇 명의 영가를 달고 옵니다. 돌아가신 어머니의 영가를 달고 오는가 하면 같이 살고 있는 자기 남편의 전처의 영가를 달고 오기도 합니다. 그분은 영매 기질이 있기 때문에 빙의된 영가가 그녀의 입을 통해서 직접 말까지 합니다. 그 여자는 이곳에 와서야 처음으로 남편의 전처가 사망했다는 것을 알았습니다. 남편의 전처뿐만 아니고 그 전처의 고모까지 묻어 왔습니다.

그런가 하면 며칠 전에는 수련을 전연 하지 않는 사람이 단순히 나와 상의할 일이 있어서 찾아 왔는데도 그 사람에게 빙의되었던 영가가 천도되기도 했습니다. 수련을 하지 않는 사람이니까 그런 사실을 말해 보았자 무슨 뜻인지 알아듣지도 못할 것이므로, 아무 말도 안 했습니다."

"선생님 그렇게 꼭 연줄을 타지 않으면 선생님한테 접근을 할 수 없는 모양이죠?"

"그렇습니다. 대주천 운기가 되면 누구나 인연 있는 영가들이 들어오는데요. 전부가 금생 또는 전생에 있었던 인과관계로 인한 것입니다. 인과로 인한 영가의 빙의 현상이 끝나고 수련이 좀더 높아져서 일정한 단계에 이르면 빙의 따위는 되지 않습니다. 이때부터 영가들은 그 구도자와 연줄이 닿는 사람을 통해서만 접근을 할 수 있게 됩니다."

"선생님 그 연줄이라는 것이 무엇인지 좀 알기 쉽게 말씀해 주시겠습니까?"

"여기서 말하는 연줄이란 그 구도자와의 공감대 즉 상호 신뢰를 말합니다. 그 구도자의 주위에는 신장(神將)이라고 흔히 말하는 일종의 기의 방어망이 겹겹이 구축되어 있어서 인연 없는 영가는 일체 접근조차 할 수 없게 됩니다. 단지 그 구도자와 연줄이 닿는 사람을 통해서만이 가까이 할 수 있는 겁니다."

"그렇다면 선생님과 연줄이 닿으려면 어떻게 하는 것이 가장 빠릅니까?"

"내 책을 읽는 것이 가장 빠릅니다. 그중에서도 『선도체험기』 시리즈를 전부 읽는 것이 나와 공감대를 이루는 지름길입니다. 예수에 대한 강한 믿음이 있었기 때문에 많은 난치병 환자들이 예수의 옷깃만 스쳐도 병이 나을 수 있었습니다. 그 믿음이 바로 공감대입니다. 그것이 신성(神性)을 촉발한 거죠. 그러나 여러분은 어떤 선배 구도자를 통해서 자기 자신에게 들어와 있는 영가를 천도시키겠다는 안이한 생각은 버리셔야 합니다. 조금 시간이 걸려도, 자신의 힘으로 들어온 영가를 천도시키겠다는 굳은 각오로 임해야 합니다.

"물론 그것이 올바른 길이라는 것은 아는데, 그렇게 하자면 우리처럼 수련이 낮은 사람들은 너무나 시간이 오래 걸리고 고통이 많이 따르니까 어쩔 수 없이 선배나 스승을 찾을 수밖에 없지 않습니까?"

"아무리 시간이 오래 걸리고 고통이 따르더라도 내 힘으로 무슨 일이 있어도 천도시키겠다는 작정을 해 보십시오. 나는 수련 초기에 한번 빙의가 되면 몇 개월씩 고생을 했습니다. 그때는 누구한테 호소할 데도 없었고 여러분들처럼 찾아갈 만한 데도 없었습니다. 나에게 빙의된 영가를 남의 힘으로 천도시키려면 반드시 나보다 수련이 훨씬 높은 구도자에게 가야 합니다. 그런데 그런 사람이 없었습니다.

그때 나는 어떤 도장엘 나가고 있었는데, 무슨 대선사니 선사니 법사니 하는 사람들이 수두룩했었는데도 나에게 빙의된 영가를 천도시킬 만한 능력을 가진 사람은 아무도 없었습니다. 제각기 저 잘났다고 거들먹대기는 했어도 지금 생각해 보면 말짱 다 엉터리라는 것을 알 수 있습니다. 나에게 빙의된 영가는 나보다 수련의 수준이 높은 사람이 아니면 절대로 옮겨가지를 않습니다.

자전거를 타고 먼 여행길을 떠난 사람은 자전거보다 더 빠르고 안전한 교통수단을 만나지 않는 한 옮겨 타려고 하지 않습니다. 그러나 장거리 버스를 만났다면 앞뒤 잴 것도 없이 옮겨 탈 것입니다. 버스를 타고 가던 나그네는 고속버스를 만나면 또 옮겨 탈 것입니다. 고속버스를 타고 가다가 여객기를 만나면 또 옮겨 타려고 할 것입니다. 이처럼 생명체에 빙의된 영가들은 먼 여행을 떠난 나그네와도 같습니다. 그런데 만약에 내가 고속버스만한 성능을 가지고 있다면 자기 버스에 탄 승객들을 다른 교통수단에 떠넘기려고 할 것이 아니라 어떻게 해서든지 자신의 능력을 여객기 정도로 향상시키도록 노력을 하라는 말입니다.

자기에게 빙의된 수많은 영가들을 천도시키다 보면 자기도 모르게 그러한 능력이 생겨난다는 것을 알아야 합니다. 물론 고속버스가 여객기의 성능을 발휘하기까지는 피나는 노력이 있어야 하겠지만 이것은 수련에 용맹정진하면 누구나 달성될 수 있습니다. 수련에 일로 매진하여 혜해탈(慧解脫)뿐만 아니라 정해탈(定解脫), 구해탈(俱解脫)까지 하게 되면 이러한 영가 천도 능력은 자연히 갖추어지게 되어 있습니다."

"선생님, 영가 천도 능력은 타고나는 것이 아닙니까?"

"타고나는 것이라는 것은 없습니다. 누구든지 피나는 각고와 수련을 통해서 획득하는 것이지 남이 받을 수 없는 특혜 따위가 주어지는 것은 아닙니다. 우리는 그런 신비주의적 망상에서도 벗어나야 합니다. 비록 전생으로부터 물려받은 능력이라 해도 역시 전생에서의 노력의 산물입니다."

"그럼 선생님 좀더 구체적으로 그렇게 될 수 있는 방법을 가르쳐 주십시오."

"방금 말했지만 우선 자기 자신에게 빙의되는 영가들을 아무리 시간이 오래 걸리고 고통스럽더라도 남에게 떠넘기지 말고 자기 자신이 맡아서 천도해 주면 됩니다. 처음에 한번 성공하면 자신이 붙게 되고 그 능력은 회를 거듭할수록 차츰 향상되게 되어 있습니다. 여러분은 옷에 불이 붙으면 어떻게 합니까?"

"……??"

"누구나 옷에 불이 붙으면 처음엔 당황하여 어쩔 줄을 모릅니다. 어떤 이는 사람 살리라고 고래고래 외칠 겁니다. 또 어떤 사람은 우선 뜨거우니까 펄쩍펄쩍 뜁니다. 그렇게 되면 타는 불에 부채질하깁니다. 이런 때는 무엇보다도 당황하지 말고 침착해야 합니다. 만약에 주변에 물이 있으면 물속에 뛰어 들어갑니다. 물이 없으면 덮을 것이라도 찾습니다. 거적 같은 것이 있으면 그것을 덮어 불을 끄면 됩니다. 그러나 덮을 것도 없으면 모래라도 뿌려서 불을 꺼야 합니다. 그것도 안 되면 옷을 벗어 던지든가 땅바닥에 몸을 굴려서라도 불을 끌 수 있습니다.

37

　이렇게 해서 남의 도움을 받지 않고 우선 자기 발등에 떨어진 불을 끄는 데 일단 성공하면 그때부터는 자신감이 붙게 됩니다. 그 뒤로는 옷에 불이 붙어도 당황하지 않습니다. 누구나 위기에 처하면 처음엔 어쩔 줄 몰라 합니다. 얼마든지 살 수 있는데도 당황하기 때문에 생목숨을 잃는 일이 얼마나 많습니까? 사람은 위급한 때 왜 당황하는지 아십니까?"

　"공포심 때문이 아닙니까?"

　"맞습니다. 죽음에 대한 공포심 때문에 사람들은 당황합니다. 그러니까 당황하지 않으려면 공포심만 제거하면 됩니다. 공포심은 왜 생깁니까?"

　"이기심 때문인가요?"

　"아상(我相) 때문입니다."

　"두 분 다 맞습니다. 아상 때문이기도 하고 이기심 때문이기도 합니다. 결국 같은 말이니까요. 그러나 이기심이나 아상에서 떠나면 죽음은 있습니까?"

　"……??"

　"아상이나 이기심은 자기 한계인데 이것을 벗어 던지면 죽음은 없습니다."

　"그래도 당장 몸이 타서 죽는데 어떻게 죽음이 없다고 할 수 있습니까?"

　"그것은 이 세상에서 생존하기 위한 육체라는 장치가 타거나 파괴되는 것이지 본질적인 죽음은 아닙니다. 본질적인 죽음이라는 표현을 썼는데 그런 것은 존재하지 않습니다. 죽음은 없습니다. 윤회를 통한 육체의 변화는 있어도 죽음 그 자체는 없습니다. 없는 죽음을 있다고 망상을 했기 때문에 공포심에 사로잡히게 되고 당황하게 되는 겁니다. 죽음이 없다는 진리를 머리를 굴려서는 이해할 수 없습니다. 사고(思考)나 사량(思量)이나 지성(知性)으로는 알 수 없는 분야입니다. 이것은 오직 자기 내면의 관찰을 통한 깨달음이 있어야만이 터득할 수 있습니다. 그러나 깨달음이 있건 없건 죽음이 없다는 것은 진리입니다.

죽음이 없다는 것만 알면 당황할 필요도 없고 더구나 공포심에 사로잡힐 이유도 없습니다. 공포심도 없고, 당황하지도 않는다면 이 세상에서 겁먹을 것은 아무것도 없습니다. 옷에 불이 붙어도 당황할 필요가 없습니다. 얼마든지 침착할 수 있습니다. 어떠한 고통도 능히 감내할 수 있습니다.

깨달음이 없는 사람들도 시베리아의 영하 50도의 혹한 속의 강제노역에서도 살아남을 수 있었는데, 죽음이 없다는 것을 깨달은 사람이야 무엇을 못 참겠습니까? 감당하지 못할 일이 무엇이겠습니까? 항차 빙의된 영가 따위로 당황하겠습니까? 공포심에 사로잡히겠습니까? 빙의된 영가를 천도시킬 수 있는 능력은 바로 죽음은 없다는 데서부터 출발해야 합니다. 나에게 들어온 영가는 무수억겁을 살아오면서 나와의 풀지 못한 인연 때문에 찾아온 식객입니다. 그들도 여러분의 수련이 보잘것없는 단계에 있을 때는 거들떠보지도 않다가 호흡문이 열리고 운기가 되고 소주천, 대주천이 되어 의탁할 만한 능력이 생기니까 부랴부랴 찾아온 겁니다.

이러한 불쌍한 영혼들을 비록 처음엔 힘겹겠지만 남에게 떠넘기려고만 하지 말고 자기 자신의 능력으로 구제해 보도록 해 보십시오. 한번 성공하면 그 능력은 두 배로 늘어납니다. 성공 횟수가 많을수록 영가 천도 능력은 기하급수적으로 늘어나게 되어 있습니다. 이렇게 함으로써 공부는 점점 더 향상되고 관찰할 수 있는 능력도 진화되어 깨달음에 점점 더 가까이 다가가게 됩니다. 자기가 맡은 숙제는 어디까지나 자기가 풀어야 자기의 실력이 향상된다는 것을 잊지 말아야 합니다."

"선생님께서는 어느 경지에 도달하셨으니까 그렇게 말씀하시지만 우리 같은 초보자는 사실 깨닫는다는 것이 그렇게 쉬운 일인가요?"

"구도자 쳐 놓고 초보자 아니었던 사람도 있습니까?"

"그야 그렇지만 깨닫는다는 것은 이미 다 끝났다는 얘기와 같지 않습니까? 방하착도 그렇습니다. 모든 경계를 놓으라 놓으라 하지만 그 놓는다는 것이 그렇게 쉬운 일인가요? 놓는 일이 맘대로 되는 사람이라면 이미 다 끝난 사람이 아닙니까?"

"물론 그 말에도 일리는 있습니다. 그러나 아무리 그곳에 이르는 길이 어렵고 험하다고 해도 우리가 도달해야 할 목적지임에는 틀림이 없습니다. 그렇다면 어렵다고 한탄이나 하고 있을 것이 아니라 마음만이라도 그곳에 가 있어야 합니다.

그것은 일종의 자기 최면이 될지 모르지만 그러한 자기 최면은 얼마든지 좋습니다. 기(氣)와 몸만 따라가면 됩니다. 만약에 기와 몸이 따르지 못하고 마음만 앞선다면 그것은 헛돌아가는 것밖에는 되지 않습니다. 클러치를 밟은 채 악셀을 밟는 격이죠. 클러치를 서서히 놓고 동력이 바퀴에 전달이 되어야 비로소 차는 움직입니다. 마음만 앞선다고 되는 것이 아니고 반드시 그와 몸이 함께 따라야 됩니다.

자동차로 말하면 운전자는 마음이고 동력은 기(氣)고 동력 전달 장치는 몸에 해당됩니다. 운전자와 동력과 차체가 완전히 하나가 되어야 차는 움직일 수 있습니다. 우리가 깨달음에 이르는 데도 이와 같이 마음과 기와 몸이 하나가 되어야 합니다. 정(精)·기(氣)·신(神) 다시 말해서 성(性)·명(命)·정(精)이 하나로 조화를 이루어야 완벽한 성통공완이 이루어집니다."

"선생님 만약에 어떤 구도자가 견성을 하면 그 사람의 조상령들 역시 삼대가 동시에 혜택을 받는다는 말이 있는데 그게 사실입니까?"

"사실입니다."

"만약에 그 구도자가 성통을 하거나 해탈을 하면 어떻게 될까요?"

"그때는 그 구도자의 한 가문의 조상령 전체가 영향을 받게 됩니다. 명절 때 차례를 지내보면 금방 알 수 있습니다. 차례에 초청받은 수많은 조상령들이 제주가 절하면 맞절을 하는 광경을 보는 일이 있게 될 것입니다. 비록 내 육체를 있게 한 조상령들이지만 도의 세계에서는 그러한 위계나 질서가 의미가 없습니다. 오직 있는 것은 누가 어느 만큼 자성을 밝혔느냐가 기준이 됩니다.

자성이 밝아진 사람의 중심공 속에는 그 자신의 육체를 있게 한 조상 신령들이 전부 다 들어와서 하나로 용해되어 있습니다. 따라서 도의 세계에서는 조손(祖孫)도 사제(師弟)도 없습니다. 아까도 말했지만 단지 있는 것은 누가 얼마나 자성이 밝아졌느냐가 유일한 평가의 기준이 됩니다.

왕조 시대엔 아들이 임금으로 등극하면 그의 부모는 공식 석상에서는 아들에게 임금으로서의 대우를 하여 큰절을 올리는 것과 같습니다. 또 아무리 자기가 가르친 제자라고 해도 일단 임금이 되면 그 옛날 제자 앞에 무릎 꿇고 큰절을 올리는 것과 비슷합니다. 부모와 자식, 스승과 제자가 하루아침에 위계가 뒤바뀌는 것이 권력의 생리이듯 도의 세계에서도 오직 자성이 어느 만큼 밝아졌느냐가 유일한 가치 판단의 기준이 됩니다. 그것을 보면 모든 존재의 목적은 마음과 기와 몸이 성·명·정으로 정화되어 회삼귀일(會三歸一)하는 겁니다. 여기서 말하는 일(一)은 하나 즉 한을 말합니다. 이 한이 바로 진리이고 자성입니다."

"선생님 저는 지난 토요일에 숙제 내주신 것을 해 보았습니다."

성호익 씨가 종이 한 장을 꺼내 들면서 말했다.

"그래요. 그럼 여럿이 듣는 데서 어서 말해 보세요."

"선생님께서는 삼황천제와 석가모니 부처님과 예수 그리스도를 20 내지 30분씩 영상으로 떠올리면서 마음을 집중해 보라고 하셨는데, 그렇게 했더니 과연 다섯 분들의 기운이 들어 왔습니다."

"대단하시네요."

다른 수련생이 말했다.

"다섯 분의 기운이 확실히 구분이 되었습니까?"

"되고말고요. 아주 명확하게 구분을 할 수 있었습니다."

"그럼 어디 한번 자세히 말해 보세요."

그는 조금 전에 꺼내든 종이를 보면서 말했다.

"안파견 환인천제 할아버님은 인당으로 쏴아 하니 청신한 기운이 들어오면서 단전이 축구공처럼 부풀어 올랐습니다. 그다음에 거발한 환웅천황 할아버님은 인당으로 굵고 웅장하고 태산과 같은 무거운 기운이 빨려 들어오면서 뿌듯한 느낌이 단전에 가득 찼습니다. 그 순간 마치 태산이라도 움직일 것 같은 박력을 느꼈습니다. 그다음에 단군왕검 할아버님은 인당으로 은실처럼 은은하고 유연하면서도 온화한 느낌의 기운이 들어오면서 박하향 같은 향기가 단전에 가득 차는 것을 느꼈습니다. 네 번째로 석가모니 부처님은 인당으로 열감이 느껴지면서 기묘하고도 찌릿찌릿한 쾌감이 단전에 가득 고이는 것을 느꼈습니다. 마지막으로 예수 그리스도는 온몸으로 유연하고 온화한 느낌을 주는 기운이 미미하게 들어 왔습니다. 양 어깨가 무겁고 수련하기가 힘이 좀 들었습니다."

"짝짝짝짝 ……."

수련생들은 성호익 씨가 말을 끝내자 일제히 박수를 쳐 축하해 주었다.

어떤 여자 수련생은 부러운 시선을 성호익 씨에게 보내면서

"언제 그렇게 수련이 많이 진척되었습니까? 정말 축하해요."

하고 자기 일이나 되는 듯이 감격했다.

"선생님, 그런데 다섯 분은 전부 다 성통하신 분들일 텐데 그렇게 조금씩 기운이 다르게 느껴지는 것은 무엇 때문일까요?"

성호익 씨가 물었다.

"우리 인간은 개개인이 자기 나름의 특성을 가지고 있으면서도 전체와 하나로 조화를 이루고 있습니다. 성통한 사람이라고 해서 특성도 개성도 없다고 생각하면 오산입니다."

"그럼 성호익 씨가 다섯 분에게서 느낀 기운은 다른 사람도 똑같이

느낄 수 있을까요?"

"그건 그렇지 않습니다. 다섯 분은 전부 다 제각기 개성을 지닌 채 성통을 한 분들이지만 어떤 수련자든지 똑같은 기운을 느끼는 것은 아닙니다."

"그건 왜 그럴까요?"

"기운을 받는 수련자의 그릇의 크기에 따라 받는 기운의 질과 양이 다르기 때문입니다. 다시 말해서 기운 받는 사람의 수련 정도에 따라 천층만층 구만층이라는 얘깁니다."

"선생님 저도 선생님께서 지난주에 내어 주신 숙제를 해 왔습니다."

이번에는 박진숙 양이 말했다.

"그래요. 그럼 어디 말해 보세요. 틀림없이 성호익 씨가 느낀 것과는 다른 겁니다. 그런가! 아닌가! 한번 들어 보세요."

"그럼 말씀드리겠습니다."

박진숙 양이 역시 종이를 한 장 꺼내 들었다.

"안파견 환인천제 할아버님은 따뜻한 기운이 몸 전체로 아주 세게 들어오면서 약간의 진동이 왔습니다. 가장 많이 들어온 부위는 역시 인당이었습니다."

이때 한 수련생이 손을 들었다.

"무슨 일입니까?"

"말씀 도중에 미안한데요. 다 아시다시피 환인천제님들은 지금까지 초상이 그림으로 그려진 일이 없지 않습니까?"

"그 말은 맞습니다."

"그런데 어떻게 영상을 떠올릴 수 있습니까?"

"그래도 안파견 환인천제님이 우리의 조상신으로 엄연히 존재하는 것만은 틀림이 없습니다. 우리는 단지 그 사실만을 믿고 그분에게 마음을 집중하면 됩니다. 영상이 문제가 아니라 그러한 분의 존재를 믿는 것이 더 중요합니다. 그러니까 성호익 씨도 박진숙 양도 실제로 그분과 기운의 교류가 이루어진 것입니다."

"그렇군요. 말씀 도중에 뛰어들어 죄송했습니다. 그럼 얘기를 진행시키시죠."

"다음에 거발한 환웅천황 할아버님은 온몸으로 시원한 기운이 들어오면서 단전만 남고 다른 곳은 전부 다 없어진 듯한 느낌이 들었습니다. 단군왕검 할아버님은 무척 따뜻한 기운이 소용돌이치면서 들어오는데 짜릿짜릿한 느낌이 들고 몸 전체가 후끈후끈 달아올랐습니다. 석가모니 부처님은 따뜻한 기운이 하단전과 중단전에 고이는 느낌이 들었습니다. 기운은 장심과 용천으로 가장 많이 들어 왔습니다. 예수님은 뜨거운 기운이 몸 전체로 들어왔는데, 특히 많은 기운이 하단전과 중단전에 퍼지고 있었습니다."

"짝짝짝짝짝 ……"

이번에도 수련생들이 축하와 환영의 박수를 아끼지 않았다.

"어떻습니까? 이제 자세히들 들으셨죠. 두 분의 느낌이 이처럼 차이가 나지 않습니까? 그것은 기질과 특성과 수련 정도의 차이 때문입니다. 성호익 씨는 다섯 분 중에서 어느 분에게서 제일 친밀감을 느끼셨습니까?"

"저는 거발한 환웅 할아버님의 기운이 제일 편안하고 좋았습니다. 저의 기질과 비슷한 데가 많았습니다."

"틀림없이 전생에 많은 인연이 있었을 겁니다. 앞으로도 수련하다가 막히면 환웅 할아버님을 떠올리세요. 반드시 크게 도와주실 겁니다."

"저 역시도 그것을 이 숙제를 푸는 동안에 절실히 깨달았습니다."

"그러나 언제까지 그분의 기운에 매달리면 안 됩니다. 그분은 성호익 씨를 성통공완으로 인도하시는 분이지 언제까지나 의존할 대상은 아닙니다. 젖먹이가 자연식을 할 수 있을 때까지 도와주는 유모와도 같다고 보면 틀림없습니다. 우리는 언제까지나 유아로 머물러 있을 수는 없는 일입니다. 수련이 어느 단계에 접어들면 우주의 기운을 스스로 자기 몸에 운기할 수 있어야 합니다. 그때는 아무의 도움도 필요하지 않게 됩니다."

"박진숙 양은 어느 분과 가장 친밀감을 느꼈습니까?"

"저는 단군 할아버님의 기운이 가장 좋았습니다."

"선생님 저도 숙제해 온 거 말씀드릴까요?"

이번에는 비구니인 공오 스님이 역시 종이를 꺼내 들면서 말했다.

"좋습니다. 말씀하세요."

"이미 두 분이 발표를 했으니까 저는 간단히 말씀드리겠습니다. 안파견 환인 할아버님은 기운이 인당으로 처음에는 미미하게 들어오기 시작했는데 얼마 안 있어 단전이 불처럼 뜨겁게 달아올랐습니다. 거발한 환웅 할아버님은 인당으로는 시원하게 들어오고 단전으로는 따뜻하게 들어 왔습니다. 단군왕검 할아버님은 온몸으로 따뜻한 기운과 시원한 기운이 번갈아 들어오더니 명문과 단전이 불처럼 뜨거워졌습니다. 석가모니 부처님은 인당으로는 시원하게 백회와 단전으로는 따뜻하고 포근한 기운이 들어와서 온몸을 부드럽게 감싸주었습니다. 예수님은 인당으로는 따뜻하게 단전으로는 뜨겁게 들어 왔습니다. 조금 있다가 온몸이 훈훈해졌습니다."

"짝짝짝짝짝 ……"

이번에도 축하의 박수가 울렸다. 수련생들은 저저끔 자기 일인 듯 반가워했다. 그것은 미구에 자기들도 비슷한 경지에 도달할 수 있다는 자신감의 표현이기도 했다.

"세 분은 수련이 참으로 막상막하군요. 이렇게 세 분이 동시에 나를 찾아와 한 보름 동안 거의 매일같이 이곳에 드나들면서 수련을 하게 된 것도 보통 인연들이 아닌 것 같습니다. 그건 그렇고 어떻습니까. 공오 스님은 다섯 분 중에서 어느 분의 기운이 가장 친화력이 강하던가요?"

"제가 불자가 돼서 그런지 역시 석가모니 부처님의 기운이 제일 좋았습니다. 마음이 우선 편안하고 포근하게 온몸을 감싸주시는 것 같았습니다."

"응당 그럴 겁니다. 거듭 말하지만 나는 여러분들이 종래에는 아무에게도 의존하지 않고 홀로서기를 바랍니다."

"선생님 그런데 저는 숙제를 해 보았는데 세 분들처럼 되지 않던데요. 그건 왜 그렇습니까?"

양지훈 씨가 물었다.

"저두요."

그의 아내인 우주현 씨도 맞장구를 쳤다.

"속에서 한창 익고 있으니 좀더 기다리면 때가 올 겁니다. 그동안에 지금 못지않게 열심히 수련만 하시면 됩니다. 조금 이르고 늦는 것을 가지고 신경 쓸 필요는 조금도 없습니다."

"느긋하게 마음의 여유를 갖고 계속 수련만 하면 되겠군요."

"그렇습니다. 원래 도의 세계, 실상의 세계에서는 시간과 공간은 없습니다. 우리는 무한한 시공 속의 한 점일 뿐입니다. 그런 걸 감안하면 초조해할 이유는 하나도 없습니다. 이제 수련 체험을 발표한 세 분은 자기 자신이 지금 어떤 수준에 와 있는가를 정확히 알아야 합니다. 수련이 일정한 궤도에 올라섰습니다.

다섯 분의 성현들과 기운을 교류할 수 있다는 것은 이 우주 내에 있는 모든 기운과도 교류할 수 있는 가능성을 말해 주는 겁니다. 이제 수련이 계속 진전이 되면 여러분은 어떠한 별의 기운이라도 가져다가 쓸 수 있습니다. 또 어떠한 성현들의 기운도 쓸 수가 있습니다. 이 우주 내, 삼천 대천세계의 유익한 기운은 무엇이나 다 가져다가 쓸 수 있다는 것을 말합니다. 그것은 소우주와 대우주가 하나가 되었을 때 가능해지는 것입니다.

이기심과 아상이라는 장벽만 해소되면 누구든지 그럴 수 있습니다. 세 분의 수련 체험은 바로 이것을 가장 단적으로 말해주었습니다. 그것은 또한 관찰의 범위가 그만큼 확장된 것을 말해줍니다. 건강한 몸으로 기운을 탔기 때문에 이런 체험을 할 수 있습니다. 이제부터는 어떠한 화두든지 먹혀들 겁니다. 가령 나는 누구인가? 나는 어디서 왔는가? 내 전생의 모습은 어떠했는가?

이 밖에도 지금 당장 자기가 해결해야 할 절실한 문제를 화두로 삼아 의문을 제기해 보십시오. 화면으로든지 소리로든지 그 밖의 어떠한 직감의 형태로든 반드시 응답이 있을 겁니다. 이렇게 하여 우리는 한 꺼풀 한 꺼풀 업장을 벗겨나갈 수 있고 깨달음에 한발한발 다가설 수 있다는 얘깁니다."

"그렇다면 선생님 인간은 누구나 깨닫기만 하면 전지전능한 하느님이 될 수 있다는 말이 아닙니까?"

"맞습니다. 하느님은 전지전능할 뿐만 아니라 무한한 덕성과 지혜를 겸비하고 계십니다."

"인간이 어떻게 그럴 수 있는지 아무래도 이해가 되지 않습니다."

"깨달음을 얻어 우주와 하나가 되면 그렇게 될 수 있습니다. 삼황천제나 붓다나 예수를 비롯한 성현들은 이미 그 경지에 오른 분들입니다."

"사람이 어떻게 우주와 하나가 될 수 있는지 그게 아무래도 납득이 되지 않습니다."

"혹시 자가용 가지고 계십니까?"

"네, 가지고 있습니다."

"차를 마음대로 굴리려면 어떻게 하면 되겠습니까?"

"운전 기술에 숙달이 되어야겠죠."

"운전 기술에 숙달이 된다는 것을 바꾸어 말하면 차와 내가 하나가 된다고 말할 수 있습니다. 차의 구조와 운행 원리를 완전히 머리와 몸으로 통달하고 있으면 누구나 차를 자기 맘대로 굴릴 수 있습니다. 도를 깨달는다는 것은 우주와 내가 하나가 되는 것을 말합니다. 그렇게 되면 우주의 섭리와 내 뜻이 따로 있는 것이 아니고 하나가 됩니다. 내가 우주고 우주가 바로 나 자신이 됩니다. 운전에 숙달이 되어 차를 자기 맘대로 굴릴 수 있는 것은 기술입니다. 그러나 수련으로 깨달음을 얻어 우주와 하나가 되는 것은 도가 통했다고 해서 도통이라고도 합니다."

"그런데 한 가지 의문이 있습니다."

"어서 말씀하세요."

"어떤 종교에서는 하나님을 믿는다고 하면서 그 종교의 십계명에 보면 그 하나님은 질투를 하기 때문에 그 앞에서는 다른 신을 섬기지 말라고 하는데, 그건 어떻게 되는 겁니까?"

"내가 보기에는 그 질투하는 하나님은 우리 한민족이 적어도 1만 년 전부터 삼대경전을 통하여 믿어온 하느님과는 차원이 다릅니다. 발음은 비슷하지만 똑같은 대상은 아니라고 봅니다. 하느님이라면 무한한 사랑, 무한한 지혜, 무한한 능력을 갖추고 이 우주를 주재하는 존재인데, 질투를 한다는 것은 욕심이 있다는 말이 아닙니까? 질투란 원래 아녀자들이나 하는 것이 아닌가요? 그런 저급한 감정에서 아직 벗어나지 못한 존재가 어떻게 하나님이라는 존칭을 들을 수 있겠습니까? 질투를 느끼는 정도의 신이라면 그것은 어떤 민족의 조상신은 될 수 있을지 몰라도 인류의 보편적인 신은 될 수 없습니다.

그러한 신에게 하나님이라는 존칭을 붙인다는 것은 너무나 과분합니다. 질투하는 신령은 존재할 수 있을지 모르지만 질투하는 하나님은 존재할 수 없습니다. 질투를 느끼는 신이라면 성통도 해탈도 깨달음도 얻지 못했습니다. 『삼일신고』의 기준으로 말하면 지감(止感)이 되지 않은 상태입니다. 기본적인 수련도 되지 않은 신입니다. 그러한 신에게 하나 님이라는 명칭은 천부당만부당한 일입니다. 그것은 분명 그 종교의 경 전을 번역할 때 번역한 사람들이 실수를 저지른 것이 틀림없습니다."

"그래서 어떤 민족 종교의 지도자는 하나님이라는 명칭을 특정 외국 종교의 신의 이름으로 쓰는 것은 부당하다는 소송을 제기했다고 합니 다. 그건 어떻게 될까요?"

"일반인들의 주의를 끄는 홍보 효과는 거둘 수 있을지 몰라도 실정 법이 다룰 만한 성질은 아닙니다. 박정희 정권 때에도 국사찾기협의회 에서 국정교과서의 상고사 서술이 식민사관을 답습했다고 저자들을 걸어 고소를 제기한 일이 있었는데 그때도 판사는 고소인 측에 동정은 하면서도 실정법에 맞지 않는 사항이므로 법이 다룰 수 있는 한계를 넘는 문제라고 판시했다고 합니다."

"종교와 구도(求道)는 어떠한 관계에 있다고 보십니까?"

"애당초 종교와 구도는 하나였습니다. 그런데 종교가 세속화되고 기 복신앙화 하니까 구도자들이 종교의 굴레를 벗어 던졌습니다. 종교도 구도도 원래는 자성을 밝히는 것이 목적이었습니다. 그런데 지금 보십 시오. 어느 종교 쳐놓고 세속화되고 기복신앙화 되지 않는 것이 있습 니까. 우리나라에서도 그렇습니다.

기독교도 불교도 민족 종교도 그 어디에 세속화되거나 기복신앙화 되지 않는 종교가 있습니까? 심지어 어떤 종교에서는 명상과 관(觀)을 금하고 있습니다. 이것은 눈과 귀를 막아버리는 것과 같습니다. 공산주의 사회에서는 언론을 통제합니다. 그것은 국민들의 관찰력을 봉쇄하기 위해서입니다. 종교에서 명상과 관을 금하는 것 역시 의도는 같습니다. 신도들에게 맹종을 강요하기 위해서입니다. 치열한 구도정신이 빠져나간 종교는 이미 진정한 의미의 종교는 아닙니다. 제도와 관례와 특정한 명제가 지배하는 종교는 이미 구도와는 상관이 없습니다. 그것은 오직 그 조직을 움직이는 교역자를 부양하는 기업체에 지나지 않습니다. 그 신도들은 교역자들을 먹여 살리는 도구나 노예에 지나지 않습니다."

"선생님 저처럼 수련이 초보 단계에 있는 사람도 질투하는 신(神) 하면 어쩐지 말이 안 되는 것 같은 느낌이 드는데, 그렇게 많은 신도들 중에는 쟁쟁한 지성인들도 많을 것 아닙니까. 신문기자, 법관, 대학교수 같은 분들도 얼마든지 있을 터인데, 어떻게 질투하는 신을 내세우는 종교를 믿을 수 있겠습니까? 저는 아무래도 그것이 이해가 되지 않습니다."

"왜 끼리끼리 모인다는 말이 있지 않습니까? 유유상종(類類相從)이고, 비슷한 깃털의 새들은 한곳에 모이게 되어 있는 것이 순리가 아닙니까. 하등 이상할 것도 없습니다. 그런 부류가 있으니까 이런 부류도 있고 그래서 다양 속의 조화가 이루어지는 것이 아닙니까? 질투하는 신이 있으면 질투가 무엇인지 모르는 신도 있습니다. 악이 있으면 선이 있고 더러운 것이 있으면 깨끗한 것도 있게 마련입니다. 상대개념이 지배하는 것이 현상계입니다."

"저희들은 앞으로 어떻게 수련을 하면 되겠습니까?"

아까 수련 체험을 발표한 세 사람을 대표하여 성호익 씨가 물었다.

"건강한 몸으로 기를 타고 있으니까 앞으로는 각자 자기 자신에게 부딪쳐 오는 모든 문제들을 자기 자신의 중심 속에 내려놓고 관찰만 하면 됩니다. 그 관찰 속에서 지혜가 눈뜨게 될 것입니다. 방하착을 하되 반드시 대인관계에서는 역지사지하는 것을 잊어서는 안 됩니다. 역지사지야말로 아상의 높고 견고한 벽을 허물 수 있는 가장 효과적인 방편입니다. 아상의 벽만 허물 수 있다면 누구나 서서히 견성 단계에 접어들게 됩니다.

그 무렵에는 일상생활 하나하나가 다 수련입니다. 가부좌 틀고 앉아 있는 것만이 아니라 작업을 하든지 글을 쓰든지, 대화를 하든지 식사를 하든지, 누구와 싸움질을 하든지 누구에게 화를 내든지, 영화를 보든지 텔레비전을 보든지, 애인과 사랑을 속삭이든지, 잠을 자든지 꿈을 꾸든지 어느 것 하나 수련이 아닌 것이 없습니다.

심지어 죽음 그 자체까지도 구도를 향한 과정일 뿐입니다. 그런데 반드시 건강한 몸으로 기운을 타야 더욱더 효과가 있다는 것을 명심해야 합니다. 이쯤 된 사람은 누가 벼락같이 따귀를 올려붙여도 맞받아치는 일은 없을 뿐 아니라 화를 내지도 않습니다. 밤에 곤하게 잠에 떨어져 있는데, 강도가 들어와서 걷어차고 깨워도 절대로 당황하지 않습니다. 내일 당장 지구의 종말이 온다고 해도 태연할 수 있습니다. 얘기가 길어졌지만 어떻게 수련을 해야 하느냐는 질문에는 단 세 마디 말로 대답하겠습니다. 건강한 몸으로 기운을 타고 마음공부를 하십시오."

"마음공부는 무엇을 말하는지요?"

"관찰입니다. 누구를 믿고 의지하고 기도하는 것은 관찰이 아닙니다. 오직 자기 자신의 자성을 밝혀나가는 것이 마음공부이고 관찰입니다. 있지도 않는 창조주를 믿고 인간을 피조물로 보는 한 관찰은 할 수 없게 되고 자성을 밝히는 것도 불가능해집니다. 창조주와 피조물이라는 대명제가 구름처럼 진리를 가려버리기 때문입니다. 이 세상에 믿을 것은 아무것도 없고 오직 자신의 자성을 밝혀나가다 보면 진공묘유를 터득하게 됩니다. 이것이 마음공부의 요지입니다."

"선생님 저는 수련하다가 보면 가끔 이 세상에서는 볼 수 없는 웅장하고 화려한 궁궐도 보이고 그 안에 있는 저 자신의 모습을 보게 됩니다. 그런데 복장은 어느 시대 것인지 알 수 없는 아주 화려하고 세련된 고대 의상 같습니다. 왜 그런 장면이 자꾸만 보이는 걸까요?"

수련이 잘되는 이윤희 씨가 물었다.

"바로 그럴 때 그것을 화두로 삼으셔야 합니다. 그 장면이 무엇일까 하고 계속 자기 자성에게 질문을 던지고 있으면 어느 한순간에 그 의문이 확 풀려버릴 때가 옵니다. 그러나 명심해야 할 것은 반드시 건강한 몸으로 기운을 타고 화두를 잡아야 합니다. 그렇게 해서 자기한테 부닥쳐 오는 모든 문제를 스스로 해결하는 습관을 길러야 합니다. 이윤희 씨가 그런 질문을 했다고 해서 내가 이 자리에서 그것은 이윤희 씨의 전생의 한 장면이라고 대답한다면 싱겁기 짝이 없습니다. 실감도 나지 않을 겁니다. 그러니 좀 고생이 되더라도 스스로 그 의문을 풀어 보라는 말입니다."

"그런데, 이상한 것은 왜 그 장면들이 지상의 것이 아닌 것 같은 느

54

낌이 들까요?"

"그런 느낌이 든다면 그것은 분명히 지상의 것은 아닙니다."

"지상의 것이 아니면 어디라는 말입니까?"

"이 우주에는 지구와 같은 인간이 살기 알맞은 별이 얼마든지 있습니다. 비행접시를 타고 지구를 방문하는 생명체들은 그런 별에서 온 것이 틀림없습니다. 이 지구상에 살고 있는 사람은 반드시 대대로 지구상에서만 살아 왔다고 볼 수는 없는 일입니다. 다른 별에서 온 영가들도 얼마든지 지구상에 태어날 수 있습니다. 지상에 나타났던 성현들은 지구 문명보다 수백 년, 수천 년 또는 수만 년 앞선 별에서 왔다는 연구보고도 나와 있습니다. 우리가 막연히 먼 별나라를 그리워하는 일이 가끔 있는데, 이것은 우리들 자신이 원래 다른 별에서 왔기 때문입니다."

"태양계를 빼놓으면 다른 별과 지구와의 거리는 수백억 광년이 된다고 하는데 어떻게 그럴 수 있습니까?"

"영혼들은 시간과 공간을 초월합니다. 비행접시도 무한한 우주의 힘을 이용하기 때문에 순식간에 별과 별 사이를 이동합니다. 사람이 만든 비행체는 아직 항로를 직각으로 꺾는다든가 수직 상승과 하강을 갑자기 할 수 없습니다. 그것은 관성의 법칙에 지배를 당하기 때문입니다. 그러나 비행접시들은 관찰해 보면 항로를 직각으로 꺾을 수도 있고 오던 길을 눈 깜짝할 사이에 되돌아갈 수도 있고 수직 상승과 하강을 자유자재로 할 수도 있습니다.

그리고 멀쩡하게 날아가던 비행접시가 갑자기 시야에서 사라지기도 합니다. 그들의 비행체는 이처럼 관성의 법칙에도 지배당하지 않고 시간과 공간에도 구애받지 않습니다. 이것은 분명 자연법의 한계를 극복한 지구 문명보다 수천 년 또는 수만 년 앞선 기술이 아니면 할 수 없는 일입니다. 한말로 그들은 전부 다 도통한 이성인(異星人)들입니다. 종말론 따위에 벌벌 떠는 저급한 지구인들과는 차원이 다른 세계에 사는 사람들입니다. 따라서 지구의 종말이 인류의 종말이라고 속단을 내릴 필요는 조금도 없습니다. 비록 지구가 소혹성과 충돌이 되든지 대기오염으로 황폐화된다고 해도 우리의 영혼들은 얼마든지 살아남아 업장에 따라 다른 별에 태어날 수 있다는 것을 알아야 합니다."

"그렇다면 지구환경 살리기운동 같은 것은 궁극적으로는 별 의미가 없는 것 아닙니까?"

"그건 그렇지 않습니다. 지구는 어디까지나 지구인이 살고 있는 삶의 보금자리니까요. 동물도 자기네 보금자리는 가꿀 줄 압니다. 하물며 만물의 영장인 사람이 자기네 보금자리를 오염시켜 못살게 만든다는 것은 수치이고 있을 수 없는 일입니다. 지구환경을 살리느냐 죽이느냐 하는 것은 오로지 지구인 자신에게 달려 있습니다. 지구는 지구인에게는 가장 소중한 삶의 보금자리인 동시에 수련의 도량이기도 합니다. 따라서 지구를 살리는 것은 지구인의 책임입니다."

"비행접시는 빛보다 훨씬 빠른가요?"

"물론입니다. 우리가 여객기를 타고 여행할 때를 생각해 보세요. 비행기가 비행장에서 뜨고 내리는 시간을 빼고 일정한 고도에 올라서 항진하는 시간은 국내여행을 할 때는 얼마 걸리지 않습니다. 성간(星間) 여행을 할 때도 별에서 뜨고 내리는 시간을 빼고 나면 거의 순식간에 몇백억 광년의 거리를 오고 갑니다. 그래서 비행접시를 육안으로 추적해 보면 일정한 거리에서 갑자기 그 형체가 사라집니다. 이것은 비행접시가 이미 시공을 초월한 여행에 들어간 것을 말합니다."

"어떻게 그런 일이 가능할까요?"

"건강한 몸으로 기운을 타고 마음공부를 하다가 보면 그 원리를 스스로 알 때가 있을 겁니다. 얼마든지 가능한 일입니다."

〈20권〉

살려놓고 봐야죠

1993년 10월 23일 토요일 2~16℃ 구름 조금

오후 2시부터 11명의 수련자들이 찾아와 서재에서 가부좌를 틀고 앉았다.

"선생님 인생 문제 하나 상담드려도 되겠습니까?"

"어디 말씀해 보시죠."

"제 사촌 여동생이 지금 당하고 있는 일인데요. 결혼을 한 지 3년이 되었습니다. 남편은 석유화학 계열 회사의 기사로 있는데 착실한 편입니다. 돌 지난 사내애도 하나 있고요. 그런데 요즘 갑자기 남편이 심각한 고민에 빠져서 몸이 빼빼 마를 정도가 되었답니다. 사촌 여동생이 왜 그러냐고 물어도 대답을 하지 않고 미적미적 미루어 오다가 자꾸만 다그치니까 할 수 없이 자백을 했다는 겁니다.

결혼 전에 깊이 사귀던 여자가 나타났다는 겁니다. 보통 남자들 같으면 아내 몰래 만나서 회포를 풀던가 하는 식으로 해결을 보았을 텐데, 그 사람은 워낙 고지식해서 그렇게 함부로 탈선을 하지 못하고 혼자서 고민을 해오느라고 먹지도 못해서 체중이 형편없이 줄어들었다는 거죠. 그러던 중에 아내가 거세게 다그치니까 할 수 없이 자초지종을 털어놓은 모양입니다."

"그래 남편의 요구 사항이 뭐랍니까?"

"그 옛날 애인과 하룻밤만 외박을 하게 하면 모든 문제를 원만하게 해결하겠다는 겁니다."

"허어 참 그 사람 너무나 천진난만하구만. 사내대장부가 그런 일로 그 정도로 고민을 하다니."

남자 수련생 한 사람이 말했다.

"그럼 그 여동생의 고민은 무엇입니까?"

"남편의 요구를 들어주자니 까딱하면 그 옛 애인에게 남편을 빼앗길 것도 같고, 못 들은 척하고 넘겨버리자니 점점 몸이 말라가는 남편이 중병에 걸릴 것 같고, 어떻게 해야 좋을지 결정을 못 하고 있다고 합니다. 선생님께서는 이런 경우 어떻게 하는 것이 현명하다고 보십니까?"

"지금은 이미 절판이 되었지만 지금으로부터 15년 전 1978년에 내가 문단에 나온 지 4년 만에 나는 처음으로 단편집을 하나 발간한 일이 있었어요. 그 책의 제목이 무엇인지 아십니까? 『살려놓고 봐야죠』입니다. 그 단편소설의 줄거리가 지금 제기된 것과 흡사합니다."

"그렇습니까. 그래 그 소설에서는 어떻게 결말이 났습니까?"

"소설 제목만 보아도 상상이 되지 않습니까? 상사병에 걸려 죽어가는 남편을 살려놓고 봐야겠다고 생각한 아내가 하룻밤의 외박을 간청하는 남편의 요구를 받아들여 주는데, 외박은 허락하지 않고 자기네 안방을 내어주고 자기는 밖에 숨어서 밤새워가면서 그 방의 불빛을 응시하는 것으로 결말을 맺습니다. 결국 남편을 살리기 위해서 자신의 남편에 대한 소유욕을 희생한 거죠. 백년해로하기로 작정한 남편이 이 지경이 된 것은 자기 자신에게도 책임이 있다고 본 겁니다."

"그렇게 한다고 해서 문제가 해결될 것 같습니까?"

"문제가 해결되고 안 되는 것은 하늘에 맡기고 사람으로서 특히 아내로서 할 수는 있는 최선을 다해 본 것이죠. 그 외에는 달리 해결책이 없으니까요. 죽은 사람의 소원도 들어준다는데 산 사람의, 더구나 일심동체인 남편의 소원을 못 들어준다면 어떻게 아내 자격이 있다고 할 수 있을까 하고 관대하게 생각한 것이죠. 질투심이나 소유욕 때문에 남편을 희생시킬 수는 없었던 겁니다. 진정한 사랑은 질투나 시기를 초월합니다. 자비심 역시 선악을 초월한 데서 나옵니다."

"그 얘기를 들으니까 지금 강원도에 사는 육촌 여동생 생각이 납니다."

남자 수련생 한 사람이 입을 열었다.

"그 여동생이 시집간 지 5년이 되어 남매를 두고 있었는데, 회사에 다니는 남편의 옛 애인이 나타나 정말 심각한 고민에 빠진 겁니다. 아까 말 나온 대로 장작개비처럼 빼빼 몸이 마를 정도로 고민이 깊었습니다. 남편은 이런 문제를 감히 아들딸 낳고 사는 아내한테 입 밖에 낼 수도 없어서 혼자서만 끙끙대고 앓았습니다. 아내(여동생)가 이상한 눈치를 채고 다그쳤더니 이실직고를 했어요. 요컨대 그 옛 애인과 하룻밤만 함께 지내게 해 주면 원이 없겠다는 겁니다. 아내는 남한테 말하기도 창피한 문제라 혼자서 궁리 끝에 남편의 소원을 들어주기로 했습니다.

아내(여동생)는 여느 남자 같으면 이런 일로 고민할 필요도 없이 출장 간다고 속이고 며칠 외박을 하면 문제는 간단히 해결이 될 텐데 그런 일로 그렇게까지 고민을 한 것을 남편으로서는 오히려 고지식하고 성실하다고 본 것이죠. 그래서 그 요구만 들어주면 문제는 간단히 해결될 것으로 보았습니다. 그런데 여동생은 남편에게 한 가지 조건을 달았습니다. 그 옛 애인과 하룻밤을 지낼 것을 허락은 하지만 밖에서는 안 되고 자기집 안방은 내어줄 수 없고 아랫방을 이용하라는 것이었습니다. 밖에서 옛 애인과 여관에 들어가는 것이 남의 눈에 뜨이면 창피한 일이라는 것이었죠.

그런데 막상 그렇게 허락을 하자 남편과 옛 애인은 아랫방에서 하룻밤을 새우지는 않고 한 시간쯤 무슨 얘기를 나누고는 깨끗이 헤어졌답니다. 그런 일이 있은 뒤에는 다시는 그 옛 애인과 만나는 일이 없어졌고 남편은 아내를 상전처럼 떠받들게 되었다고 합니다. 그때부터 가정의 주도권은 완전히 아내의 손에 넘어가게 되었다는군요."

"그거야말로 전화위복인데요. 그런 아내는 남편에게 존경을 받아 마땅합니다. 질투심에 매어달린 것이 아니고 그것을 뛰어넘었다는 데 도인다운 기질이 발휘되었습니다. 이것이 말하자면 참다운 지혜가 아니고 무엇이겠습니까."

"지금까지는 아내가 남편을 위해서 일방적으로 희생하는 얘기들만 나왔는데, 그건 불공평하지 않습니까? 어찌 보면 남존여비 사상이 그 밑에 깔려 있는 것 같고 말입니다. 그래서 저는 남편이 아내를 위해서 희생하고 양보하는 경우는 없었는지 알고 싶습니다."

한 여자 수련생의 항의가 있자, 남자 수련생의 응답이 있었다.

"남편이 아내를 위해서 희생한 얘기들도 세상에 알려지지만 않았을 뿐이지 얼마든지 있습니다. 아직도 우리 사회에서 뿌리 뽑히지 않고 있는 남존여비 사상 때문에 남편들은 그런 희생을 치르고도 쑥스러워서 발설을 안 하고 있었을 뿐이지 사실은 여자들보다도 더 많지 않나 생각됩니다."

"있을 수 있는 일입니다. 그러나 나는 이 경우에 남편은 아내를 위해서 희생을 당했다느니 아내는 남편을 위해서 희생을 했다느니 하는 생각 자체에서 벗어나야 한다고 봅니다. 오른손이 하는 일을 왼손이 모르게 한다는 말과 같이, 함이 없는 함 속에 진정한 함이 있는 겁니다. 누구를 위해서 무슨 일을 한다는 생각 자체도 잊어야만이 인생의 고해(苦海)에 빠지지 않고 유유자적할 수 있습니다. 이런 사람을 보고 우리는 도(道)를 얻었다고 합니다. 도를 얻은 사람은 매사에 불평불만 따위가 있을 수 없습니다.

그 사람이 하는 일은 일거수일투족일상념(一擧手一投足一想念)이 전부 다 진공묘유인 섭리와 일치하게 되어 거침이 없습니다. 무슨 일을 해도 하늘의 뜻과 합치가 되는 겁니다. 그런 사람은 기성도덕이나 윤리 따위에 구속당하지 않습니다. 한 시대를 지배하는 도덕이나 윤리는 사실은 그 시대를 살아가는 사람들의 필요에 의해서 생겨난 것이므로 반드시 진리와 합치되는 것이 아니기 때문입니다."

도(道)의 세계

1993년 10월 27일 수요일 5~18℃ 가끔 흐림

오후 3시. 독자 전화.

"선생님, 안녕하십니까? 양문선이라는 『선도체험기』 애독잡니다. 선생님께 한 가지 궁금한 것을 물어보고 싶어서 전화를 드렸습니다."

"어서 말씀해 보십시오."

"선생님!"

"네엣."

"저어 도(道)의 세계는 어떤 겁니까?"

"나라고 하는 존재가 있으면서도 없는 세계가 바로 도의 세계입니다."

"무아(無我)의 경지까지는 간신히 이해할 것 같은데, 그렇다면 선생님은 유아(有我)와 무아(無我)를 벗어난 곳에 도의 세계가 있다는 말씀인가요?"

"그렇습니다."

"저는 지금까지는 무아(無我)의 경지가 바로 도의 세계라고 알고 있었는데 그렇지 않다는 말씀인가요?"

"그렇습니다. 무아까지도 뛰어넘어야 합니다. 다시 말해서 무아도 유아도 잊은 곳에 진정한 도의 세계는 있습니다. 너와 내가 분명히 따로 존재하는데도 실상은 너와 내가 따로 있는 것이 아니고 하나인 세

계가 바로 도의 세계입니다. 생(生)과 사(死)가 있는 것이 틀림없는데
도 깊이 통찰해보면 생사가 따로 없는 세계가 바로 도의 세계입니다.
시작과 끝이 분명히 있는데도 실상은 시작도 끝도 없습니다. 시간과
공간은 분명히 구분이 되어 있는데도 실상은 분리되어 있지 않은 세계
가 바로 진리의 세계입니다. 낮과 밤이 있는 것은 틀림없는데도 허공
의 입장에서 보면 낮도 밤도 하나로 공존하는 겁니다."

"선생님께서 요즘은 『선도체험기』에 선생님 자신의 기공부에 대한
얘기는 거의 없는데요. 왜 그런지 궁금합니다."

"그렇습니까? 책에다 그 얘기를 써 보았자 비슷한 얘기가 자꾸만 반
복이 되니까 하지 않을 뿐입니다. 사실은 몸공부와 기공부도 끊임없이
계속되고 있습니다. 그전보다는 많이 약화되기는 했지만, 명현반응도
일어나고 있습니다."

"아니 선생님도 아직 명현현상을 겪고 계시다는 말씀인가요?"

"그럼요. 인간은 육체를 쓰고 있는 한 영원히 미완성품인 걸요. 그러
나 이 미완성 속에 완성이 있다는 것을 아셔야 합니다. 실상은 미완성
도 완성도 아니고 미완성 속에 완성이 공존하고 있습니다. 미완성과
완성을 벗어난 것이 실상입니다. 양변을 벗어났으므로 양쪽을 다 같이
가지고 있습니다. 미완성과 완성이 공존하고 있는 것은 인연 때문인
데, 실제로는 그 어느 쪽도 아니면서도 양쪽을 다 통섭(統攝)하는 것이
진공묘유의 실상입니다."

"그러나 선생님 그렇다는 것을 알고만 있어 보았자 별 의미는 없는
것이 아니겠습니까?"

64

"물론입니다. 몸과 기와 마음으로 깨닫고 그에 합당한 변화가 있어야 합니다. 지식으로는 백번 알아 보았자 다 헛일이죠. 중심으로 깨닫고 몸과 기와 마음이 다 같이 변화하여야 합니다. 그렇게 되면 우선 사람의 됨됨이가 그 전과는 전연 딴판이 되어야 합니다. 인간의 중심축에 변동이 일어나니까 전체가 바뀌어버리는 것이죠. 마치 어두운 밤에 떠오르는 하나의 인간 태양과 같은 존재가 되지 않을 수 없습니다. 붓다나 예수, 그 밖의 수많은 성현들과 역대 조사(祖師)들은 다 그러한 각자(覺者)의 대열 속에 들어간다고 할 수 있겠죠. 삼명육통(三明六通)이 열려서 찬연한 빛을 주위에 발산하게 되니까 수많은 구도자들이 그를 찾아 모여들게 되는 겁니다."

"그러나 그런 성현이 되는 것은 특별한 사람이 아니면 안 되는 것이 아닐까요?"

"절대로 그렇지 않습니다. 누구나 자기중심만 깨달으면 다 그렇게 될 수 있습니다.

태산이 높다 하되 하늘 아래 뫼이로다.
오르고 또 오르면 못 오를 리 없건만,
사람이 제 아니 오르고 뫼만 높다 하더라.

바로 이겁니다. 역사상 수많은 성현들이 이미 그 길을 몸소 실천하여 보여주고 가르쳐 주었건만 사람들은 온 힘을 기울여 실천해 볼 생각은 하지 않고 다만 앞서 간 선배들을 쳐다만 보고 망연자실할 뿐입니다.

어떤 독자는 『선도체험기』를 다 읽었다고 하면서도 기를 느끼지 못하고 있었습니다. 왜 그런가 알아보았더니 그냥 읽기만 했기 때문이었습니다. 그러나 조금만 더 주의를 기울였다면 이왕에 읽는 거 수련까지 겸해서 할 수 있는 건데, 그렇지 못한 것이 아쉽기 짝이 없습니다."

"책을 읽으면서 어떻게 수련을 할 수 있다는 말씀입니까?"

"『선도체험기』의 주인공처럼 행동하면 됩니다. 주인공을 본받기만 하면 됩니다. 주인공이 단전호흡을 하면 독자도 같이 단전호흡을 합니다. 이렇게 되면 일석이조(一石二鳥)의 효과를 거둘 수 있습니다. 원래 그 책은 그렇게 하도록 꾸며진 겁니다. 그 책 속의 주인공이 바로 나라고 생각하고 그가 하는 대로 따라하기만 하면 됩니다. 그렇게 되면 책을 읽으면서 자연히 공부도 되고 수련도 됩니다.

주인공이 단전호흡을 하면 같이 따라서 하라고 했는데, 단전호흡만 따라할 것이 아니라, 등산도 달리기도 오행생식도 걷기도 도인법 체조도 절 수련도 연정화기도 관찰도 따라서 같이하면 더욱더 좋습니다. 그렇게만 할 수 있다면 비싼 돈 들이고 도장에 나갈 필요도 없이 얼마든지 혼자서 공부를 해나갈 수 있습니다."

"잘 알겠습니다. 또 한 가지 궁금한 것이 있습니다. 선생님께서는 요즘도 명현현상을 겪고 계시다고 말씀하셨습니다. 그전에는 『선도체험기』에 아주 꼼꼼하게 그런 얘기를 적어 놓으셨는데 요즘은 별로 그런 말씀이 없으십니다. 최근에 겪으신 명현반응의 실례를 말씀해 주실 수 없겠는지요?"

"그거야 어려울 꺼 있겠습니까. 나는 어렸을 때 도라홈이라는 눈병을 몹시 앓은 일이 있어서 그런지 그때 앓은 오른쪽 눈이 최근에도 늘 거북했습니다. 『선도체험기』 교정을 할 때 특히 열중하다가 보면 오른쪽 눈이 거북하고 이물질이 들어가 있는 것 같고 충혈이 되곤 했습니다. 사관침과 내경침을 스스로 시술해 보았지만 이렇다 할 효과가 없었습니다. 그러다가 수지침 방법을 이용하여 압봉을 반응점에 붙였더니 효과가 분명히 있었습니다. 그러나 그것도 그리 오래가지 않았습니다. 생각다 못해서 관찰을 하기로 했습니다."

"선생님 그렇게 아픈 부위도 관찰을 합니까?"

"그렇고말고요. 자기에게 일어나는 모든 문제를 중심에 놓고 지켜보는 겁니다."

"사람은 누구나 어디가 아프면 그 아픈 곳에 신경이 쓰이게 마련이 아닙니까?"

"그야 당연한 얘기죠."

"아파서 신경이 쓰이는 것하고 관찰하는 것하고는 어떻게 다릅니까?"

"그건 전적으로 다릅니다. 신경이 쓰인다는 것은 통증에 끄달리는 것을 말합니다. 일종의 집착이라고도 할 수 있습니다. 다시 말해서 통증에 지배당하는 것을 말합니다. 그러나 환부(患部)에 집착하면 기혈의 유통이 적체되어 오히려 치료가 늦어집니다. 그러나 환부를 관찰한다는 것은 끄달리거나 지배당하는 것이 아니라 그것을 살펴보는 것을 말합니다. 이것을 통섭(統攝)이라고도 합니다. 지배당하는 것과 지배하는 것은 전적으로 다릅니다. 신병 훈련을 받아 본 사람과 신병 훈련을 시켜 본 사람은 내 말의 뜻을 분명히 이해할 수 있습니다.

통솔당해 본 사람과 통솔을 해 본 사람도 마찬가지입니다. 아픔에 지배당하지 말고 아픔을 지배하라는 말입니다. 이런 요령으로 오른쪽 눈을 꾸준히 관찰을 했습니다. 관찰은 내 온몸의 에너지를 그곳에 조사(照射)하는 것과 같은 효과가 있습니다. 며칠이 지나자 드디어 서서히 효과가 나타나기 시작했습니다. 충혈이 차츰차츰 걷혀가면서 이물감(異物感)도 사라지게 되었습니다. 이제는 조금만 과로해도 거북하던 오른쪽 눈이 거의 정상으로 돌아왔습니다. 몸에 일어난 통증과 같은 문제뿐만이 아니고 마음에 일어난 갈등도 같은 요령으로 관찰을 해 보십시오. 갈등 요인을 관찰하는 동안 그것은 마음과 하나가 되어 서서히 해결의 실마리를 잡게 될 것입니다.

가령 결혼생활을 하는 부부 사이에 흔히 있을 수 있는 일입니다만, 요즘 어쩐지 아내가 보기에 남편이 이상하게 삐딱하게 나가고 귀가 시간도 일정치 않고 늦는 일이 많습니다. 보통 아내들이라면 이런 일에 바싹 신경부터 돋우어 의심이 앞서게 됩니다. 혹시 바람이나 피우지 않나 하고 질투심이 일어나기 십상입니다. 이렇게 되면 안 됩니다. 문제를 해결도 하기 전에 까딱하면 부부싸움부터 일어나기 쉽습니다. 그러나 현명한 아내라면 절대로 그런 식으로 나오지는 않습니다. 질투심이 앞서면 실상이 보이지 않는다는 것을 잘 알기 때문입니다. 이렇게 되면 사태를 해결하는 것이 아니고 거기에 질질 끌려가기 일쑤입니다.

그러나 관찰을 할 줄 아는 아내라면 질투심이 일어나기에 앞서 냉철하게 우선 자기 자신부터 지켜보기 시작합니다. 나에게 무슨 허점은 없었는가 하는 것부터 면밀히 살펴나가는 겁니다. 남편의 배신이나 잘못을 탓하기에 앞서 자기 자신부터 살펴나가는 겁니다. 이것이 바로 관찰입니다. 관찰을 통해서 대상과 하나가 되면 우리는 얼마든지 진상을 파악할 수 있습니다. 이쯤 되면 이미 해결책은 내 손안에 쥐어져 있게 됩니다. 원인을 하나하나 캐면서 그 뿌리부터 차례차례로 제거해 나가면 됩니다. 그렇게 열중하다가 보면 어느 틈에 남편은 자기 자신의 품안에 돌아와 있게 됩니다. 관찰은 이처럼 모든 문제를 나 자신의 통제하에 두는 것을 말합니다."

"듣고 보니 관찰이야말로 가장 확실한 구도의 방편인 것 같습니다. 초심자들도 좀더 알아듣기 쉽게 말씀해 주실 수 없을까요?"

"구도자가 자기 마음을 다스릴 줄만 안다면 견성을 했다고 할 수 있습니다. 관찰은 바로 마음을 다스리는 공부입니다. 무슨 일에 자기도 모르게 화가 났을 경우엔 지체 없이 내가 지금 화가 나 있다는 사실을 분명히 알아차리는 겁니다. 내가 화가 나 있다는 것을 알아차리는 순간 화와 나는 하나가 되고 강한 햇볕을 받은 봄눈처럼 화는 스르르 녹아 없어지게 되어 있습니다. 왜냐하면 화라는 것은 뿌리 없는 감정이기 때문입니다.

그러나 관찰을 할 줄 모르는 사람은 화가 벌컥 나면 자기가 지금 화가 나 있다는 사실조차 잊어버리므로 그 화에 먹혀버려 이성을 잃고 날뛰게 됩니다. 관찰이 습관화되면 적어도 이런 경지에는 빠지지 않게 됩니다. 유부남이 지나가는 예쁜 여자를 보는 순간 그 미모에 반해버렸습니다. 이것은 일종의 탐욕입니다. 내가 지금 욕심을 부리고 있다는 것을 알아차리는 순간 그는 그 욕심과 하나가 되어버립니다. 그러나 그 욕심을 거부해버리면 갈등이 생기게 되지만 그 욕심과 하나가 되어버리면 그 욕심의 진상이 드러나게 되어 스스로 잘못을 알고 시정책을 강구하게 됩니다. 아니 그렇게 되기 전에 벌써 알아차리고 욕심은 사라져버리게 됩니다.

두려움도 슬픔도 증오심도 혐오감도 자만심도 일어나는 순간 알아차리기만 하면 됩니다. 알아차리는 것이 바로 관찰입니다. 알아차리지 않고는 살펴볼 수 없기 때문입니다. 이렇게 하여 자성을 가리고 있던 미망의 껍질을 한 꺼풀 한 꺼풀씩 벗겨나가는 것이 바로 관찰을 통하여 마음을 다스리는 방법입니다. 관찰은 마음만 다스리는 것이 아니고 몸도 다스리고 기운도 다스립니다. 불교식으로 말하면 안이비설신의(眼耳鼻舌身意)와 색성향미촉법(色聲香味觸法)의 열두 가지를 다스릴 수 있습니다. 이 열두 가지는 결국 몸, 기, 마음 세 가지로 귀착됩니다. 이 세 가지만 제대로 통섭할 수 있으면 온갖 집착에서 해방되어 언제나 어떤 환경에 처해지더라도 유유자적할 수 있습니다."

"선생님 좋은 말씀 들려 주셔서 고맙습니다."

오래간만에 방문객이 전연 없는 하루를 보냈다. 어제부터 심한 몸살 기가 일더니 오늘은 한층 더 심했다. 한끼에 한 숟갈씩 들던 생식이 요 며칠 사이에 두 숟갈, 세 숟갈, 어떤 때는 네 숟갈씩 먹혔다. 내 심신에 또 한 번의 큰 변화가 있을 조짐이었다. 그런데 오늘부터는 식량이 서서히 줄어들더니 원상복귀가 되어 간다. 그 대신 호흡과 운기가 현저히 강화되어 가고 있다.

게으름을 관찰하라

1993년 10월 28일 목요일 6∼16℃ 밤늦게 비

오후가 되어서야 몸살기가 서서히 걷혀가기 시작했다. 어제 오늘은 새벽 네 시에 일어나려니까 몸이 천근같았다. 그러나 못 일어날 정도는 아니었다.

오후 2시부터 다섯 명의 방문객들이 차례로 다녀갔다. 그중 모 대기업체의 간부로 있는 청주에서 온 이상훈 씨는 수련에 대한 열의와 정성은 지극했지만, 기 감각은 무척 무디었었는데, 세 번째 온 오늘, 비로소 진동이 일고 하단전에 축기가 시작되는 것을 느낄 수 있었다고 좋아했다. 이상훈 씨와 같은 회사에 다니는 강용섭 씨는 한때 우리집에 열심히 다니다가 한 3개월 동안 뜸하더니 갑자기 찾아 왔는데 그 전과는 현저하게 몸이 불어나 있었다.

"선생님 저는 어쩐지 다른 도우들보다 기 감각이 뚜렷하지를 않아서 나 같은 놈은 수련을 해 봤자 별수없나 보다고 생각되어 그동안 나오지를 못했었는데요. 그 바람에 생식을 화식으로 바꾸었더니 체중이 금방 10킬로나 늘어났습니다."

"신장은 얼만데 지금 체중이 얼맙니까?"

"신장은 170에 체중은 71킬롭니다."

"정상보다 꼭 10킬로가 더 나가는군요. 10킬로그램은 1만 그램이고 한 근이 6백 그램이니까 1만 그램을 6백 그램으로 나누면 16.6근이 나가는데요. 정상 체중보다 무려 17근이나 되는 무게를 몸에 달고 다니는 폭이군요."

"그래서 그런지 옷이 몸에 맞지 않고, 몸이 둔해지고 머리도 띵하고 맑지를 못해서 이래선 안 되겠다 싶어서 생식이라도 다시 해보려고 이렇게 찾아 왔습니다."

"어떤 이유에서건 선도수련을 일단 하기로 작정을 했으면 무슨 난관이 있더라도 꾸준히 밀고 나가겠다는 뚝심이 있어야지 남들처럼 기운을 못 느껴서 재미가 없다고 그만두면 되겠습니까? 그렇다면 강용섭 씨는 순전히 기운을 느끼려고 선도수련을 시작한 건가요?"

"반드시 그렇지는 않습니다만 어쩐지 저 같은 놈은 해 보았자 별수 없을 거라는 생각이 들어서 한동안 태만을 부렸습니다."

"그렇다면 강용섭 씨는 태만에 굴복당했었군요."

"그렇게 되는가요? 죄송하게 됐습니다."

"그럴 때는 수련하는 데 꾀가 난다는 것을 재빨리 알아차렸어야죠. 그런데 강용섭 씨는 실제로 그 꾀에 먹혀버렸습니다. 수련 중에 꾀가 일어나는 것도 자성이 통섭하는 일종의 유혹이요 숙제였는데, 그걸 눈치채지 못하셨군요."

"그럴 때는 어떻게 하면 되겠습니까?"

"그런 질문은 진작 했어야죠. 그렇게 되었더라면 3개월씩이나 선도와는 담을 쌓고 지내지는 않았을 꺼 아닙니까?"

"죄송합니다. 선생님."

"꾀에 먹히기 전에 재빨리 알아차렸더라면 그 꾀는 달아나버렸을 겁니다. 이것이 바로 관찰입니다. 이것을 관법이라고도 말합니다."

이렇게 말하면서 그의 모습을 유심히 살펴보았다. 그는 그동안에 체중만 10킬로가 불어난 것이 아니고 빙의까지 되어 있었다. 35세 정도의 한복 차림의 여자의 모습이 보였다. 그러나 강용섭 씨는 그런 것을 전연 눈치채지 못하고 있었다. 이 영가는 그가 한 시간쯤 내 앞에 앉아 있는 동안에 천도가 되었다. 그와 동시에 심한 탁기가 뿜어져 나와 온 방안을 가득 메우는 바람에 창문을 열어야 했다.

"선생님 꾀를 부리고 있다는 사실을 알아차리기만 해도 그 꾀가 도망친다는 것은 아무래도 이해가 되지 않습니다."

"꾀라는 것은 뿌리가 없기 때문입니다. 나도 모르게 화가 나서 한바탕 했는데 그게 결국은 실수였다고 자백하는 사람은 있어도 나도 알게 화가 나서 실수를 저질렀다는 사람 만나 본 일이 있습니까? 그와 마찬가지로 꾀라는 것은 일이나 공부하기 싫을 때 일어나는 게으름 즉 태만입니다. 성내는 거나 게으름 피우는 거나 그게 그겁니다. 일종의 망상이고 무명(無明)입니다. 무명은 원래 허깨비요 꿈이요 그림자요 물거품이요 안개와 같은 현상에 지나지 않습니다. 관찰을 한다는 것은 여기에 햇볕을 쏘이는 것과 똑같습니다. 어둠이 햇볕을 당해내는 재주가 있겠습니까? 꾀나 게으름이나 태만만이 아니라 졸음도 마찬가지입니다. 졸음도 일종의 무명입니다. 보통 사람들은 졸음이 오면 졸아버립니다. 그러나 관찰을 할 줄 아는 사람들은 졸음을 관찰합니다."

"졸음을 어떻게 관찰합니까?"

"졸음은 혼침(昏沈)이라고도 말합니다. 졸음은 일이나 공부나 수련을 방해하는 가장 큰 장애물의 하납니다. 탐욕, 성냄, 어리석음, 자만심, 태만 못지않게 졸음 역시 수도(修道)를 가로막는 장벽입니다. 졸음이 오는 순간 제때에 알아차리고 관찰을 해야 합니다. 졸음 역시 달아나게 되어 있습니다. 거짓말인지 참말인지 한번 실험을 해 보십시오. 아마 처음에는 관습 때문에 저항을 느낄지 모르지만 몇 번 시행착오를 거듭하고 나면 알아차리는 순간 졸음은 퇴치할 수 있게 됩니다.

이처럼 관찰을 생활화하는 사람은 깊은 숙면을 취하면서도 언제나 잠재의식은 깨어 있습니다. 자면서 자지 않는다고 할까요? 짧은 시간에 숙면을 취합니다. 설혹 잠을 거르는 일이 있어도 여느 사람들처럼 졸리지 않습니다. 2시간에서 4시간의 수면이면 충분합니다. 좌우간 관찰은 우리가 일상생활에서 만나는 온갖 문제와 난관을 해결하는 만병통치약과도 같습니다. 그러나 잊지 말아야 할 것은 반드시 건강한 몸으로 기운을 타고 관찰을 해야 한다는 겁니다. 그건 그리고 강용섭 씨가 3개월 만에 나를 찾아온 이유가 어디에 있다고 보십니까?"

"선도수련을 하여 운기를 한다는 것은 저에게는 너무나 과분한 희망 사항인 것 같고요. 실은 몸이 갑자기 불어나는 바람에 생식이라도 다시 시작해 볼까 하고 왔습니다. 선도수련보다 건강이라도 지켜야겠다는 생각이었습니다."

"아까 강용섭 씨는 관찰이 무엇이냐고 나한테 물었지만 바로 그런 것이 관찰입니다. 관찰은 관찰인데 거의 무의식적으로 관찰을 한 결과 이렇게 나를 찾아온 것입니다."

"그게 그렇게 되는가요?"

"가만히 생각해 보십시오. 강용섭씨는 자기도 모르게 자기 몸을 관찰하고 있었던 겁니다. 자기 몸을 관찰을 해 보니까 석 달 사이에 몸이 10킬로나 불어났다는 사실을 알아차리게 된 거죠. 분노나 태만이나 자만이나 욕심 같은 감정은 알아차리는 순간 사라진다고 했지만, 비만증은 비록 알아차렸다고 해도 그렇게 당장에 없어지지는 않습니다. 비만은 감정과는 차원이 다르기 때문입니다. 운동을 한다든가 절식이나 소식(小食)을 한다든가 생식을 하지 않으면 비만증은 해소가 되지 않습니다. 꾸준한 인내력과 실천력이 필요합니다. 약이나 주사나 그 밖의 물리적인 치료법은 부작용이 심하다는 것은 상식에 속하는 것이니까 생각 끝에 강용섭 씨는 바른 방법을 택한 것이죠.

무의식적이든 의식적이든 간에 강용섭 씨는 관찰을 하고 있었던 것은 엄연한 사실입니다. 그러니까 관찰을 건강 문제에만 국한시킬 것이 아니라 그 범위를 생활 전반으로 확대만 시키세요. 예컨대 지금 당장 강용섭 씨가 꼭 관찰이 필요한 분야가 바로 태만입니다. 태만 때문에 비만증이 찾아온 것이니까 그것을 꾸준히 관찰하십시오. 태만을 비롯한 온갖 부정적인 마음의 현상에 이르기까지 관찰의 범위를 확대하다가 보면 평온한 마음을 유지할 수 있을 것이고 평온한 마음속에서는 반드시 지혜가 싹터오게 되어 있습니다. 구도(求道)라는 것은 별게 아닙니다. 바로 이런 일련의 과정을 끊임없이 되풀이하다가 보면 자기 자성을 가리고 있던 미망은 한 꺼풀 한 꺼풀씩 벗겨져나가게 되어 있는데 그게 바로 구도입니다. 이러한 과정이 어느 정도 진행이 되면 반드시 기쁨이 충만해 오는 때가 있을 겁니다.

여기서 말하는 기쁨은 세속적인 기쁨을 말하는 것은 아닙니다. 가령 주택복권에 당첨되어 몇 억의 상금을 탔을 때나 깊은 산속에서 백년 된 산삼을 발견했다든가 했을 때의 그런 세속적인 기쁨이 아니라 우리의 중심축을 뒤흔들어 줄만한 영혼이 깊은 잠에서 깨어났을 때의 법열(法悅)을 말합니다."

"세속적인 기쁨과 법열은 어떻게 구분을 할 수 있습니까?"

"세속적인 기쁨은 반드시 이유가 있습니다. 돈이라든가 산삼이라든가 하는 특정한 대상이 있습니다만 법열은 그런 것이 없습니다. 자성을 가렸던 미망이 걷히면서 환한 빛을 내는 것은 가리워졌던 구름이 흘러가면서 태양이 제 빛을 내는 것과 같습니다. 세속적인 기쁨은 이유가 있으니까 그 이유가 없어지면 기쁨도 사라집니다. 그러나 법열은 무한하고 영원한 겁니다. 세속적인 기쁨은 이유가 없어지면 기쁨도 사라집니다. 그러나 법열은 무한하고 영원한 것이므로 이유 같은 것이 있을 수 없습니다. 본래부터 있었던 빛이 잠시 구름에 가리워져 있다가 제 빛을 냈을 뿐이니까 새삼스러울 것도 없습니다. 원래부터 시작도 끝도 없이 영원부터 영원까지 여여하고 유유자적한 기쁨입니다."

"오늘 좋은 말씀 감사합니다. 건강한 몸으로 기운을 타고 관찰을 하라는 말씀 깊이 명심하겠습니다."

"기독교에서는 기도 이외에는 명상이나 관법에 대해서 별로 관심이 없는 것 같습니다. 그러나 불교에서는 관찰은 수련의 기본 방편이 되어 있습니다. 간화선(看話禪)과 화두선(話頭禪)이 전부 다 관법에 속하는 겁니다. 그런데 이상하게도 건강에 대해서는 다소 언급하고 있지만 기(氣)에 대해서는 말이 없습니다. 안반수의(安般守意)라고 하는 호흡 집중법에 대해서도 붓다 이래로 대단히 강조하고 있는 것 같은데, 기 자체에 대해서는 별로 이렇다 할 언급이 없습니다. 마음공부, 기공부, 몸공부를 동시에 강조하는 것은 우리나라의 선도밖에 없습니다. 이점 역시 특별히 유의하시기 바랍니다."

"네 잘 알겠습니다."

1993년 10월 29일 금요일 8~13℃ 흐리고 비

오후 3시.

대학 교수로 있는 김원욱 씨가 찾아와서 수련을 하다가 말했다.

"선생님, 오늘 아침에 신문을 보니까 충북 중원군 원성면에서는 부부가 동반 자살을 한 기사가 나왔더군요."

"그 기사는 나도 읽었습니다."

"성폭행을 당한 부인은 임신까지 했고 범인은 잡혀서 재판에 계류 중에 있다고 하는데, 부부는 수치심을 감당 못 하고 결국은 동반 자살을 한 모양이더군요. 도대체 어떻게 돼서 이런 일이 일어날 수 있는지 모르겠습니다."

"'나'라고 하는 것이 있다고 집착을 한 결과가 아니겠습니까?"

"따지고 보면 나는 있으면서도 없는 것인데 그 부부는 있다는 쪽에만 집착을 하고, 없다는 쪽에는 관심을 두지 않았던 모양이죠?"

"그렇습니다. 흔히 말해 오듯 인생은 공수래공수거(空手來空手去)라는 것만 확실히 알고 있었더라도 자살까지는 하지 않아도 되었을 텐데. 마음 한번 잘못 먹는 통에 그런 비극이 일어난 것이죠. 신문 기사에는 나와 있지 않지만 만약에 자녀라도 있었다면 마음 한번 잘못 먹는 바람에 죄 없는 아이들까지 고아 신세가 되었을 거 아닙니까?"

"그렇겠는데요."

"선생님, 앞으로도 그런 부부들이 또 발생할지 모르는데, 그런 사람들을 위해서라도 뭔가 깨우침을 줄 필요가 있지 않을까요? 어떻게 하면 이런 불상사를 예방할 수 있을 것 같습니까?"

"'나'라는 것은 있기도 하고 없기도 하다는 것을 깨달아야 합니다."

"그러나 그렇게 말씀하시면 서구의 이분법적 흑백논리(二分法的黑白論理)에 길들여진 현대인들이 무슨 뜻인지 이해를 하겠습니까?"

"이해하기가 어렵겠죠. 그러나 과학적 사고방식에 젖은 현대인들도 인간은 물질로만 구성되어 있지 않다는 것을 알 수 있을 걸요. 현대인들은 오감으로 확인할 수 있는 것만을 믿는 과학적인 사고방식에 물들어 있습니다. 그러한 사고방식으로도 인간을 물질적으로 분석해 들어가면 결국은 분자와 원자를 거쳐 음전자와 양전자를 지나 소립자로까지 추적할 수 있는데, 그 소립자라는 것이 물질도 비물질도 아닌 에너지의 단순한 파동에 지나지 않는다는 것을 현대 물리학은 발견했습니다.

결국 '나'라는 것은 물질적으로는 없는 겁니다. 그러나 엄연히 현실적으로 존재하고 있습니다. 그런데 인간이 존재하게 된 것은 어느 종교에서처럼 창조주의 조화에 의한 것이 아니라 일정한 조건에 의해서 그것이 원인이 되어 물질이 융합되고 조화를 이루어 존재하게 된 겁니다. 불교에서는 이것을 연기(緣起)법이라고 합니다. 인연에 의해서 만물만생은 생겨났다가 인연이 다하면 사라지는 것이죠. 다시 말해서 어떤 원인에 의해서 삼라만상은 생겨났다가 그 원인이 없어지면 그 결과도 사라지는 겁니다. 그 원인을 업(業)이라고 합니다.

배추씨가 있고 토양이 있고 거름이 있고 적절한 습기와 온도와 햇빛이 있으면 그것이 인연이 되어 배추씨가 싹을 틔우게 됩니다. 이때 씨와 토양과 습기와 온도와 햇빛은 업이 되는 것이죠. 성폭행을 당하고 임신을 하게 된 것은 반드시 그럴 만한 업연이 있었기 때문입니다. 그러나 수행(修行)을 해 보지 않은 사람들은 안타깝게도 이러한 이치를 모릅니다. 그러니까 성폭행을 당한 것만이 억울하고 원통하고 수치스러운 거죠. 또 그들 부부는 실상은 그들 자신은 있기도 하지만 없기도 하다는 것을 깨닫지 못했습니다. 그러니까 있는 쪽에만 집착하여 수치심을 느낀 것이죠.

그러나 실상은 있는 것도 아니고 없는 것도 아닌 것이 자신이라는 것을 알았어야 합니다. 있는 것도 아니고 없는 것도 아닌 것이 공(空)입니다. 흔히들 아무것도 없는 허공이나 허무가 공이라고 오해들 하고 있는데 실제로는 없으면서도 있는 것이 공입니다. 없으니까 무엇이든지 있는 겁니다. 텅 비어 있으니까 온갖 것이 다 들어 있고 만물이 생성되어 나오는 것이죠. 궁극적인 것은 공밖에는 없습니다. 우리 눈에 보이는 삼라만상은 그러니까 몽환포영(夢幻泡影)입니다. 꿈이요, 헛것이요, 물거품이요, 그림자일 뿐입니다. 헛것에 매달리고 끄달려서 수치심을 느낀 나머지 목숨까지 끊을 이유는 없는 겁니다. 우리 인간에게 부딪쳐 오는 모든 경계, 현상, 또는 난제들은 전부가 다 그냥 수용하여 소화해야 할 것들이지 집착해야 할 것은 하나도 없습니다."

"그렇다면 선생님 현실적으로 자살한 부부는 그 경우 어떤 태도를 취하는 것이 현명했을까요?"

"자기네들에게 닥쳐오는 모든 경계, 다시 말해서 현상들을 그대로 받아들이되 그것에 집착을 하지 않으면 수치심을 느낄 이유가 없는 것이죠."

"그러나 세상 사람들이야 어디 그렇습니까? 누가 강간을 당해서 애를 뺐다고 하면 이유야 어떻든지 간에 이상한 눈으로 볼 것이 아닙니까?"

"남들이야 나를 어떻게 보든지 관심을 둘 필요가 없습니다. 만약에 그들 부부가 성폭행당한 일을 미친개에게 운수 사납게 물린 것 정도로 치부해 버렸다면 누가 뭐라고 손가락질을 해도 개의할 필요가 있겠습니까? 세인들의 관심이라는 것은 그저 한때뿐입니다. 그때가 지나가면 잊어버리게 되어 있습니다. 바쁜 세상 살아가면서 남의 일을 꼬치꼬치 따지고들 사람도 없습니다. 또 설령 따지고 든다고 해도 그냥 무시해 버리면 그만입니다.

사람들은 수치심을 느끼고 열등감 속에서 고통을 당하는 사람에게 흥미가 있지 그렇지 않고 아무렇지도 않게 의연하고 당당하게 살아가는 사람에게는 오히려 위압감을 느끼게 되어 있습니다. 아무리 짓궂은 아이들도 목석같이 담담한 사람에게는 흥미가 없습니다. 꼬챙이로 찌르면 화를 낸다든가 눈을 흘긴다든가 반격을 가할 때 못살게 굴지, 그렇지 않고 얼음장처럼 냉담하면 제풀에 맥이 빠져버리게 마련입니다."

"그렇다면 선생님 그 자살한 부부는 어떻게 처신을 했어야 한다고 보십니까?"

"확실히 그들 부부에게는 이번 일이 역경이었겠죠. 그러나 그들이 만약 진리를 깨달았었다면 그런 식으로 목숨을 끊지는 않았을 것입니다. 오히려 그러한 역경을 재도약의 계기로 삼았어야 합니다. 나라고 하는 존재는 있기도 하지만 없기도 하다는 것을 알아차렸어야 합니다. 유(有)속에 무(無)가 있으므로 사실은 텅 비어 있으면서도 만유(萬有)가 다 들어 있는 공(空)이야말로 내 존재의 실상이라는 것을 깨달았어야 합니다. 그랬더라면 그 정도의 역경을 당해서 좌절하지는 않았을 것입니다. 오히려 그 역경을 역경으로 보지 않고 순경으로 바꾸어버렸을 겁니다. 다시 말해서 인생을 살아가면서 닥쳐오는 모든 사태를 그냥 순순히 받아들여 소화해나가면 됩니다. 어떤 현상에든지 끄달리지만 않으면 됩니다.

만약 그들 부부가 관찰을 할 수 있었더라면 사태의 진상을 환히 꿰뚫어 볼 수도 있었을 것입니다. 그렇게 경솔한 죽음을 택하여 자신의 생명력 진화를 지연시키는 어리석음은 범하지 않았을 것입니다. 어떠한 굴욕이든지 능히 참아낼 수 있는 사람이 최후의 승리자입니다. 그들 부부는 참으로 천재일우의 아까운 기회를 놓쳐버렸습니다. 인생에서는 언제나 가장 참기 힘든 역경이 더할 수 없이 좋은 공부의 기회가 된다는 것을 잊지 말아야 합니다.

역경을 슬기롭게 이겨내는 사람이야말로 참다운 구도자이고 인생의 승리자입니다. 빈손으로 왔다가 빈손으로 돌아가는 것이 인생이라는 것은 아무도 부인할 수 없습니다. 이 빈손은 삶과 죽음을 초월한 곳에 있습니다. 삶 속에 죽음이 있고 죽음 속에 삶이 있습니다. 있음 속에 없음이 있고 없음 속에 있음이 있습니다. 생사유무가 모두 빈손 안에 들어 있습니다. 이 도리를 빨리 깨달을수록 엉뚱한 망상 속에서 허위적대는 일은 없었을 겁니다.”

“아무쪼록 선생님의 말씀을 잘 새겨듣고 진리를 깨달은 부부들이 한 쌍이라도 늘어났으면 좋겠습니다.”

우아일체란 무엇인가

"우리는 흔히 우아일체(宇我一體)라는 말을 쓰는데 저는 이런 말 하기가 좀 부끄러운 일입니다만 그것을 피부와 가슴으로 느낄 수가 없습니다."

"그걸 피부로, 가슴으로 자신의 중심으로 자각하면 그야말로 견성하고 성통한 것이죠. 내가 『선도체험기』에서 누누이 지적한 대로 건강한 몸으로 기운을 타고 마음공부를 잠시도 쉬지 않고 꾸준히 밀고 나가다 보면 어느 땐가는 자기 자신도 모르는 사이에 홀연히 깨달음이 올 때가 있습니다. 이것은 지식이나 사유나 논리로 따져서 이루어지는 것이 아니라 직감을 통해서 어느 순간에 문득 가슴속에 사무쳐오는 깨우침입니다. 인간은 자연과 우주의 일부입니다. 또 가족의 일원이고 사회의 일원입니다. 가족이나 사회나 자연이나 우주와 동떨어져서는 다만 한 순간도 생존을 영위할 수 없는 존재라는 것을 철저히 깨닫는 것이 무엇보다도 중요합니다.

생각해 보십시오. 우리가 이 자연과 사회와 완전히 차단된 밀폐된 진공 속에서 한순간인들 생존할 수 있겠습니까? 사실상 자연과 사회와 완전히 차단된 진공 같은 것을 상상해낼 수도 없는 일이긴 하지만 말입니다. 우리는 어쩔 수 없이 이 우주의 한 부분으로 존재하고 있습니다. 그것이 우아일체입니다. 그런데 문제는 우리 인간들은 이 너무나도 당연한 진리를 생활의 타성에 얽매어 살면서 순간순간 잊어버립니다. 그리고는 자기 자신은 우주와는 동떨어진 별개의 존재인 양 착각을 하고 삽니다. 이 착각이 바로 무명(無明)입니다. 온갖 번뇌와 인간고(人間苦)는 바로 이 무명에서 생겨납니다."

"선생님 무명은 왜 생겨납니까?"

"이제 방금 말하지 않았습니까? 사실은 우아일체가 실상인데 '나'라는 것이 우주와는 상관없이 따로 떨어져 있다고 망상하기 때문입니다. 그 망상이 바로 무명입니다."

"그렇다면 선생님 '나'라는 것은 없습니까?"

"나라는 것이 없다고는 말하진 않았습니다. '나'는 분명 있는데 그 '나'가 우주와 동떨어진 존재라고 착각하는 것이 문제죠."

"그렇다면 '나'가 있으면 분명 '남'이 있는 것은 사실이 아닙니까?"

"그야 사실이죠. 그러나 이것을 알아야 합니다. 나 속에 남이 있고 남 속에 내가 있다는 것 역시 진리라는 겁니다. 그러니까 너와 나는 하나이면서 그 속에 너와 나는 하나로 존재하고 있다는 겁니다."

"그러면 하나이면서 둘이고 둘이면서 하나라는 말씀인가요?"

"바로 맞혔습니다. 나와 남은 하나임을 알고 그것을 일상생활화 하면 아무런 마찰이 없고 고뇌도 고민도 번민도 번뇌도 고통도 없는 생활을 할 수 있는데, 나와 남은 하나가 아니고 나만이 동떨어져 있는 존재라고 생각하는 순간부터 비극은 싹이 트기 시작하는 거죠. 인간이 주위 사람들과 항상 갈등을 느끼면서 고통 속에서 세월을 보내는 것은 나는 남과 동떨어져 있다는 소외감 때문입니다. 그러나 수련을 통해서 어느 한순간에 나와 남은 하나이면서도 그 안에 나와 남은 엄연히 따로 존재하고 있다는 진리를 깨닫기만 하면 그 순간부터 번민도 고민도 소외감도 사라지는 거죠.

그렇다고 해서 눈앞에 있는 자연이나 환경이나 사람들이 바뀌는 것은 결코 아닙니다. 그냥 그전 그대로일 뿐입니다. 다시 말해서 산은 산이요 물은 물이로되 그전에 나와 남을 구분해서 보았을 때와는 전연 다른 산이요 물이라는 뜻입니다. 똑같은 대상을 놓고 전에 느끼던 갈등과 고민과 번뇌가 사라졌으니까 그럴 수밖에 없습니다."

"우아일체를 진정으로 자각하려면 어떻게 하는 것이 가장 빠른 지름길입니까?"

"거듭해서 말하지만 건강한 몸으로 기운을 타고 마음공부를 하면 됩니다. 여기서 내가 말하는 마음공부란 관찰입니다. 늘 관찰을 하면 가장 신속하게 그곳에 도달할 수 있습니다."

"구체적으로 어떻게 관찰을 하는 것이 좋겠습니까?"

"마음과 몸이 잠시도 떨어져 있지 않기만 하면 됩니다. 그러기 위해서는 지금처럼 누구와 대화를 나눌 때는 대화를 나누는 자기 자신을 의식하면서 관찰하고, 걸을 때는 걷는 자기 자신을 의식하면서 관찰하고, 피곤하면 피곤한 자기를 의식하면서 관찰하고, 분노가 치밀면 분노에 떠는 자신을 의식하면서 관찰하고, 슬프면 슬픔을, 기쁘면 기쁨을, 무서우면 무서움을, 어리석으면 어리석음을, 누가 미워지면 그 미움을, 탐욕이 일면 그 탐욕을, 마음이 너그러워지면 그 너그러움을, 사랑스러워지면 그 사랑스러움을 의식하고 관찰합니다.

이처럼 마음이나 감정의 움직임만을 의식하고 관찰하는 것이 아니라, 자기가 지금 취하고 있는 몸의 동작도 의식하고 관찰합니다. 누워 있으면 누워있음을, 달리고 있으면 달리고 있음을, 산에 오르고 있으면 산에 오르고 있는 자신을 의식하고 관찰합니다. 이렇게 마음과 몸이 늘 하나가 되어 움직이면 번뇌가 끼어들 여지가 없게 됩니다. 마음이 가는 곳에 기운도 따라가게 되어 있으니까, 마음, 기운, 몸 셋이 한덩어리가 되어 움직입니다. 인간의 참된 행복은 이처럼 마음, 기운, 몸이 한덩어리가 되었을 때 느끼는 것이지 나 이외의 다른 사람이나 물질이 나를 행복하게 해주는 것은 아닙니다.

이처럼 마음과 기운과 몸이 하나가 되어 움직이는 동안에는 나를 잊게 됩니다. 다시 말해서 망아(忘我)의 경지에 들어간다는 말입니다. 이 망아와 무심(無心)과 무아(無我)의 경지가 바로 삼매지경입니다. 삼매지경이 바로 나와 우주가 하나로 합일되는 순간입니다. 논이나 밭에서 농부들이 지루하고 따분한 농사일을 하면서 농요를 합창합니다. 노래를 합창하는 순간은 일하는 자기 자신을 의식하고 관찰하는 겁니다. 그와 동시에 자기 자신을 잊고 망아와 무아의 경지에 빠져듭니다. 이때 농부들은 지루하고 힘든 고통에서 해방이 되어 흥겹고 신바람을 일으키게 됩니다. 고역이나 번뇌 따위가 끼어들 여지가 어디에 있습니까?

이런 때 느끼는 행복이 진정한 행복입니다. 세속적인 나를 잊고 우주와 합일되는 순간이 가장 행복한 법열의 순간입니다. 학교나 군대에서 도수 훈련을 할 때 행진하면서 하나 둘 셋 넷 하고 번호를 붙이면서 행진을 하거나 구보를 하는 것하고 그냥 하는 것하고 비교해 보십시오. 어느 쪽이 몸도 가볍고 기분이 좋은가를, 물론 번호로 구령을 붙일 때입니다. 번호로 구령을 붙이는 순간은 자기가 지금 하고 있는 일에 정신을 쏟고 그것을 관찰하는 겁니다. 달리기를 하면서도 그냥 멍청하게 뛰기만 할 것이 아니라 속으로 무슨 구호를 부르든가 하다못해 번호라도 붙이면서 달려보십시오.

그러한 행위가, 바로 자기가 지금 하고 있는 일에 집중하는 것이요, 바로 관찰입니다. 그것이 마음공부입니다. 자기가 지금하고 있는 일에 정신을 번쩍 차리고 그것에 온 신경을 집중하는 겁니다. 이렇게 함으로써 우리는 번뇌에서 벗어납니다. 번뇌만 물리칠 수 있다면 우리는 지혜를 거머잡을 수 있습니다. 지혜는 관찰을 통해서만이 얻을 수 있는 열매입니다. 바로 이 지혜가 여러분의 수련을 향상시켜줄 것입니다. 구도의 스승들이나 성현들은 예외 없이 모두가 다 이러한 관찰과 지혜를 통해서 마음을 깨달아 우아일체를 이룩했던 것입니다."

"선생님 그런데 아무리 관찰을 하려고 해도 자꾸만 잡념이 일어나는데 어떻게 합니까?"

"그럼 그 잡념을 의식하고 거기에 마음을 집중하세요. 마음을 집중하는 것이 바로 관찰하는 겁니다."

"그렇게 마음만 집중하고 있으면 됩니까?"

"되나 안 되나 오늘부터 당장 실천해 보세요. 마음만 내키면 누구든지 당장 실천할 수 있는 일입니다. 돈 드는 것 아니니까 염려 마시고 당장 실천해 보세요. 우리에게 관찰할 수 있는 능력이 있는 한 잡념이나 감정 따위에 휩쓸리는 일은 없습니다. 참을 인(忍)자 셋이면 살인도

면한다는 속담이 있지 않습니까. 불같이 치미는 분노를 참으려고 안간힘을 쓸 것이 아니라 그냥 조용히 그 분노를 지켜보시기만 하면 됩니다. 희, 구, 애, 노, 탐, 염, 성, 색, 취, 미, 음, 저의 열두 가지 감정과 감촉들은 마음과 느낌이 일으키는 현상입니다.

이 열두 가지 움직임을 살펴보고 통제하고 다스리는 주체가 바로 지켜보는 '나'입니다. 이 '나'가 바로 자성이고 본성이고 진아입니다. 이 지켜보는 '나'가 열두 가지 감정과 감촉을 감시하고 다스리는 한 미망이나 무명에 빠질 염려는 없습니다. 일어나는 잡념을 지켜보고 있으면 그것과 하나가 됩니다. 그렇게 되면 잡념에 시달리지 않게 되니까 잡념은 사라지게 되어 있습니다. 실체도 뿌리도 없는 잡념 따위는 안개와 같아서 햇볕을 받으면 곧 스러지게 되어 있습니다. 관찰이 바로 햇볕입니다."

"저는 잡념을 관찰해 보았는데도 그때뿐이지 금방 또 잡념이 일어납니다."

"그럴 때는 관찰의 강도가 너무 약하기 때문입니다. 쨍쨍 내려쬐는 햇볕이 아니고 구름에 반쯤 가리워진 햇볕은 강렬하지 못하니까 잡념이라는 안개가 쉽사리 사라지지 않습니다. 그런 때는 관찰 자체에 정성을 다해야 합니다."

"선생님, 저는 관찰을 좀 하고 싶어도 쓸데없는 고집이 있어서 그것이 제대로 되지 않습니다."

"그렇다면 그 쓸데없는 고집을 의식하고 관찰하십시오. 마음을 집중하는 것은 볼록렌즈가 햇빛을 모아서 초점을 만들어 종이를 태우는 것과 같습니다."

"선생님 저는 정좌(正坐) 수련을 좀 하려고 하면 자꾸만 졸음이 옵니다. 이 졸음을 물리칠 수 있는 효과적인 방법은 없을까요?"

"졸음이 오면 기운을 타고 졸음을 의식하고 관찰하면서 졸음 자체를 즐기되 그 졸음에 빠지지는 마십시오. 시간이 걸려도 10분 내지 20분 안에 졸음은 말끔히 가시고 머리는 상쾌해질 겁니다. 졸음을 억지로 참으려고 하면 그때만 잠시 졸음이 달아날 뿐 긴장을 풀면 졸음은 기다렸다는 듯이 다시 달려들게 됩니다. 그러니까 쫓으려고만 하지 말고 졸음과 친해지면서 졸음과 하나가 되어 졸음을 즐기되 그 졸음 속에 빠지지는 말라는 얘기입니다. 흡연욕, 음주욕, 성욕도 마찬가집니다.

욕망을 덮어놓고 억누르려고만 하면 안 됩니다. 그 욕망과 친해지면서 그것과 하나가 되어 욕망을 즐기되 그 욕망 속에 빠지지는 말라는 말입니다. 그렇게 되면 어느 한순간에 그 욕망을 떠날 수 있습니다. 공부 못하는 말썽꾸러기 학생을 맡은 가정교사는 우선 그 학생과 인간적으로 친해지고 신뢰관계를 쌓는 동안에 두 사람 사이를 가로 막는 온갖 장애물을 전부 제거해 버려야 합니다. 인간적으로 서로 믿고 믿어주는 사이가 아니면 마음을 터놓을 수가 없습니다. 가정교사가 제자에게 말려들라는 것은 아닙니다. 오히려 그 반대입니다. 친밀해지지 않으면 상대의 마음을 휘어잡을 수가 없습니다. 졸음, 성욕, 흡연욕, 음주욕과 친해지면 이것들을 가장 효과적으로 제압할 수 있는 지혜는 싹트게 되어 있습니다."

"선생님 쓸데없는 고집도 그렇습니까?"

"그렇고말고요. 그 쓸데없는 고집과 친해보십시오. 알고 보면 그거 아무것도 아닙니다. 고집은 일종의 아상(我相)이 아닙니까? 아상은 몽환포영(夢幻泡影) 즉 꿈, 환상, 물거품, 그림자에 지나지 않습니다. 계속 관찰해 보면 고집부려서 좋을 것은 아무것도 없다는 것을 스스로 깨닫게 될 것입니다. 그러나 무수한 생을 살아오면서 쌓이고 쌓인 습벽 때문에 깨닫고 나서도 자기도 모르는 사이에 그 버릇 때문에 날뛰는 수가 있습니다. 그러나 이미 깨달은 뒤이므로 그것은 큰 문제가 될 수 없습니다. 그것은 중병이 떠난 뒤의 후유증과 같아서 쉽사리 다스릴 수가 있습니다."

"열반, 극락, 천국, 진여, 실상이란 무엇입니까?"

"그것은 바로 여러분 마음속에 있습니다. 누구나 지금 자기가 하고 있는 일을 분명히 알아차리고 그것을 즐기면서 보람을 느끼되 그것이 감정이나 촉감에 속하는 것이라면 거기에 빠지지 않고 다스리는 겁니다. 갑순이와 함께 앉아 있으면서 을순이를 생각하는 것은 불행의 원천입니다. 갑순이와 함께 있으면 그녀와 함께 있다는 사실을 알아차리고 행복을 느낄 수 있어야 합니다. 어떠한 대상이든지 그것과 하나가 될 때 우리는 행복을 느끼고 그것과 유리될 때 불행을 느낍니다.

깨달은 사람은 분노가 치밀 때 그것을 재빨리 알아차리고 그것 역시 자기 자신의 한 모습이므로 배척하지 않고 그것과 하나가 되면서도 그것에 빠져서 허위적대는 일은 없으므로 그것을 능히 극복할 수 있습니다. 죽음이 닥쳐온다고 해도 그것을 재빨리 알아차리고 그것과 하나가 되면서도 죽음에 사로잡히지 않으므로 죽음 다음에 오는 새 삶을 볼 수 있습니다.

그러므로 죽음에도 삶에도 빠지지 않으면서 양쪽을 공유하게 됩니다. 마음이 텅 비어있는 사람에게는 생사조차 깃들 자리가 없으므로 생사를 초월할 수 있습니다. 깨달은 사람은 시험에 떨어져도 낙심하지 않고 재빨리 그 낙방을 알아차리고 그것과 하나가 되어버립니다. 낙방과 친해지면 그것에서 벗어날 수 있는 길이 자연히 열리게 되어 있습니다. 그러니까 깨달은 사람에게는 낙방은 합격을 위한 도약대가 됩니다.

무슨 일을 하든지 또 어떠한 처지에 있든지 간에 우선 자기의 현 위치를 알아차리는 것이 제일 중요합니다. 알아차리는 것이야말로 하늘을 보는 것입니다. 하늘을 보아야 별을 땁니다. 알아차리고 재빨리 그것과 한몸이 되어야 합니다. 대상에 대한 인식의 차이, 가치관의 전도, 관점과 발상의 전환이 천국과 지옥, 열반과 속세의 차이를 결정합니다.

설거지를 귀찮은 일거리로 여기기 시작하면 끝없이 귀찮아집니다. 그러나 설거지 자체와 하나가 되어 보십시오. 의무감 같은 것은 버리고, 설거지 하는 것 자체에서 즐거움을 찾아보십시오. 누가 내 공을 알아주기를 바라지도 말고, 일하는 것 자체를 즐겨보세요. 그렇게만 될 수 있으면 설거지 감이 보이기만 해도 손이 저절로 그리로 가게 될 것입니다. 그러나 왜 나만 설거지를 해야 되나. 남편은 좀 거들면 어디가 덧나나. 요즘이 어떤 세상인데 아들딸, 시어머니, 시누이는 좀 거들면 큰일 나나. 이렇게 불평이 속에서 싹트기 시작하면 설거지감만 보아도 진저리가 쳐지게 됩니다.

관점과 발상과 인식의 전환이 실생활 속에 반영되어 한없는 즐거움을 느낄 수 있다면 그 사람은 틀림없이 깨달은 사람입니다. 깨달은 사람은 세속적인 관점에서 벗어나 역경과 난국을 즐거운 마음으로 타고 넘습니다. 이 세상의 어떠한 질곡과 그물과 낚시와 함정도 그를 붙잡아 맬 수는 없는 것입니다. 그는 바람처럼 자유롭고 유유자적하기 때문입니다."

"무엇을 하든지 지금 자기가 하고 있는 일을 알아차리기만 하면 지혜도 열리고 깨달음도 온다는 말씀인가요?"

"맞습니다. 알아차리면 얽매이지 않고, 알아차리지 못하면 얽매이게 됩니다. 희구애노탐염(喜懼愛怒貪厭), 분란한열진습(芬爛寒熱震濕), 성색취미음저(聲色臭味淫抵)에 끄달리지 않으려면 건강한 몸으로 기운을 타고 정신 바짝 차리고 자기가 지금 하고 있는 일에 마음을 집중해야 합니다. 그것이 마음공부니까요. 무엇을 하든지 알아차려야 합니다. 일단 알아차리고 나면 실상을 파악할 수 있으므로 어떤 것에도 사로잡히지 않을 수 있습니다. 사로잡히지 않는 것은 집착하지 않는다는 말입니다. 집착하지 않으면 원융무애(圓融無涯)하고 유유자적(悠悠自適)할 수 있습니다. 감·식·촉에 얽매이지 않는 것이 성통입니다. 이것이 바로 열반에 드는 지름길입니다.

얽매이지 않고 집착하지 않을 수 있는 유일한 방법은 자기가 지금 당하고 있는 일을 정확히 알아차리고 그곳에 마음을 집중하는 겁니다. 숲속을 걸어가는데 뱀이 머리를 곧추세우고 다가오고 있습니다. 이것을 보고, 알아차린 사람이라면 이 위기에 마음을 집중하게 되고 어떤 자구책이든지 강구할 수가 있습니다. 돌멩이를 들어 짓찧어버릴 수도 있고 나뭇가지를 꺾어 후려칠 수도 있습니다. 세 불리하면 오던 길을 되돌아 갈지자 형국으로 도망을 칠 수도 있습니다. 그러면 뱀은 미처 따라오지 못할 것이기 때문입니다.

그러나 이때 멍청하게 딴 생각에 빠져 있던 사람은 뱀이 다가오는 것도 모르고 있다가 마침내 뱀 꼬리를 밟고 성난 뱀에게 물려버리고 맙니다. 우리는 뱀에게 물리지 않기 위해서라도 늘 정신을 차리고 자기가 지금 하고 있는 일에 정신을 집중해야 합니다. 다시 말해서 무슨 일을 하든지 어떠한 동작을 취하고 있든지 간에 항상 정신을 번쩍 차리고 자기 자신과 주변을 살펴보라는 겁니다.

이렇게 정신을 차리고 있는 동안에는 절대로 불의의 사고 같은 것은 일어나지 않습니다. 운전을 하면서도 이렇게 정신만 차리고 있다면 어떠한 사고든지 미연에 방지할 수 있습니다. 도둑질하는 사람, 살인하는 사람, 싸우는 사람, 욕지거리하는 사람, 주먹을 휘두르는 사람, 간음하는 사람, 성폭행하는 사람들은 자기가 지금 무슨 짓을 하고 있는지 정확히 모르기 때문에 그런 짓을 하고 있는 것입니다.

다시 말해서 자기가 지금 하고 있는 일을 제대로 관찰을 하지 않고 있기 때문에 그런 짓을 저지르고 있는 겁니다. 조금이라도 관찰을 할 줄 아는 사람이라면 그런 짓을 함으로써 당장엔 어떤 이득이 있을지 몰라도 결과적으로는 큰 파국이 온다는 것을 압니다. 그런 것을 알고도 범죄행위를 저지를 수 있겠습니까? 나쁜 짓을 하는 순간, 범죄에 대한 변명들을 할지언정 제정신 차리고 그런 짓을 했다고 말하는 사람은 아무도 없습니다.

   그것만 보아도 제정신만 차리고 있으면 어떠한 사람도 나쁜 짓이나 범죄행위는 저지르지 않게 되어 있다는 얘깁니다. 제정신을 차린다는 것은 결국은 자기의 본래의 면목으로 돌아간다는 말과 같습니다. 자기 본래의 면목이 바로 자성입니다. 시비와 선악의 개념이 없는 절대의 경지, 생사에서 벗어난 경지를 말합니다."

   "이제야 관(觀)이 무엇인지 관찰이 무엇인지 좀 알 것 같습니다."

   "관과 관찰은 근본적으로는 다를 것이 없습니다. 대동소이(大同小異)하다고 할 수 있습니다. 관이고 관찰이고 명상이고 참선이고 전부 다 정신 차리고 본다는 면에서는 똑같습니다. 참선은 어떤 숙제를 내걸어 놓고 그것을 관찰하는 것이고, 명상은 관찰과 거의 다름이 없다고 보면 됩니다."

자존심이 상한다

1993년 11월 14일 일요일 10~17°C 흐리고 안개

오후 2시. 등산에서 돌아와 서재에서 쉬고 있는데 광주에서 윤재석 씨가 올라왔다. 대기업체의 연구실에서 근무하고 있는 30대 초반의 젊은 기사인데, 두 달 전에 나한테 찾아 와서 대주천 수련을 받고 오행생식을 하고 있는 중이다. 평일에는 도저히 시간을 낼 수 없어서 할 수 없이 일요일에 찾아온 것이다. 어쩐지 그의 얼굴에는 수심이 잔뜩 서려 있었다.

"무슨 어려운 일이 있습니까?"

"네, 선생님. 제가 아무래도 결혼을 잘못한 것 같습니다."

그는 땅이 꺼지게 한숨을 내리쉬었다.

"부인하고 무슨 불화가 있습니까?"

"네, 불화라고 해야 할까, 성격 차이라고 해야 할까? 어쨌든 수련 좀 해보려는 사람에겐 결혼생활이 큰 장애가 되는 것은 틀림없는 것 같습니다."

"결혼생활이 수련에 장애가 되는가 아니면 보탬이 되는가 하는 것은 순전히 수련자 자신의 마음먹기에 달려 있습니다."

"이치로 보면 분명 그래야 하는데 집사람은 너무도 이해가 없습니다."

"왜요. 수련하는 것을 노골적으로 반대합니까?"

"그렇게까지 대놓고 반대는 하지 않는데, 이건 순전히 성격상의 문제인 것 같습니다."

"무슨 일인지 구체적으로 한번 말해 보세요."

"선생님 앞에서 감히 이런 가정불화 얘기까지 해야 되는지 잘 모르겠습니다."

"좌우간에 어떤 사정인지 얘기나 들어보아야 무슨 대책이 나올 것이 아닙니까?"

"그렇기는 합니다만 막상 말을 하자니까 말문이 열리지를 않습니다."

"부인하고 결혼한 지는 얼마나 되었습니까?"

"3년 됐습니다."

"아이는 몇이나 됩니까?"

"두 살짜리 딸애가 하나 있습니다."

"혹시 직장에 나가는 거 아닙니까?"

"그걸 어떻게 아십니까?"

"어쩐지 그런 느낌이 들어서 물어 보았습니다."

"맞습니다."

"맞벌이 부부시군요."

"네, 결혼할 당시에는 정말 희망에 부풀어 있었는데, 3년이 지난 지금 와서 생각해 보니 그때는 큰 착각을 했던 것 같습니다."

"착각이라고 단정해 버리면 분명 착각입니다. 그러나 그렇지 않다고 단정해버리면 분명히 그렇지 않습니다."

"어쨌거나 제가 보기에는 그것은 엄연한 현실입니다."

"도대체 뭐가 문젭니까?"

"제 집사람은 중학교 교사인데요. 신혼 초에는 그렇게도 상냥하고 부드럽던 사람이 요즘은 어떻게 된 노릇인지 조그마한 꼬투리라도 잡히면, 예리하게 찔러댑니다. 더구나 밖에서 속이 상하는 일이 있거나 화나는 일이 있으면 집에 들어와서는 꼭 저한테 화풀이를 합니다. 그럴 때마다 저는 자존심이 상하니까 속에서 화가 부글부글 끓습니다."

"자존심이 상한다고 했습니까?"

"네."

"자존심이 어디 있습니까?"

"네엣?"

"자존심이 어디에 있느냐고 물었습니다."

"자존심이 있으니까 화가 나는 것 아니겠습니까?"

"자존심이 있다고 칩시다. 그렇다면 그 자존심이 어디에 있느냐 그겁니다."

"자존심은 제 마음속에 있는 거 아닙니까?"

"이제 보니까 윤재석 씨는 자존심이 상한다고 하면서도 자존심의 정체도 제대로 모르고 있었군요. 자존심이 상했다면 그 상한 자존심을 관찰해 보십시오. 인간에게 자존심 같은 것은 없습니다. 있다면 그것은 한갓 꿈이요 환상이요 거품이요 그림자일 뿐입니다. 몽환포영(夢幻泡影)이 바로 자존심의 정체입니다. 윤재석 씨는 자존심을 관찰해 보지 않아서 모르는 모양인데, 내일부터라도 부인이 또 자존심을 건드리면 그 상했다는 자존심을 진지하게 관찰해 보십시오. 처음에는 익숙하지 않으니까 잘 관찰이 되지 않을 겁니다. 그러나 마음을 차분하게 가라앉히고 끈질기게 지켜보십시오. 나중에는 그 상한 자존심은 흔적도 없이 사라져버릴 것입니다. 일시적으로 일어나는 물거품이요, 그림자에 지나지 않는데, 관찰의 눈을 받고 오랫동안 버틸 수는 없기 때문입니다.

햇빛이 정면으로 비치면 그림자는 흔적도 없이 사라집니다. 한번 일어난 물거품은 그대로 가만히 놓아두기만 해도 저절로 사라집니다. 원래 물거품이란 물이 일시적인 충동에 의해서 변했던 현상이지 본질적인 것은 아니기 때문입니다. 애기 엄마가 제아무리 윤재석 씨의 자존심을 건드린다고 해도 자존심 자체를 비워버리면 아플 것도 상할 것도 없게 됩니다. 그렇게 되면 애기 엄마가 제아무리 날카롭고 예리하게 자존심을 긁어보았자 달걀로 바위치기에 지나지 않습니다. 선도를 한다는 사람, 몸공부, 기공부, 마음공부를 한다는 사람은 적어도 이 정도는 되어야 하는 거 아닙니까?"

"죄송합니다. 선생님, 제가 너무나 소견이 좁았던 것 같습니다."

"손바닥도 마주 부딪쳐야 소리가 나게 되어 있습니다. 자존심을 긁어대던 사람이 도리어 싱거워져서 제풀에 손을 들게 될 것입니다. 어떻게 하면 이렇게 될 수 있을까? 상대가 내 자존심을 건드렸다고 생각되는 순간 지체 없이 그 상한 자존심을 관찰하는 동안에 자연히 그 자존심은 없어져 버리기 때문입니다. 그렇지 않고 일대일로 서로 탁구나 배구시합 하듯 맞받아친다면 싸움은 점점 더 가열될 것이고 서로의 자존심은 점점 더 기승을 부려 마침내 큰 파국이 초래될 수도 있습니다. 그렇게 된다면 소위 선도수련을 하여 대주천의 경지까지 올랐다는 윤재석 씨의 몰골은 어떻게 되겠습니까? 어떻습니까? 애기 엄마는 선도에 관심이 있습니까?"

"전연 관심이 없습니다."

"혹시 종교를 믿는 건 아닙니까?"

"그런 것도 아닙니다."

"윤재석 씨가 수련하는 것을 방해는 하지 않는다고 했죠?"

"네, 방해는 하지 않습니다. 가령 오행생식하는 것을 못마땅해 한다든가 그런 일은 없습니까?"

"그런 일은 전연 없습니다. 제가 생식을 하고부터는 도리어 잘됐다고 속으로 좋아하는 것 같습니다."

"왜요?"

"반찬 타령을 전연 안 하니까 신경쓸 일이 그만큼 줄어들어서 그런 것 같습니다."

"그건 참 좋은 현상이군요. 그렇다면 앞으로 남은 일은 윤재석 씨가 아내로부터 존경을 받는 일밖에는 없군요."

"그런 일이야 있을 수 있겠습니까?"

"관찰을 일상생활화 하면 멀지 않아서 꼭 그렇게 될 것입니다. 도덕적으로나 인격적으로 부인보다 한 단계 높아지면 자연 머리를 숙일 때가 있게 됩니다. 게다가 건강 면에서도 월등하다면 금상첨화(錦上添花)일 것입니다. 그런데 지금은 가만히 보면 서로가 엇비슷한 처지니까 티격태격하는 것 같습니다."

"저도 선생님 말씀처럼 제발 좀 아내의 존경을 받으면서 살고 싶습니다. 무슨 좋은 수가 있을까요?"

"자존심이 상할 때마다 상한 자존심을 관찰하여 그것을 무산시켜버리는 일이 거듭되다 보면 자기도 모르게 자존심 따위는 자취를 감추고 말 것입니다. 마음이 바다같이 넓어진 남편을 존경하지 않을 아내가 이 세상에 어디에 있겠습니까?"

"저에겐 꿈같은 얘깁니다."

"꿈같은 일을 현실로 바꾸어 놓는 것은 윤재석 씨의 마음먹기에 달린 일입니다."

그는 어느 사이에 처음에 우리집에 들어올 때 잔뜩 찌푸렸던 얼굴이 환히 펴져 있었다.

"일요일 날 모처럼 쉬시는데 이렇게 찾아와서 방해를 놓아서 죄송합니다. 그러나 분명히 선생님을 찾은 것은 잘한 일 같습니다. 올 때와는 달리 지금은 제 마음이 많이 편안해졌습니다."

"마음이 편해졌으면 그 편한 마음을 관찰하세요. 그러면 점점 더 편해질 것입니다."

"기분 나쁜 일뿐만이 아니고 기분 좋은 일도 그렇게 관찰하라는 말씀입니까?"

"물론입니다. 좌우간 마음속에 일어나는 모든 것을 빼놓지 않고 관찰하십시오. 궂은 마음을 관찰하면 조만간 해소될 것이고, 착한 마음을 관찰하면 그것이 배가될 것입니다. 가령 나한테 시집와서 호강도 못 하고 직장에 다니면서 고생하는 아내가 측은하게 여겨진다면 그것을 관찰하십시오. 그러면 그 측은지심이 몇 배로 확산되어 아내를 사랑하는 마음이 풍선처럼 부풀어 오르게 될 것입니다."

"선생님 감사합니다. 너무나도 자상하게 가르쳐 주셔서 비록 돌대가리라고 해도 깨우침을 받지 않을 수 없게 될 것 같습니다."

〈21권〉

본래면목

1993년 11월 20일 토요일 6〜11℃ 흐리고 비

오후 3시. 10여명의 수련생들이 모여 앉아서 자유롭게 얘기들이 오 갔다.

"선생님, 어떤 고승은 잠을 자도 명상을 해도 꿈을 꾸어도 늘 눈앞이 환해져야 한다고 했는데 그건 어떻게 생각하십니까?"

"환하고 안 하고가 중요한 것이 아니고 번뇌와 탐진치(貪瞋癡)가 사 라지고 부모미생전본래면목(父母未生前本來面目)이 온전히 의식 속에 서 제자리를 잡았느냐가 중요합니다."

"부모미생전본래면목이란 무엇을 말합니까?"

"선방(禪房)에서 쓰는 말인데 부모에게서 태어나기 이전의 본래의 모습을 말합니다."

"그럼 자성이나 본성을 말하는가요?"

"맞습니다."

"그럼 왜 그렇게 어려운 말을 쓰는가요?"

"수도의 핵심이 바로 그것인데, 똑같은 말을 자꾸만 되풀이하다 보면 신선한 느낌이 사라져버리고 타성이 붙어서 일종의 마비 현상이 일어납니다. 이것을 방지하기 위해서 같은 내용의 말을 수십 수백 가지로 만들어서 씁니다. 요컨대 수도를 통해서 무엇을 알았느냐가 중요한 것이 아니라 수도자의 일상생활이 어떻게 실질적으로 변했느냐가 중요합니다.”

“깨달음이 있으면 생활이 변한다는 말씀이 아닙니까?”

“그렇습니다.”

“그런데 그 깨달음이라는 것이 그렇게 만만하게 오는 것이 아니지 않습니까?”

“바로 그것 때문에 종교가 생겨났고 각종 경전이 나왔고 수많은 수련법이 나왔습니다. 그런데 문제는 수행자들이 경전이나 수행법이나 방편에 얽매여 진실에는 눈뜨기가 지극히 어렵다는 것이죠. 그것이 어떤 이론이나 분별이나 지식만으로 되는 것이 아니고 마음과 몸과 기운이 송두리째 지각변동을 일으켜 천지개벽을 해야만이 비로소 가능하다는 얘기가 아닙니까?”

“활연대오(豁然大悟)니 확철대오(廓徹大悟)니 하는 것을 말하는 것인가요?”

“천지개벽, 환골탈태, 확철대오, 활연대오로 한순간에 깨달음에 이르는 사람도 물론 있습니다. 그러나 일상생활에서 작은 깨우침이 모여서 자기도 모르는 사이에 이미 본래면목으로 환원되어 있는 사람도 있습니다. 그래서 그런 사람은 자기가 깨달았는지도 모르고 여여하게 살아갑니다. 특별히 도를 닦는다는 의식도 없이 수행을 한다는 생각도 없이 그냥 착실하게 살다가 보니까 어느새 그렇게 변화되어 있는 겁니다.

소위 법 없이도 살 수 있다는 사람들이 우리 주변에는 얼마든지 있습니다. 남이 보기에는 바보 멍텅구리로 보일지 몰라도 그 사람 자신은 조금도 불평하지 않고 억울함 따위를 느끼지 않습니다. 도대체 불평이 무엇인지조차 모르고 살아가는 사람입니다. 남이 때리면 얻어맞기만 할 뿐입니다. 그래도 속에는 조금도 원망 같은 것이 없습니다. 힘센 사람에게 끌려가서 노예 생활을 강요당하면 그대로 감수합니다. 그런데도 속에서 울화가 치미는 일은 없습니다. 자기 자신에게 부딪쳐오는 온갖 경계를 이의 없이 고스란히 받아들이기만 합니다. 그러면서도 고통을 모릅니다. 번뇌를 모릅니다."

"그런 사람이 실제로 있을 수 있을까요?"

"성현이 바로 그런 사람입니다. 우아일체(宇我一體)를 이룬 사람은 자기 자신에게 일어나는 어떠한 일이든지 거부하거나 반항하는 일 없이 고스란히 받아들입니다. 그러면서도 마음은 항상 담담합니다. 우주를 포용하고 있으므로 부러울 것이 없습니다. 태어나는 일도 늙는 일도 병드는 일도 죽는 일도 그에게는 아무런 장애가 되지 않습니다. 생로병사는 그에게는 한갓 물거품입니다. 대양과 같이 되어 있는 그에게 물거품이나 파도 따위가 무슨 의미가 있겠습니까? 원융무애(圓融無涯)하고 자유자재(自由自在)하고 유유자적(悠悠自適)하므로 아무도 그에게 어떠한 제재를 가할 수 없습니다. 그에게 제재를 가한다는 것은 그물로 바람을 잡겠다는 것과 같습니다. 바람 같은 사람, 물 같은 사람이 바로 그런 사람입니다.

시간도 공간도 물질도 그를 구속할 수 없습니다. 시작도 끝도 없으며 하나이면서 전체이기 때문에 '한'이라고 합니다. 또 텅 비어 있으면서도 없는 것이 없어서 공(空)이라고도 하고 진공묘유(眞空妙有)라고도 합니다. 이것이 바로 우리들의 부모미생전본래면목(父母未生前本來面目)입니다. 우리들 자신의 본질입니다. 우리가 공부를 하는 것은 이러한 본래의 자기를 회복하기 위해서입니다. 그러나 그렇게 한다고 하면서 실은 엉뚱한 데로 빗나가고 있습니다."

"그건 왜 그렇습니까?"

"진리를 추구한다고 하면서 실제로는 분별을 통한 가짜 진리에 현혹되기 때문입니다. 그것은 진리가 아니고 진리라는 이름의 분별에 지나지 않습니다. 그래서 언어와 분별과 경전과 법문 따위를 뛰어넘어 무분별을 통해서 단숨에 본래면목 속으로 뛰어들되, 진리에 집착하는 것마저 거부하는 것이 선(禪)입니다. 그러나 이것 역시 아무나 되는 것이 아닙니다.

굉장히 높은 근기가 아니고는 도달하기 어렵습니다. 어찌 보면 그것은 일종의 모험이기도 합니다. 그렇게 하기보다는 차라리 처음부터 벽돌 쌓아 올리듯 하나하나 점진적으로 거대한 건축물을 구축해 올리는 듯하자는 것이 우리 조상들이 걸어온 길입니다. 언어와 분별을 뛰어넘어 단숨에 진리의 바닷속으로 몰입하자는 것 역시, 어찌 보면 지나친 욕심이 아닌가 합니다. 그보다는 처음부터 한걸음 한걸음 착실히 걸어나가는 것이 바른길이 아닌가 합니다. 그것이 무엇인지 아십니까?"

"그 해답은 삼대경전 속에 다 나와 있지 않습니까?"

"맞습니다."

"아아 그럼 지감·조식·금촉이 아닙니까?"

"맞습니다. 몸공부, 기공부, 마음공부를 꾀부리지 않고 진솔하게 꾸준히 밀고 나가다 보면 어느 날 문득 목표 지점에 도달해 있는 자기 자신을 알게 될 때가 옵니다. 그러한 자신을 몰라도 상관없습니다. 오히려 그것이 더 낫습니다. 깨달았다는 의식조차 없이 깨달은 사람의 삶을 사는 것이 더 중요하니까요."

"그러한 삶의 특징은 무엇입니까?"

"집착이 없는 삶을 말합니다. 바람처럼 거침없는 생활을 말합니다. 주위의 어떤 사람과도 충돌을 빚는 법 없이 원만하게 어울려 지내는 사람을 말합니다."

"그러나 남에게 피해를 당하고도 어떻게 불평 한마디 없이 살아갈 수 있겠습니까?"

"그 사람은 남을 남이면서도 바로 자기 자신으로 보기 때문입니다. 망치질을 하다가 실수로 오른손이 왼손을 찍었다고 해서 왼손이 오른손을 원망하거나 불평할 수 있겠습니까?"

"그런 성현의 심정을 이해는 할 것 같은데, 내가 막상 어떤 사람에게 이유도 없이 매질을 당한다면 아무래도 가만히 있을 것 같지 않습니다."

"그것이 바로 깨달은 사람과 깨닫지 못한 사람의 차이입니다. 본래면목을 되찾은 사람과 그렇지 못한 사람의 차이인데, 진리를 말이나 분별로서가 아니라 몸으로 체득하고 실천하는 사람을 말합니다. 실천한다는 의식도 없이 저절로 그렇게 되는 사람을 보고 깨달았다고 합니다."

"아무리 그렇다고 해도 어떻게 주변 사람들과 전연 충돌을 일으키지 않고 살 수 있겠습니까?"

"적어도 사욕을 채우기 위해서 충돌을 일으키는 일은 있을 수 없습니다. 그러나 공익이나 홍익인간하기 위해서라면 충돌이 불가피할 때가 있습니다. 그것은 충돌이라기보다는 중생제도나 하화중생을 위한 하나의 과정이라고 보는 것이 타당하겠죠. 붓다도 예수도 속물이나 악의 세력과는 충돌이 불가피할 때가 있었습니다만 그것은 어디까지나 중생제도나 영혼의 구원으로 결말이 났습니다."

"선생님, 깨달은 사람은 마음이 늘 평온하고 담담하다고 언젠가 말씀하셨는데, 그렇게 될 수 있는 무슨 비결이라도 있습니까?"

"있구말구요."

"그게 무엇입니까?"

"마음이 가난하고 풍족한 것을 떠나면 그렇게 됩니다."

"어떻게 하면 마음이 가난하고 풍족한 것을 떠날 수 있습니까?"

"우선 마음이 한없이 가난해 보아야 합니다."

"마음이 가난하다는 말은 기독교 신약성서 중 마태복음에 나오는 말 같은데, 다른 말로는 어떻게 표현할 수 있겠습니까?"

"마음이 가난하다는 것은 마음이 비어있다는 말입니다. 숨을 한껏 내어쉬다가 보면 더이상 내어쉴 수 없는 경지에까지 이르게 되어 자연히 들이쉬게 됩니다. 그와 마찬가지로 마음을 한없이 비우다 보면 더이상 비울 수 없는 한계에 도달하게 됩니다. 그 한계를 넘어버리면 자연스럽게 채워지게 되어 있습니다. 풍족을 가장 잘 아는 사람은 가난을 가장 잘 아는 사람입니다. 배고픈 것을 가장 잘 아는 사람이라야 배부른 것을 가장 잘 압니다. 가장 많이 마음을 비운 사람이 가장 많은 것으로 채울 수 있습니다. 그래서 ˝마음이 가난한 자는 복이 있나니 천국이 저희 것임이요˝ 하는 성경 구절도 있습니다.

이처럼 비어 있음과 채워 있음, 가난과 풍요, 배고픔과 배부름을 골고루 다 겪은 사람이라야 양쪽을 다 속속들이 알 수 있어서 양쪽을 다 다스릴 수 있습니다. 양쪽을 다 다스릴 수 있으니까 양쪽에서 다 함께 벗어날 수 있습니다. 벗어날 수 있다는 것은 초월할 수 있다는 말입니다. 초월할 수 있으면 마음이 늘 평온하고 담담할 수 있습니다. 공(空)과 만(滿), 가난과 풍요, 배고픔과 배부름뿐만이 아닙니다. 생(生)과 사(死), 선과 악, 시비, 유무, 생사도 마찬가지 입니다. 서로가 대치되는 상대개념을 초월하면 마음은 언제나 평온하고 담담할 수 있습니다.˝

˝선생님께서는 언젠가 도법(道法)을 누구에게서 전수받았으면 그것을 혼자서만 가지고 있지 말고 남에게 전수해야 된다고 하셨습니다. 과연 그럴 수 있을까 하고 처음에는 의심이 들었지만 어쩐지 그렇게 해보고 싶은 생각이 들더군요. 그래서 제 직장에서 선도에 제일 관심이 많은 동료를 하나 선정해서 어떻게 하면 그에게 내가 선생님께서 받은 도법을 전수할 수 있을까를 다각도로 검토해 보고 궁리해 본 끝에 그에게 솔직하게 제가 지금 겪고 있는 얘기를 그대로 해 주었습니다.

저는 그 사람에게 단전호흡을 해 보라든가 『선도체험기』를 읽어보라든가 하는 말은 일체 하지 않고 단지 제가 겪은 얘기만을 들려주었을 뿐인데도 확실한 반응을 보였습니다. 제가 『선도체험기』를 읽은 것이 발단이 되어 선생님을 찾은 얘기를 했더니 자기도 그 책을 좀 읽어 보았으면 좋겠다고 하더군요. 그래서 일전에 『선도체험기』1, 2권을 선생님한테서 구입해서 가져다 주었습니다.

그랬더니 며칠 만에 다 읽고는 더 읽고 싶다고 하더군요. 그래서 이번에는 자네가 직접 구입해다가 읽으라고 했습니다. 그 친구는 그 말을 듣고는 이웃에 있는 책방엘 부지런히 갔다가 오더니 『선도체험기』가 있기는 있는데 15, 16, 17권 밖에 없더라는 겁니다. 어떻게 하면 구입할 수 있느냐고 하기에 저는 속으로 이젠 이 친구에게도 선도의 불이 붙었다고 판단했습니다.

돈만 있으면 얼마든지 구입할 수 있는 방법은 있다고 하니까 그럼 구입해다 달라면서 돈을 내밀었습니다. 그래서 지난번 토요일에 이곳에 왔을 때 구입해다가 주었습니다. 그 친구는 지금 정신없이 그 책을 읽고 있습니다. 그런데 선생님, 정말 놀라운 일이 벌어졌습니다. 그 친구가 그렇게 열심히 『선도체험기』를 읽으면서부터 저 역시도 운기(運氣)가 눈에 띄게 활발해졌습니다. 『선도체험기』에서도 그와 비슷한 얘기를 읽어보기는 했지만 제가 직접 그런 일을 경험해 보니까 정말 신기한 생각이 듭니다.”

이렇게 말하면서 그는 흥분된 기색을 감추지 못했다.

“신기할 것도 없습니다. 그건 아주 자연스러운 현상입니다.”

“자연스런 현상이라뇨?”

“그렇습니다. 흐르는 물은 결코 썩는 일이 없습니다. 그뿐 아니고 움직이는 물도 썩지 않습니다. 수돗물을 받아서 가만히 한 자리에 놓아

두면 어느 정도 시간이 흐르면 썩어버립니다. 그러나 자동차나 배에 실려서 항상 요동하는 물은 썩지 않습니다. 도법도 그와 똑 같습니다."

"그건 이해할 수 있겠는데요. 제가 도법을 전수해 주었다고 해서 뚜렷하게 운기가 활발해지는 것은 왜 그렇습니까?"

"도법을 전수한 사람을 통해서 전수받은 사람에게로 기운이 흘러가기 때문입니다. 가지에서 다시 새 가지가 돋아난 격입니다. 큰 가지에서 잔가지가 뻗어나가면 잔가지는 어디에서 영양을 공급받겠습니까? 중간 도매상은 큰 도매상으로부터 물건을 받아다가 작은 도매상에게 공급해 줍니다. 작은 도매상이 늘어나면 늘어날수록 중간 도매상은 번창해질 수밖에 없지 않겠습니까?

도(道)는 그 생리상 시장 유통망처럼 또는 물처럼 흐르게 되어 있습니다. 흐르지 않으면 썩게 되어 있습니다. 그러나 흐르면 흐를수록 더욱더 청신하여지게 되어 있습니다. 그래서 상구보리(上求菩提)했으면서도 하화중생(下化衆生)할 줄 모르는 사람은 시들고 위축되게 되어 있습니다. 이것 역시 자연의 이치입니다."

"그렇다면 선생님처럼 책을 통하여 한꺼번에 수천 권 수만 권씩 보급하게 되면 굉장한 기운이 선생님을 통해서 독자에게로 흘러들어 갈 것이 아닙니까?"

"당연한 일입니다. 그래서 나는 새 책이 발간되어 기다렸던 독자들이 그 책을 읽을 때쯤 되면 갑자기 강한 기운이 들어오는 것을 느낍니다. 그 기운은 저자를 통하여 독자에게로 흘러 들어갑니다. 수십만 수백만의 신자를 거느린 고위 성직자들에게 대면 나 같은 것은 새 발의

피에 지나지 않습니다. 그런데 그런 성직자들이 질병으로 이 세상을 하직한다는 것은 확실히 수련 방법에 문제가 있다고 보는 거죠."

"그게 바로 선생님께서 늘 강조하시는 몸공부와 기공부가 안 되어서 그런 모양이죠?"

"잘 아시는군요. 몸에 질병이 생기는 것은 기혈이 제대로 유통되지 않기 때문입니다."

"선생님 이건 수련과는 직접 관련이 없는 건데 좀 물어봐도 되겠습니까?"

"무언데 그러세요."

"시험에 관한 것입니다."

"시험이 어떻다는 겁니까?"

"제 조카가 오수(五修)생인데요. 평소에는 모의시험 같은 것을 쳐 보면 언제나 거의 만점을 맞는답니다. 그런데 정식 시험장에만 들어갔다 하면 꼭 시험을 망쳐버리고 맙니다. 아무리 열심히 공부를 하여 환히 꿰뚫고 있는 것도 일단 시험장에만 들어갔다 하면 가슴이 떨리고 혼란이 있어나 제정신을 차릴 수가 없다고 합니다. 그래서 뻔히 아는 문제도 제대로 못 쓰곤 합니다. 그렇게 몇 번 실패를 맛본 뒤로는 시험만 치른다 하면 손발이 떨려서 뒤죽박죽이 되어버린다고 합니다. 무슨 대책이 없겠습니까?"

"혼비백산(魂飛魄散)이라는 말 아십니까?"

"그건 글자 그대로 혼이 날아가고 백이 흩어진다는 말이 아닙니까?"

"그렇습니다. 사람의 마음은 하나지만 세 가지 작용이 있습니다. 근본은 하나지만 쓰임은 세 가지가 있다는 말입니다. 그것을 영(靈) 혼(魂) 백(魄)이라고 우리 조상들은 말해 왔습니다.

이것을 또 신령(神靈), 심혼(心魂), 기백(氣魄)이라고도 합니다. 시험장에만 들어가면 긴장하고 당황하여 손발이 떨리고 갈피를 잡을 수 없게 되는 것은 영과 혼과 백이 보조를 맞추지 못하고 제멋대로 놀기 때문입니다."

"그럴 때는 무슨 방법이 없겠습니까?"

"우선 마음의 중심을 확실히 잡고 영·혼·백(靈·魂·魄)을 일사불란하게 거느리도록 해야 합니다."

"그럼 영·혼·백은 각각 어떤 역할을 맡고 있습니까?"

"영은 이른바 정신 작용을 맡고 있습니다. 이성(理性), 사상, 이념, 관념 따위가 그것입니다. 혼은 감각 작용을 맡고 있습니다. 감성(感性), 기쁨, 두려움, 슬픔, 성냄, 탐욕, 혐오감, 사랑, 자비심, 관대함, 의욕, 동포애 따위가 그것입니다. 그리고 백은 의식 작용을 맡고 있습니다. 잠재의식 또는 무의식 같은 것이 여기에 속합니다. 무의식과 잠재의식은 우리의 사고와 신체 활동을 직접 관장하고 있습니다. 영과 혼이 어떤 일을 하겠다고 굳게 결심을 했다고 해도 백이 따라주지 않으면 안 됩니다.

시험에 꼭 합격해야겠다는 의지와 정신력은 충분한데도 막상 시험장에서 제대로 머리와 손발이 움직여 주지 않는 것은 기백이 충분히 자기 할일을 알지 못하고 있기 때문입니다. 마음만 급했지 몸이 움직여주지 않는 것은 이것을 말합니다. 영과 혼은 시험에 합격을 하려고 하는데도 기백은 그에 따라주지 않는 겁니다.

이 때문에 시험장에서는 번번이 혼란이 일어납니다. 컴퓨터로 말하면 영혼은 기호와 같습니다. 백은 컴퓨터를 직접 움직이는 입력된 소프트웨어와 같습니다. 입력이 완벽하지 못하면 컴퓨터가 제대로 작동이 되겠습니까? 컴퓨터는 한번 입력이 제대로 되면 그에 따라 정확히 작동이 되지만 사람은 그렇지 않습니다. 그냥 어떻게 해야지 했다고 해서 그대로 머리와 몸이 움직여주는 것은 아닙니다. 무의식이 움직일 정도가 되려면 고도의 집중력이 필요합니다.

김유신이가 천관(天官)의 집에 드나들면서 공부를 소홀히 하다가 어머니의 꾸중을 듣고 다시는 그 집에 안 가겠다고 다짐을 했습니다. 그러나 어느 날 술에 취한 채 말을 타고 와 내려보니 자기도 모르게 그전에 늘 다니던 천관의 집 앞뜰이었습니다. 말이 주인의 뜻을 알 리가 없습니다. 술에 취한 주인이 별도의 조치를 취하지 않으니까 그전에 다니던 길을 따라 천관의 집으로 갔을 뿐입니다.

무의식이란 어쩌면 김유신의 말과도 같은 것입니다. 그런 실수를 두 번 다시 저지르지 않기 위해서는 말이라는 컴퓨터에 새로 입력된 소프트웨어를 끼워 주어야 합니다. 이 무의식이 바로 기백입니다. 기백이 살아있다는 것은 기백이 영과 혼의 의지에 따라 잘 움직여주는 것을 말합니다. 자신감에 차 있다는 것은 기백이 살아 있다는 말과 같습니다.

영·혼·백은 국가에 비유하면 어떻게 될까요? 영과 혼은 지도층이고 백은 일반 대중이라고 할 수 있습니다. 영혼은 현대 심리학 용어로 말하면 현재의식(顯在意識)이고 백(魄)은 무의식(無意識)입니다. 나라가 제대로 발전하려면 지도층과 일반 국민이 한덩어리가 되어야 합니다. 지도층이 아무리 좋은 이상과 애국심과 우국충정을 가지고 있다고 해도 일반 국민의 호응을 얻지 못하고는 김옥균의 갑신정변처럼 삼일천하(三日天下)로 끝날 수밖에 없습니다. 지도층은 마땅히 대중을 자기편으로 끌어들여야 막강한 힘을 발휘할 수 있습니다.

시험장에서 당황하게 되는 것은 마음만 앞섰지 기운과 몸은 아직 마음을 따르고 있지 않기 때문입니다. 이 기운과 몸을 직접 지배하고 움직이는 것이 무의식입니다. 시골에서 오랫동안 살던 노인들이 도시생활에 적응하지 못하는 것은 무의식에 깊이 뿌리박힌 습관을 쉽사리 바꿀 수 없기 때문입니다. 20년쯤 살던 한옥에서 아파트로 이사 간 사람은 새 환경에 적응하는 데 한동안 고전을 해야 합니다."

"그렇다면 선생님, 시험장에만 가면 허둥대는 것은 무의식이 현재(顯在) 의식을 따르지 못하기 때문이라고 하셨는데, 어떻게 하면 그것을 극복할 수 있겠습니까?"

"속담에 자라 보고 놀란 가슴 솥뚜껑 보고도 놀란다는 말이 있지 않습니까? 그 학생은 틀림없이 첫 시험에 실패했던 참담한 심정이 너무나 무의식에 깊이 새겨져 있어서 시험장에 들어갈 때마다 그때의 심정이 되살아난 겁니다.

그러니까 이 무의식 속에 깊이 아로새겨진 인상을 하루 빨리 지워버리고 그 대신 자신감을 불어넣는 짧은 좌우명이나 경구 같은 것을 반복해서 무의식 속에 계속 깊이 주입시켜야 합니다. 이때 수험생은 시험공부도 열심히 해야 되겠지만 평소에 공부한 실력을 시험장에서 유감없이 발휘하기 위해서 자기 자신의 무의식의 반란과도 싸워서 이겨야 합니다. 극기(克己)죠. 자기 자신과의 싸움에서도 이겨야 한다는 말입니다. 극기에 성공하면 제 실력을 충분히 발휘할 수 있습니다."

"그럼 선생님 극기에 성공할 수 있는 좋은 방법이 있으면 좀 말씀해 주시겠습니까?"

"그 말을 하기 전에 내가 경험한 얘기부터 먼저 하겠습니다. 방법을 말하기 앞서, 그렇게 하는 것이 크게 도움이 될 테니까요. 지금부터 15년 전에 나는 등산을 시작했습니다. 등산을 시작하고 나서 금방 암벽타기에 끌리기 시작했습니다. 그러나 리더를 앞세우고 난코스를 타다가 어떤 데서는 도저히 내 능력으로 어떻게 할 수 없는 험준한 바위와 가끔 맞닥뜨리게 됩니다. 그때는 약간의 고소공포증(高所恐怖症)도 있어서 단념을 했지만 그것을 타지 못한 것이 두고두고 마음에 걸렸습니다. 몇 번을 시도해 보았지만, 그 바위 근처만 가면 다리부터 떨려오기 시작했습니다.

리더는 타는데 나는 못 탄다고 생각하니 자존심이 상했습니다. 남이 하는 일을 왜 나는 못 한단 말인가 하고 나는 그때부터 어떻게 하면 될까 하고 본격적으로 연구를 하기 시작했습니다. 시간만 나면 궁리에 궁리를 거듭한 끝에 드디어 하나의 묘안을 짜냈습니다. 일요일에 한 번씩 하는 등산이니까 아무리 가고 싶어도 한번 갔다 오면 일주일은 기다려야 했습니다. 나는 일주일 내내 시간만 나면 그 생각만 했습니다.

드디어 산에 가는 날이 왔습니다. 그날 나는 그 바위에 다가가서 문제의 바위 모양을 면밀히 관찰했습니다. 그리고 바위꾼들이 능숙하게 통과하는 장면을 유심히 관찰했습니다. 마치 슬로우 비디오를 찍듯 세밀한 부분까지 면밀히 관찰하여 머릿속에 아로새겨 놓았습니다. 그리고 나서는 다음 일요일이 올 때까지 일주일 내내 내 머릿속에서 나는 나 자신이 그 바위를 타는 장면을 연출해 보았습니다. 아주 세세한 부분까지 유감없이 재연했습니다. 발디딤과 손잡이 하나하나를 빠짐없이 짚고 잡고 올라가고 내려가는 나 자신을 지켜보는 겁니다.

이렇게 일주일 동안 내내 똑같은 일을 되풀이하다가 보니까 어느덧 나는 머릿속에서는 이미 그 바위를 다 탄 것과 같았습니다. 그다음 일요일에 그 난코스 앞에 섰을 때 내 양다리는 그전과는 딴판으로 조금도 떨리지 않았습니다. 마치 전에도 늘 타던 바위처럼 아주 익숙하게 통과할 수 있었습니다. 그다음부터 이 난코스는 식은 죽 먹기보다 더 쉽게 탈 수 있었습니다.

이것은 현재(顯在) 의식이 무의식(無意識)을 훈련시키는 과정이었습니다. 전에는 그 앞에만 가도 떨리던 다리가 떨리지 않게 된 것은 무의식을 현재의식이 부릴 수 있게 되었음을 말해줍니다. 자기 자신을 이기는 사람이 어떠한 대상도 정복할 수 있는 능력을 갖게 됩니다.

권투 선수들은 시합에 앞서서 상대 선수를 기량 면에서도 물론 앞서야겠지만 그것보다 더 중요한 것은 상대를 기백으로 압도하는 겁니다. 그렇게 하려면 극기에 성공해야 합니다. 링 위에 올라간 권투선수들은 우선 상대의 눈부터 쏘아봅니다. 눈싸움에 이긴 선수는 시합에서 이긴 것과 같다고 합니다. 기백이 꺾이면 아무리 기량이 뛰어나도 제 실력을 발휘할 수가 없으니까요.

북한의 124특공대는 청와대를 급습하기 위해서 접근로는 물론이고 청와대와 흡사한 건물을 지어놓고 매일 신물이 나도록 연습을 했다고 합니다. 그만큼 연습을 했기 때문에 김신조 일당은 대담하게도 청와대 근처까지 무난하게 접근할 수 있었습니다. 그들이 만약에 청와대 안으로 쳐들어갈 수만 있었다면 정말 큰일이 일어날 뻔했습니다. 그러나 그러한 국가적인 사건은 한쪽의 맘대로 되는 것은 아닙니다.

섭리가 따라야 합니다. 다시 말해서 천운(天運)이 따르지 않으면 아무리 치밀한 준비를 했다고 해도 성공을 거두기는 어렵습니다. 그러나 남들이 다 통과하는 시험에 도전하는 일은 그렇지 않습니다. 치밀한 준비와 함께 자신의 무의식을 현재의식에 일치시킬 수만 있다면 얼마든지 성공할 수 있는 일입니다.

그러니까 시험장에 들어갈 때마다 손발이 떨리고 머리에 혼란이 오는 사람은 자신의 무의식을 다스리는 법부터 익혀두어야 합니다. 자라보고 놀란 가슴 솥뚜껑 보고도 놀라지 않게 스스로 극기력을 키워야 합니다. 어떤 사람은 번번이 시험에 낙방을 하고는 무슨 귀신이 붙어서 그렇다고 착각을 합니다. 귀신 따위가 붙을 리가 없습니다. 그것은 순전히 무의식이 현재의식을 따르지 못하기 때문에 일어나는 현상입니다. 어떤 사람은 무슨 일을 하려고만 하면 생각대로 마음이 움직이지 않습니다. 그래서 내 마음 나도 모르겠다고 말합니다. 이것은 순전히 무의식을 다스리지 못했기 때문에 일어나는 현상입니다."

"그럼 선생님 5수생인 제 조카는 구체적으로 어떻게 하면 되겠는지 좀 말씀해 주셨으면 합니다."

"얘기 들어보니 시험공부는 충분히 한 모양이니까 남은 것은 극기
훈련입니다. 지금까지 조카가 다섯 번이나 시험에 실패한 것은 실력이
모자라서가 아니라 현재의식이 무의식을 거느리지 못했기 때문입니다.
이럴 때는 구체적으로 시험장에 들어갔을 때 어떻게 행동해야 할 것인
가를 미리 예상하고 아까 내가 바위 타기 연습을 미리 마음속으로 반
복해서 구체적으로 재연한 것처럼 예행연습을 하라고 하십시오. 그렇
게 하면 시험장에만 들어가면 당황하고 허둥대는 습관도 확 뜯어 고칠
수 있습니다. 이게 바로 유비무환(有備無患)이죠."

"그밖에 또 유의할 사항은 없습니까?"

"당황하고 허둥대는 것은 무의식입니다. 당황하고 허둥대는 것의 반
대는 무엇입니까?"

"그건 차분하고 침착한 거 아닙니까?"

"바로 맞혔습니다. 다음 시험 일자가 언젠지는 모르지만, 자신의 무
의식에다 대고 '차분하고 침착하게 아는 것부터 먼저 써라' 하고 외우
도록 하세요. 완전히 입에 배도록 무의식중에 잠결에도 이 구호가 외
워지도록 계속해서 암송하게 하세요. 그렇게 구호를 외우면서 마음속
으로는 시험장에서 자기가 취할 바 행동을 치밀하게 아주 구체적으로
실연(實演)해 보이도록 하세요. 이것은 시험장에서 늠름하고 당당하게
자기 실력을 있는 대로 충분히 발휘할 수 있도록 무의식을 훈련시키는
것입니다. 이렇게 해서 우선 무의식적으로 시험장을 자기 자신의 통제
속에 넣어버리는 겁니다. 이때 기백은 살아나게 됩니다.

내 친구 중에 신문사에서 논설을 쓰는 사람이 하나 있습니다. 이 사

람은 평소 자동차 기피증에 걸려 있다시피 자가용 무용론을 주장해 왔습니다. 자가용 범람 때문에 공기가 오염될 뿐 만 아니라 날이 갈수록 교통 체증은 심화되고, 교통사고로 죽는 사람은 늘어만 간다는 겁니다. 자동차 홍수는 현대 문명의 맹점 중의 맹점이라고 늘 주장해 왔습니다.

그는 근 20년 동안 논설을 써 왔는데, 기회 있을 때마다 자기주장을 피력하기를 서슴지 않았습니다. 그러한 그였지만 대세의 흐름을 막을 수는 없었습니다. 그는 남들이 다 타고 다니는 자가용을 끝까지 타지 않으려고 했습니다만 자녀들이 장성하여 대학을 졸업하고 취직을 하게 되었습니다. 요즘은 운전면허증 없이는 웬만한 직장엔 취직 원서조차 낼 수 없습니다. 면허증만 가지고 있다고 다 되는 것도 아닙니다.

일상적으로 차를 운전을 해 본 경험이 없이는 면허증이 있어 보았자 별 쓸모가 없습니다. 늘 운전을 하지 않는 한 면허증이 있어도 운전 기술은 사장되어 버리고 말기 때문입니다. 그는 아이들의 성화 때문에 할 수 없이 자가용을 사지 않을 수 없었습니다. 자기 자신은 자가용을 이용하지 않는다고 해도 아이들까지 자기를 따르게 했다가는 이 사회에서 왕따 당할 수밖에 없다는 것을 깨달았습니다. 할 수 없이 아이들을 위해서 자가용을 한대 구입했습니다.

자가용을 구입해 놓고 보니까 그는 생각이 달라졌습니다. 자동차는 분명 공해를 유발하기는 하지만 문명의 이기임에는 틀림이 없습니다. 차는 있는데 운전할 자녀들이 집에 없을 경우에 급한 볼일이라도 생기면 운전 기술이 없는 그는 자가용을 두고도 이용하지 못하게 됩니다.

이래서는 안 되겠다 싶어 그는 부랴부랴 운전면허증을 따내기로 작정했습니다. 자동차 학원에서 교육을 받고 학과시험에는 문제없이 우수한 성적으로 통과되었는데, 실기시험에서는 번번이 낙방의 고배를 마시게 되었어요. 코스시험장에만 들어가면 공연히 다리가 후들후들 떨리고 마음이 불안해지는 겁니다. 학원에서는 아무렇지도 않게 잘되던 운전이 일단 면허시험장에만 들어가 차례를 기다리노라면 이유 없이 허둥대고 당황하게 되어 학원에서 익힌 자기 실력을 발휘해 보지도 못하고 실격을 당하고 말았습니다.

처음에 불합격을 당하고 나서는 학원 강사의 말마따나 몇 번 떨어지는 것은 오히려 사고를 미연에 방지할 수 있어서 나쁠 것 없는 일이라고 해서 위안을 삼았었지만 세 번, 네 번, 다섯 번을 내리 불합격을 받고 나자 무엇인지 자기 자신에게 문제가 있다는 것을 알게 되었습니다. 한번 떨어지고 나면 적어도 20일은 기다려야 다음 시험을 칠 수 있는데 다섯 번을 내리 낙방을 하고 나니 어느새 3개월이 훌쩍 지나가 버렸습니다.

그때부터 그에게는 비상이 걸렸어요. 도대체 남들이 다 통과하는 실기시험에 왜 자기는 다섯 번씩이나 낙방을 해야 했단 말인가. 그는 곰곰이 자기 자신을 반성해 보기 시작했습니다. 그러나 처음 며칠 동안은 이렇다 할 단서가 잡히지 않았어요. 무엇 때문에 내 몸은 내 마음을 따라주지 않는 것일까? 생각에 생각을 거듭한 끝에 드디어 그는 무릎을 쳤습니다.

지난 20년 동안 논설이나 강의나 담화나 대화를 통해서 다지고 다져

온 자기주장은 자기도 모르는 사이에 자신의 무의식 속에 깊숙이 각인되어 왔던 것에 생각이 미친 것입니다. 그것은 마치 어렸을 때 부왕으로부터 거칫하면 바보 온달에게 시집보내겠다고 귀에 못이 박히게 들어온 평강공주가 막상 모 귀족의 자제에게 시집을 가게 되자 반항을 한 것과 다르지 않다고 여겨진 겁니다. 그녀는 응당 바보 온달에게 시집갈 것으로 알았는데, 엉뚱하게도 다른 사람에게 시집을 가라니 아무리 지엄한 부왕의 분부지만 반기를 들지 않을 수 없었던 것이죠. 평강공주는 끝끝내 만난을 무릅쓰고 자기주장을 관철했습니다.

그러나 그는 그렇게까지 할 필요까지는 없었어요. 집에 자가용이 있는 이상 필요할 때는 이용해야 했습니다. 시험장에만 들어가면 다리가 떨리고 허둥대는 원인을 알아낸 이상 대책을 세우지 않을 수 없었죠. 우선 반기를 든 무의식을 현재의식에 일치시키도록 해야 했습니다. 몇 번 낙방을 거듭하면서 알아낸 것은 우선 시험장에만 들어가면 당황하고 허둥댄다는 것이었습니다.

실격을 당한 주 원인은 운전 조작 미숙이라기보다는 당황하고 허둥대는 통에 자동차의 앞 바퀴를 유심히 살펴가면서 운전을 하지 못하는 것이었습니다. 운전의 필요성을 자신의 무의식에게 일깨워주는 한편 그는 세 마디로 된 짧은 구호를 고안해 냈습니다.

"재미있군요. 그게 뭔데요?"

"차분하고 침착하게 앞바퀴를 잡아라였습니다."

"왜 앞바퀴를 살피라고 하지 않고 잡으라고 했을까요?"

"실제 행동이야 앞바퀴를 살피면서 선을 밟지 않게 운전하는 것이

요령이지만 자신의 무의식에 보다 확실하고 인상 깊게 심어주기 위해서 보다 강력하고도 자극적인 언어의 힘이 필요했습니다. 그는 20일 동안 내내 이 구호를 시간 날 때마다, 또 생각날 때마다 무조건 외웠습니다. 암송을 하되 지극 정성을 다 들였습니다. 왜냐하면 그냥 무의식적으로 또는 습관적으로는 아무리 외워보았자 별 효과가 없다는 것을 잘 알기 때문입니다. 정성이 들어 있지 않는 구호는 구두선(口頭禪)에 지나지 않습니다."

"그래 결과는 어떻게 되었습니까?"

"보나마나 뻔하죠. 면허시험장에만 들어가면 그렇게도 다리가 후들거리던 것이 거짓말처럼 아무렇지도 않았습니다. 일단 차분하고 침착해지니까 코스시험쯤은 그냥 식은 죽 먹기였습니다. 코스시험에 합격한 여세를 몰아 주행시험까지 일거에 돌파했습니다. 현재의식과 무의식이 조화를 이루면 막강한 힘을 발휘할 수 있다는 것은 거짓말이 아닙니다.

붓다는 그의 호흡법을 통하여 마음과 몸의 일치를 주장하고 있습니다. 마음과 몸 사이에 괴리 현상이 일어나면 분별, 망상, 번뇌가 침투한다고 했습니다. 마음과 몸은 원래 하납니다. 마음과 몸이 하나가 된 사람이 견성하고 성통한 사람입니다. 그런데 아까도 말했지만 마음은 본체는 하나지만 기능적으로 영·혼·백으로 나뉘어져 있다고 했습니다. 영과 혼은 현재의식이고 백은 무의식이라고 했습니다. 몸과 가장 밀착되어 있는 것이 백입니다.

따라서 현재의식과 무의식이 일치된다는 것은 몸과 마음이 하나가 된다는 말과 똑 같습니다. 마음과 몸, 영혼과 백, 현재의식과 무의식이 한덩어리가 되어 움직인다는 사실 자체까지 잊고 사는 사람이 부모미생전본래면목 그대로 사는 사람입니다. 우리가 수련을 하는 목적은 현재의식과 무의식이 한덩어리가 되어 움직이면서도 그런 사실조차 잊고 살아나가는 겁니다."

"결국 사람의 마음은 본체고 몸은 쓰임이라는 말씀이군요."

"맞습니다. 마음과 몸이 한덩어리로 움직이면 결국 마음은 몸이고 몸은 마음이 됩니다. 마음속에 몸이 있고 몸속에 마음이 있습니다. 그와 마찬가지로 본(本) 속에 용(用)이 있고 용 속에 본이 있습니다. 이 마음과 몸, 본과 용을 초월하여 일체의 분별이 끊어진 곳이 바로 진여, 실상, 열반, 깨달음의 경지입니다.

"무슨 말인지 통 알아들을 수가 없군요."

"쉽게 말하면 몸과 마음의 욕구만을 충족시키려는 범부의 삶에서 떠나는 겁니다. 욕구와 갈구의 세계를 초탈하여 더이상 자기 개인을 위해서는 아무것도 필요로 하는 것이 없는 경지, 그의 일거수일동작은 무의식중의 진리와 일치되는 그러한 경지를 말합니다. 마음이 늘 흡족한 사람은 언제나 마음이 비워져 있습니다. 마음이 비워져 있어야 만물을 수용할 수 있기 때문입니다. 마음이 흡족하다는 것은 마음이 늘 평온하고 안정되어 있다는 것을 말합니다. 이러한 마음의 상태에서 일어나는 것이 이른바 신통묘용(神通妙用)입니다."

"신통묘용이 뭔데요?"

"초능력이죠. 무아(無我)의 경지에서 일어나는 것이 진정한 초능력이지 '나'와 분별과 망상이 살아있는 상태에서의 초능력은 진정한 초능력이 아닙니다. 그거야말로 위험천만한 사도(邪道)입니다."

"선생님, 조금 전에 운전 실기시험에서 실패한 신문사 논설위원 얘기가 나왔었는데, 그분은 수련을 하고 있습니까?"

"아뇨. 수련은 하지 않고 있습니다."

"그런데 어떻게 그렇게 기발한 방법을 고안해낼 수 있었을까요?"

"그게 다 자기도 모르게 일상생활화 해온 관찰의 덕분이 아니고 무엇이겠습니까? 관찰은 반드시 수련자만이 하는 것은 아닙니다. 이 세상에서 출세한 사람들은 비록 세속적이긴 하지만 전부가 다 관찰에 성공한 사람들입니다. 관찰은 수련에만 필요한 것이 아니고 인격을 향상시키고 품성을 도야하고 전공 분야에서 성공을 거두고 치부(致富)를 하는 데도 꼭 필요합니다. 천재나 수재는 집중력이 뛰어난 관찰자라고 할 수 있습니다.

자기 성찰(自己省察) 역시 관찰의 한 형태입니다. 자기 성찰을 통해서 인간개조도 할 수 있습니다. 단지 수련자는 보통 사람들보다 관찰을 좀더 체계적으로 집요하게 파고든다는 것이 다르다면 다르다고 할 수 있겠죠. 근본적으로 관찰 자체에는 다른 것이 없습니다."

"선생님, 지난번 서해 훼리호 사건은 한꺼번에 남녀노소 가릴 것 없이 292명이 사망한 대형 사곤데요. 이런 대형 사고도 인과응보라고 말할 수 있을까요?"

"물론입니다. 시공과 물질이 지배하는 유위법(有爲法)이 지배하는 이 우주에서 일어나는 일 중에 인과율에 지배당하지 않는 일이 어디에 있겠습니까? 하루에도 전쟁과 차량 사고와 자연 재해로 수많은 인명들이 사라져 가지만 어느 것 하나도 인과응보 아닌 것은 없습니다."

"그렇다면 숙명론자들은 사고당하지 않으려면 아무 일도 안 하고 가만히 있으면 되지 않느냐고 할 텐데요."

"집안에서 아무 일도 안하고 있다고 하지만 어떻게 움직이지 않고 꼼짝도 안하고 살 수 있겠습니까? 옛날에 어떤 사람이 점을 보니까 모월 모일 모시에 물에 빠져 죽을 운수를 타고 났으니 꼼짝 말고 집안에 있으라는 말을 들었습니다. 그래서 볼일이 있는데도 집안에만 죽치고 있다가 점심때가 지나자 냉수가 마시고 싶어서 우물에 가서 두레박으로 물을 퍼 올리다가 아차 하는 순간 우물에 거꾸로 떨어졌답니다.

마침 이 광경을 본 사람이 아무도 없어서 그 사람은 꼼짝 없이 물귀신이 되었습니다. 과거 생에 물에 빠져 죽을 인연을 타고 났으면 그렇게 될 수밖에 없습니다. 그러나 예외가 노상 없는 것은 아닙니다. 수련을 하여 운기를 하는 사람은 타고난 기운을 바꿀 수 있으므로 운명까지도 바꿀 수 있습니다. 운명이 바로 인과응보니까요."

"철모르는 어린이가 여객선을 탄 엄마의 등에 업혀 있다가 빠져 죽은 것도 그렇습니까?"

"그야 엄마의 등에 업혔다는 원인과 전생의 무슨 업연이 복합적으로 작용했겠죠."

"배에 짐과 승객을 너무 많이 실었다든가 배의 구조를 변조하여 복원력을 상실케 했다든가 하는 것도 사고의 원인이 아닐까요?"

"왜 아니겠습니까? 당국의 감독 소홀도 문제가 되겠고, 돌변한 기후 변화도 원인이 될 수 있었을 것이고 배에 탄 개개인의 인과(因果) 역시 원인이 될 수 있습니다. 다 일어날 만한 원인이 있어서 일어난 사고일 뿐입니다. 각 개인의 업보, 선장의 부주의, 당국의 관리 소홀, 돌변한 기후 변화 등등이 복합적으로 작용하여 일어난 대형 참사라고 할 수 있습니다.”

“그런 사고를 당할 때마다 사고 현장과 유가족들의 울부짖는 장면이 방영되는데 저는 몹시 착잡한 느낌이 들곤 합니다.”

“왜 그럴까요?”

다른 수련생이 물었다.

“이미 일어날 만해서 일어난 사고가 아닙니까? 그런데 그렇게 울부짖는다고 해서 뭐 하나 달라질 것은 없는 것이 아니겠습니까?”

“그야 그럴 수밖에 없겠죠.”

“그렇다면 뻔한 일을 놓고 그렇게 울부짖을 필요가 어디 있는가 하는 생각이 듭니다.”

“자기 자신의 가족이 그런 일을 당했다고 해도 그럴 것 같습니까?”

“네, 그렇게 울부짖을 기력이 있다면 사후 대책을 세우는 데 쓰겠습니다.”

“정말 그렇다면 수련이 대단한 경지에 올라 있다고 해야겠는데요. 남들은 그런 말을 들으면 매정하고 인정머리 없다고 비난할지 모르지만 사실은 현명한 사람이 아니면 그렇게 할 수 없습니다. 다른 분들도 그럴 수 있겠습니까?”

“글쎄요. 당해보지 않아서 뭐라고 장담은 할 수 없지만 저는 울부짖는 유가족들을 동정합니다."

"세상을 살아가노라면 누구나 불상사를 당하지 않을 수 없을 것입니다. 그러나 그것이 정말 비극이 되느냐 그렇지 않느냐 하는 것은 순전히 당하는 사람의 마음먹기에 달려 있습니다. 비극 자체에 얽매여 헤어나지 못할 때는 몸부림치면서 울부짖게 될 것입니다. 그러나 그것을 비극으로 보지 않고 어쩔 수 없는 원인으로 일어난 불가피한 하나의 현상으로 받아들인 사람은 비극에 말려들거나 얽매이지 않고 초연하게 뒷수습에 임할 수 있는 것입니다."

"선생님 그것은 자기 가족이나 친지에게 일어난 일인 경우고 만약에 그런 비극이 자기 자신에게 일어나 목숨을 잃게 되었다면 어떻게 되겠습니까?"

"뭘 어떻게 하고 말고 할 게 있습니까? 어차피 마셔야 할 쓴 잔이라면 흔쾌히 받아 마셔야죠. 이승에서 겉옷 한 벌 벗어 던지고 다음 생에서 새 겉옷 한 벌 갈아입는다고 생각하면 슬퍼할 것도 억울해할 것도, 죽음의 공포에 사로잡힐 것도 없는 거 아니겠습니까?

그러나 한번 죽으면 그것으로 끝장이라고 생각하는 사람은 죽음에 대한 공포로 벌벌 떨거나 당황망조(唐慌罔措)하여 새로운 인과를 짓게 될 것입니다. 죽음 속에는 삶이 있다는 것을 알고 있는 사람은 죽음 앞에서 공포에 떨거나 억울해할 필요가 없습니다. 생사를 초월한다는 것은 바로 이런 것을 말하는 것이지 예수 그리스도처럼 꼭 죽은 지 사흘 만에 부활하여 승천하는 것만을 말하는 것은 아닙니다. 생사의 도리를 알고 당당하게 죽음을 맞이할 수 있는 사람이야말로 생사를 초월한 사람입니다."

"선생님 요즘 어떤 유사 종교 단체에서는 자기네 교를 믿는 사람은 지금 살아있는 몸 그대로 영원히 죽지 않는다고 하는데 그런 일이 정말 가능할까요?"

"우리 눈에 보이는 삼라만상은 제아무리 다이아몬드처럼 단단한 광물이라고 해도 결국 시간이 흐르면 변하여 없어지는 것이 진리입니다. 진리가 무엇인지 아는 사람은 그런 말을 입에 올릴 수가 없습니다. 그거야말로 혹세무민이 아닐까요? 무상(無常)을 항상 염두에 두면 미혹에 끌리지 않게 됩니다. 무상이 무엇인지 모르니까 그런 사기 행위에 넘어가서 패가망신하게 되는 것입니다. 육안으로 보이든지 영안으로 보이든지 간에 좌우간 일체의 형상은 생멸(生滅)을 피할 수 없습니다.

진시황, 시저, 알렉산더 대왕, 징기스칸, 나폴레옹 같은 일세를 풍미한 정복자, 폭군, 영웅들도 죽음을 피할 수는 없었습니다. 삼황천제도 붓다도 예수도 역대 조사(祖師)들도 때가 되어 자신의 모습을 바꾸지 않을 수 없었습니다. 다시 말해서 때가 되자 죽음을 피할 수 없었다는 얘기입니다.

그러나 유(有) 속에 무(無)가 있고 무 속에 유가 있고, 생(生) 속에 사(死)가 있고 사 속에 생이 있다는 진리를 터득하면 그 어느 쪽도 겁낼 것이 없습니다. 그 어느 쪽에도 구애받지 않고 유유자적(悠悠自適)할 수 있습니다. 상대(相對), 대립(對立), 시비(是非)의 차원을 벗어나 유아독존(唯我獨尊)할 수 있으니까요. 죽음이나 비극에 휘말리거나 얽매이지 않을 수 있다면 이미 깨달음의 차원에 접어들었다고 할 수 있습니다."

"신문에 보니까 어떤 모범 장교가 신문의 과장 보도 때문에 도저히 회복할 수 없는 피해를 입고 군복을 벗지 않을 수 없게 되어 그 억울함을 각계에 호소하고 있다는 기사를 읽은 일이 있는데, 이런 땐 정말 어떤 태도를 취해야 할지 모르겠습니다."

"만약에 그 모범 장교가 수련을 하여 일정 수준에 올라 있다면 그런 식으로 억울함을 호소하지는 않았을 것입니다."

"그럼 어떻게 하는 것이 현명한 것일까요?"

"억울함을 호소한다는 것은 이미 그 억울함에 얽매여 있다는 증거입니다. 그렇게 시간과 정력을 낭비하기보다는 차라리 미련 없이 군복을 깨끗이 벗는 쪽이 오히려 떳떳하다고 봅니다. 세상은 넓고 할일은 많은데 왜 하필이면 군복에만 연연할 필요가 있습니까? 집안에 들어온 벌이 방문이 열려 있는데도 창문의 격자 속에 갇혀서 좌충우돌 몸부림치는 것과 무엇이 다릅니까? 그 격자 속에서 벗어나기만 하면 무한한 세계가 펼쳐져 있는데 무엇이 안타까워서 그 속에서 발버둥을 쳐야 한다는 말입니까?

그 장교가 만약에 구도자라면 자기가 그런 궁지에 몰린 이유를 관찰하여 그 원인을 알아냈을 겁니다. 만약에 이승에서 그 원인을 찾을 수 없었다면 전생에서라도 그럴 수밖에 없는 업연을 찾아냈을 겁니다. 억울한 일이라고 그가 지금 보고 있는 사건은 사실은 자업자득이었다는 것을 알고 자중자애하고 유유자적하였을 것입니다. 그렇게만 될 수 있었더라도 억울하다는 번뇌에 빠지지는 않았을 것입니다."

"선생님 말씀대로라면 구도자는 이 세상에서 구애받을 것은 아무것
도 없다는 얘기가 되는군요?"

"그러니까 항상 유유자적할 수 있는 것이 아니겠습니까?"

부이나 오뚜기처럼

1993년 11월 24일 수요일 -10~0℃ 구름 약간

오후 3시. 백화점에서 부장으로 일하는 홍연옥 씨가 찾아왔다. 그녀는 재작년 말경에 나한테 와서 대주천 수련이 된 이후 수련이 그야말로 일취월장하여 우리집에 출입하는 수련생들 중에서 단연 톱을 달리고 있다. 그만큼 그녀는 수련에 전력투구하고 있었다. 수련은 농사짓는 것과도 같다. 정성을 들인 것만큼 반드시 수확을 올리게 되어 있다. 단지 수련자의 근기에 따라 시간 차이가 다소 있을 뿐이다. 그런데 항상 명랑하던 그녀의 얼굴에 오늘 따라 그녀답지 않게 먹구름이 잔뜩 끼어 있었다.

"아니 무슨 근심이 있습니까?"

"네."

그녀는 서슴지 않고 대답했다.

"혹시 이혼한 남편이 또 찾아와서 못살게 구는 것은 아닙니까?"

"그런 건 아닙니다."

"그럼 유치원 다니는 따님에게 무슨 일이 있는가요?"

"그런 것도 아니고요. 실은 돈 문제 때문입니다."

"회사에서 금전상의 문제가 생겼습니까?"

"우리 회사와 신용거래하는 거래처에서 제때에 수금이 되지 않아 아무래도 월말에 펑크가 나게 생겼습니다. 그것 때문에 신경이 쓰이고 불안하고 초조해서 그렇습니다. 여지까지 회사일 하면서 이렇게 속상해 본 일은 없는데 왜 이런 일이 생겨나는지 통 알 수가 없습니다. 전에도 몇 번 이런 일이 있었지만, 그때마다 아슬아슬하게 위기를 모면하곤 했었는데, 이번엔 아무래도 가망이 없을 것 같습니다. 하도 그 일로 노심초사하다 보니 이제는 어디 가서 상의해 볼 데도 없고 해서 선생님한테 오면 도움이 될까 해서 이렇게 찾아 왔습니다.”

“미수 금액이 얼마나 되는데요?”

“한 3백만 원 됩니다.”

“만약에 그 액수가 회수가 안 되면 회사에서 당장 문책을 당하여 쫓겨나야 할 처집니까?”

“아닙니다. 그렇게까지 나오지는 않겠지만 여지까지 그런 일 없다가 처음 그런 결손을 보게 되니 지금까지 쌓아온 공로에 오점이 되고, 게다가 제일 문제가 되는 것은 지금까지 항상 남들의 선두를 달려왔는데 이번에 펑크가 나면 제 자존심이 말이 아니죠.”

“그럼 그 자존심을 놓아버리면 되겠네요.”

“네엣?”

“자존심을 내려놓으라는 말입니다. 설사 그 일로 회사에서 쫓겨나는 일이 있더라도 홍연옥 씨가 공금을 착복하려다가 그렇게 된 것은 아닐 테고 순전히 공무를 집행하다가 그렇게 되었는데, 자존심이니 불안, 초조니 하는 실체 없는 환영 따위에 얽매일 필요는 없다 그겁니다. 그 대신 그 일을 마음의 중심에 놓고 관찰을 하십시오. 이외의 착상이나 해결책이 떠오를지도 모릅니다. 구도자가 허심탄회한 심정으로 관찰을 하면 반드시 지혜가 떠오르게 되어 있습니다."

"그래도 말이 쉽지 현실적으로 그렇게 되나요?"

"그렇게 안 되면 무슨 수가 있겠습니까?"

"제가 할 수 있는 일은 다 해 보았으니까 현재 상태로는 별수가 없습니다."

"그렇다면 체면 손상 때문에 불안 초조해 하기보다는 그 문제를 놓고 관찰을 하십시오. 체면이 손상될까봐 겁이 나서 불안 초조해하면 그것이 장애가 되어 오히려 진상을 파악할 수 없게 됩니다. 정확한 진상을 알아낼 수 있다면 금방 대책은 나오게 되어 있습니다.

유능한 지휘관은 자기 부대가 맡고 있는 지역이 적의 기습으로 뚫렸다 해서 당황하거나 체면이 손상될까 봐서 불안 초조해 하지 않습니다. 그 대신 면밀하게 사태를 주시합니다. 쳐들어온 적에게도 반드시 약점이 있게 마련입니다. 불안초조로 당황하게 되면 적의 약점이 눈에 들어오지 않게 됩니다. 아무리 상황이 다급해도 겁에 질리거나 마음에 혼란을 일으키지만 않고 정확한 상황 판단만 할 수 있으면 반격의 기회는 언제나 있게 마련입니다. 지금 홍연옥 씨에게 문제가 되고 있는 것은 돈 3백만 원이 아니라 그로 인한 체면 손상입니다. 그렇지 않습니까?"

"네, 사실입니다."

"또 실제로 홍연옥 씨는 그 체면에 집착하고 있습니다. 그것은 구도자가 취할 바 생활태도가 아닙니다. 범인(凡人)과 구도자의 차이점이 무엇입니까? 역경에 처했을 때 범인은 거기에 끄달리지만 구도자는 그

133

위에서 관찰을 합니다. 그런데 지금 홍연옥 씨는 체면이니 자존심이니 하는 실체도 없는 환영에 집착하고 있습니다. 그것이 무거운 짐이 되어 홍연옥 씨의 등을 짓누르고 있는 겁니다. 그 짐을 내려놓기만 하면 문제는 간단히 해결됩니다."

"선생님 말씀은 이해할 수 있는데요. 실제로 어떻게 하면 그걸 내려 놓을 수 있죠?"

"그건 아주 간단합니다. 이 세상에는 집착할 것은 아무것도 없다고 보면 됩니다. 그게 실상이니까요. 당나라 때 유명한 임제 선사는 이렇게 말했습니다.

'학인(學人)아. 진정한 견해를 얻고자 할진대, 남의 말에 끌려가지 말라. 그리하여 안으로든 밖으로든 만나는 것은 바로 죽여라. 부처님을 만나면 부처를 죽이고, 조사(祖師)를 만나면 조사를 죽이고, 아라한을 만나면 아라한을 죽이고, 부모를 만나면 부모를 죽이고, 친척을 만나면 친척을 죽여야 비로소 해탈을 얻어 무엇에도 구속되지 않고 온전히 자재(自在)한 사람이 될 수 있으리라.'

임제 선사의 이 말은 실제로 부처나 조사나 아라한이나 부모나 친척을 만나는 족족 죽여버리라는 말이 아니라 누구에게도 얽매이지 말라는 뜻입니다. 어떠한 것에도 구속당하지 않는 사람이라야 자유자재할 수 있습니다. 홍연옥 씨의 경우는 자존심이나 체면에 구속당하지 않으면 유유자적할 수 있다는 말입니다. 부처님에게 얽매임을 당하지 않아야 비로소 부처님을 진정으로 공양할 수 있는 것과 같이, 자신의 자존심에 대한 집착에서 벗어나야 비로소 자기를 진정으로 위하는 것이 됩니다. 중생들은 역경을 만나면 곧 그것에 구속되어 고통을 받지만, 구도자는 아무리 힘겨운 역경을 당해도 그것에 구속되지 않기 때문에 마음의 고통이나 번뇌에 시달림을 당하지 않고 그 역경에서 벗어날 수 있습니다."

"선생님 얘기 듣고 있으니까 답답하던 가슴이 조금씩 풀리는 것 같습니다."

이렇게 말하면서 그녀는 자신의 가슴을 찬찬히 쓸어내렸다.

"집착에서 벗어나면 우선 마음이 편해집니다. 그것만 보아도 집착이 얼마나 마음을 구속하고 있는지 금방 알 수 있지 않습니까?"

"정말 그렇네요."

"이 세상에서 사람들이 가장 많이 집착하는 것이 자존심, 명예, 돈, 사랑, 행복한 삶 따위입니다. 그러나 이런 거 다 벗어 던지면 그렇게 마음 편할 수 없습니다. 마음이 편한 사람만이 냉정하게 흔들리지 않고 진리를 볼 수 있습니다."

"자존심, 명예, 돈, 사랑까지는 모르겠는데 삶에 대한 애착까지야 어떻게 벗어 던질 수 있겠습니까? 그것은 우리가 생활을 영위하는 기본 틀이 아닙니까?"

"그건 그렇지 않습니다. 삶에 대한 애착 역시 일종의 집착입니다. 바로 그 애착을 넘어선 곳에 본래면목은 자리잡고 있습니다. 모든 애착은 본래면목이 아닙니다. 애착은 이기심과 아상의 변형에 지나지 않습니다. 애착은 가아(假我)지 진아(眞我)는 아닙니다. 진아에는 애착 따위는 없습니다. 가아가 죽어야 진아가 모습을 나타내게 됩니다.

그래서 죽어야 살 수 있다고 했습니다. 여기서 죽는다는 것은 씨앗의 껍질이 썩어야 새싹이 돋아나는 것을 말해 줍니다. 가아가 죽는 것은 겉껍질을 벗은 새로운 생의 탄생입니다. 죽음 속에 삶이 있고 삶 속에 죽음이 있는 것이 진리입니다. 그러니까 삶에도 죽음에도 집착할 필요는 없습니다. 양쪽을 초월해야 해탈을 할 수 있다는 말입니다.”

“해탈이란 깨달음을 말하는 것인가요?”

“그렇습니다.”

“그럼 선생님, 깨달은 사람은 죽지도 않는가요?”

“죽지 않는 사람이 어디에 있습니까? 태어남 자체가 새로운 죽음의 시작인데요.”

“그렇다면 깨달은 사람은 어떻게 생사를 초월할 수 있습니까?”

“생사를 초월한다는 것은 생사를 겪지 않는 것을 말하는 것이 아닙니다. 단지 생에도 사에도 얽매이지 않는다는 말이죠. 얽매이지 않으니까 생(生)과 사(死)에서 다 같이 자유로울 수 있다는 말입니다. 죽음 속에서 삶을 보고 삶 속에서 죽음을 보니까 그 어느 쪽에도 집착할 필요를 느끼지 않는 거죠.

생로병사에서 자유로울 수 있다는 것은 생로병사를 겪지 않는다는 것이 아니라 생로병사에 구속당하지 않는다는 것을 말합니다. 생로병사를 파도라고 볼 때 범부들은 그 파도 속에 휩쓸려 허위적대며 고통을 당하지만, 깨달은 이는 그 파도를 타고 넘는다는 얘기와 같습니다. 깨달은 사람은 항상 물에 떠있기만 하는 부이와 같아서 제아무리 심한 폭풍우가 몰려와도 침몰시킬 수 없습니다. 부이를 침몰시킬 수 있는 것은 아무것도 없습니다.

또 깨달은 사람은 오뚜기와 같습니다. 오뚜기는 어떠한 힘으로도 쓰러뜨릴 수가 없습니다. 어떠한 타격을 받아도 일단 쓰러졌다가는 곧바로 다시 일어섭니다. 또 깨달은 사람은 아톰보이 같은 금강불괴신(金剛不壞身)입니다. 시공과 물질을 초월해 있으므로 불도 탄환도 핵무기는 물론이고 어떠한 힘으로도 파괴할 수 없습니다. 깨달은 사람은 보통 사람들과 똑같이 시시때때로 변화하면서도, 어떠한 역경을 당해도 침몰하거나 쓰러지거나 파괴당하지 않는 부이나 오뚜기나 금강불괴신입니다.

인간은 누구나 다 기본적으로는 그러한 존재입니다. 단지 그것을 깨닫지 못하고 있는 사람을 범부나 중생이라고 하고, 그 실상을 깨달은 사람을 보고 성현 또는 철인(哲人)이라고 할 수 있을 뿐이지 양자 사이에 근본적으로 다른 점은 아무것도 없습니다. 단지 깨달은 사람은 항상 마음이 평온하고 깨닫지 못한 사람은 언제나 마음이 불안할 뿐입니다. 산은 산이요 물은 물이로되 불안한 산이요 물이냐, 불안하지 않는 산이요 물이냐가 다를 뿐입니다. 나는 홍연옥 씨가 항상 마음이 평온한 쪽을 택하기를 바랍니다."

"그게 그렇게 맘대로 되는 일이라면야 무슨 걱정이 있겠습니까?"

그녀는 깊은 한숨을 몰아쉬고 있었다.

"그 마음대로 안 된다는 망상에서 벗어나기만 하면 됩니다. 맘대로 되지 않는다는 근거도 없는 고정관념이 홍연옥 씨를 구속하고 있습니다. 홍연옥 씨가 한시 바삐 그런 체념에서 벗어나기 바랍니다."

"정말 그럴 수만 있다면 얼마나 좋을까요?"

"마음의 스위치를 평온 쪽으로 틀어놓으세요. 그 스위치를 온(ON)으로 트느냐 오프(OFF)로 트느냐 하는 거야 홍연옥 씨 마음에 달려있는 거 아니겠습니까? 마음의 스위치를 온으로 틀어놓는다는 것은 무슨 일을 당하든지 마음이 상하지는 않는 것을 말합니다. 마음을 상하지 않는 사람이야말로 깨달은 사람입니다."

"선생님은 아까 무슨 일을 당하든지 부이, 오뚜기, 금강불괴신이 되라고 하셨는데, 그것도 마음먹기에 따라서 그렇게 될 수 있습니까?"

"그렇고말고요. 인간은 원래가 부이, 오뚜기, 금강불괴신이니까요."

"그럼 무엇 때문에 사람들은 생로병사, 희구애노탐염, 탐·진·치 따위에 얽매여 고통을 당하고 있습니까?"

"인간은 원래가 부이, 오또기, 금강불괴신인데도 그렇지 않다고 우기는 망상에 가려져 있으니까 생로병사의 윤회를 언제까지나 계속하고 있을 뿐입니다. 깨달은 다람쥐는 언제 어디서든지 쳇바퀴 속에서 탈출할 수 있습니다. 다람쥐 쳇바퀴가 바로 다름 아닌 생로병사의 윤회입니다. 그런데 인간은 다람쥐처럼 있지도 않는 죄니 원죄니 숙명이니 하는 환상의 쳇바퀴를 만들어 놓고 열심히 돌리고 있을 뿐입니다. 모두가 악몽의 틀에 지나지 않습니다. 우리가 수련을 하는 것은 바로 이 악몽의 쳇바퀴에서 벗어나기 위해서입니다.

홍연옥 씨가 자존심이니, 초조니 불안이니 하는 것에 묶여 시달리고 있는 것도 크게 보면 이 환상의 쳇바퀴를 돌리는 데 지나지 않습니다. 범인들은 전부가 쳇바퀴 돌리는 다람쥐이며, 광활한 허공이 옆에 있는

데도 그것을 꿈에도 생각지 못하고 창문의 격자 속에서 언제까지나 벗어나지 못하고 몸부림치는 왕파리와 같습니다. 그러니까 이제라도 눈을 뜨십시오. 당장 눈만 뜨면 왕파리는 격자 속에서 빠져 나와 무한한 허공을 날을 수 있을 것이며, 다람쥐는 쳇바퀴를 벗어나 숲속 고향으로 돌아갈 수 있는 길이 열릴 것입니다. 다람쥐가 쳇바퀴를 돌리는 것이나 왕파리가 격자 속에서 몸부림치는 것은 누가 강제로 그렇게 하라고 해서 그러는 것은 결코 아닙니다. 모두가 스스로 미혹에 빠져서 자업자득, 자승자박했을 뿐입니다."

"그렇다면 선생님, 에덴동산이니 무화과나무니 원죄니 하는 것은 어떻게 됩니까?"

"그거야 특정 종교의 신앙에 속하는 것이고 여호와 신을 믿게 하려는 방편이지 진리 그 자체는 아닙니다."

"그럼, 운명이니 숙명이니 하는 것은 어떻게 보십니까?"

"인과가 있을 뿐입니다. 운명이나 숙명은 인과의 다른 표현에 지나지 않습니다."

"어쨌든 선생님 얘기를 듣고 앉아 있자니까 마음은 많이 누그러졌고 제법 편안해졌습니다. 이렇게 선생님 옆에 앉아 있기만 해도 언제나 마음이 편안해지는데, 이 자리만 떠서 생활 전선에 뛰어들면 금방 또 불안해지고 초조하고 마음이 상하게 되고 하니 저 같은 중생은 별수가 없는 거 아닌지 모르겠습니다."

"별수가 없는 것이 아니라 별수가 있을 가망이 있으니까 자꾸만 나 같은 사람에게라도 찾아오는 것이 아니겠습니까? 추운 겨울에 바깥에서 일하던 사람이 몸이 꽁꽁 얼어서 난로가 잘 피워져 있는 방을 찾아 드는 것과 같습니다. 난로 옆에 앉아 있으면 누구나 몸이 훈훈해집니다.

사람은 누구나 보이지 않는 난로를 몸속에 하나씩 간직하고 있습니다. 이 난로는 한번 불이 댕겨지기만 하면 영원히 꺼지지 않는 원자로와 같이 타오르게 되어 있습니다. 이 원자로만 가동이 되면 부이도 될 수 있고 오뚜기도 될 수 있고 아톰보이 같은 금강불괴신도 될 수 있습니다."

"선생님 저한테도 그런 원자로가 있습니까?"

"있고말고요."

"그럼 저도 그 원자로가 가동될 수 있게 해 주실 수 없겠습니까?"

"홍연옥 씨의 원자로는 재작년 말에 우리집에 와서 이미 가동이 시작됐습니다. 그런데 아직은 완전 가동이 되고 있지 않으므로 어려운 일을 당하면 가끔 깜빡깜빡 힘겨워합니다. 그러나 그 때문에 가동되기 전보다는 마음이 평온해진 것은 틀림이 없습니다."

"선생님 저도 그것은 확실히 느끼고 있습니다."

"어떻게요?"

"며칠 전에 사실은 저희 어머님이 밤에 언니네 집에 가시다가 층계에서 굴렀습니다. 그 통에 척추에 골절상을 입으시고 지금 입원중이시거든요."

"저런, 그럼 지금 굉장히 바쁘시겠군요."

"일곱 살 난 딸애하고 어머님하고 저하고 셋이서 생활하다가 그렇게 됐으니 그전 같으면 타격이 이만 저만이 아니었을 텐데, 지금은 이것도 다 마음공부를 시키려는 내 자성의 배려겠거니 생각하니 마음이 한결 평온합니다."

"어쨌든 지금 홍연옥 씨의 몸은 굉장히 고달프시겠습니다."

"전에는 어머니가 밥하고 빨래하고 집안 청소하시고 아이까지 일일이 돌보시니까 저는 직장에만 다니면 됐었는데, 지금은 그 일을 전부 다 제가 해야 하고 게다가 병원 수발까지 들어야 하니 몸이 몇 개 더 있어도 모자랄 판이지만, 그래도 별로 어려운 줄 모르고 잘 견디어 왔는데, 이번에 미수금 3백만 원 때문에 마음이 좀 흔들린 것은 사실입니다."

"그래 어머님 부상은 어떻습니까? 의사는 뭐라고 합니까?"

"40일 동안 꼼짝 말고 누워 있어야 한다고 합니다."

"그럼 지금 기브스하고 누워 계시겠군요."

"그렇죠."

"지금 연세는 어떻게 되시는데요?"

"금년에 일흔둘이십니다."

"연로하시니까 회복이 좀 늦으시긴 하겠지만 너무 걱정은 하지 마십시오."

"이것도 다 인과응보겠지 하니까 속이 상하는 일은 없습니다. 그런데 3백만 원 문제는 좀 다릅니다."

"그것 역시 인과응보라고 생각하시면 됩니다. 이제 홍연옥 씨의 마음속의 원자로가 완전 가동을 하게 되면 그보다 더 큰 난관이 닥쳐와도 끄떡없을 겁니다."

"꼭 그렇게 될 것이라고 믿습니다. 선생님. 제가 만약 전연 수련을 하지 않은 채 이런 이중의 불상사를 당했더라면 아마 큰 좌절을 맛보았을 것이고 우울증에 걸렸을지도 모릅니다. 다행히도 『선도체험기』를 접하게 된 것은 저에게는 정말 구원이었습니다. 더구나 그 책을 쓰신 선생님을 이렇게 만나게 되어 정신적으로 도움까지 받게 되었으니 그렇게 고마울 수가 없습니다. 앞으로 좀더 수련이 진행되면 제 발로 혼자 서서 능히 걸어갈 수 있을 것 같은 느낌이 듭니다."

"그렇게 자신감을 갖게 되셨다니 무엇보다도 반가운 일이군요. 나는 내 저서를 읽고 나를 찾아와서 내 도움을 받는 사람들은 누구나 다 나와 거의 같은 수준으로 수련이 향상될 수 있도록 돕고 싶습니다. 오늘부터 나한테 찾아와서 대주천 수련을 받은 사람이 319명인데, 나는 이분들이 가능하면 전부 다 내 뒤만 따를 것이 아니라 그 수련 진도가 나를 훨씬 능가할 수 있기를 충심으로 바랍니다."

"사이비 교주들하고는 정반대시군요. 사이비 교주들은 자기의 제자가 절대로 자기 수준 이상으로 성장하는 것을 원치 않을 뿐 아니라 혹 자기 이상으로 자라나는 제자가 있으면 어떻게 하든지 찍어 누르려고 하지 않습니까?"

"그게, 하나만 알고 둘은 몰라서 그렇습니다. 고여 있는 물은 썩습니다. 그러나 흐르는 물은 결코 썩는 일이 없습니다. 스승과 제자 사이는 흐르는 물과 같아야 됩니다. 제자가 스승의 수준 이상으로 수련이 향상되지 못하면 그 스승의 가르침은 그것으로 생명이 다하고 말든가 아니면 사회의 밑바닥으로 파고들어 어리석은 사람들을 혹세무민하는 사이비 종교로 타락하고 맙니다.

142

　이것을 막기 위해서라도 스승은 자기보다 뛰어난 제자를 배출해야
만 합니다. 그렇게 해야만 스승도 제자도 다 같이 살아날 수 있습니다.
불교와 기독교가 비록 세속화하고 기복신앙화 하기는 했지만 그래도
지금까지 고등 종교로서의 명맥을 유지할 수 있었던 것은 스승에 못지
않는 우수한 제자들이 면면히 배출되었기 때문입니다.”

　“선생님하고 이렇게 얘기를 나누다 보니 어느새 두 시간이 흘렀네요.”

　“벌써 그렇게 됐습니까?”

　“그럼 오늘은 이만 실례하겠습니다.”

상승가도(常勝街道)

1993년 12월 2일 목요일 1~8℃ 가끔 흐림

오후 3시. 마산에서 정문식 씨가 두 달 만에 올라 왔는데, 전에 왔을 때보다 두 눈이 쑥 들어가고 번쩍번쩍 정기가 발산되고 몸도 비쩍 마른 것이 완연히 도인다운 풍모로 바뀌어 있었다. 운기가 그전보다 한결 더 왕성해지고 금방 공명현상이 일어났다.

"수련이 잘되고 있구만."

"네 선생님, 저 역시도 요즘은 나날이 수련이 향상되고 있는 것을 피부로 느낄 수 있습니다. 한 단계씩 한 단계씩 올라가고 있는 것이 틀림없습니다. 그리고 얼마 전에는 수련 중에 삼매경에 들어갔을 때였습니다. 비몽사몽간이라고 할까 꿈도 생시도 아닌 상태에서 가을에 아주 탐스럽게 무르익은 감들이 주렁주렁 나무에 매달려 있는 화면을 보았습니다. 그리고 곡식을 추수하는 화면도 보았고요."

"그건 아주 좋은 징후인데, 그래 그 뒤에 무슨 변화가 없었나요?"

"기 감각이 아주 예민해지고 운기가 전보다 더 활발해졌습니다. 어떤 때는 몸 전체로 파도처럼 기운이 들어왔다 나갔다 하는 것을 느낄 수 있습니다. 수련을 별로 하지 않는 친구가 제 옆에 앉아만 있어도 백회 쪽이 시원하다고 합니다."

"그렇다고 해서 아무나 마구 백회를 열어주면 안됩니다."

"잘 알고 있습니다. 견성을 하기 전에는 절대로 남의 백회를 열어주는 일은 하지 않겠습니다. 처음에는 저도 멋모르고 누가 아프다고 하면 아프다는 데를 만져주던가 그쪽에 시선만 보내도 병이 낫곤 했습니다. 그래서 재미가 붙어서, 자꾸만 그런 일을 했더니 나중에는 머리가 팽 돕디다."

"그게 바로 손기(損氣) 현상이라고. 견성을 하지 못한 사람이 기공 치료를 하든가 백회를 함부로 열어주면 기절하는 수도 있어요. 이렇게라도 경고를 주어 중단을 시키는 것은 자성(自性)이 다 알아서 위험 신호를 보냈기 때문입니다. 이렇게 되면 그래도 도에서 멀어지지는 않습니다. 그러나 요즘 중국 기공처럼 아예 기공 치료사를 처음부터 양성하는 데서는 이런 일도 일어나지 않습니다.

그 사람들은 애초부터 도와는 상관없는 사람들이기 때문입니다. 이런 때는 과로만 하지 않으면 기공 치료를 해도 심한 손기 증세를 일으키거나 기절을 하는 일은 없습니다. 그 대신 그 사람들은 진리를 깨닫는다거나 견성을 한다거나 성통을 하는 것과는 상관이 없습니다. 그 사람들의 기공 치료는 수련의 한 과정입니다. 기공사라는 일종의 초능력자로서의 직업인이 되는 것이 목적일 뿐입니다."

"선생님 저는 절대로 기공 치료사가 되지는 않겠습니다."

"생각 잘했어요. 지금의 수련 진도를 계속 밀고 나가세요."

"네, 그러겠습니다."

"생각 같아서는 좋은 물주가 나타나서 도장을 하나 차려만 준다면 정문식 씨를 그 도장의 책임자로 앉히고 싶은데, 아직은 때가 아닌 모양인지 그런 물주가 나타나지 않는고만."

"선생님 전 아직 그럴 생각은 없습니다."

"그럼 아직도 고시에 애착을 느끼고 있는 모양이지?"

"네, 어떻게 하든지 고시에 합격해서 공무원이 되고 싶습니다. 공무원이 되어 평범한 일상생활을 하면서 틈틈이 도에 전념하고 싶습니다."

"도 닦는 사람이 너무 세속적인 영달에 연연하는 거 아니예요?"

"선생님께서도 『선도체험기』1권에 쓰시지 않았습니까?"

"내 뭐라고 썼는데?"

"어디까지나 일상생활을 충실히 하면서도 선도를 병행해 나가는 것을 입증해 보이기 위해서 『선도체험기』를 쓰기 시작했다고 하시지 않았습니까?"

"그거야 수련 초기에 생각했던 솔직한 심정을 그대로 쓴 것이지. 그러나 그때로부터 7년이 지난 지금은 약간 생각이 바뀌었어요. 나에게 기회만 온다면 선도를 크게 보급해 보고 싶다고. 상구보리(上求普提)했으면 하화중생(下化衆生)하는 것이 구도자가 갈 길이라는 것을 뒤에 알게 되었거든."

"그렇게 말씀하시지 않아도 선생님께서는 『선도체험기』시리즈를 통해서 지금 그 일을 하시고 계시지 않습니까?"

"하긴 지금은 다른 직업이 있는 것도 아니니까 그렇다고 할 수 있을지도 모르지. 그건 그렇고 정문식 씨는 아무래도 수련이 좀더 진행이 되어야겠어요. 수련이 깊어지면 마음도 바뀌게 될 꺼예요. 아직 결혼도 하지 않았으니 부양가족이 딸린 것도 아니니까 뜻있는 일에 한생을 걸어보겠다는 결심이 생길 때가 있을 꺼예요. 내가 만약에 정문식 씨 입장이라면 구도와 중생제도에 한평생을 걸어볼 수도 있을 것 같은데. 내가 정문식 씨 나이 때는 선도라는 것이 있다는 것조차 알려지지 않았을 때였다고."

"한번 생각해 보겠습니다."

"이런 일은 생각으로 되는 것이 아니지. 자기도 모르게 어쩔 수 없이 그렇게 되어야 한다고. 그럴 때는 누가 도시락 싸 들고 따라다니면서 말려도 귀도 기울이지 않게 되지. 좌우간 조금 더 추이를 지켜보도록 해요. 정문식 씨는 지금 한창 수련이 진행되는 과정이니까. 하루가 다르게 발전하고 있어요."

"감사합니다. 다 선생님 덕분입니다."

"다 인연이지."

"선생님도 지난번에 제가 왔을 때보다는 많이 달라지셨습니다."

"어떻게?"

"전에는 그냥 은근히 전해져 오던 기운이 지금은 마치 바람이나 파도처럼 확확 온몸으로 부딪쳐 올만큼 엄청나게 강해졌습니다. 또 향기 같은 것이 풍겨옵니다."

"정문식 씨도 나도 수련이 상승가도를 달리고 있는 것은 사실이라고. 이런 때일수록 기운의 흐름이 정체되지 않도록 해야 돼요."

"선생님 무슨 뜻인지 알겠습니다."

1993년 12월 8일 수요일 0~7℃ 구름 조금

＊ 수련을 꾸준히 해 오던 사람이 어느 날 갑자기 아무런 이유도 없이 마음이 즐겁고 무한한 행복감을 느끼기 시작했는데, 그것이 언제까지나 변함이 없이 지속이 되고 있다면 그 사람은 이미 성통의 길에 접어들었다고 볼 수 있다. 반드시 이유 없이 마음이 즐거워야 한다. 조건 없이 행복을 느껴야 한다. 이유 있는 즐거움은 이유가 없어지면 사라진다. 조건이 있는 행복은 그 조건이 사라지면 같이 사라진다. 그러나 이유와 조건이 없는 즐거움이나 행복은 이유와 조건을 초월한 진여와 통하고 있으므로 그 무엇에도 구애 받지 않는다.

＊ 진리를 추구하되 남에게 티를 내지 말아야 한다. 그래야 함 없는 함이 된다. 특별한 외형으로 범인들과 구별을 짓는 것 자체가 자연스럽지 못하다. 외부에 티를 내는 사람은 누구나 그 티에 구속당하고 만다. 그러므로 구도자는 범부나 중생과 조금도 다른 티를 낼 필요가 없다. 그러면서도 죽음 속에서 삶을, 무명 속에서 광명을 보고 느끼고 생활할 수 있어야 한다. 보통 사람과 똑같은 외모 속에서도 은근한 적광(寂光)으로 주위를 압도할 수 있어야 한다. 어느 날 문득 홍익인간하고 하화중생하는 삶에 무한한 희열과 만족을 느끼고 그 삶을 실천할 수 있을 때 그 사람은 성통한 사람이라고 할 수 있다.

＊ 사람은 죽어야 할 때 흔쾌히 죽을 줄 알아야 한다. 죽어야 할 때 죽지 않으려고 발버둥치는 것은 숙박비 떨어진 투숙객이 여관 주인에

게 빌붙어 구차스럽게 통사정하는 것과 같다. 죽음은 숙박비 떨어진 사람이 여관을 떠나는 것과 같다. 여관을 떠난다고 해도 그 사람은 죽는 것이 아니다. 돈을 벌어서 새 여관에 들면 된다. 죽음은 여관을 바꾸는 것과 같다. 죽음은 새로운 삶의 시작인데, 이런 이치를 깨닫지 못하고 죽고 태어남을 멋도 모르고 고통스럽게 되풀이하는 것을 윤회라고 한다.

* 범인(凡人)이 진리를 깨닫는 열쇠는 무엇인가? 구걸형 인간에서 거래형 인간으로 바뀌는 것이다. 역지사지 정신이 생활화되어 누구하고든지 상부상조할 수 있을 때 비로소 피안의 세계에 첫발을 들여 놓는 것이다. 이 과정을 거치지 못한 구도자는 제아무리 화두를 잡고 10년 20년을 장좌불와(長坐不臥)해도 진리를 접할 수 있는 기회는 영영 얻지 못하게 될 것이다. 남과 벽을 쌓은 사람은 남과 통할 수 없다. 남들과 한마음으로 통할 수 있는 것이 진리를 아는 첫걸음이다. 구원한 사랑, 위대한 사랑을 모르는 사람은 원칙적으로 구도자가 되려고 하지 말아야 한다. 남과 하나로 통할 때 비로소 진리와도 하나로 통하게 된다.

벼이삭을 뽑지 말라

1993년 12월 12일 일요일 −3∼6℃ 구름 약간

오후 3시. 오재운 씨가 아내인 전상희 씨를 데리고 마산에서 일부러 나를 만나러 왔다. 오재운 씨는 자기 입으로 성격이 괴팍하고 고집불통인데다가 회사에서 대꼬챙이라는 별명을 얻을 정도로 원리원칙만 따지고 융통성이 없었는데,『선도체험기』를 접하면서 점점 성격이 바뀌어가고 있다고 한다.

마음이 전에 없이 너그러워지고 짜증이나 화를 내는 일도 점점 줄어들고 있다고 한다. 누구에게 화가 치밀 때는 언제나 역지사지 방하착 수련법을 통하여 이를 극복해 낸다고 했다. 그는 오행생식도 철저히 이행하고 있어서 수련이 일취월장하고 있었다. 아무리 바쁜 일이 있어도 한 달에 한 번씩은 꼭꼭 올라와서 내 서재에서 한두 시간씩 수련을 한다. 그러나 이제 결혼한 지 2년째 되는 아내는 수련에 별로 흥미가 없다. 그래서 부부 사이에는 항상 마찰과 갈등이 있어왔다. 오늘 부부가 모처럼 올라온 것도 바로 이 때문이었다.

아내인 전상희 씨가 먼저 입을 열었다.

"선생님, 남편은 단전호흡을 하지 않는 사람은 사람 취급을 하려고 하지 않습니다. 저보고도 단전호흡을 하라고 합니다. 그러나 그렇게 하려고 해도 뜻대로 되지를 않습니다. 남편은 단전호흡 못 하는 저를 바보 멍텅구리 취급을 합니다. 남들은 남편이 단전호흡을 하지 않아도 사이좋게 잘들 사는데, 저희는 아직 신혼기이고 아이도 없는데 결혼생활이 삭막하기 그지없습니다. 남들은 부부 쌍쌍이 극장 구경도 노래방에도 잘들 가는데, 저이는 극장이나 노래방에 가는 사람은 인간 취급을 하지 않습니다. 생각하면 정말 기가 막힐 때가 한두 번이 아닙니다.

남편은 단전호흡만을 강요하는 것이 아니고 새벽 달리기까지도 강요하고 있습니다. 강요에 못 이겨서 몇 번 같이 나가서 뛰어도 보았지만, 남들 다 자는 신새벽에 이게 무슨 청승인가 싶고 잠도 쏟아져서 도저히 달리기를 할 수가 없었습니다. 그러자 남편은 일요일마다 산에 가자고 합니다. 몇 번 따라가 보았지만 도저히 그 힘겨운 등산을 해낼 수가 없어서 포기할 수밖에 없었습니다.

즐거워야 할 신혼생활이 너무나도 힘겹고 쓸쓸해서 저는 이런 생활을 구태여 계속해야 될까 하고 이혼까지도 생각해 본 일이 한두 번이 아닙니다. 선생님께서는 이 문제를 어떻게 생각하시는지 의견을 듣고 싶습니다."

그녀의 사정 얘기를 다 듣고 나서 오재운 씨에게 물었다.

"이제 부인이 한 말이 다 사실입니까?"

"다소 과장된 것도 있기는 하지만 사실입니다. 아내는 남편이 좋은 일을 할 때는 무조건 따라야 한다고 봅니다. 그 대신 아내가 저처럼 좋은 일을 한다면 저도 무조건 따를 각오가 되어있습니다. 저는 부부는 마땅히 일심동체가 되어야 한다고 봅니다. 어느 한쪽이 나쁜 일을 할 때는 적극적으로 못 하게 말려야 하지만 좋은 일, 옳은 일을 할 때는 발 벗고 나서서 협조를 해 주어야 마땅하다고 봅니다."

"그러나 아무리 좋은 일, 옳은 일이라고 해도 양쪽이 서로 합의하에 이루어야지 일방적인 강요는 독재가 됩니다. 오재운 씨는 결혼할 때 아내에게 단전호흡을 하겠다는 사전 약속이라도 받아냈습니까?"

"그런 일은 없습니다."

"그렇다면 그렇게 일방적으로 강요는 하지 말아야 합니다. 어디까지나 상대방을 이해를 시키고 설득을 해서 자발적으로 기꺼이 따라 오도록 해야지 강압적으로 나오면 안 됩니다. 아내가 이혼을 고려할 정도로 선도수련을 일방적으로 강요했다면 이것은 중대한 문제가 아닐 수 없습니다. 오재운 씨는 『선도체험기』를 지금까지 나온 것을 하나도 빼어놓지 않고 읽어 왔다니까 잘 알고 있을 테지만 내가 제일 못 마땅하게 생각하는 것이 무엇인지 아십니까?"

"글쎄요. 얼른 생각이 나지 않는데요."

"무슨 일에든지, 신앙이든 심신수련이든 어떠한 것에든지 광신자, 맹종자가 되는 겁니다. 자기가 좋아하는 것이면 무조건 남도 좋아해야 된다고 생각해서는 안 됩니다. 그런 사고방식 자체가 지극히 독선적입니다. 사람의 성격과 특징은 천층만층 구만층입니다. 똑같은 사람은 이 세상에 존재하지 않습니다. 그렇다고 해서 인간의 개성은 언제까지나 변하지 않는 것인가 하면 그렇지는 않습니다. 세월과 환경이 바뀌면 무엇이든지 다 변하게 되어 있습니다. 그래서 인생무상(人生無常)이라는 말도 생겨났습니다.

변하되 어느 쪽으로 변하는가 하면 좋은 쪽으로 변하는 것이 모든 존재의 속성입니다. 그런데 그 좋게 변해가는 데는 일정한 과정과 단계가 있습니다. 이 과정과 단계를 무시하면 혼란이 야기됩니다. 파괴와 무질서가 일어나게 됩니다. 오재운 씨는 바로 이 과정과 단계를 무시하고 상대방의 입장은 생각지도 않고 강압적으로만 나오니까 이혼 문제까지 등장한 겁니다. 선도는 아무나 다 하는 것은 아닙니다. 인연이 있어야 합니다.

나는 한 가정의 가장이지만 선도수련을 하는 사람은 우리집의 네 식구 중에서 나 하나밖에 없습니다. 물론 나도 가족들에게 단전호흡을 권해도 보고 그것이 얼마나 건강에 좋은 것인가를 입이 닳도록 설명을 해 봤지만 아직 한 사람에게도 먹혀들지 않았어요. 그래도 나는 내 아내나 자식들에게 단전호흡을 강요하지는 않습니다. 그렇게 한다고 해서 되는 일이 아니라는 것을 나는 너무나도 잘 알기 때문입니다. 그래도 아무 마찰 없이 잘 지내오고 있습니다. 가족이 한데 어울려 살아나가는 데는 선도수련은 필수적인 것은 아닙니다.

7년 전까지만 해도 나는 선도가 무엇인지조차 모르고 지내온 사람입니다. 선도를 모르고도 우리 가족은 잘살아 왔고 앞으로도 또한 그럴 겁니다. 처음에는 내가 선도수련을 하는 것을 보고 아내가 적극 말리기까지 했습니다. 시간만 나면 눈 감고 가부좌 틀고 앉아 있는 것이 꼴보기 싫다는 겁니다. 남들처럼 아기자기 얘기꽃을 피워야 할 시간에 그 무슨 청승이냐는 겁니다. 더구나 단식을 하고 생식을 할 때는 아내의 반대는 극에 달했었지만 지금은 그럭저럭 누그러져서 더이상 반대는 하지 않습니다.

아내는 그 대신 내가 등산을 할 때는 꼭꼭 따라다니고 하루에 두끼씩은 오행생식도 합니다. 그리고 내가 선도수련하는 것을 반대하는 일은 없어졌습니다. 오재운 씨는 어떻습니까? 부인께서 오재운 씨가 수련하는 것을 반대는 하지 않죠?"

"네, 반대는 하지 않습니다."

"그것만이라도 다행으로 여겨야 합니다. 어떤 수련생은 아내의 반대 때문에 생식은 아내가 안 보는 데서 하고 수련은 반드시 아내가 잠든 뒤에야 합니다. 그런 경우에 대면 오재운 씨는 얼마나 다행입니까?"

내가 이렇게 나오자 그의 아내인 전상희 씨는 자못 의기양양해서 남편을 꼬나보면서, 입을 열었다.

"거 봐요. 내가 뭐라고 했나. 김 선생님도 반드시 내 편일 거라고 하지 않았어요?"

"그렇다고 해서 그렇게 우쭐해 할 것도 없습니다. 부부는 어디까지나 상부상조해 나갈 줄 알아야 비로소 부부인 겁니다. 남편이 하는 일이 자기와는 취향이 맞지 않는다고 해서 이해하고 협조하려는 노력마저 안 해도 좋다는 뜻은 아닙니다. 순전히 객관적인 입장에서 볼 때 두 사람 사이에는 인격적으로 상당한 간격이 벌어져 있습니다. 부부란 두 상이한 성격의 개체들이 모여서 한 가정을 이루어 서로 도와주면서 인간 완성을 기하는 것이라고 봅니다.

그러한 견지에서 볼 때 오재운 씨가 대학생이라면 전상희 씨는 중학교 1학년 정도밖에는 안 됩니다. 극장 구경이나 다니고 노래방이나 찾는 것도 있을 수 있는 일이지만 부지런히 수행에 전념하는 남편을 도와는 못 해 줄망정 방해는 하지 말아야 된다고 봅니다."

"선생님, 저는 절대로 방해한 일은 없습니다. 남편이 저한테 단전호흡을 강요만 하지 않았으면 좋겠습니다."

"내 말은 전상희 씨가 남편이 수련하는 데 방해를 놓았다는 말이 아닙니다. 수련하는 남편을 보고 극장 구경이나 노래방에 가자고 조르지는 말라는 말입니다."

"네, 앞으로 그러지는 않겠습니다."

"남편은 아내에게 수련을 강요하지 않는 대신에 아내는 어떻게 하든지 남편이 하는 일을 이해해 보겠다는 마음을 가져야 합니다."

"강요만 하지 않는다면 어떻게 하든지 이해하고 협조하도록 노력해 보겠습니다."

"오재운 씨에게도 한마디 안 할 수가 없군. 논에 벼를 심어 놓은 농부가 빨리 자라지 않는다고 한창 자라나고 있는 벼이삭을 잡아당겨 놓는다면 어떻게 되겠습니까? 벼는 바로 그 순간부터 자라나는 대신에 말라 죽어버리고 말 것입니다. 오재운 씨는 그처럼 어리석은 농부가 되어서는 안 됩니다. 중학교 1학년생은 중학교 1학년생대로의 생활과 꿈이 있고 희망이 있습니다. 중학교 1학년생을 대학교 3학년생의 수준에 억지로 맞추려고 하면 반드시 무리가 따르게 되어 있습니다. 만사에는 다 때가 있게 마련입니다. 성급해한다고 해서 되는 일은 아무것도 없습니다. 과정과 단계를 무시하면 무슨 일이든지 제대로 이루어질 수가 없습니다."

"이젠 선생님의 말씀을 잘 알아듣겠습니다."

"됐어요. 이제 뒤 수습은 두 분이 알아서 하도록 하세요."

이때 전상희 씨가 말했다.

"선생님, 저도 사실 선도에는 전연 인연이 없는 사람은 아닙니다."

"그래요. 그것 참 다행이군요."

"언젠가 남편이 『선도체험기』를 하도 읽어보라고 해서 두 권까진가 읽어본 일이 있습니다. 책에 씌어 있는 대로 단전호흡을 하면서 책을 읽으니까 정말 몸이 떨리면서 장심과 용천에서 시원한 기운을 느꼈습니다."

"그런데 왜 계속하지 않았습니까?"

"남편이 하도 단전호흡을 안 한다고 성화를 대니까 그만 하던 일이 싫어졌습니다."

"하던 일도 멍석 펴 놓으면 안 한다는 말이 맞군요."

"가만히 좀 내버려뒀으면 오히려 더 잘되었을 텐데 너무 억압적으로 나오니까 도리어 반발이 일어나서 하기가 싫어졌어요."

"그것 보세요. 벼이삭을 강제로 잡아 뽑으면 잘 자라기는 고사하고 말라죽는 것과 꼭 같습니다."

"선생님 앞으로는 그런 일 없을 겁니다."

"좌우간에 전상희 씨가 책을 읽으면서 기운을 느꼈다는 것은 보통 일이 아닙니다. 기운을 느끼는 일은 아무나 쉽게 되는 일이 아닙니다. 이것은 무엇을 말하는가 하면 전상희 씨도 앞으로 꾸준히 수련만 한다면 남편을 따라잡을 수 있는 가능성이 있는 것을 말합니다."

"그런데 왜 당신은 그 말을 나한테 일찍 말하지 않았는교?"

"그런 말 하게 생겼어요. 하도 강압적으로 설쳐대니까 아예 아무 말도 하기 싫어진 거라고요."

"내 일찍 그런 것을 알았다면 절대로 설치지도 않았을 것이고 강제로 단전호흡을 하라고 하지도 않았을 텐데."

"어쨌든지 뒤 늦게나마 그런 사실을 알게 되었으니 얼마나 다행입니까. 과거는 이미 지나간 것이고 앞으로 어떻게 결혼생활도 잘 꾸려나가고 수련도 잘 병행해 나가느냐가 이제부터 두 사람에게 맡겨진 숙제입니다. 두 분이 알아서 잘 풀어나가도록 해 보세요."

"선생님, 고맙습니다. 선생님께서 우리 부부를 진정으로 화해시켜주셨습니다."

1993년 12월 13일 월요일 −2∼3℃ 가끔 흐림

＊ 진정한 구도자는 정도(正道), 외도(外道)를 구분하지 않는다. 정도 속에 외도가 있고 외도 속에도 정도가 있음을 알기 때문이다. 중심이 확립된 사람은 양쪽을 다 능히 포용하고 이용할 수 있다.

＊ 세속인들과 무리 없이 어울려 살 수 있는 사람이 참도인이다. 도인은 물과 같다. 물은 가장 낮은 곳으로만 찾아 흐르므로 한없이 겸손하지만 만물을 감싸고 녹이고 정화하는 힘을 갖고 있다.

＊ 3년째 오행생식을 하는 나에게는 화식(火食)은 입에서는 좋지만 속에 들어가면 답답하고 괴롭다. 소화가 잘 안 되고 탁기가 쌓이기 때

문이다. 오늘 아침에도 아내가 자꾸만 먹으라고 성화를 부리는 바람에 마지못해 토스트 두 개를 먹은 것이 꼭 가슴에 돌덩이가 들어가 있는 것처럼 거북하다.

어제부터 부쩍 인당에서 활발한 작용이 일어나고 있다. 재작년에 인당이 크게 터지기 전과 비슷한 현상이다. 지난 일요일부터 등산 시간이 그전보다 2시간이나 길어졌다. 두 시간이 소요되는 산 하나를 더 타기로 했기 때문이다. 그래서 그런지 오늘은 하루 종일 등산 피로가 회복되지 않아서 고전을 했다. 게다가 인당이 또 터지려고 한다. 앞머리 속에 납덩이가 요동을 치는 것 같고 졸음이 파도처럼 연속적으로 밀려왔다. 그러나 눕지 않고 앉아서 끝내 버틸 수 있었다.

1993년 12월 14일 화요일 −7~1℃ 구름 조금

＊ 사람들은 흔히 누구 때문에 기분 나쁜 일이 일어났다고 그 사람을 괘씸해하고 원망한다. 그러나 면밀하게 관찰해보면 누구 때문에 그런 일이 일어난 것은 아니다. 소매치기가 내 주머니에서 돈을 빼내갔다고 해도 그것은 소매치기만의 소행은 결코 아니다. 나도 있고 소매치기도 있었기 때문에 일어난 사건인 것이다. 이때 사람들은 흔히 돈을 도둑맞고 원망하고 분노를 터뜨릴 뿐 자기 자신에겐 아무런 잘못도 없다고 치부해 버린다. 그렇게 간주하면 간주할수록 소매치기의 소행은 점점 더 괘씸해진다. 그런 소매치기를 방치한 당국을 원망하게 된다.

이처럼 원인을 외부에서 찾는 한 괘씸과 원망과 불평불만은 눈덩이처럼 불어난다. 드디어 그는 분노의 덩어리로 변해 버린다. 이래가지고는 아무런 해결책도 나오지 않는다. 그러나 그 원인은 나 자신에게서 찾을 때 비로소 우리는 분노에서 해방될 수 있다. 그렇다. 비록 겉으로 보기에는 소매치기가 내 주머니에서 돈을 빼내갔지만 근본적인 원인은 나에게 있는 것이다. 내가 존재하지 않았더라면 그런 일이 일어나지도 않았을 것이 아닌가?

그럼 나는 누구인가? 개아(個我)로서의 나는 분명 그럴 만한 원인과 조건이 있었기 때문에 이 세상에 존재하게 된 것이다. 나를 있게 만든 그 원인과 조건이 바로 인연이다. 그러니까 나는 인연 때문에 이 세상에 있게 된 것이다. 그렇다면 소매치기를 당한 것도 따지고 보면 그럴 만한 원인과 조건이 벌써부터 나 자신 속에 갖추어져 있었기 때문에 일어난 사건일 뿐이다. 따라서 소매치기를 당한 사건 자체는 빙산의 일각에 지나지 않는다. 물 위에 보이는 얼음덩이는 물속에 있는 거대한 뿌리의 몇백 분의 일도 안된다. 그런데 수면에 나타난 결과만 보고 어찌 누구를 원망한 할 수 있겠는가.

이렇게 볼 때 소매치기를 당한 것은 남이 아니라 나 자신에게 원인이 있었다는 결론이 나오게 된다. 소매치기를 당한 근본적인 원인은 나 자신에게 있었고 방금 일어난 소매치기 사건 자체는 나에게 바로 이러한 이치를 깨닫게 하기 위한 내 자성의 배려인 것이다. 좋은 일이든 궂은일이든 역경이든 순경이든 온갖 경계를 한결같이 공부의 기회로 이용할 줄 아는 사람은 정말 축복받는 도인이다.

이런 일이 자꾸만 쌓이다 보면 홀연 깨달음이 온다. 나에게 있어서 이루어지는 모든 일은 다 그렇게 될 만한 이유가 있어서 그렇게 된 것이다. 그러나 이루어진 일에 대하여 감정이 개입되어 따지고들 때 괴로움과 번뇌가 일게 된다. 되어진 일은 되어진 그대로 긍정해버리면 그만이다. 이렇게 일단 긍정해 버리면 시비를 가릴 필요도 없고, 짜증이나 원망을 터뜨릴 이유도 없다. 이때 분별의 세계는 진여(眞如)의 세계로 바뀌는 것이다. 분별도 진여도 사실은 하나다. 이것을 알아버리면 번뇌도 생사도 시비도 선악도 사라져 버린다.

이렇게 말하면 다음과 같은 반문을 하는 사람이 있을 수 있을 것이다. 일어난 사고에 대해서 시인만 해버리고 원인 분석을 하지 않으면 같은 사고가 또 다시 일어날 것이 아닌가 하고. 감정이 개입되지 않은 채 냉정한 머리로 사고의 원인을 분석할 때는 번뇌 따위가 개입될 여지가 없다. 그것은 공정한 관찰일 뿐이다. 공정한 관찰에는 분노도 원망도 괘심도 끼어들 여지가 없다.

나에게 어떠한 고난이 닥쳐와도 그것을 전부 다 나 자신의 탓으로 돌려버린다면 마음이 상하사방으로 확 트인 허공이 되므로 찌든 먼지는 말할 것도 없고 제아무리 눈에 보이지 않는 작은 먼지라도 끼어들 여지가 없다.

* 실생활과 부딪쳐 무슨 일에든 얽매이거나 끄달리지 않고 원융무애하고 유유자적할 수 있는 사람은 참도인이다.

* 성통이란 무엇인가. 남이 나에게 끼친 불편을 불편이 아니라 편리로 받아들이는 삶이 체질화된 것을 말한다.

도인을 찾아

1993년 12월 17일 금요일 −10∼3℃ 구름 많음

오후 4시. 석 달 전에 나한테 찾아와서 대주천 수련을 받은 일이 있는 박영수 씨의 인도를 받아 30대 중반의 양병식 씨가 찾아 왔다. 그는 정중하게 인사부터 하고 나서,

"선생님을 일찍 찾아뵙지 못해서 죄송하기 짝이 없습니다. 이 친구(박영수)를 통해서 한국에도 선생님과 같은 훌륭한 선도의 대가(大家)가 계시다는 것을 처음으로 알았습니다. 앞으로 많은 가르침이 있기 바랍니다."

"천만에 말씀이십니다. 양병식 씨는 뭔가 잘못 아시고 오신 것 같습니다. 나는 이제 선도 수련을 시작한 지 7년밖에 안 되는 초보자인데다가 아무런 영향력도 능력도 없는 일개 글쟁이에 지나지 않습니다."

"선생님께서는 듣던 바와 같이 너무나 겸손하시군요. 선생님 같으신 훌륭하신 분이 계신 줄을 일찍 알았더라면 벌써 찾아와서 가르침을 청했을 텐데, 그것도 모르고 저는 금년 초에 중국 북경에 가서 한달 동안 집중적으로 기공 수련을 받고 왔습니다."

"그랬습니까. 우리집에 외국에 가서 수련을 받은 분으로서 방문하신 일은 이번이 처음인 것 같습니다. 그래 거기서는 어떤 수련을 받으셨는지요?"

"그쪽에서 특별히 선발이 되어 아내를 데리고 가서 같이 수련을 받았습니다. 한 달 동안 거의 숨 돌릴 틈도 없이 강행군을 했기 때문에 어리둥절했습니다. 그곳 수련원에서는 하다못해 청소부까지도 타심통이 열려 있어서 상대가 지금 무슨 생각을 하고 있는지 거의 백 프로 정확하게 알아맞춥니다. 그래서 여간 긴장하지 않을 수 없었습니다.

수련 정도는 수준에 따라 급수가 정해져 있습니다. 모두 10급이 있는데요. 외국인인 저에게는 2급 이상은 가르쳐 주지 않더군요. 그리고 한국에서는 1급까지만 가르치라는 지시를 받았습니다. 저는 수련자에게 의도적으로 소주천 운기를 할 수 있도록 해 줄 수 있습니다. 또 난치병을 고칠 수 있는 능력을 배워왔습니다. 실제로 저는 제가 운영하는 도장을 찾아오는 수많은 환자들의 난치병을 치료해 주었습니다."

"그럼 한 가지 묻겠습니다. 기공(氣功)이란 기공부를 줄인 말이라고 보는데, 기공을 하는 목적은 어디 있다고 보십니까?"

"기공의 궁극적인 목적은 운기를 돕고 난치병을 치료해 줌으로써 인류의 행복을 증진시키는 데 이바지하는 겁니다."

"인류의 행복이라는 것이 무엇인데요?"

"글쎄요. 그것까지는 아직 생각해 보지 않았습니다."

"내가 평소에 늘 생각해 오는 것인데, 중국 기공의 특징은 기공부를 진리를 추구한다든가 도(道)를 이룬다든가 견성을 한다든가 성통을 하든가 견성해탈을 하는 방편으로 이용한다기보다는 실생활에 유익하게 응용하는 데 주안점이 있는 것 같습니다. 그렇다면 기공은 의술이나 심령술 같은 것하고 하등 다를 것이 없습니다. 기공부는 그것을 공부하는 사람 각자의 본래면목을 되찾게 해 주는 데 진정한 뜻이 있다고 봅니다. 달마 대사 이래 중국의 역대 조사들이 추구했던 것도 바로 이 본래면목이었습니다. 그런데 지금 중국에는 선종(禪宗)이 있습니까?"

"글쎄요. 워낙 짧은 시간 동안 정신없이 바쁘게 돌아치다가 보니까 그런데까지 미처 신경을 쓸 겨를이 없었습니다. 그러나 제가 보기에는 중국에서는 공산혁명 이후에 선(禪)의 전통은 사실상 끊어지지 않았나 하고 생각하고 있습니다. 등소평이 등장하기 전까지만 해도 중국에서는 사찰이 제대로 존립할 수조차 없었으니까요. 아직도 중국에는 공산당의 입김이 너무 세기 때문에 선도(仙道)니 참선(參禪)이니 하는 말조차 쓰이지 못하고 있는 것 같습니다."

"아까 얘기하신 인류의 행복하고 선이 추구하는 본래면목하고는 어떻게 다르다고 보십니까?"

"글쎄요. 깊이 생각해 본 일이 없습니다."

"내가 보기에는 기공에서 말하는 인류의 행복이란 세속적인 무병장수 부귀영화 따위를 말하지 않나 생각합니다. 그렇다면 겨우 무병장수 부귀영화를 누리기 위해서 기공을 한다는 말이 되는데, 이것은 진지하게 관찰해보면 무상한 것이고 결국 몽환포영로전(夢幻泡影露電)에 지나지 않습니다. 다시 말해서 꿈, 환영, 물거품, 그림자, 이슬, 번개와 같다는 말입니다."

이렇게 말하면서 나는 양병식 씨를 기운으로 살펴보았다. 과연 보통 사람보다는 활발한 운기 현상을 감지할 수 있었다. 그러나 유감스럽게도 중단이 반쯤 막혀 있는 것이 감지되었다. 중단이 막혀 있다는 것은 중단

163

에 쌓인 스트레스가 해소되지 않아 기가 울체되어 있는 것을 말한다.

"사실은 선생님, 저도 바로 그 때문에 선도에 관심을 기울이기 시작했습니다. 남들이 부러워하는 좋은 직장에 취직이 되어 몇 년 근무하다가 바로 이 인생의 무상을 느끼고 도의 길에 들어서서 저 혼자 나름대로 공부를 하기 시작했습니다. 그러나 적당한 스승을 찾을 길이 없었습니다. 누가 그러는데 지리산에 가면 숨은 도인이 있다는 말을 듣고 찾아가 본 일도 있습니다.

그러나 깊은 산속 움막이나 토막에서 은거하는 도인이라는 분들은 실제로 상종해 보면 모두가 약간씩 정신 이상에 걸린 이인(異人) 또는 기인(奇人)이라는 생각만 들었습니다. 그분들에게선 배울 만한 것이 없었습니다. 모두가 현실과 동떨어진 괴팍스러운 짓들만 하고 있었습니다. 자기가 마치 정도령이나 재림한 구세주나 된 듯이 허황된 망상에 빠져 있는 것 같았습니다. 그래서 저 나름으로 방황을 하다가 중국 기공과 접목이 되었습니다. 그런데 막상 중국에 가보니까 정말 놀라운 일들이 많이 벌어지고 있었습니다."

"놀라운 일이라면 어떤 일을 말합니까?"

"7만 년, 9만 년 된 비둘기 영에게 빙의된 사람이 셋이나 나타나서 TV에까지 등장하여 점을 치는데 기가 막히게 맞아떨어지는 겁니다."

"그게 그렇게 신기하던가요?"

"그럼요. 중국에서는 비둘기 영에게 접신된 그 세 사람을 국보급으로 소중하게 대우하고 있더군요."

"양병식 씨도 혹시 그렇게 되기를 속으로 은근히 염원한 것은 아닙니까?"

"아직 그렇게까지는 생각해 본 일이 없지만, 신기하기 짝이 없었습니다."

"그게 다 구도자에게는 하찮은 말변지사(末邊之事)에 지나지 않습니다. 7만 년, 9만 년 된 비둘기의 영에게 접신이 되었다면 접신된 사람은 그 영가의 노예에 지나지 않습니다. 노예나 종밖에 안 되는데 그게 뭐가 그렇게 소중한 국보급 존재가 되겠습니까? 내가 보기에는 다 하찮은 짓거립니다. 사람들의 호기심이나 자극할 뿐이죠. 자기 자신의 중심을 밝히고 본래면목을 되찾은 사람에게는 부산물로 따라붙는 것이 초능력입니다."

"선생님 말씀에 저 역시 전적으로 동감입니다. 제가 선도에 관심을 갖게 된 것도 도심(道心)이 싹텄기 때문이었으니까요. 기공의 목적은 결국은 도를 이루는 수단에 지나지 않는다는 것을 잘 알겠습니다."

양병식 씨 일행이 나가자 20대 후반의 청년이 한 사람 찾아왔다. 몸은 호리호리하고 눈에는 잡히지 않는 무지개를 좇아가는 소년의 간절한 소원이 서려 있었다.

"선생님 저는 대전에 사는 김도윤이라고 합니다."

"그래 무슨 일로 날 찾아왔습니까?"

"선생님 저는 도인(道人)을 찾습니다. 저를 가르쳐 줄 진정한 도인을 말입니다."

"그런데 왜 나를 찾아왔습니까?"

"선생님께서는 어디에 진정한 도인이 있는지 잘 아실 것만 같아서 이렇게 찾아왔습니다."

"그래요. 그럼 젊은이는 언제부터 도인을 찾았습니까?"

"도인을 찾아 전국 방방곡곡을 헤맨 지 어느덧 5년이 되었습니다."

"그런데도 아직 도인을 찾지 못했습니까?"

"네, 선생님, 이제는 도인을 찾는 데도 지쳤습니다."

"도인을 찾으려 어디 어디를 찾아다녔습니까?"

"지리산 청학동에 가면 도인이 있다고 하기에 거기부터 가 보았습니다. 김일하 스님이 쓴 『지리산 도인을 찾아서』라는 책을 읽고는 그곳에 가면 틀림없이 도인이 있을 것 같아서 수소문해 보았지만 아무도 아는 사람이 없었습니다. 그래서 할 수 없이 열흘 동안이나 지리산을 샅샅이 뒤져보았지만 도인을 만날 수는 없었습니다. 지리산 으슥한 토굴이나 움막 속에서 도를 닦는다는 사람들을 만나보았지만 그분들은 제가 생각한 도인은 분명 아니었습니다."

"왜요?"

"제가 보기에는 그분들은 현실을 떠난 환상 속에서 자기도취에 빠져서 꿈속을 헤매는 것 같았습니다."

"왜 그런 생각을 하게 되었죠?"

"허무맹랑한 소리만 하고 있었습니다. 자기가 후천 세계의 정도령이라는 사람이 있는가 하면 미륵불이라는 사람도 있고 재림 예수라는 사람도 있었습니다. 그런데 이상한 것은 도대체 그분들에게서는 전연 매력을 느낄 수가 없었습니다. 그분들의 눈에서는 사랑과 자비의 빛이 아니라 일종의 광기(狂氣)가 내비치고 있었습니다. 그런 사람들이 어떻게 제가 찾는 도인일 수 있겠습니까?"

"듣고 보니 그것도 일리가 있군. 젊은이의 성함이 김도윤이라고 했던가요?"

"네, 맞습니다."

"한자로는 어떻게 쓰나요?"

"쇠김(金), 길도(道), 윤기윤(潤)입니다."

"그 이름 아주 그럴 듯한데. 누가 이런 이름을 지었는가요?"

"돌아가신 할아버지가 지어주었습니다."

"혹시 할아버님께서는 생시에 단전호흡을 하신 일은 없었습니까?"

"있었습니다. 그런데 할아버님은 단전호흡이라는 말은 쓰시지 않고 조식(調息)이라는 말을 쓰셨답니다. 또 조신(調身), 조심(調心)이라는 말도 쓰시고요."

"그리고 보니 할아버님께서는 선도(仙道)를 하셨군요. 언제 돌아가셨습니까?"

"제가 세 살 때였다고 합니다."

"그럼 김도윤 씨는 기억에도 없겠구만."

"네."

"그러나 할아버님의 도맥(道脈)만은 조손간(祖孫間)에 도도히 흐르고 있습니다."

"그렇습니까. 그걸 어떻게 알 수 있습니까?"

"우선 김도윤이라는 이름에서 그것을 찾을 수 있지 않아요. 금빛 진리를 윤택케 하라는 뜻이 김도윤 씨의 이름에는 들어 있습니다."

"그렇습니까?"

"그럼 여지까지 그것도 몰랐습니까?"

"생전 처음 듣는 말씀입니다. 할아버님께서 그렇게까지 배려해 주셨으리라고는 꿈에도 상상치 못했습니다."

"빛나는 진리를 드러내라는 메시지 이외에도 그 이름에는 또 한 가지 숨은 뜻이 들어 있습니다."

"그게 뭡니까? 선생님."

"김도윤 씨가 찾는 도인은 바로 김도윤 씨 자신 속에 있다는 겁니다."

"네엣!?"

"왜 놀라십니까. 김도윤 씨가 찾는 도인은 밖에서 구할 것이 아니라 김도윤 씨 안에서 구해야 된다는 속뜻이 함축되어 있다는 말입니다. 내가 이렇게 말했다고 해서 김도윤 씨 자신만이 그렇다는 것은 결코 아닙니다. 사람은 누구나 똑같이 자기 자신 속에 도인을 품고 있습니다. 다시 말해서 진리는 자기 자신 속에 있다는 뜻입니다. 업은 아기 삼 년 찾는다고, 김도윤 씨는 자기 자신 속에 있는 도인을 지금껏 5년 간이나 찾아 헤맨 겁니다."

"그런데 선생님 사람들은 저뿐만이 아니고 누구나 자기 자신 속에 도인이 있다는 사실은 모르고 있지 않습니까?"

"그것은 그렇다는 사실을 깨닫지 못했기 때문이지 그것이 진실이 아닌 것은 아닙니다. 소크라테스는 델휘 신전에 씌어있는 '너 자신을 알라'는 명구에서 깨달음을 얻었고 예수도 '진리를 네 안에서 구하라'고 했습니다."

"선생님 어떻게 하면 그것을 깨달을 수 있겠습니까?"

"건강한 몸으로 기운을 타고 마음공부를 꾸준히 지극 정성으로 하면 누구나 그것을 깨달을 때가 있습니다."

"선생님 그것을 깨달은 사람은 일반 사람과 어떻게 다릅니까?"

"일할 때는 일만하고 읽을 때는 읽기만 하고, 걸을 때는 걷기만 하고 대화할 때는 대화만 하고, 밥 먹을 때는 밥만 먹고 공부할 때는 공부만 열심히 합니다. 몸과 마음과 기(氣)가 한덩어리가 되어 움직입니다. 번뇌가 끼어들 틈이 없습니다. 이것이 바로 도인의 생활입니다."

순간, 김도윤 씨의 얼굴에는 환한 윤기가 서서히 배어 나오기 시작했다.

1993년 12월 31일 금요일 −4~1℃ 대체로 흐림

오늘로 금년도 마지막이다. 단기 4326년, 서기 1993년은 지금까지의 내 생애에 있어서 글을 가장 많이 쓴 해였다. 『선도체험기』를 무려 여덟 권을 발간했다. 한 달에 평균 한 권 반의 책을 쓴 셈이다. 내년에도 이만한 글을 쓸 수 있을까? 두고 볼 일이다.

단기 4327(서기 1994)년 1월 1일 토요일 −5~−2 맑은 후 흐림

새해가 시작되었다. 사람들을 만나고 새해 인사를 나눈다. 오래간만에 만나는 내 나이 또래의 모습이 재작년 다르고 작년 다르고 금년 다르다. 피부에서 탄력이 사라지고 흰머리가 늘고 주름살이 깊어진다. 눈빛에서 정기도 조금씩 사라지고 있다.

그러나 선도수련하는 사람은 반드시 그렇지만은 않다. 비록 나이 들어 몸은 늙어간다고 해도 눈만은 정기를 더해가고 있다. 육체는 비록 낡아가지만 정신만은 점점 더 윤기를 더해가는 것이다. 수련하는 사람과 안 하는 사람은 이것으로 구분이 된다. 도(道)를 아는 사람은 늙어가면서도 젊어지지만, 도를 모르는 사람은 그냥 모든 것이 늙어만 갈 뿐이다. 건강한 몸으로 기운을 타고 마음공부를 쉬지 않는 사람은 사라짐과 태어남을 함께 경험하지만, 막연히 기도나 하고 예배나 하고 명상이나 하고 참선이나 하는 사람은 반드시 그렇지만은 않다.

멸(滅)과 생(生)이 공존하는 사람도 있지만 그렇지 못한 사람도 있다. 그러나 몸공부, 기공부, 마음공부를 제대로 하는 사람은 죽음과 삶을 동시에 살고 있다. 죽음 속에 삶이 있고 삶 속에 죽음이 있음을 본다. 삶과 죽음을 초월해 있으니까 웬만한 역경을 당해서도 마음이 흔들리지 않는다. 오랜 습기(習氣)나 타성 때문에 비록 한때 마음이 흔들리는 일이 있어도 금방 알아차리고 평형을 유지한다. 지감·조식·금촉 수련을 시작한 이후로는 병이라는 것을 모르고 산다.

병이라는 것은 왜 나는가? 마음이 건전하지 못하면 병이 난다. 일주일에 한번씩 5, 6시간씩의 산행(山行)만 규칙적으로 해도 웬만한 고질병에서는 벗어날 수 있다. 그러나 좀더 건강해지고 싶은 사람은 새벽에 일찍 일어나서 달리기를 50분쯤 하면 된다. 그리고 오후에 20분쯤 도인체조를 하면 모든 병마에서 해방될 수 있다. 그러나 대부분의 사람들은 이것을 실천하지 못한다. 왜 그럴까? 게으르기 때문이다.

게으름은 마음의 병이다. 마음에 병이 있는 사람이 건강할 수 없는 것은 달이 해를 가리면 월식이 되는 것과 같다. 수도는 열심히 몸을 놀리는 일부터 시작해야 한다. 우선 건강해진 다음에 호흡도 하고 마음 공부도 해야 된다. 몸이 든든하면 무슨 일이든지 할 수 있는 의욕이 생긴다. 기공부는 바로 이런 바탕 위에서 진행되어야 한다. 기운을 타고 즐길 수 있는 경지만 되면 그때부터 마음공부는 저절로 이루어진다.

　수천 년 동안 수많은 사람들이 수도의 길에 들어섰다가 실패한 것은 바로 건강한 몸으로 기운을 타고 마음공부를 하지 않고 맞바로 마음공부부터 시작했기 때문이다. 지난 8년간 내가 선도수련을 하면서 얻은 최대의 성과는 든든한 몸으로 기운을 타고 마음공부에 임하면 절대로 실패하는 일이 없다는 것이다.

〈22권〉

회자정리

단기 4327(1994)년 1월 14일 금요일 구름 조금

＊ 종교는 우리가 가야 할 길을 가르쳐 주지만 관찰은 우리의 일상 행위를 살핌으로써 체험을 통해 지혜를 얻게 한다.

＊ 우리가 만든 영화와 책, 음반, 비디오, 만화, 방송 프로그램, 공산품과 농산물, 그리고 서비스가 경쟁력을 갖게 되어 국경을 넘어 동지나, 만주, 시베리아에 파급되어 그쪽 주민들의 애호를 받는다면 그것이 우리 문화 영역을 확대하는 것이다. 앞으로 국경은 점점 더 의미를 잃게 되고 경쟁력만이 모든 것을 말해주게 된다. 우르과이 라운드가 그 시발점이다.

＊ 할머니가 되기 싫다고 속상해 하는 여자가 있다. 마음이 몸에서 떠나 엉뚱한 망상을 하고 있으니까 이런 일이 벌어진다. 변하는 것이 삶이고 변하지 않는 것이 죽음이라는 것을 모르니까 이런 허상에 빠지게 된다. 삶과 죽음이 그녀 자신 속에 공존한다는 것을 깨달으면 이런

일은 없었을 것이다.

1994년 1월 16일 일요일 0~7℃ 맑은 후 흐림

오후 3시. 독자 전화. 중년 남자의 목소리였다.

"김 선생님 안녕하십니까? 『선도체험기』 애독자입니다."

"그러십니까? 『선도체험기』를 몇 권까지 읽으셨습니까?"

"지금까지 나온 것은 모조리 다 읽고도 모자라서 두 번 세 번 읽었습니다. 저는 그냥 읽기만 하는 것이 아니고 그 속의 내용들을 제 나름으로 분석까지 하고 있습니다."

이 말에 나는 오싹 소름이 끼쳤다. 보이지 않는 독자층들이 나를 실험대 위에 올려놓고 하나하나 해부하는 것 같았다.

"그 말씀을 들으니 겁이 더럭 납니다. 혹시 내가 뭔가 본의 아니게 실수나 저지른 일이 없는가 하고 말입니다."

"제가 보기에는 아직 그런 것은 발견치 못했으니 그 점은 염려 놓으셔도 되겠습니다."

"참으로 다행입니다. 그럼 그렇게 읽기만 하시고 수련은 하시지 않았습니까?"

"지금까지는 읽으면서 분석만 해 왔는데, 앞으로는 본격적으로 수련도 할 작정입니다. 그런데 선생님 한 가지 의문이 있습니다."

"뭡니까?"

"『선도체험기』 4권째부터였는지 민소영이니 곽보영이니 하는 여성이 등장하지 않습니까?"

"등장하지요."

"제가 보기에는 두 분은 같은 사람 같은데 맞습니까?"

"그야 독자들이 알아서 판단할 일입니다. 작가가 필요에 의해서 등장시킨 주인공의 정체를 독자에게 일일이 밝힐 필요까지는 없다고 봅니다."

"무슨 뜻인지 잘 알겠습니다. 제가 보기에는 민소영이라는 분이 김 선생님의 수련에 지대한 영향을 끼친 것으로 알고 있는데, 어째서 14권 이후부턴가는 그분의 이름이 전연 보이지 않습니까?"

"그 이후에는 저와는 별로 교섭이 없었기 때문입니다."

"그래도 독자의 입장에서는 이상한 생각이 듭니다. 민소영 씨가 선생님을 찾은 것은 순전히 선생님의 저서를 통해서가 아닙니까?"

"그렇습니다. 『선도체험기』에 등장하는 대부분의 주인공들은 거의 전부가 다 내 저서를 읽고 찾아오는 사람입니다."

"그렇다면 말입니다. 선생님께서는 지금도 계속 왕성한 작품 활동을 하고 계시는데 요즘은 그분이 선생님 저서를 읽지 않는다는 얘긴가요."

"그런 것 같습니다."

"그건 참 이상한데요. 민소영 씨는 선생님과 그야말로 상부상조하면서 때로는 선생님의 수련을 위해 많은 애도 쓰신 걸로 알고 있는데, 왜 그렇게 되었을까요?"

"그거야 인연이 다했으니까 그렇겠죠. 회자정리(會者定離)라고 하지 않습니까? 필요에 의해서 찾아왔다가 필요가 없어지면 떠나는 것이죠. 나는 그걸 조금도 이상하다고 생각지 않습니다. 그뿐만이 아닙니다.

그 밖에도 많은 사람들이 나를 찾아와 도움을 받다가 때가 되면 썰물처럼 사라져 가고 새로운 사람들이 몰려오곤 합니다."

"그래도 선생님의 수련에 결정적인 역할을 한 사람과는 계속 오랫동안 교류가 진행되는 것이 자연스러운 일이 아닌가 하는 생각이 듭니다."

"그것은 그렇게 생각하는 사람의 의견이고 현실은 그렇지 않습니다. 양쪽이 상호 관심을 가질 때 교류는 이루어지는 것이지 한쪽이 문을 잠그고 벽을 쌓는다면 일방적인 교류란 있을 수 없는 일이죠. 인간관계도 반드시 흥망성쇠가 있게 마련입니다. 가까웠던 사람이 멀어지는 것은 자연의 이치입니다. 변하지 않는 것은 아무것도 없습니다. 그러나 무상(無常)이라는 진리는 변하지 않습니다. 변함 속에 변하지 않음이 있는 겁니다.

가까웠던 사람이 갑자기 멀어지는가 하면 멀어졌던 사람이 돌연 가까워지는 수도 있습니다. 이것이 사람 사는 이치입니다. 연인들은 흔히 변치 않는 사랑을 맹세하지만, 그것은 깨달은 사람이 보면 어린애 장난처럼 유치합니다. 이 세상에 변치 않는 사랑 같은 것은 존재할 수 없다는 것을 너무나도 잘 알기 때문입니다. 연인들은 흔히 변치 않는 사랑을 약속하고는 변하는 사랑을 야속해 하고 원망합니다. 업체 사이의 사업관계도 그렇고 국가 사이의 관계도 마찬가지입니다. 상대가 언제까지나 변하지 않으리라고 생각하는 것 자체가 잘못입니다. 변하는 것이 오히려 순리이기 때문입니다.

그러나 늘 관찰을 제대로 하는 사람은 이런 것을 예상하고 상대가 변할 때 마음에 충격을 받거나 상처를 입지 않습니다. 왜냐하면 그런 일은 능히 있을 수 있는 일이고 그런 일에 대비하여 늘 마음에 준비를 하고 있기 때문입니다. 관찰을 생활화하는 사람은 이러한 변화의 기미를 남보다 먼저 알아차리고 미리부터 대책을 세워놓습니다. 유비무환(有備無患)입니다. 그래야 위기를 당해도 휘청거리는 일이 없습니다."

"그렇다면 선생님에게 한 가지 묻겠습니다."

"물으십시오."

"그럼 선생님께서는 철석같이 믿었던 사람에게서 배신을 당했을 때도 화를 내시거나 실망하시지 않습니까?"

"나도 인간인데 어떻게 화도 안 나고 실망도 하지 않겠습니까? 그러나 최소한 배신감에 사로잡혀 이성을 잃는 짓은 하지 않습니다. 다시 말해서 배신감에 놀아나지는 않는다는 말입니다."

"사실은 그것이 수도의 핵심이 아니겠습니까?"

"물론입니다. 기쁠 때 기뻐할 줄 모르는 것이 훌륭한 것이 아니라, 기쁨에 사로잡히지 않는 것이 훌륭한 겁니다. 두려울 때 두려워할 줄 모르는 것이 훌륭한 것이 아니고 두려움에 사로잡히지 않는 것이 훌륭한 겁니다. 슬플 때 슬퍼할 줄 모르는 것이 훌륭한 것이 아니고 슬픔에 사로잡히지 않는 것이 훌륭한 겁니다. 노여울 때 노여워할 줄 모르는 것이 훌륭한 것이 아니라 노여움에 사로잡히지 않는 것이 훌륭한 것입니다. 탐욕이 일어날 때 탐욕을 느끼지 못하는 것이 훌륭한 것이 아니라 탐욕에 사로잡히지 않는 것이 훌륭한 것입니다. 미울 때 미움을 느끼지 않는 것이 훌륭한 것이 아니라 그 미움에 얽매이지 않는 것이 훌륭합니다.

소리, 색깔, 냄새, 맛, 성욕, 피부접촉욕도 마찬가지입니다. 우리가 숨을 쉴 때 맑고 흐리고 춥고 덥고 마르고 습기 찬 기운에 구애받지 않는 것도 마찬가지입니다. 이 세상 무엇에도 구속을 당하지 말자는 것이 수도의 목표입니다. 무엇에든지 구속을 당하면 그 순간부터 그 사람은 자유를 잃게 됩니다. 자유를 잃은 사람은 생로병사(生老病死)에서도 윤회(輪回)에서도 벗어날 수 없습니다."

"거기에서 벗어나는 걸 해탈이라고 하는 모양이죠?"

"맞습니다."

"선생님께서는 건강한 몸으로 기운을 타고 마음과 몸을 관찰함으로써 그곳에 도달할 수 있다고 늘 말씀하시는 거 아닙니까?"

"잘 알고 계시군요."

"선생님 제 어리석은 질문에 기꺼이 응해 주셔서 고맙습니다."

＊ 유유상종이다. 사람은 언제나 끼리끼리 모이게 마련이다. 나를 찾아올 사람은 어떻게 해서든지 찾아오게 되어 있다. 또 떠날 사람은 어떻게 해서든지 떠나게 되어 있다. 인연이 있으면 오고 인연이 다하면 떠나게 되어 있다. 여기에 인위를 가할 필요는 없다. 인위(人爲)를 가할 때 번뇌가 온다.

호주인 제자들

1994년 1월 18일 화요일 −7~3℃ 구름 많음

오전 10시. 한창 집필 중에 전화가 걸려 왔다.

"김 선생님, 안녕하십니까? 저 김용습니다."

"아니 언제 서울에 왔습니까?"

"서울이 아니구요. 여기는 호주 멜버른입니다."

"아아 그렇군요. 난 전화 목소리가 너무도 가깝게 들려서 서울에 온 줄 알았죠."

"그간 별고 없으신지요."

"네, 이곳은 무사합니다. 그쪽 형편은 어떻습니까?"

"네, 저도 선생님 덕분에 잘 지내고 있습니다."

"그래요. 다행입니다."

"선생님 전에도 언젠가 말씀드렸지만, 이곳에서는 제가 운영하는 합기도(合氣道)장 안에서 선도 수련원이 운영되고 있습니다."

"참 그렇다는 얘기는 들었죠. 어떻게 잘 운영이 됩니까?"

"그동안 10여 명의 수련생에게 선도수련을 시켜왔는데요. 비로소 3명의 호흡문이 열렸습니다."

"그렇습니까. 그것 참으로 축하할 일이군요. 그래 그 사람들은 기운을 느낀단 말씀이죠?"

"네, 느끼고 말구요. 호흡문이 열리기 전에 아주 격렬한 진동도 일으키고 단무까지도 추었습니다."

"물론 교포들이겠죠?"

"아닙니다. 순전히 호주인들입니다. 남자 둘 여자 하난데, 전부 다 영국계 순종 호주인들입니다."

"그래요. 언어 소통이 문제였겠는데, 그게 잘되던가요?"

"용어는 물론 전부 우리말로 하지만 용어 설명을 잘해 주니까 잘 따라 줍니다."

"김용수 씨는 먼 이국땅에서 아주 좋은 일을 합니다."

"아무래도 그게 제 사명인 것 같습니다. 선생님 오늘 이 세 사람에게 급수 수여식을 하려고 하는데, 급수를 뭐라고 정해야 할지 모르겠습니다."

"선도의 첫째 관문은 호흡문이 열리고 기운을 느끼는 것에서부터 시작되고 그것이 소주천 대주천으로 발전하는데, 우선 호흡문이 열렸다니까 합기도에서처럼 초단이라고 하는 것이 어떻겠습니까? 그리고 소주천이 되는 사람은 2단이라고 하면 되겠네요."

"그럼 우선은 오늘 급수 받은 수련생은 초단에 통과한 것으로 하겠습니다. 다음에 소주천이 되는 사람은 2단이라고 하죠. 그런데 대주천이 되는 사람은 어떻게 결정을 하여야 할지 모르겠습니다. 저는 선생님한테서 대주천 수련을 받았지만 아직 수련생에게 대주천 수련을 시켜줄 만한 능력이 없거든요."

"그럼 소주천을 통과하여 대주천이 되려고 하는 사람이 있다는 말입니까?"

"아직 그런 사람은 없습니다. 그러나 나중에 혹시 그런 수련생이 나타날지도 모르는 일이거든요."

"그거야 그때 가서 생각해보도록 합시다. 아직 있지도 않은 일을 미리 걱정부터 할 필요가 있습니까?"

"알겠습니다. 오늘 급수 수여식 때 선생님께서 이쪽에 기운을 좀 보내주십시오. 사실은 오늘 승단하는 수련생들도 전부 다 선생님의 제자라고 할 수 있습니다."

"그렇게 되는 가요. 언제 식이 있는데요?"

"오늘 그쪽 시간으로 오후 6시쯤이 될 겁니다."

"알았습니다. 그럼 그때 기운을 보내도록 하겠습니다."

그러나 막상 오후 6시에는 두 사람의 방문객이 오는 바람에 기운 보내는 것을 깜빡 잊고 있었다. 그러나 기운을 보내야 한다는 염원은 품고 있었다.

오후 9시. 호주에서 두 번째로 전화가 걸려 왔다.

"김 선생님 저 김용숩니다. 선생님께서 기운 보내주셔서 입단식 아주 성황리에 무사히 잘 치렀습니다."

"그렇습니까. 정말 축하합니다."

"선생님, 앞으로도 많은 기운을 보내주시기 바랍니다. 저는 이곳에서 계속 호주인들에게 선도를 보급할 작정입니다."

"아주 장한 일을 하십니다."

"고맙습니다. 그리고 앞으로 백회가 열릴 때가 된 사람이 있으면 선생님한테 데리고 가겠습니다. 그래도 괜찮겠죠."

"물론입니다. 선도 보급에 국경 따위가 있을 수는 없으니까요."

"그리고 선생님을 한번 호주에 초청했으면 하는데, 어떻습니까. 우리가 초청해도 거절하시는 건 아니겠죠?"

"그거야 그때 가서 봅시다."

＊ 인간은 태어나면서부터 죽음을 향한 먼 길을 떠나는 것은 누구나다 안다. 이 세상에 태어나서 죽지 않은 사람은 아직 한 사람도 없었으니까. 그래서 삶 속에는 죽음이 내포되어 있다는 것을 모르는 사람은 없다. 그러나 죽음 속에 삶이 잉태되고 있다는 것을 아는 사람은 별로 없다. 죽음 속에 삶이 있음을 깨닫는 것이 수도다.

＊ 수도 중에 사정(射精)하는 것은 보약 다려먹으면서 사정하는 것보다 더 나쁘다. 그래서 구도자는 연정화기(煉精化氣)를 꼭 성취해야한다.

＊ 깨달았느냐 못 깨달았느냐는 안절부절이냐 느긋하냐의 차이다.

1994년 1월 23일 일요일 -12～-5℃ 구름 많고 눈

오후 3시. 세 사람의 수련생이 찾아왔다. 그중에서는 모 선원에서 법사로 있던 박동희 씨도 있었다. 그는 2년 전에 나한테 와서 대주천 수련을 받은 일이 있었는데, 근 2년 만에 찾아왔다.

"선생님 그동안 자주 찾아뵙는 것이 도리인데, 어쩌다 보니 너무나 결례가 많았습니다."

"괜찮아요. 사람 사는 것이 다 그렇죠, 뭐. 그래 지금은 뭘 합니까?"

"그동안 좀 방황을 하다가 요즘은 저희 동네에 선원을 하나 차렸습니다."

"그래요. 축하합니다. 수련생은 얼마나 됩니까?"

"초창기라서 아직 자리를 잡지 못하고 있습니다. 지금 고정적으로 나오는 수련생이 한 50명은 됩니다."

"그럼 아직은 적자를 못 면하고 있겠군요. 적어도 100명은 되어야 손익 분기점을 넘었다고 할 수 있죠. 빨리 그쯤 되어야 할 텐데."

"선생님께서 좀 많이 도와주셔야 하겠습니다."

"도와드릴 수 있으면 도와드려야죠."

"그렇게 사교적으로만 말씀하시지 마시고 구체적으로 좀 도와주시기 바랍니다."

"구체적으로요? 어떻게 도와달라는 말인데요."

"사범이 꼭 한 사람 필요한데 선생님께서는 아무래도 발이 넓으시니까 좋은 사범을 한 사람 추천해 주셨으면 합니다."

"지금 있는 사범은 어때서 그렇습니까?"

"담배를 하도 많이 피우기에 잔소리를 했더니 나가겠다고 합니다."

"단전호흡을 가르치는 사범이 담배를 피운다면 수련생 가르치기가 좀 어렵겠는데요."

"그렇습니다. 선생님께서 좋은 사람을 하나 추천해 주십시오. 그리고 우리 선원에 가끔 오셔서 강연도 좀 해주시고요."

"사범 구하는 일은 장담할 수 없지만, 강연을 해달라는 것은 못 할 것도 없습니다. 그러나 박동희 씨가 정작 나한테서 바라는 것은 그게 아닐 텐데요."

"잘 알고 계시군요.『선도체험기』에도 좀 소개를 해 주셨으면 합니다."

"이제야 본심이 나오는군. 그러나 내 책에다 박동희 씨의 선원을 홍보해주는 문제는 그렇게 쉽게 결정할 수 있는 일이 아닌데요."

"그 대신 선생님께서 원하시는 것은 가능한 한 해드리기로 하겠습니다."

"재작년 말에 어떤 사람이 도장을 열기 전에 나한테 찾아와서 협조를 부탁했던 일 아십니까?"

"네, 소문을 들어서 알고 있습니다."

"소문으로 알았다면 내 책을 읽고 온 것이 아니군요."

"죄송합니다. 선생님."

"그럼『선도체험기』를 몇 권까지 읽었습니까?"

"9권인가까지 읽었습니다."

"『선도체험기』9권은 재작년 9월에 나왔습니다. 그럼 이 이후에 나온 책은 하나도 안 읽었다는 얘기가 아닙니까?"

"워낙 바빠 놔서 책 읽을 틈이 있어야죠."

"바빠서 책 못 읽는 사람은 바쁘지 않아도 안 읽습니다. 나한테서 대주천 수련까지 받은 사람이『선도체험기』를 9권까지밖에 안 읽었다는 것은 재작년 9월 후에는 나오는 정신적인 공감대가 전연 형성되어 있지 않았다는 것을 말해주는 겁니다. 그동안 아무런 교섭도 없다가 2년 만에 갑자기 찾아와서 도와달라고 하면, 입장을 바꾸어놓고 생각해 보세요. 박동희 씨라면 어떻게 나오겠나."

"면목이 없습니다. 그렇게 말씀하시니 제 입이 열 개라도 할 말이 없습니다."

그는 고개를 푹 숙이고 기어들어가는 소리를 간신히 냈다. 자신의 잘못을 뉘우치고 있다는 것이 느낌으로 전달되어 오자 다소 격앙되었던 감정이 스르르 풀려 내렸다.

"나의 도움을 청하기 전에 우선 나와의 공감대를 형성하는 데 주력해 주어야 합니다. 그러자면 그동안 읽지 못했던 『선도체험기』 열한 권도 다 읽어야 합니다. 그래야 지금의 내 심정도 수련 진도도 이해할 수 있고 자신의 수련도 향상됩니다. 그리고 요즘 나한테 수련받으려 오는 사람은 오행생식을 생활화하고 있습니다. 왜냐하면 오행생식을 생활화하지 않는 사람은 별로 효과를 내지 못하기 때문입니다. 적어도 맛에 대한 유혹을 뿌리칠 수 있고 맛의 세계를 초월할 수 있는 사람이 아니고는 진정으로 대주천 수련에 들어갈 수 없다는 것을 나는 체험으로 알게 되었습니다.

작년 연초에 자칭 진허 도인이라는 사람이 찾아와서 도장을 하나 차리겠는데 도와달라고 하기에, 『선도체험기』를 읽고 그 취지에 찬동하고 적어도 도장 내에 『선도체험기』를 진열해 놓고 팔 수 있는 정도는 되어야 홍보를 할 수 있다고 했더니 당장 그러겠다고 하고는 『선도체험기』를 한 질 사갔습니다.

도장 개설을 축하해주려고 아내와 함께 찾아간 일까지 있었습니다. 그는 20년이나 숨어서 도를 닦아 성명쌍수를 이룩했다고 공언했습니다. 그는 그동안에 연마한 방편으로 나에게 실험한 결과 어느 정도 효력이 있다는 것도 입증이 되었습니다. 그래서 마음 놓고 그가 개설한 도장을 『선도체험기』속에 두 번에 걸쳐서 홍보를 해주었습니다. 그런데 채 한 달이 지나지 않아서 그 도장에 등록한 내 독자들로부터 항의 전화가 걸려오기 시작했습니다.

원장이라는 사람이 담배를 피우고 있고 『선도체험기』내용도 파악을 하지 못하고 있어서 오행생식에 대해서도 모르고 있다는 겁니다. 확인해 보았더니 사실이었습니다. 그는 내 도움을 받으려고 거짓말을 했었고 나는 거기에 보기 좋게 속아 넘어간 꼴이 되었습니다. 그러나 이왕에 벌어진 일이라 당장 담배를 끊고 『선도체험기』를 정독하여 도장에 등록한 내 독자들에게서 항의 전화가 걸려오지 않게 해달라고 강력하게 요구했습니다. 원장은 그러겠다고 해 놓고는 6개월이 지나도록 약속을 이행치 않았습니다. 이럴 때 박동희 씨가 내 입장이라면 어떤 조치를 취했겠습니까?"

"… 그거 정말 이러지도 저러지도 못할 난처한 입장이시겠는데요. 그렇다고 언제까지나 그대로 내버려둘 수도 없는 일이 아니겠습니까? 독자들이 알아듣도록 진실을 밝혀야겠죠. 결국 그 도장은 작년 말에 문을 닫았다고 하던데요."

"그 말은 맞습니다. 나는 두 번 다시 그런 잘못을 저지를 수 없습니다. 그때 내가 저지른 실수는 진허 도인이라는 사람이 내 도움을 얻기 위해서 건성으로 한 약속을 그대로 믿어버린 겁니다. 20년이나 수도를 했다는 사람이 설마 거짓말을 하랴 하고 믿은 것이 큰 실수였습니다.

앞으로는 다시 그런 실수를 되풀이할 수 없습니다. 박동희 씨는 담배를 피우지 않는 것 같은데, 사실입니까?"

"네, 사실은 두 달 전까지는 피웠었는데, 아무래도 백해무익한 담배를 피우면서 도장을 운영할 수는 없다는 생각이 들어 끊어버렸습니다. 담배를 끊었더니 그렇게 홀가분할 수가 없더군요."

"그럼 담배 문제는 해결이 되었고 남은 것은 지금까지 나온 『선도체험기』를 다 읽고 오행생식을 하는 겁니다. 책을 읽고 소화하여 진정으로 그것이 몸공부, 기공부, 마음공부에 도움이 되고 보탬이 되어야 합니다. 오행생식도 그것을 일상생활화 하여 그 효력을 체험하고 스스로 그것을 가까운 이웃에게 권할 정도로 체질화되어야 합니다.

박동희 씨가 그 정도로 나와 공감대가 이루어지면, 박동희 씨가 차린 도장이 어떻게 운용되고 있는가 하는 것은 보지 않아도 뻔할 겁니다. 그쯤 되면 홍보를 하지 말아달라고 해도 해줄 겁니다"

"선생님 그렇게 되도록 노력하겠습니다."

마음문과 호흡문

1994년 1월 27일 목요일 -8∼-1℃ 구름 조금

오후 2시. 정부의 모 중앙 부서에서 근무하고 있는 오명식 씨가 20일 만에 찾아왔다.

"선생님! 참으로 희한한 일이 있습니다. 이것을 환희라고 하는지 법열이라고 하는지 모르겠습니다만 저는 오늘 세 번째로 선생님을 찾는데요. 이곳에 왔다가 갈 때마다 닫혔던 마음이 한 꺼풀씩 열리고 있습니다."

"정말 그렇다면 그거야말로 축하할 일이군요."

"정말입니다. 선생님, 저는 솔직히 말해서 지난 8일에 이곳을 찾을 때만해도 형님 내외에게 불편한 마음을 품고 있었습니다."

"그럴 이유라도 있습니까?"

"있구말구요. 2년 전이었습니다. 형님은 신장염으로 이식 수술을 받지 못하면 곧 돌아가시게 된다는 의사의 진단이 내렸습니다. 누가 신장을 선뜻 떼어주겠습니까? 신장을 하나 떼어내도 아무 이상이 없다고 의사들은 말하지만 저는 그 말을 액면 그대로 믿지 않습니다. 사람에게 신장이 두 개씩 있는 것은 다 그만한 이유가 있기 때문입니다. 만약에 신장이 하나만 필요하다면 무엇 때문에 둘이 있겠습니까? 정말 신장이 하나만 필요하다면 위장이나 심장이나 간처럼 하나만 있어야 될 거 아니겠습니까?

이 세상에 존재하는 모든 것은 다 존재할 만한 가치가 있기 때문에 존재하는 것이 아니겠습니까? 그런데도 형님의 목숨이 위급하다는데, 어찌 피를 나눈 동생의 입장에서 저만 오래 살겠다고 못 본 척할 수 있을까, 내 신장을 하나 떼어내더라도 우선 형님 목숨부터 살려놓고 보자는 순수한 마음으로 제 신장 하나를 선뜻 떼어주었습니다. 제가 형님에게 신장을 하나 떼어줄 때는 형님 내외는 그야말로 간이라도 떼어줄 것처럼 온갖 친절을 다했었는데, 일단 이식 수술이 성공한 뒤에는 언제 그랬더냐 싶게 쌀쌀하게 대해주는 겁니다."

"무슨 오해가 있었나요? 무엇 때문에 그야말로 생명의 은인에게 그렇게 쌀쌀하게 나왔을까요?"

"모르겠습니다. 아무 이유도 없습니다. 오해를 살만한 일도 없습니다. 그냥 아무 이유도 없이 형님도 형수님도 저를 냉정하게 대하는 겁니다. 정말 사람 마음이 이렇게 요상하게 변할 수 있을까? 뒷간 갈 때 다르고 나올 때 다르다더니 정말 그 말이 맞구나 하고 속으로 저는 얼마나 섭섭했는지 모릅니다. 그랬었는데 지난 8일에 이곳엘 다녀간 뒤로는 갑자기 마음이 너그러워져서 형님을 원망치 않게 되었습니다.

원망하는 마음이 사라지니 마음이 그렇게 가벼울 수가 없습니다. 신장 하나 떼어준 걸 가지고 섭섭해 하고 말고 할 꼬투리가 어디 있나. 결국 형님과 나는 하나인데 하는 생각이 드는 겁니다. 좋은 일이든 나쁜 일이든 내게서 나간 것은 결국은 내게로 돌아오게 되어 있다는 이치를 깨닫게 되었습니다. 악한 일이 나가면 악한 응보로 돌아올 것이고 선한 것이 나가면 선한 응보로 돌아올 텐데, 뭣 때문에 나는 지금까지 혼자서 애를 태우고 있었나 하고 후회가 되는 겁니다."

"얘기를 들어보니까 오명식 씨는 때가 된 거군요."

"때가 되었다니요?"

"봉오리가 한껏 부풀어 꽃필 때가 되었다는 얘깁니다. 다시 말해서 오명식 씨가 그동안 자기도 모르게 그만큼 수도가 되었기 때문에 그렇게 된 것이지 반드시 나한테 왔기 때문에 그렇게 된 것은 아니라는 말이죠.

진리는 모든 존재 속에 내포되어 있습니다. 삼라만상이 다 진리 그 자체라는 말입니다. 때가 되지 않은 사람은 아무리 기를 써도 그 속에서 진리를 발견하지 못합니다. 그러나 때가 된 사람은 복숭아꽃이 피는 것만 보고도 진리를 깨닫게 됩니다. 돌멩이가 대나무에 부딪치는 소리만 듣고도 번쩍 지혜의 눈을 뜨게 됩니다. 풀 한 포기, 나무 한 그루, 흙 한 덩이, 돌멩이 하나에서도 도(道)와 진리와 로고스를 깨우치게 됩니다. 또 때가 된 구도자는 스승의 한마디 고함 소리와 몽둥이찜질에도 퍼뜩 자신의 진상을 깨닫게 됩니다."

"그래도 선생님 저는 『선도체험기』를 읽고 선생님을 직접 만나서 마음이 밝아진 것은 틀림이 없다고 봅니다. 근묵자흑(近墨者黑)이라는 잠언과 같이 사람은 어떤 환경에 가까워지면 그 환경에 동화되는 경향이 있는 것이 아니겠는지요?"

"맞는 말입니다. 그러나 그것도 그 환경에 동화될 만한 준비가 되어 있는 사람에게 한한 것이지 아무나 그렇게 되는 것은 아닙니다. 때가 되지 않은 사람에겐 아무리 『선도체험기』를 갖다 안겨주면서 읽으라고 해도 읽지 않습니다. 그러나 때가 된 사람, 인연이 닿는 사람은 누가 읽으라고 권하지 않아도 책방에만 가면 자연히 끌리게 되어 단숨에 읽어버리게 됩니다.

호흡문과 마음문이 열린 사람은 내 앞에 오면 금방 마음과 기운의 교류가 활발하게 이루어지지만 그렇지 않은 사람은 제아무리 가까운 피붙이나 친척이나 친구라고 해도 그러한 교류가 이루어지지 않습니다. 나를 찾는 사람들은 대체로 마음의 문보다는 호흡문이 먼저 열려서 오는데 오명식 씨는 호흡문보다는 마음의 문이 먼저 열린 상태로 나를 찾아왔습니다. 물론 우리집에는 전국에서 많은 수도자들이 찾아드는 곳이므로 다른 곳보다는 아무래도 기운이 강한 것은 사실입니다. 그렇다고 해도 마음문과 호흡문이 열리지 않은 사람은 이곳에 와도 별 수 없습니다."

"선생님께서는 저를 보고 마음문은 열려 있어도 호흡문은 열려있지 않은 것처럼 말씀하시지만 지난번에 왔을 때부터는 여기 이렇게 앉아 있으면 단전이 뜻뜻하게 달아오릅니다."

"단전만 달아오르고 정수리에는 별 감각이 없습니까?"

"그곳에는 아직 느낌이 없습니다."

"그곳에 무슨 느낌이 있을 때 말씀하십시오."

"네, 그러겠습니다. 정수리에 느낌이 있으면 어떻게 됩니까?"

"미구에 백회가 열리고 대주천 수련이 될 수 있다는 신호입니다."

초능력 연구자들

1994년 1월 30일 일요일 −7~3℃ 구름 조금

날씨도 좋고 산에는 눈도 없어서 산행에 속도를 낼 수 있었다. 새벽 6시 정각에 산자락에 붙었는데, 10시 35분에 하산을 끝냈다. 보통 때보다도 반 시간이 단축되었다. 오늘도 구종일 씨가 세 번째로 따라 왔다. 하산을 끝내고 자가용으로 도로에 접어들 무렵 구종일 씨가 말했다.

"좌우간 대단들하십니다. 저는 직장에서는 젊은이들도 산에선 나를 따를 수 없다고 자부했었는데, 두 분한테는 완전히 두 손 다 들었습니다. 4시간 반을 중간에 한 번도 쉬지 않고 그 험한 바위 능선을 숨 돌릴 틈 없이 계속 바람처럼 달려왔으니 대단합니다. 공수부대 훈련도 이보다 더 어렵지는 않겠는데요."

"지옥 훈련 같은 생각 드시지 않습니까?"

"아무리 지옥 훈련이라고 해도 이보다 더하지는 않을 겁니다."

구종일 씨와 나 사이에 이런 얘기들이 오가고 있었는데, 느닷없이 아내가 끼어들었다.

"전 말예요. 이렇게 숨 돌릴 틈도 없이 힘겨운, 그야말로 지옥 훈련을 방불케 하는 산행을 끝내고 나면 이런 생각이 든다구요."

"어떤 생각인데."

"이 세상의 어떤 일도 이 지옥 훈련 같은 산행보다는 쉽게 느껴진다구요. 우리가 회사에서 늘 하는 일, 집에서 하는 일, 걷는 일, 달리는 일 따위는 산행에다 대면 휴식에 지나지 않는다구요. 다음 등산이 시작될 일주일 내내 휴식을 취하고 있다는 생각이 든다구요. 그러니까 남들이 제아무리 어려워하는 일도 식은 죽 먹기라구요."

"그럴듯한 얘긴데. 그러니까 산행 자체가 일상적인 근로의 어려움의 한계를 무한정 축소시켰다는 뜻이 아니오."

"바로 그런 말씀인 것 같습니다. 이런 식으로 등산을 하면 이 세상의 어떠한 어려움도 능히 극복할 수 있는 저력이 함양될 것 같습니다. 따라서 일상생활에 한층 더 여유를 가질 수 있겠는데요. 남들이 도달할 수 없는 성취감에 대한 자부심이라고 할까? 좌우간 생활에 크나큰 활력소가 되는 것은 틀림없습니다."

오후 3시. 목포에서 강수찬 씨가 올라 왔다. 다음과 같은 얘기가 오갔다.

"선생님, 모처럼 선생님을 뵙게 된 기회에 몇 가지 질문을 해도 괜찮겠습니까?"

"좋습니다. 어서 하십시오."

"선생님 제가 선도수련을 하기 전에도 빙의가 되어 된통 혼이 난 일이 있거든요. 그때는 선생님도 몰랐고, 『선도체험기』도 나오지 않았을 때였습니다. 그때 제가 소속되어 있던 초능력협회 회원들에게 상의했더니 국내에서는 그래도 초능력자로 이름이 있는 박동환 씨를 찾아가라고 하더군요.

그래서 그분을 찾아가서 제령(除靈)을 한 일이 있습니다. 제령하는 날은 아침을 굶고 오라고 하더군요. 그리고 제령하기 한 달 전부터 그분은 자신이 특별히 만든 물을 마시게 했습니다. 그것이 보람이 있어서 그랬는지 어쨌는지는 몰라도 제령은 되었습니다. 물론 선생님이 빙의령을 천도시킨 것과는 근본적으로 방법이 다르고 준비 기간에다가 특별한 액체를 복용하고 아침까지 한끼 굶는 등 쉽지 않은 절차를 밟기는 했습니다만. 거기에다 대면 선생님은 아주 간단하게 빙의령을 천도시키시는군요. 이 두 가지 방법 사이에는 어떤 차이점이 있다고 보십니까?"

"나한테 와서 빙의령이 천도되는 사람은 아무런 준비가 없어도 되는 것처럼 강수찬 씨는 방금 말했는데, 그렇지 않습니다. 나한테 와서 빙의령을 천도를 하는 사람은 우선 내가 쓴『선도체험기』시리즈를 다 읽고 나와 공감대가 이루어져 있어야 합니다. 이러한 과정 없이 아무나 빙의령이 천도되는 것은 아닙니다. 나는 빙의령 천도를 진리를 깨닫게 하는 방편으로 이용하는데 이것이 다른 사람과 다르다면 다르다고 할 수 있습니다."

"그런데, 박동환 씨는 한번 빙의되었던 사람은 일단 제령이 된 후에도 빙의되는 체질로 바뀌어 있어서 또다시 빙의될 가능성이 많다고 하는데 선생님께서는 어떻게 생각하십니까?"

"빙의는 인과응보에 따라서 오는 겁니다. 그러니까 어떤 특수한 체질을 가진 사람에게만 오는 것은 아닙니다. 인연이 있는 사람은 누구나 빙의가 되게 되어 있습니다. 빙의되지 않는 체질이나 빙의될 체질이 따로 있는 것은 아닙니다."

"어떤 사람은 빙의를 미연에 방지하기 위해서 특수하게 제작된 반지나 팔찌나 목걸이 같은 것을 이용하는데, 선생님께서는 어떻게 생각하십니까?"

"그러한 장치로 어느 정도 빙의를 예방할 수 있을지는 모르지만 근본 대책이 아니라고 봅니다. 가령 많은 빚을 진 사람이 부도를 내고 잠적했다가 어느 날 갑자기 큰 부자가 되어 세상에 다시 나타났다고 합시다. 이때 옛날 빚쟁이들이 가만히 있겠습니까? 채무자는 채무를 이행할 능력이 있으면 마땅히 꾼 돈을 갚아야 합니다. 돈 갚는 일이 귀찮다고 옛날 빚쟁이들이 들어오지 못하게 철조망을 높이 치거나 담장을 쌓는다고 해결이 되겠습니까? 그렇게 한다고 해서 빚쟁이들이 순순히 물러간다고 생각한다면 큰 오산입니다.

빚쟁이들은 무슨 수를 써서든지 빚을 받아내려고 할 것입니다. 합법적이거나 비합법적인 온갖 수단 방법을 모조리 동원하여 총공세를 벌일 것입니다. 결국은 빚을 갚지 않고는 못 견디게 됩니다. 이럴 때는 차라리 빚을 다 갚아버리는 것이 제일입니다. 한꺼번에 갚을 수 없으면 단계적으로 갚아나가도 됩니다. 이때 채무자에게 가장 중요한 것은 빚을 안 갚을 궁리를 하기보다는 빚 갚을 능력을 향상시켜서 깨끗이 채무를 청산하는 겁니다.

이것이 숱한 과거 생에 쌓이고 쌓인 업장을 해소하는 지름길입니다. 이때 빙의령이 접근하지 못하게 하는 가락지, 팔찌, 목걸이 따위는 지극히 소극적인 방법밖에는 안 됩니다. 그런 소극적인 방법보다는 빚을 청산하는 적극적인 방법을 선택하기를 나는 권하고 싶습니다."

"그 적극적인 방법이란 빚을 갚을 수 있는 능력을 향상시키라는 얘기시군요."

"그렇습니다. 빚만 다 갚아버리면 빙의령이 다시는 찾아오지도 않습니다. 이때쯤 되면 구도자는 자신의 정체가 무엇인지 스스로 알게 됩니다."

"자신의 정체를 알게 되다니요?"

"자성을 보게 된다는 말입니다."

"자성을 본다는 것은 견성을 말하는 거 아닙니까?"

"맞습니다. 선도에서는 그것을 보고 성통(性通)이라고 말하고 불교에서는 해탈이라고도 합니다. 견성한 사람 또는 깨달은 사람은 이것을 두고 하는 말입니다. 상구보리(上求菩提)가 끝난 사람입니다. 그때 그 사람은 하화중생(下化衆生)에 들어가게 됩니다. 이것은 불교적인 용어고 선도에서는 홍익인간 재세이화라고 합니다. 자기 자신에게 찾아오는 빙의령들이 끊어지면 그다음부터는 빙의로 고통받는 후배나 제자나 도우들을 도와주게 됩니다. 이것을 보고 남에게 빙의된 영가를 천도한다고 합니다."

"그러나 선생님 빙의령을 스스로 천도시킬 수 있는 능력을 갖기까지는 사기(邪氣)를 막는 장치가 잠정적으로 필요한 것이 아닐까요?"

"잠정적으로 필요하다는 것은 인정하지만 궁극적으로는 자기 능력을 키워서 그런 인위적인 장치가 필요 없게 되어야 합니다."

"초능력자나 무당이 제령을 하는 경우도 간혹 있는데 그건 어떻게 된 겁니까?"

"그것은 고급령에게 접신이 되었을 때입니다. 선량한 고급령은 좋은 일을 할 수도 있습니다. 그러나 구도자의 입장에서 볼 때는 아무리 고급령이라고 해도 접신은 접신이지 그 이외에 아무것도 아닙니다. 깨달음을 통해서 스스로 능력을 발휘해야지 남의 능력을 빌리는 것은 구도자가 할 짓이 아닙니다."

"저희 고장에는 초능력협회라는 것이 20년 전부터 운용되고 있고 저도 그 모임에 가입되어 있습니다만 회원들 중에는 오라를 보는 사람도 있고 투시를 하는 사람도 실제로 있거든요. 선생님께서는 이런 사람들을 어떻게 생각하십니까?"

"그 사람들은 구도자입니까?"

"아닙니다. 구도자는 아닙니다. 단지 초능력 현상에 관심이 깊은 사람들의 동호회일 뿐입니다. 학자도 있고 대학교수도 있고 언론인도 교육자도 예술가도 있습니다."

"어쨌든 간에 보통 사람들이 보지 못하는 오라를 본다든가 투시를 하는 것은 하나의 초능력이기는 하지만 별로 큰 의미는 없습니다. 지엽에 매달려 봤자 무슨 소용이 있겠습니까? 전체를 깨달아야 합니다. 이파리나 가지 따위를 분석하려고 하지 말고 뿌리를 거머쥐어야 하지 않겠습니까?"

"선생님께서는 아까 저에게 빙의된 영가의 모습을 보셨습니다. 어떤 사람은 영매 기질이 있는 사람이 영혼을 본다고 하는데 선생님께서는 어떻게 생각하십니까?"

"접신이 되어서 영혼을 보는 것을 영매 기질이 있다고 합니다. 그러나 수련을 통하여 인당이 열려서 자기 스스로 영혼을 보는 것은 영매 기질과는 아무런 관계가 없습니다."

"영혼이 사람의 몸에 들어오면 어느 부위에 머물러 있습니까?"

"어느 부위가 아니라 온몸에 퍼져 있습니다. 그래서 그 영혼이 생전에 신경통을 앓았으면 빙의된 사람도 똑같이 신경통을 앓습니다. 위장병을 앓았으면 똑같은 위장병을 앓게 됩니다. 빙의된 기간이 짧으면 영가가 천도되면 금방 낫지만 빙의된 기간이 몇 해나 몇십 년씩 된 사람은 비록 빙의령이 천도가 되어도 후유증이 오래 갑니다. 영병이 아예 체질을 바꾸어 놓았기 때문입니다. 빙의령이 천도되어 나갈 때는 온몸에 퍼져있던 영기(靈氣)가 걷혀서 위로 올라가 정수리에 모였다가 완전히 떠나게 됩니다. 기 감각이 있는 수련자는 비록 보이지는 않지만 느낌으로 그것을 확실하게 감지할 수 있습니다."

"빙의령의 모습은 어떻습니까?"

"대체로 그 빙의령의 생전의 모습 그대롭니다. 방금 말한 대로 수련을 통해서 인당이 열린 사람은 빙의되었을 때 마음을 집중하면 그 모습이 보입니다. 빙의령의 모습은 시간과 공간을 초월합니다. 까마득한 배달 시대나 단군조선 시대의 복장을 한 경우가 있는가 하면 최근 사람들의 모습을 한 사람도 있습니다. 삼국 시대나 고려 때의 복장이 있는가 하면 조선 왕조 시대의 의상도 있습니다.

유럽이나 중동, 인도, 지나의 고대인의 옷차림을 한 경우도 있습니다. 그런가 하면 날짐승이나 산짐승이나 물고기나 악어 같은 모습을 한 영혼도 있습니다. 또 상식적으로 실존하는 것이 아니고 가상적인 존재라고 흔히들 말하는 백호니 용이니 봉황이니 주작이니 신구니 하는 신령한 동물의 모습을 한 경우도 있고, 공룡과 같은 지질 시대의 동물도 있습니다."

"선생님 저는 3천 명이나 되는 사람들을 기공 치료를 해주고 육장육부가 다 고장이 날 정도로 된통 혼이 난 일이 있는데도 요즘 선생님한테 대주천 수련을 받아 기운이 좀 강해지자 또 남의 고질병을 치료해 주고 싶어서 들먹들먹합니다. 만약에 제가 『선도체험기』를 읽지 못했고 또 선생님한테 직접 찾아와서, 그런데 함부로 기를 쓰는 게 아니라 그 기운으로 수련을 해서 견성을 하도록 해야 된다는 말씀을 듣지 못했다면 또 그 짓을 했을 겁니다. 어떤 때는 환자를 보면 도저히 참을 수 없습니다."

"강수찬 씨는 의삽니까?"

"의사는 아닙니다."

"그런데 왜 자꾸만 남의 병을 고쳐주려고 합니까? 그것은 의사들의 고유 권한을 침해하는 위법 행위입니다. 성인도 세속을 따르고 로마에 가면 로마법을 따르라고 하지 않았습니까? 이 세상에 사는 이상 이 세상 법을 따라야 살아남을 수 있습니다. 그러한 충동과 유혹은 근본적으로 이기심에서 나오는 겁니다. 그것을 극복하지 못하면 도를 이룰 수 없습니다."

"그렇다면 예수가 수많은 난치병 환자들을 고쳐준 것은 어떻게 보아야 합니까?"

"두 가지 측면에서 생각해 볼 수 있습니다. 첫째는 예수가 난치병을 치료해 준 것은 진리를 깨닫게 하는 방편이었다는 겁니다. 자신의 이기심이나 명예욕을 충족시키기 위해서 문둥병 환자나 앉은뱅이를 고쳐준 것은 결코 아닙니다.

또 한 가지 측면은 그 당시 중동에는 보건범죄 단속에 관한 특별 조치법이라든가 지금의 의료법 같은 것은 없었다는 겁니다. 그래서 예수는 유대 왕을 사칭했다는 죄목으로 고소를 당했을 뿐 불법 의료행위를 했다는 말은 없습니다. 그러나 만약에 한국에서 강수찬 씨가 자꾸만 불법 의료행위를 하면 비록 치료비를 받지 않았다고 해도 의사들의 고발을 받게 됩니다. 무엇 때문에 자신의 소중한 생명력을 그런 데다가 소모시키려고 합니까? 무엇 때문에 의사들의 밥그릇을 빼앗으려고 합니까?"

"그러나 선생님 전 앓는 사람을 보면 못 본 척할 수가 없어서 그럽니다."

"그런 값싼 동정심은 누구에게도 도움이 되지 않습니다. 앓는 사람은 앓아야 할 이유가 있습니다. 그것을 통해서 그 사람은 자신의 생명력을 신장시키게 됩니다. 그것을 인위적으로 중간에 방해하지 말아야 합니다. 정당한 대가를 지불하고 의사에게 찾아가서 병을 고치도록 하세요. 만약에 의사의 의술을 믿지 못하겠으면 오행생식과 같은 식품을 권하는 것이 차라리 낫습니다. 오행생식은 환자에게 권해도 의료법 위반에 걸리지 않습니다.

그 환자에게 만약에 도심(道心)이 싹틀 조짐이 보이거든 선도수련을 권하십시오. 몸공부, 기공부, 마음공부를 통하여 진리를 깨닫게 한다면 어떠한 질병이든지 수련 도중에 낫게 됩니다. 병을 고쳐주려면 이런 방식을 택하도록 하십시오. 이것은 가장 안전하고 양쪽에 다 유익한 방법입니다. 지엽(枝葉)에 매달리지 말고 우주의 중심과 일치됨으로써 스스로 파워의 중심, 빛의 중심, 진리의 중심이 되도록 해야 합니다.

이것이 진정한 홍익인간 이화세계고 하화중생하는 길입니다. 그렇게 되기도 전에 자꾸만 옆길로 새려고 하는 것은 정상을 목표로 산에 오르던 사람이 힘이 든다고 중간에 퍼질러 앉아서 진수성찬 차려놓고 매운탕 끓여서 술병이나 까는 것과 같습니다. 그래 보았자 남의 빈축이나 사고 비만증 환자밖에 더 될 것이 없습니다."

"초능력협회에 대해서는 어떻게 생각하십니까?"

"초능력 현상 따위나 연구하는 데 그칠 것이 아니라 초능력협회원 자신들이 구도자가 되어 수련을 하도록 해야 합니다. 붓다나 예수의 코가 어떻게 생겼고 눈은 어떻게 생겼고 피부는 어떻고 신장과 체중은 얼마고 두뇌의 무게는 범인과 어떻게 다른가 하는 따위의 가시적인 것이나 그 사람들이 발휘하는 초능력 같은 데만 관심을 두고 분석하고 연구만 할 것이 아니라 협회원 자신들이 붓다나 예수처럼 초능력을 가진 구도자가 되라고 권하고 싶습니다.

몸공부, 기공부, 마음공부를 꾸준히 하여 몸과 기와 마음이 바뀌어 스스로 붓다나 예수와 같은 성현이 되어야 하지 않겠습니까? 사람은 누구나 다 성현이 될 수 있는 소질을 갖고 있는데 왜 그것을 개발할 생각은 하지 않고 뫼만 높다 하느냐 그겁니다."

"저도 선생님 말씀에는 전적으로 찬성합니다. 그러나 그렇게 되기에는 여러 가지 단계가 있다고 봅니다. 먼저 초능력 현상에 깊이 빠져들다 보면 자기도 모르게 수도의 세계에 발을 들여놓게 되지 않을까 생각합니다. 우리들 초능력협회 회원들은 선생님의 『선도체험기』를 기적(氣的)으로 연구 분석한 일이 있습니다. 한두 사람이 하면 착각이나 환상에 빠질 우려도 있다고 해서 여럿이 공동으로 분석도 해 보고 연구도 해 보았습니다.

우리 회원들은 비록 수련에 전력투구는 하고 있지 않지만 단전호흡의 기초 과정을 마치고 기를 느끼는 정도까지는 수련이 되어 있습니다. 그래서 『선도체험기』를 1권에서 20권까지 갖다 놓고 기를 느껴 보았습니다. 확실히 1권에서부터 권수가 올라갈수록 강한 기운을 느낄 수 있었습니다. 그것은 선생님께서 『선도체험기』를 쓰시는 과정에 수련의 단계가 높아졌다는 것을 입증하는 것이라고 우리들은 결론을 내렸습니다.

1권과 20권에서 나오는 기는 엄청난 차이가 있었다는 것이 우리 회원들의 공통된 견해입니다. 그런데 표지에 나오는 선생님 사진 말입니다. 1권에서 18권까지는 똑같은 사진인데 어쩐지 그 사진에서는 거의 기운이 느껴지지 않았습니다."

"아아! 그 사진은 내가 수련을 하기 전에 찍은 겁니다."

"그래서 그랬군요. 이젠 그 의문이 풀렸습니다. 그런데 19권에 나온 사진에서는 강한 기운을 느꼈습니다."

"그렇지 않아도 지금의 인상과는 너무 다르다고 해서 작년 여름에 새로 찍은 사진이 바로 19권에 나온 겁니다."

"어쩐지 이상하다 했더니 그래서 그랬군요."

이렇게 말한 그는 일어나서 서가에 꽂혀 있는 『소설 한단고기』 상하권을 빼어들고 와서는

"선생님 이 책 제가 구입하겠습니다. 이 책에 선생님의 서명을 좀 해주십시오."

나는 그가 요구하는 대로 서명을 해주었다. 그러자 그는 그 자리에서 내가 서명한 이름자에 장심을 대고는 잠시 눈을 감고 있다가 말했다.

"역시 선생님의 육필에서도 강한 기운이 느껴지는데요. 우리 협회에서는 또 사진에서 기운이 느껴지는 현상을 연구한 끝에 다음과 같은 결론을 얻었습니다."

"어떤 결론인데요."

"사진에는 그 사람 특유의 기의 파장과 뇌파가 기록되어 있다는 겁니다. 그래서 수련 정도가 높은 사람의 사진에서는 강한 기운이 감지된다는 것을 알았습니다. 실제로 성현이나 고승이나 그 밖의 높은 성직자들의 사진에서는 그 사람 자신에게서와 거의 같은 기운이 방사되어 나오는 것을 우리는 여러 번의 실험 끝에 밝혀냈습니다. 그래서 이번에 저는 카메라를 준비해 왔습니다. 선생님 사진 좀 찍어도 괜찮겠죠?"

"네, 좋습니다. 어서 찍으세요."

"고맙습니다. 선생님. 그리고 이 사진을 여러 장 현상해서 도우들에게 나눠주고 수련할 때 이용하게 해도 되겠습니까?"

"그야 뭐 물어보고 말고 할 것도 없는 일 아닙니까."

"지금까지 저는 『선도체험기』 19권에 나오는 사진을 확대해서 걸어

놓고 수련을 해 왔습니다. 그런데 이렇게 직접 촬영을 해서 확대해 놓으면 인쇄된 사진에서보다 더 강한 기운을 느낄 수 있습니다."

"그것이 어느 정도 도움이 될지는 모르지만, 너무 타력(他力)에 의존할 생각 마시고 빨리 그 단계에서 벗어나 스스로 에너지를 발사하는 원자로의 중심이 되기 바랍니다. 지난번에 강수찬 씨가 찾아왔을 때 대주천 수련을 시켜준 것은 바로 그 용광로에 불을 붙여준 겁니다. 그 불길이 활활 타오르도록 더욱 수련에 박차를 가해야 합니다."

"무슨 말씀인지 잘 알겠습니다. 우리도 그렇게 되려고 노력하고 있습니다. 그러나 그 단계에 이르기까지 될 수 있는 한 온갖 방편을 모조리 다 이용해보려고 합니다."

그는 자동셔터 장치가 되어 있는 카메라를 설치해 놓고는 내 사진을 몇 장 찍었다.

"선생님 이제 한 가지만 더 부탁드려도 되겠습니까?"

"그건 또 뭡니까?"

"백지에다가 淨神 姜秀贊 一九四八年 九月 九日生이라고 선생님께서 직접 유성 펜으로 좀 써 주십시오."

"어려울 것 없습니다. 그렇게 하죠."

그가 주문한 대로 글을 다 써주자, 그는 그 글씨에 장심을 대보고는

"선생님, 이거 제가 선생님 앞에서 아부하기 위해서가 아니라 지금까지 여러 사람에게서 이런 글씨를 받아본 일이 있는데, 그중에서 제일 강한 기운이 나옵니다."

"그래요. 나는 내가 수련한 과정과 비법을 하나도 숨김없이 낱낱이

『선도체험기』에 밝혀놓았습니다. 누구나 나처럼 되고 싶은 사람은 내가 거쳐 온 과정을 밟아 수련에 전력투구한다면 조만간 그렇게 되리라고 확신합니다. 거듭 말하지만, 뫼만 높다고 하지 말고 스스로 그 뫼에 오르도록 하십시오. 그런 사람을 나는 적극 도와줄 것입니다.

삼황천제도 붓다도 예수도 다 우리와 똑같은 인간입니다. 그분들은 인간이면 누구나 다 자기네들처럼 될 수 있다는 것을 몸소 실천해 보여 주셨습니다. 가장 어리석은 짓은 자기와 똑같은 인간이 자기보다 좀 먼저 성취했다고 해서 신비화하고 우상화하고 카리스마화 하여 그 앞에서 절하고 예배하는 겁니다. 강수찬 씨도 강수찬 씨의 도우들도 절대로 그런 함정에 빠지지 않기 바랍니다. 사이비 교주들이 노리는 것이 바로 이러한 인간의 약점입니다."

"『선도체험기』의 애독자라면 적어도 그런 함정에는 절대로 빠지지 않을 것이라고 생각합니다."

"듣던 중 반가운 말입니다."

"우리들 『선도체험기』 애독자들은 언제나 선생님의 뒤를 바짝 따라갈 겁니다."

"바짝 따라붙기만 할 것이 아니라 앞지르도록 해야죠."

"어떻게 감히 그럴 엄두를 내겠습니까?"

"그런 관념부터 불식해야 합니다. 목표를 따라왔으면 마땅히 앞질러야 합니다. 앞지르지 못하고 머뭇거리면 둘 다 불행해집니다."

"그 말씀의 깊은 뜻을 이해할 것 같습니다."

〈23권〉

손기(損氣)를 피하라

단기 4327(1994)년 3월 5일 토요일 0~7℃ 흐린 후 갬

오후 3시가 되자 차례로 일곱 명의 남녀 수련자들이 모여들어 내 앞에 정좌했다. 그중의 한 여자 수련생이 말했다.

"선생님 혹시 삼풀(가명) 도사라고 아십니까?"

"삼풀 도사라, 처음 들어보는 이름인데요. 어떤 사람인데요."

"대단히 도력이 높다고 소문이 자자합니다."

"어떻게 도력이 높다는 말씀입니까?"

"삼풀 도사의 특기는 봉술(棒術)이라고 합니다. 그분의 봉술은 가히 신기(神技)에 가까워서 보통 사람은 도저히 흉내조차 낼 수 없다고 합니다."

"어디에 사는 사람인데요?"

"지리산 속에 혼자 생식하면서 살고 있다고 합니다."

"그 신기의 봉술은 어떻게 습득했다고 합니까?"

"이미 작고한 스승으로부터 전수받았다고 합니다."

"봉술이란 일종의 무술인데, 지금은 그런 것을 필요로 하는 시대도 아니지 않습니까? 아무리 신기에 가까운 무술이라고 해도 시대 환경이 별로 필요로 하지 않는다면 별 볼일 없는 거 아닙니까? 태권도나 검도나 씨름처럼 일종의 스포츠로서는 필요성이 인정될지 몰라도 말입니다. 봉술 외에 그분은 무엇으로 이 사회에 기여한다고 합니까?"

"그런 것은 아직 없다고 합니다. 단지 한두 사람의 제자를 가르치고 있다고 합니다."

"그분의 주장이나 가르침은 무엇입니까?"

"삼대경전의 핵심 사상을 이따금씩 풀어서 제자들에게 가르친다고 합니다."

"겨우 두 사람의 제자에게 말입니까?"

"네, 아직은 때가 되지 않아서 그러고 있답니다."

"대단히 앞날이 기대되는 도사군요. 그런데 그분의 얘기를 왜 이 자리에서 꺼냈습니까?

"선생님께서 그 도사를 한번 살펴보아 주셨으면 해서 그랬습니다."

"그래요. 삼풀 도사라. 어디 봅시다."

나는 속으로 삼풀 도사를 계속 불러 보았다. 드디어 그의 기운이 전달되어 왔다. 기운을 보면 그 사람의 수련 정도나 인품이 금방 느낌으로 전달되어 온다.

"별로 대단한 도인 같지는 않은데요. 아직 이 세상에 기여하려면 많은 공부를 더 해야 될 것 같습니다. 그 수준으로는 세상에 나와 봤자 별수 없겠네요."

"선생님, 그걸 어떻게 알 수 있습니까?"

다른 수련생이 물어왔다.

"내가 언젠가 여러분에게 밝혔는데요. 기억나지 않습니까? 『선도체험기』에도 소상하게 밝혀 놓았구요. 대주천 수련이 한창 진행되어 빙의령을 천도시킬 수 있을 만한 능력을 갖게 되고 삼매와 관찰을 할 수 있게 되면 이 우주 내에 있는 어떠한 대상이든지 원하기만 하면 즉각 그 기운을 불러볼 수 있다고 하지 않았습니까?

실제로 여기 오는 수련자 중에서도 그런 능력을 가진 분들이 있지 않습니까? 이 중에도 그런 분이 있군요. 이 우주 내의 삼라만상은 전부가 다 기의 응집체에 지나지 않습니다. 기공부가 일정한 단계에 이르게 되면 자기가 알고 싶은 대상을 기운으로 불러볼 수 있습니다."

"기운으로 무엇을 알아보는데요."

"선악(善惡), 청탁(淸濁), 후박(厚薄)을 기운으로 알 수 있습니다. 그것은 마치 우리가 아무런 선입관 없이 첫인상으로 어떤 사람이 선한지 악한지, 기운이 맑은지 흐린지, 성품이 후덕한지 천박한지 알아볼 수 있는 것과 같습니다. 상대방의 기운을 접해서 운기해 봄으로써 우리는 느낌만으로도 선악, 청탁, 후박은 금방 감지해 낼 수 있습니다."

"무엇을 기준으로 해서 그것을 알아낼 수 있을까요?"

"자타가 공인하는 성현인 붓다나 예수 같은 분을 기준으로 하여 비교하면 금방 알 수 있습니다."

"선생님 그럼 구체적으로 어떻게 비교해 볼 수 있는지 말씀해 주십시오."

"먼저 붓다나 예수의 기운을 보십시오. 그런 다음에 자기가 잘 아는 성현들의 기운을 봅니다. 그런 다음에 문제의 대상과 비교해 보면 그 수련 정도는 즉각적으로 알아낼 수 있습니다."

1994년 3월 9일 수요일 −4∼2℃ 구름 조금

오후 3시. 독자 전화.

"부산에 사는 박도윤이라고 합니다. 저는 선도수련을 한 지는 5년쯤 되었습니다. 기운을 느낀 지는 3년이 되었구요. 선생님께서 쓰신 『선도체험기』는 모조리 다 읽었습니다. 그런데 문제가 생겼습니다."

"무슨 일입니까?"

"저희 동네에 양로원이 있습니다. 노인이 열다섯 분 계십니다. 저는 이 노인들에게 일주일에 한 번씩 수련을 시켜드리고 있습니다. 그런데 수련만 시켜드리고 나오면 머리가 지끈지끈 쑤시고 기운이 쏘옥 빠지고 눈꺼풀이 무거워서 못 견딜 정돕니다. 저는 하도 피곤하고 고달파서 옷도 미처 못 벗은 채 자리에 쓰러집니다. 그 이튿날이 되어서야 겨우 정상을 회복합니다. 왜 이런 현상이 일어날까요?"

"손기(損氣) 때문입니다."

"손기라구요? 그럼 어떻게 하면 좋겠습니까?"

"손기가 된다면 손기가 되는 원인을 제거하면 될 꺼 아닙니까?"

"그럼 수련을 시켜드리지 말아야 되겠습니까?"

"물론입니다. 수련이 좀더 진행된 뒤에 수련을 시켜드려도 늦지 않습니다. 무엇 때문에 그렇게 성급하게 공부가 미완성인 채로 남을 지도하려고 하십니까? 기운이 빠져나가는 것과 들어오는 것이 늘 균형을 이루어야 하는데, 박도윤 씨는 지출은 많은데 수입은 보잘 것이 없습니다. 그래서 결손을 보고 있습니다.

과일은 설익으면 상품 가치가 없습니다. 예술 작품 역시 미완성품은 상품 가치가 떨어집니다. 운전면허 시험에 합격된 뒤에 운전을 해야 합니다. 합격 전에 운전을 하면 무면허 운전으로 처벌을 받고 2년 동안 면허시험을 칠 수 없습니다. 의사 면허증을 따기 전에 의료행위를 한 의과 대학생은 의료법 위반에 걸리게 되어 있습니다. 이처럼 이 사회에서는 일정한 자격 기준을 설정되어 있고 그 기준에 미달되는 사람이 운전을 하든가, 의료행위를 하면 처벌을 받습니다.

그러나 선도수련에서는 이러한 공인된 기준 같은 것이 없습니다. 그래서 수련을 하다가 조금만 기운을 느끼고 운기가 되는 사람은 의통(醫通)이 열렸다면서 난치병 환자들을 치료하거나, 남에게 수련을 시켜줍니다.

어떤 도장에서는 이러한 행위를 장려까지 합니다. 어떤 수련생이 방금 기운을 느끼기 시작하여 우연히 아프다는 사람에게 손을 댔더니 고질병이 나았다는 소문이 나기가 바쁘게 더이상 수련도 시켜주지 않고 하루에 세 사람 내지 다섯 사람씩 도장에 나오는 회원들의 고질병을 치료하는 데 이용하는 실례도 있습니다.

이것은 도장의 회원수를 늘이는 데는 큰 기여를 할지 모르지만 당사자에게는 아주 치명적인 손상을 주기 쉽습니다. 마치 설익은 과일을 시판하는 것과 같은 짓입니다. 미완성 작품을 국전에 출품하는 것과도 같습니다. 면허증도 따지 않고 운전을 하거나 의료행위를 하는 것과 같습니다.

단지 법의 제재를 받지 않을 뿐이지 당사자는 손기를 당하여 건강을 해칠 수도 있습니다. 어떤 도장에서는 이런 미완성 수련자를 보고는 기는 쓰면 쓸수록 더 많이 들어온다고 감언이설을 농하지만 사실은 그렇지 않습니다. 좀더 수련을 하여 견성을 한 다음에 할 수도 있는 것인데 이렇게 성급하게 의료행위를 하게 함으로써 그 개인의 수련과 장래까지도 망쳐놓는 결과를 가져옵니다. 혹시 맹모단기지교(孟母斷機之敎)를 아십니까?"

"맹모삼천지교(孟母三遷之敎)는 알고 있는데, 맹모단기지교는 모르겠는데요."

"맹자가 배움을 중도에 포기하려고 하자 맹자의 어머니는 베틀에 걸어놓고 짜던 베를 가위로 잘랐습니다. 무슨 일이든지 완성을 해야지 중도에 그만두면 아무런 쓸모가 없다는 것을 아들에게 일깨워주기 위해서였습니다. 이것을 맹모단기지교라고 합니다. 베틀에 걸어놓고 짜던 베를 가위로 잘라버림으로써 아들에게 가르침을 주었다는 말입니다.

한석봉의 어머니가 공부를 중도에 그만두려고 하는 아들에게 교훈을 주기 위해서 어둠 속에서 떡가래를 일정한 크기로 썰어 보인 것과 맞먹는 고사가 아닐 수 없습니다. 박도윤 씨도 몸공부, 기공부, 마음공부가 좀더 진행된 뒤에 남을 가르치도록 하십시오. 아직은 때가 아닙니다."

"얼마나 더 공부가 진행되어야 하겠습니까?"

"적어도 손기 증세를 느끼지 않을 정도는 되어야 합니다. 자기 자신의 건강이 깨어지면서까지 남을 가르칠 수는 없는 일이 아니겠습니까?"

"네, 잘 알겠습니다."

1994년 3월 12일 토요일 1~5℃ 구름 약간

오후 3시. 8명의 수련생이 서재에 앉아서 수련을 하고 있었다. 그중에는 중앙청에서 일하는 임영우라는 55세의 공무원도 끼어 있었다. 그는 작년 8월에 나한테서 대주천 수련을 받은 일이 있었고 오행생식도 꾸준히 하고 등산과 달리기도 규칙적으로 하여 수련이 비교적 높은 경지에 있다. 그런데 오늘은 어쩐지 그의 안색이 밝지를 못했다.

"임영우 씨는 무슨 번민이 있는 거 아닙니까?"

"선생님께서는 용하게 알아보시는군요."

"무슨 일이 있기는 있었군요."

"네 여식 문제로 요즘은 맘이 편치 않습니다. 어떻게 해야 좋을지 마음의 갈피를 잡을 수 없습니다."

"따님이 무슨 말썽을 일으켰습니까?"

"뭐 크게 말썽을 일으킨 것은 아닌데, 하는 짓이 영 맘에 들지 않아서 이만 저만 신경이 쓰이지 않습니다."

"자녀가 몇입니까?"

"애들이라곤 일남일녀입니다."

"따님이 윈가요."

"네."

"금년에 나이는 몇인데요."

"꼭 서른입니다."

"어이구 그럼 시집갈 나이가 지났군요."

"네, 그래서 걱정입니다."

"그런 일로 걱정을 하시다뇨?"

"죄송합니다. 제가 도(道)를 공부한다고 하면서 아직 속기(俗氣)가 덜 빠져서 그런 것 같습니다."

"따님의 혼기가 지났다고 근심걱정을 하는가 아니면 그런 일엔 태연자약할 수 있는가에 따라 구도자와 속인은 구별이 간다고 봅니다. 결혼이니 취직이니 하는 일신상의 중요한 일은 서둘거나 근심걱정을 한다고 해서 해결되는 것이 아니고 다 때가 되어야 합니다. 혼인이 좀 늦어지더라도 그저 그렇겠거니 하고 지켜보시는 것이 좋습니다. 시집갔다가 쫓겨온 것보다야 훨씬 낫지 않습니까."

"하긴 그렇긴 합니다만. 선생님 제 딸애는 아무래도 좀 정상이 아닌 것 같습니다."

"아니 그러시다가 소문나서 혼인길 막히면 어떻게 하려고 그런 말씀을 하십니까?"

"이 안엔 그런 소문 퍼뜨릴 만한 분은 없을 것 같습니다. 설사 있다고 해도 상관없습니다. 저는 있는 것을 감추고 싶은 생각은 추호도 없습니다. 오히려 이런 기회에 진상을 밝혀서 좋은 해결책을 강구하는 것이 오히려 그 애를 위해서는 더 좋은 일이 아닌가 생각됩니다. 싸움은 말리고, 흥정은 붙이고, 병은 자랑을 하라는 말이 있지 않습니까."

"하긴 그 말이 옳습니다. 그럼 따님에 대해서 속말을 해 보시죠."

"한마디로 너무나 이기적입니다. 너무나 자기중심적이기 때문에 남자 친구들이 붙지를 않는 것 같습니다. 더구나 미국에 5년간이나 유학을 한 것이 그러한 이기적인 성격을 더욱더 굳혀 놓은 것 같습니다. 지나칠 정도로 이기적인 데다가 결벽증까지 있어서 배우자를 사귄다는 것이 거의 불가능하지 않나 하는 느낌이 들 정도입니다."

"미국 유학 시에는 무엇을 전공했습니까?"

"연극영화과입니다."

"유학 마치고 귀국한 지는 얼마나 되었는데요?"

"벌써 반년이 넘었습니다."

"취직은 되었나요?"

"취직이 뭡니까? 옛날과 달라서 지금은 제아무리 선진국에서 전공과목을 열심히 공부하고 돌아와도 거의 인정을 받지 못합니다. 그럴 줄 알았으면 차라리 유학은 시키지 않는 건데. 이젠 후회막급입니다. 하긴 유학 떠날 때는 유학 보내주지 않으면 곧 미칠 것처럼 유학병이랄까 벌떡증이랄까 하는 이상한 증세에 걸려 있었으니까요."

이때 한 수련생이 말했다.

"취직이 안 되면 중매결혼이라도 시키지 그러세요."

"그렇지 않아도 그렇게라도 하려고 애써 보았는데, 말짱 다 헛일입니다."

"아니 왜요?"

"벌써 숱하게 선을 봤지만, 이쪽이 맘에 들어 하면 저쪽이 싫어하고, 저쪽이 좋다면 이쪽이 시큰둥해 합니다. 그래서 이제는 중매가 들어와

도 선을 보려고 하지 않습니다. 제가 보기에는 에고의 껍질이 너무나
도 단단하게 감싸고 있는 것 같습니다. 그것이 깨어지지 않는 한 그 애
의 장래를 위해서 희망적인 일은 일어날 것 같지 않습니다."

"임영우 씨가 따님을 그렇게 보셨다면 그건 정확한 겁니다. 혹시 남
자 친구와 어울려 외박을 하거나 그런 일은 없습니까?"

"가끔 외박을 하는 일은 있지만 남자 친구와 호텔 같은 데를 가는 것
같지는 않습니다. 그러기에는 너무나 결벽증이 강합니다. 남자 친구와
혹 어울려서 놀다가 잘 때만은 꼭 여자 친구와 같이 자는 것 같습니다."

"그렇다면 이제 남은 것은 익을 때를 기다리는 것밖에 없군요."

"그럴까요?"

"틀림없습니다. 두고 보십시오. 따님이 그 정도라면 이제 믿고 맡겨
야지 어떻게 하겠습니까? 5년 동안이나 따님을 외국에 유학을 보낼 정
도였다면 이제 새삼스럽게 사생활을 규제해 보았자 먹혀들겠습니까?
결혼을 하든 경제적으로 자립을 하든지 무엇이든지 하도록 부모로서
도와줄 수밖에요. 근심걱정을 해보아야 부모 마음만 상합니다. 이득될
것은 아무것도 없습니다. 아드님은 올해 나이가 어떻게 됩니까?"

"스물아홉입니다."

"지금 뭘 하고 있는데요."

"대학 마치고 취직해서 잘 다니고 있습니다. 결혼 상대도 나타났는
데 아무래도 아들을 먼저 결혼시켜야 할 것 같습니다."

"그렇게 하십시오. 순서를 따지는 시대는 이미 지났으니까요. 아드
님 문제는 순조롭게 잘 풀려 나가는 것 같군요."

"그 애는 어렸을 때부터 별로 말썽을 일으키지 않았습니다."

"모든 것은 마음을 어떻게 먹느냐에 달려 있습니다. 초조, 불안, 안타까움, 근심, 걱정이라는 것은 처음부터 실체가 없는 허깨비에 지나지 않습니다. 허깨비에 사로잡히느냐 사로잡히지 않느냐 하는 것은 순전히 마음먹기에 달려 있습니다. 따님은 지금 자기 나름으로 성장 과정에 있는 겁니다. 결코 서두른다고 일이 해결되는 것은 아닙니다."

"그럼 선생님 저는 어떻게 하는 것이 좋겠습니까?"

"느긋이 관찰을 하십시오."

"딸애를 말입니까?"

"물론입니다. 앞날에 대해 초조해하지도 말고, 안타까워하지도 말고, 근심 걱정도 하지 말고 그저 따님의 행동을 관조(觀照)하는 겁니다. 그러다가 이래선 안 되겠다 싶으면 그때 가서 무슨 조치를 취해도 늦지 않습니다. 희구애노탐염(喜懼愛怒貪厭)에 사로잡히지 말고 그저 담담하게 살펴보고 지켜보는 겁니다. 목동이 양떼를 지켜보듯 담담한 심정으로 지켜보는 겁니다. 그러다가 어떤 양이 이상한 곳으로 잘못 들어가면 그때 가서 못 들어가게 개를 풀던가 채찍을 들던가 하면 되는 거 아니겠습니까?"

"선생님 이젠 무슨 뜻인지 알겠습니다."

수련생 중 한 사람이 물었다.

"선생님 저희 직장에는 『선도체험기』도 열심히 읽고 단전호흡도 꾸준히 하는 사람이 한 사람 있는데요. 오행생식을 하려고 몇 번이나 시도를 해보았는데도, 속에서 거부반응이 일어나서 못하고 있는데 무슨 대체 방안이 없을까요?"

"생것은 속에서 받지 않는다는 말인가요?"

"채소나 과일은 괜찮은데 곡식이나 구근류는 생식을 하면 구역질이 난다고 합니다. 아마 특수 체질인 것 같습니다."

"바로 그런 사람을 위해서 특별히 개발해 낸 것이 있기는 있습니다."

"그것이 무엇 입니까?"

"육기잡곡(六氣雜穀) 쌀이라는 것이 있습니다. 나도 먹어본 일이 있는데, 오행생식보다는 못하지만, 화식으로서는 오행생식에 가장 가까운 효과를 내는 것만은 틀림이 없습니다."

"육기잡곡이라면 여섯 가지 잡곡을 말하는가요?"

"네, 목 화 토 금 수 상화의 여섯 가지 곡식을 일정한 비율에 따라 골고루 섞은 겁니다."

"그건 어디에서 구할 수 있습니까?"

"오행생식 파는 데서는 어디서나 구할 수 있을 겁니다."

"선생님, 저도 하나 물어보고 싶은 것이 있습니다."

"뭔데요?"

"다름이 아니라 오행생식을 하면 씹어 먹을 일이 없어집니다. 과일이나 채소 같은 것은 별로 씹을 만한 것이 없거든요. 오행생식도 제품으로 만든 것은 먹기 좋게 과립으로 만들기는 했지만 역시 곡식 가루에 지나지 않으니까 씹을 만한 것이 없습니다. 사람에게는 곡식을 씹을 수 있는 어금니가 4개, 과일이나 채소를 베어 물 수 있는 앞니가 8개, 육류를 씹게 되어 있는 견치가 4개 있습니다. 곡식 채소 육류의 비율이 20 대 8 대 4가 되는 셈입니다. 이 비율대로 식사를 하라는 게 자연의 섭리입니다.

그런데 오행생식을 하게 되면 어금니와 견치를 사용할 수 있는 기회가 거의 없어집니다. 쓰지 않으면 약해지고 도태되는 것이 자연의 이치가 아닙니까? 그렇게 생각하면 오행생식 하는 사람은 어금니와 견치가 약해진다는 것을 말해 줍니다. 이 문제를 선생님께서는 어떻게 생각하십니까?"

"제품으로 된 오행생식은 과립으로 되어 있으니까 씹어 먹으면 됩니다. 그러나 그것만 가지고는 씹는 것 같지 않을 겁니다. 그럴 때는 견과류 같은 것은 될 수 있는 대로 생것으로 들면 됩니다. 잣, 호두, 밤, 해바라기씨, 호박씨 따위를 씹어 먹으면 되는데 그것 가지고도 모자랄 겁니다.

그래서 내가 고안해낸 것이 마른 생오징어입니다. 이것을 손가락 마디만큼씩 잘라서 씹어 먹어 보십시오. 오징어는 심포삼초를 영양하는 식품이니까 아무리 먹어도 탈이 나지 않습니다. 그렇다고 해서 과식할 필요까지는 없고 적당히 씹어먹습니다. 그렇게 하면 심포삼초에도 좋고 치아도 건전해집니다. 다른 사람은 어떤지 몰라도 내 경우는 오징어는 아무리 씹어먹어도 물리지 않습니다. 씹을수록 담백하고 구수한, 결코 싫증나지 않는 특유한 맛이 있습니다.

반드시 날것으로 들어야 생식의 효과가 있습니다. 불기가 닿아서 익어버리면 사정은 달라집니다. 마른 오징어는 흔히들 구워먹는데 그렇게 되면 맛은 있지만, 영양가는 6분의 1로 줄어든다는 것을 명심해야

217

합니다. 마른 오징어를 씹으면 확실히 견치와 어금니가 튼튼해집니다. 무슨 일에든지 문제가 발생하면 해결 방안을 강구하면 반드시 대책이 나오게 되어 있습니다. 언제든지 문제가 생기면 그것을 관찰하십시오. 관찰을 계속하면 반드시 지혜는 열리게 되어 있습니다."

"선생님 오징어를 상식하면 그것도 일종의 살생을 부추기는 것이 되지 않을까요?"

"살생에 너무 집착하지 마시고, 모든 것을 둘로 보지 말고 하나로 보아야 합니다. 오징어의 몸과 내 몸을 둘로 보지 말고 내 속에 들어오면 나와 하나가 된다고 생각하십시오. 어부에게 억울하게 잡혀서 죽은 오징어의 영혼까지도 천도시키고 그 몸은 바로 내 몸이 된다고 생각하면 됩니다. 인류가 생존을 위하여 불가피하게 육류를 먹은 것을 꼭 살생업으로만 치부하지 말아야 합니다. 취미나 스포츠, 호기심으로 살생을 저지르는 것과는 구별해야 합니다.

만물만생을 나 자신 속에 포용한다고 생각하십시오. 너와 내가 따로 있는 것이 아니라는 것을 깨달아야 합니다. 이것을 에너지의 흐름, 우주의 질서 또는 섭리라고 보면 그것 자체가 이미 완전무결한 것이 됩니다. 있지도 않는 죄의식에 사로잡히면 꼼짝 없이 죄인이 되는 것이고, 우주의 섭리에 나 자신을 일치시키면 우리 자신이 우주와 하나가 되는 겁니다. 그래서 대각을 이룬 경허 스님 같은 분은 개고기도 돼지고기도 심지어 비상까지도 사양치 않았습니다.

깨달은 사람은 그래서 생사, 시종, 유무, 선악, 시공을 초월하게 됩니다. 우주의 주인 자체가 되어버렸으므로 무슨 일을 해도 거칠 것이 없습니다. 그러므로 그런 사람이 하는 일거수일동작은 진리에 어긋나는 일이 없습니다. 그 사람은 이 세상 모든 것을 수용하고 용해하여 하나로 만들 수 있는 능력이 있기 때문입니다. 그러나 한 가지 꼭 명심해야 할 것이 있습니다. 반드시 깨달은 다음에 그렇게 해야 진리에 저촉되지 않습니다.

깨닫지도 못한 사람이 욕심을 내어 깨달은 사람의 흉내를 낸다면 미친 사람이 되어버리고 맙니다. 깨달은 사람의 겉모양을 흉내내려고 할 것이 아니라 깨달은 사람의 속마음을 닮아가도록 해야 합니다. 그렇게 되어가다가 보면 어느새 자기도 모르는 사이에 깨달음은 이미 자기 것이 되어 있게 될 것입니다."

"선생님 깨달은 사람은 보통 사람과 어떻게 다릅니까?"

"깨달은 사람은 일상생활을 가장 충실하고 진실되게 합니다. 과거에 연연하지도 않고 미래에 큰 비중을 두지도 않습니다. 오직 현재의 생활을 충실하게 살아갈 뿐입니다. 일상적인 현실 생활을 충실하게 영위하는 사람은 게으르거나 부정한 짓을 하거나 욕심에 사로잡히는 일이 없으므로 업을 짓지 않습니다. 가장 성실하고 현명하게 일상생활을 해나가는 것이 바로 깨달은 사람의 삶입니다."

제사 받아본 기억이 없다

1994년 3월 26일 토요일 −2∼8℃ 구름 조금

오후 3시부터 다섯 시 사이에 6명의 수련생이 다녀갔다. 그중에는 정무영, 김양숙 부부도 끼어 있었다.

정무영 씨가 물었다.

"선생님 저는 수백 번 아니 수천, 수만 번 윤회를 했을 텐데 어떻게 돼서 저의 자손이 저에게 제사를 지낼 때 제가 찾아가서 먹어 본 기억이 없습니까?"

"그거야 그런 것을 기억할 만큼 아직 수련이 향상되지 못했기 때문입니다. 정무영 씨는 지금 전생에 자기 직업이 무엇이었다는 것을 기억하십니까?"

"못 합니다."

"그것도 못 하면서 어떻게 자손에게 제사 받아먹은 일을 기억할 수 있겠습니까? 견성을 하고 해탈을 하면 우주 전체를 환히 꿰뚫어 볼 수 있는데, 정무영 씨는 이제 겨우 시동을 걸고 깨달음을 향해 출발을 했는데, 어떻게 벌써 모든 것을 알 수 있겠습니까?

인간의 지식의 한계와 분별의 척도는 전체의 지극히 작은 일부분에 지나지 않습니다. 자성을 깨달을 때까지 계속 공부를 하셔야죠. 근본을 깨닫도록 주력해야 합니다. 뿌리를 알면 나무 전체를 알 수 있습니다. 지엽에 매달려 보았자 전체를 파악할 수는 없습니다."

"선생님 감사합니다."

정무영 씨는 합장을 했다.

1994년 3월 31일 목요일 2~15℃ 대체로 맑음

오후 3시. 독자 전화.

"선생님 애독잡니다. 무엇 하나 물어보아도 되겠습니까?"

"그러십시오."

"제 아내가 위암으로 입원을 하고 있는데, 병이 위중하여 오늘내일 하고 있습니다. 의사는 가는 길이나 편안히 가도록 병명은 끝까지 숨기는 것이 좋겠다고 하는데. 과연 그래야 할지 고심 끝에 선생님께 한 번 여쭈어 보았습니다."

"숨기지 마시고 알려드리십시오."

"그래야겠죠?"

"그렇습니다. 인간은 누구나 무한한 잠재력을 가진 소우주라는 것을 흔히들 무시하려는 경향이 있습니다. 인간은 깨달으면 누구나 하느님이고 부처님이고 섭리 그 자체인데, 이 중요한 진실을 흔히 놓쳐버리고 미망에서 깨어나지 못한 일개 중생의 얄팍한 상식으로 인간을 평가하려고 합니다.

편안하게 눈을 감든 고통 속에 눈을 감든 그것은 그 사람 자신의 인과에 따르는 공부의 한 과정입니다. 인간은 누구나 뜻밖의 능력을 발휘하는 수도 있습니다. 바로 이 때문에 의사들이 틀림없이 사망할 것으로 보았던 환자가 기적적으로 소생하는 수도 있습니다. 그래서 누구나 다 죽는다고 단정했던 말기 암환자가 초인적인 투병 끝에 되살아난 일이 비일비재합니다. 꼭 살아야 할 사람이라면 초능력이라도 발휘하여 살아날 겁니다.

그러나 자기가 지금 무슨 병에 걸렸다는 것을 알아야 목표를 정할 수 있습니다. 환자에게 진실을 알려주지 않는다는 것은 목표를 눈가림하는 것과 같이 잔인한 짓입니다. 환자에게 관찰을 할 수 있는 능력을 구사할 기회를 빼앗아서는 안 됩니다. 관찰은 무한한 잠재능력을 구사할 수 있게 해 줍니다."

"알려주면 도리어 생을 포기할 수도 있는 것 아닐까요?"

"포기하든 포기하지 않든, 전적으로 환자 자신에게 일임하십시오. 삶의 최후의 선택권은 그 환자 자신에게 있는 것이지 의사나 보호자나 배우자나 혈육에게 있는 것이 아닙니다. 아무도 태어남과 늙음과 질병과 죽음을 대신해 줄 수는 없는 일이 아닙니까?

환자 자신이 이 상태로 더이상 살아보았자 자신의 생명력 향상에는 전연 도움이 될 수 없다고 판단했을 때는 조용히 가게 내버려두십시오. 어찌되었든지 간에 환자가 자신의 생사의 선택권을 충분히 행사할 수 있도록 도와주어야 합니다. 어느 경우에든지 생은 포기하는 성질의 것이 아니라는 것을 환자가 깨닫게 해 주셔야 합니다. 생명은 원래 태어나고 늙고 병들어 죽어 없어지는 그러한 것이 아니라는 것만은 꼭 일깨워주어야 합니다."

"무슨 뜻인지 이해가 가지 않는데요."

"『선도체험기』독자라면서 이제 한 말이 무슨 뜻인지 모르겠다는 말씀입니까?"

"아 네, 이제 생각해 보니 제가 그만 깜빡했었습니다. 생명에는 본래부터 생로병사는 없는데, 깨닫지 못한 중생들이 생로병사의 망상 속에 사로잡혀 그것에 시달리고 있다는 말씀이시죠?"

"잘 알고 계시는군요. 환자에게도 이 진리를 일깨워주십시오. 그렇게 되면 죽음 같은 것을 두려워하지는 않을 겁니다. 죽음은 처음도 끝도 없는 영원한 길을 가는 나그네가 여관을 바꾸는 것과 같습니다. 또 입었던 옷을 바꾸어 입는 것과도 같습니다. 사람은 누구나 임종시에 미망에서 깨어나 순수한 자기 자신으로 돌아오려는 경향이 있습니다. 이 순간은 가장 겸허합니다. 이때는 진리에 가장 민감한 때입니다. 이때를 놓치지 말고 진리를 일깨워주십시오."

"고맙습니다. 선생님."

1994년 4월 10일 일요일 6~19℃ 맑은 뒤 흐림

아내가 동창생 자녀 결혼식에 참석하는 바람에 혼자서 도봉산에 올라 그 전의 코스를 전부 다 주파했다. 작년 10월 17일 이후 6개월 만에 찾은 도봉산이다. 그동안에 내 체력이 꾸준히 향상되었음을 오늘 산을 타보고 비로소 확인할 수 있었다. 기운이 나니까 그전에 어렵고 벅찼던 바위들이 다 내 눈 안에 들어 왔고 손안에 잡혀왔다. 부상당한 지 만 4년 만에 그 전 수준으로 체력이 회복된 것이다. 기분 좋은 하루였다.

접촉 사고

1994년 4월 12일 화요일 9~13℃ 비온 후 갬

오전 6시경에 차를 몰고 테헤란로를 따라가다가 어느덧 올림픽대로로 접어들었다. 비는 억수 같이 퍼붓고 모든 것이 뿌옇게 흐려 보였다. 나는 두 눈을 부릅뜨고 차선을 따라 차를 몰다가 우회전을 시도했다. 송파구청 근처에서 옆길로 접어들어 한참을 달리다가 보니 우회전을 하려고 차들이 코너에 잔뜩 몰려 있었다.

나도 그 틈에 끼어들어 앞차들이 움직이기를 기다리고 있었다. 이때 우측으로 4톤 트럭 한대가 재빨리 직진하다가 뒤꽁무니에 받혔는지 툭 스치는 감각이 전달되었다. 조금 스치고 지나갔겠지 하고 별로 신경쓰지 않고 집에 와서 차를 세워놓고 혹시나 해서 앞부분을 살펴보니 이게 웬일인가. 오른쪽 헤드라이트 바로 옆 펜더 부분이 어른 주먹 크기로 쑥 안으로 쭈그러들었다. 처음으로 겪는 접촉사고였다. 아들애가 살펴보고는

"비가 계속 안으로 새어들면 엔진이 상하겠는데요"했다.

"가벼운 접촉 정도로 알았지 그렇게 깊이 찌그러들었을 줄은 생각지도 못했지."

"가해 차량의 번호도 확인하시지 못하셨어요?"

"순식간에 툭 치고 쏜살같이 달아나는데 언제 그런 걸 살필 경황이

나 있었겠니?"

"그러게 오늘같이 비오는 날 뭘 하려고 차를 몰고 나가옷."

아내가 오금을 박았다.

"그럴 줄 알았나."

"그래도 인명 피해는 없었으니 다행이죠 뭐."

"이럴 땐 어떻게 하면 되지?"

"어떻게 하긴요. 종합보험에 들었으니 보험회사에 우선 알아봐야죠."

아내가 말했다.

"그 정도는 보험 처리하는 것이 불리할 걸요."

아들이 말했다.

"어쨌든 보험회사에 알아보아요. 이럴 때를 위해서 보험에 든 건데 주저할 게 뭐 있어요."

"지금 여덟시 전인데 보험회사에 사람이 나왔을까?"

"보험회사는 24시간 가동이랍디다."

아내가 말했다.

"아니 그런 건 어떻게 알았소?"

"회사에서 차사고 난 사람들의 얘기 듣고 알았죠."

보험회사에 전화로 문의해 보았다.

"관할 경찰서에 사고신고 접수시키시고 차는 공업사에 맡기시면 우리가 나가서 보험 처리해 드리겠습니다."

담당 직원이 말했다. 아침 식사를 마치고 나자 아들과 아내와 나 셋은 송파경찰서로 달려 갔다. 차는 아들이 몰았다. 기다리는 사람들이 밀려 있어서 접수만 시키는 데도 한 시간이 걸렸고 신고서를 발부하는 데도 두 시간이나 기다려야 했다. 아내는 직장으로 출근을 하고 아들과 나는 경찰서에서 11시까지 기다리자 내 이름이 호명되었다.

담당 경사가 말했다.

"단골 공업사에 가서서 견적서를 받아 오시고 자동차의 손상된 부위를 카메라로 촬영하여 현상해서 가지고 오셔야 합니다."

우리는 부지런히 집으로 돌아와 사진을 찍어 필름을 현상소에 맡기고는 화양리에 있는 공업사로 향했다. 공업사 직원이 견적서를 뽑아 보고는 말했다.

"34만 6천원 나왔습니다. 물론 현금 처리하실 꺼죠?"

"보험 처리를 하려고 하는데요."

"보험 처리를 하시면 오히려 손해가 될 텐데요. 5십만 원 이하는 보험가입자에게는 손햅니다."

"왜 그렇죠?"

"무사고로 인한 혜택을 못 받기 때문입니다."

이렇게 말하면서 담당자는 자세한 설명을 해 주었다.

"그렇다면 경찰서에 이미 신고해 놓았는데, 취소가 될까요?"

"글쎄요. 그래도 취소가 되도록 해 보셔야지 어떻게 하겠습니까?"

우리는 차를 공업사에 맡겨 두고 택시 편으로 집으로 돌아오면서 택시 운전사에게 사정 얘기를 했더니 이렇게 말했다.

"50만 원 이하는 손햅니다. 결국은 보험회사만 돈 벌겠다는 거죠. 그래서 일부러 그렇게 만들어 놓았을 겁니다."

경찰서에서 혹시 취소가 안 될 때를 대비해서 견적서와 함께 현상소에 맡겼던 사진을 찾아가지고 이번엔 나 혼자 송파경찰서로 가서 사정얘기를 했더니 담당 경사는

"어르신께서 그런 일로 이렇게 손수 나오셨군요. 정 사정이 그러시다면 취소해 드려야지 어떻게 하겠습니까. 사실은 발부서를 다 준비해 놓았는데."

예상외로 친절하게 나왔다. 경찰이 모든 민원인에게 전부 이렇게 친절할까? 나는 돌아오는 길에 택시 운전사에게 사고 경위를 얘기하고는

"요즘 경찰이 옛날과는 달리 많이 친절해졌습니다"라고 말했다.

"그래요. 혹시 사고 경위서 쓰실 때 선생님 신분을 밝히셨기 때문이 아닐까요?"

"밝혀 보았자 난 일개 이름 없는 글쟁이에 지나지 않는데 나에게만 특별히 그렇게 친절할 리가 있을까요?"

"선생님은 이제 보니 작가시군요."

"네 소설갑니다."

"그러니까 그럴 수밖에요. 경찰도 검찰도 문필가는 함부로 대하지 않습니다."

그 말을 들으니 그런 것 같기도 했다. 그렇지 않으면 날보고 '어르신께서'라고 존칭까지 쓸 필요가 있을 것 같지 않았다. 어쨌든 택시 운전기사나 경찰에서까지 글쟁이를 알아준다는 것은 불행 중 다행이 아닐 수 없었다.

어쨌든 일을 다 마치고 집에 돌아와 보니 이미 오후 1시 반이 지나

고 있었다. 아침 7시 반부터 만 여섯 시간 동안 내내 이 일로 묶여 있은 꼴이 되었다. 오전 내내 글 한 줄 쓸 수 없었던 것은 물론이다.

따지고 보면 손해가 이만 저만이 아니다. 가해 차량 운전자를 생각해 보았다. 그는 나처럼 초보 운전자는 아니었을 것이다. 그렇다면 자기 차가 서 있는 남의 차에 충격을 준 것을 모를 리가 없었을 것이다. 그때 만약 내가 노련한 운전자였다면 어떻게 해서든지 그 트럭을 뒤쫓아가서 손해 배상을 받았을 것이다. 트럭이 아무리 빨라도 승용차를 따돌릴 수는 없었을 것이기 때문이다. 그렇다면 그는 사고를 저지른 것을 알고도 누가 뒤쫓아오지 않는 것을 천만다행으로 여기고 속으로 쾌재를 불렀을지도 모른다.

가해 차량 운전자가 어떤 상태에 있었든지 간에 나는 그를 원망하고 싶지 않았다. 가해자는 분명 트럭 운전자였지만 내가 하필이면 그 자리에 있었으니까 그런 일이 벌어진 것이다. 그 자리에 있었다는 사실 자체는 내 탓일 수밖에 없다. 비록 가해 차량 운전자가 남의 차에 충격을 준 것을 알고도 꽁무니가 빠지게 달아났다고 해도 할 수 없는 일이다.

그를 원망해 보았자 무슨 이득이 있겠는가? 난폭 운전으로 엉뚱한 사람에게 손해를 입혔다면 그는 인과를 지은 것이다. 인과는 반드시 응보를 받게 되어있다. 그것이 우주를 지배하는 법칙이다. 내가 그를 원망을 하지 않아도 그는 어떤 형식으로든 자기 잘못에 대한 응보를 받게 될 것이다.

여기까지 생각이 미치자 더욱더 그를 원망할 이유는 없어졌다. 원망을 하지 않게 되니 마음은 평온했다. 비록 시간과 금전상 적지 않은 손실은 보았지만 초보 운전자인 나에게는 그것은 분명 값비싼 수업료였다.

어쨌든 이 뜻하지 않는 사고로 무려 여섯 시간을 보냈으면서도 속이 상하지 않았던 것은 정말 다행한 일이었다. 사고가 났으니 그저 담담한 마음으로 처리했을 뿐이었다. 속이 상했다고 해도 별수 없는 일이고 속이 상하지 않았다고 해도 별수 없는 일이다.

세상일이란 다 그저 그렇고 그런 것이 아닌가. 내 마음이 이 정도로 평온할 수 있었던 것은 지난 8년간 열심히 내 나름대로 수련을 한 덕분이라고 생각한다. 똑같은 사고를 당하고도 마음에 고통을 느끼느냐 느끼지 않느냐 하는 것은 순전히 당사자 자신의 마음먹기에 달려 있는 일이니까.

1994년 4월 14일 목요일 5~17℃ 구름 조금

오전 집필 중에 갑자기 귀가 가려웠다. 귀후비개로 귓속을 후벼보아도 걸리는 귀지가 별로 없다. 다만 딱지처럼 굳은 것이 약간 감지될 뿐이었다. 다음 순간 이상한 일이 벌어졌다. 촉감이 시각으로 변하여 귓속이 훤히 들여다보였다. 곁에서는 보이지도 않는 귓속 광경이 반쯤 빛이 들어오는 굴속같이 들여다보였다. 귀벽에 흙먼지 같은 것이 앉아 있는 귀지 쪼가리며 조그마한 딱지까지 선명하게 보였다. 손으로 보고 눈으로 듣고 귀로 맛보고 혀로 냄새 맡고 코로 만진다는 말이 실감이 되었다. 원래 오감은 하나에서 나온 것이니까.

1994년 4월 24일 일요일 10~24℃ 구름 조금

오후 3시. 두 사람의 수련생이 지방에서 찾아왔다. 포천에서 왔다는 중년의 이윤형 씨가 말했다.

"선생님은 『선도체험기』 15권 이전까지는 수련에 대해서 비교적 자세하게 언급했는데, 15권 이후로는 그런 얘기가 별로 눈에 뜨이지 않습니다. 무슨 특별한 이유라도 있는지요?"

"요즘도 수련은 계속 향상 발전되고 있습니다. 일주일 또는 보름 간격으로 지금도 명현반응이 일어나고 있습니다. 명현반응이 일어나고 있다는 것은 지금도 수련이 계속 앞으로 나아가고 있다는 증거입니다. 그 명현반응이란 것이 그전과 다른 특이한 점이 없으면 똑같은 얘기를 자꾸만 반복한다는 것은 무의미한 일입니다. 그래서 생략을 했을 뿐이지 나 자신의 수련이 정체되어 있는 것은 아닙니다."

"저는 선생님 정도가 되면 수련은 이미 끝난 상태인 줄 알았는데, 그렇지 않다는 말씀이군요."

"수련이 끝나다니, 그런 일은 있을 수 없습니다. 구도자에게 있어서 수련이 끝났다는 것은 생명력의 신장이 정체 상태에 빠져 있다는 말과 같습니다. 그런 일은 있을 수 없습니다. 무상(無常)만이 진리라는 말을 잊었습니까?"

수련할 시간이 없다

1994년 4월 30일 토요일 14~21℃ 가끔 흐림

오후 2시. 12명의 수련생이 서재에 나를 중심으로 비잉 둘러 앉아 있었다. 한 수련생이 말했다.

"선생님 저는 어떻게 하든지 수련을 하려고 애를 쓰는데도 시간이 없어서 수련을 못 하는 것이 안타깝습니다. 무슨 좋은 해결 방안이 없을까요?"

"시간이 없어서 수련을 못 한다는 것은 말이 되지 않습니다. 그것은 시간이 없어서 밥을 못 먹는다는 말이 성립되지 않는 것과 같습니다. 시간이 없어서 책을 못 읽는 사람은 시간이 있어도 책을 못 읽는 것과 마찬가지로, 시간이 없어서 수련을 못 하는 사람은 시간이 남아돌아가도 수련을 못 하게 되어 있습니다."

"실제로 저 같은 경우는 하는 일이 너무나 많아서 수련을 할 시간을 낼 수가 없습니다."

"할일이 많다는 것은 축복입니다. 할일이 없는 것만큼 불행한 일은 없습니다. 할일이 아무것도 없다는 것은 더이상 이 사회에서 살아갈 가치가 없다는 이야기와 같습니다. 수련 시간을 따로 할애할 생각을 마시고 자기가 늘 하는 일상생활 자체가 수련이 되도록 하십시오.

할일이 있다는 것, 이것이야말로 우리가 살고 있는 이유입니다. 할 일이야말로 우리들 각자가 해결하여야 할 숙제입니다. 숙제 즉 할일이 없으면 배움도 돈벌이도 수련도 깨달음도 있을 수 없습니다. 자기가 맡은 일을 수행하는 데 꾀를 부리고 게으름을 피우는 것만큼 생명력의 신장을 좀먹는 것은 없습니다. 무슨 일이든지 간에 자기가 맡은 일에 최선을 다할 때 우리는 그 일의 성패와는 관계없이 시원한 성취감을 느낄 수 있습니다.

왜냐하면 그때의 실패는 성공의 열쇠임을 알기 때문입니다. 평상시의 호흡을 단전호흡으로 바꾸고 자기가 하는 모든 일을 냉정하게 관찰할 수 있다면 그 사람은 이미 훌륭한 수련을 하고 있는 겁니다. 관찰을 통해서 그 사람은 자기 자신을 끊임없이 개선해 나갈 수 있기 때문입니다. 이렇게 하는 것이 수련이지 꼭 따로 시간을 내어서 하는 것만이 수련은 아니라는 것을 알아야 합니다. 자기가 방금 하고 있는 일 자체가 바로 수련입니다. 우리의 일상생활 자체가 수련인데, 따로 수련 시간을 떼어낼 필요가 있겠습니까?"

"선생님 생즉필사(生則必死)요 사즉필생(死則必生)이란 말이 있지 않습니까? 대통령도 충무공이 했다는 이 말을 인용했는데 저는 아무래도 이 말이 확실히 이해가 되지 않습니다. 알기 쉽게 해설 좀 해 주시겠습니까?"

"생즉필사 다시 말해서 살려고 하면 반드시 죽는다는 말은 대의를 위한 큰일을 앞에 놓고 몸 사릴 궁리부터 먼저 한다면 그 사람은 바로 그 살려는 욕심 때문에 죽는다는 것이고, 사즉필생, 즉 큰일을 앞에 놓고 죽음을 무릅쓴 사람은 반드시 산다는 말인데, 여기서 죽음을 무릅

쓴다는 말은 죽음을 떠났다는 말입니다.

죽음을 떠났다는 말은 죽음 따위에 연연하지 않는다는 말입니다. 이 말은 이기심에서 떠났다는 말과 같습니다. 이기심을 떠난 사람은 죽어도 죽지 않습니다. 왜냐하면 죽음을 두려워하지 않기 때문입니다. 죽음은 죽음을 두려워하는 사람에게만 있는 것이지 죽음을 두려워하지 않는 사람에겐 죽음 따위는 있을 수 없습니다.

죽음을 두려워하지 않고 죽음은 단지 생명의 존재 양상의 변화에 지나지 않는다는 것을 아는 사람에게는 죽음은 없는 것과 같습니다. 죽음을 각오한다든가 죽음을 무릅쓴다든가 하는 것은 죽음 따위는 개의치 않는다는 말과 같습니다. 그것은 생명의 실상을 깨달은 사람만이 할 수 있는 일입니다. 생명의 실상을 깨닫고 죽음 따위를 대수롭게 생각지 않는 사람은 이미 그 심정이 진리와 맞닿아 있다고 보아야 합니다. 진리와 맞닿아 있는 생명은 이미 죽음을 벗어났다고 할 수 있습니다.

이런 사람을 보고 우리는 죽음을 극복했다고 합니다. 이기심을 벗어난 사람을 말합니다. 죽음을 초월한 사람은 생에 대한 두려움이 없으므로 마음의 평온을 유지하면서 무슨 일에든지 집중을 할 수 있습니다. 이런 사람에게는 진리의 본질인 사랑과 지혜와 능력이 따르게 되어 있습니다. 그런 사람은 어떠한 역경 속에서도 허둥대지 않고 차근차근 맡은 일을 해나갈 수 있습니다. 따라서 통계적으로 보아도 죽음의 두려움 때문에 전전긍긍하는 사람보다는 생존률도 훨씬 높을 수밖에 없습니다. 범한테 물려가도 정신을 잃지 않는 사람을 말합니다."

"선생님 저는 선도수련을 제 나름으로 열심히 하느라고 하면서도 가끔 가다가 문득문득 회의가 일어납니다."

"무슨 회의 말입니까?"

"도대체 나는 무엇 때문에 남들이 하지도 않는 단전호흡을 열심히 하고 있는가? 나는 무엇 때문에 남들이 관심도 두지 않는 오행생식을 하는가 하고 말입니다. 선생님은 무엇 때문에 선도수련을 하십니까?"

"성통하기 위해서죠."

"성통이 무엇입니까?"

"성통은 생로병사에서 벗어나는 겁니다."

"생로병사를 어떻게 벗어날 수 있다는 말입니까?"

"대의를 위해 목숨을 거는 사람을 본 일이 있습니까?"

"국가와 민족 또는 인류를 위해서 자기 한 몸을 희생하는 것 말입니까?"

"그렇습니다. 그러나 무엇을 위해서 죽음을 불사한다는 것은 자기만 아는 사람보다는 의식 수준이 훨씬 높아진 것은 사실이지만 선도 수행자는 이 수준에서도 한 단계 더 뛰어 올라야 합니다."

"그렇다면 아무 목적 없이도 죽음을 무릅쓸 수도 있을까요?"

"물론입니다. 무엇을 위해서 죽음을 불사한다는 것은 아직은 구도의 단계는 아닙니다. 구도자는 무엇을 위해, 누구를 위해서 목숨을 거는 것이 아니고, 삶과 죽음이 본래 따로 있는 것이 아님을 알기 때문에 생도 사도 두려워하지 않습니다.

구도자에게는 생사는 지극히 당연한 자연현상에 지나지 않습니다. 밤이 낮으로 바뀌고 봄, 여름, 가을, 겨울이 차례로 찾아오는 것과 같이 죽음은 지극히 당연한 일일 뿐입니다. 진리의 중심을 꽉 잡고 있으면

234

삼라만상의 변화가 한 눈에 들어오게 되어 있습니다. 진정한 관찰은 이때 비로소 가능해집니다."

이번엔 색다른 질문이 나왔다.

"선생님 저는 아무래도 이해를 할 수가 없습니다. 저는 55년생이니까 금년에 우리 나이로 갓 마흔이 되거든요. 그런데 선생님은 저보다 20세 이상이 연장이신데도 어떻게 산을 그렇게 잘 타시는지 간신히 따라갔습니다.

저는 사실 『선도체험기』만 읽고는 그 안에 씌어진 이야기들이 사실 같지가 않아서 한번 제 눈으로 똑똑히 보아야겠다는 생각으로 선생님이 등산할 때 따라가 보았거든요. 그런데 무려 다섯 시간이나 그 험한 바위와 능선을 타시면서도 어떻게 한 번도 쉬지 않고 거의 달려가다시피 산행을 할 수 있는지 아무래도 납득이 가지 않습니다.

선생님께서 중간에 한 번 잠시 멈추신 것도 사실은 선생님 자신을 위해서라기보다는 따라가는 저희들을 위해서가 아니었습니까? 정말 대단하십니다. 어떻게 그럴 수 있는지 그 비결을 좀 가르쳐 주십시오."

"비결은 무슨 비결입니까? 누구든지 중간에 꾀부리지 않고 정성껏 꾸준히 실천하면 그렇게 됩니다. 나는 등산을 15년째 일요일마다 해옵니다. 누구든지 15년 동안 일주일에 한 번씩 나처럼 산행을 하기만 하면 그렇게 될 수 있습니다. 장희욱 씨는 단지 한 번 따라 와보고 그렇게 말하는데, 열 번쯤만 계속 따라 다니다 보면 어느 정도 자신이 붙게 됩니다. 지금이야 안 하던 등산을 하니까 벅찬 것 같지만 몇 달 만 계속하면 곧 익숙해집니다.

두고 보십시오. 내 말이 틀리는가? 나는 누구나 할 수 있는 일을 했을 뿐이지 특별히 비결 따위가 있는 건 아닙니다. 그런데 지금까지의 경험으로 미루어 보면 나처럼 새벽 다섯 시에 집을 떠나 6시 전에 산자락에 붙는 산행을 지속적으로 따라오는 사람이 없습니다. 고작해야 한두 번이고 많이 따라와 봐야 열 번입니다. 나를 따라오던 사람이 열 번을 넘기지 못하고 중도에 그만두는 것이 관례처럼 되어 있습니다. 물론 여러 가지 사정이야 있겠지만 무슨 일이든지 꾸준히 계속하는 것은 쉬운 일이 아닙니다.

새벽 달리기도 그렇고 도인체조를 하루도 빼놓지 않고 실천하는 것도 그렇고 하루 세끼 어떠한 일이 있어도 오행생식을 실천하는 일도 그렇습니다.『선도체험기』속에 나오는 나에 관한 이야기 속에는 하나도 거짓이 없습니다. 단전호흡을 하는 것도 관찰을 하는 것도 마찬가지입니다. 나는 하늘에 맹세코 입만 까진 소리는 하지 않습니다. 말과 행동이 일치되어 있다 그겁니다. 내가『선도체험기』를 쓰는 것은 나의 일상생활임과 동시에 수련의 연장이기도 합니다.

그래서 그런지는 몰라도 내 독자들 중에는『선도체험기』를 읽다가 보면 책에서 기운이 나와 자기 몸속으로 스며든다고 합니다.『선도체험기』속에는 기운이 응집되어 있기 때문에 그럴 수밖에 없습니다. 그런데 그걸 신기해하는 사람이 많습니다. 그러나 따지고 보면 조금도 이상할 것이 없습니다. 누구나 자기가 하는 일에 전력투구하면 그렇게 되게 되어 있습니다.

조각가가 자기 작품에 열중하게 되면 그 작품을 보는 사람은 꼭 살아서 숨쉬는 것 같은 것을 반드시 느끼게 될 것입니다. 만일에 화가가 그림에 온갖 정력을 다 쏟아붓는다면 반드시 불후의 명작을 남기게 될 것입니다. 인류가 남긴 불후의 고전들은 전부가 다 그렇게 만들어진 겁니다.

보통 사람들은 그러한 작품을 만든 사람을 천재라고 합니다. 일반인들은 감히 접근할 수 없는 것으로 알고 있습니다. 그러나 알고 보면 그렇지 않습니다. 혼신의 정력을 기울이기만 하면 누구나 다 그런 명작을 만들 수 있습니다. 태산이 높다 하되 하늘 아래 뫼일 뿐입니다. 오르고 또 오르면 못 오를 리 없건만 사람들이 제 아니 오르고 뫼만 높다 하더라 그겁니다. 누구나 다 맘만 있으면 할 수 있는 지극히 평범한 일에 지나지 않건만 사람들은 실천도 해 보지 않고 감탄하는 데만 익숙해 있습니다."

"그렇다면 선생님 도를 구하는 일도 그렇다는 말씀인가요?"

"물론입니다. 견성, 득도, 해탈하는 일도 누구나 다 할 수 있는 일입니다. 단지 그렇게 되지 않는 것은 그렇게 하지 않기 때문입니다."

"누구의 힘에도 의지하지 않고 오직 자기 자신의 힘과 능력과 근면으로 그렇게 될 수 있다는 말씀입니까?"

"그렇습니다. 어디까지나 자기 자신의 힘을 의지해야지 남의 힘을 의지하면 멀리 가지 못하고 좌절하게 됩니다."

"그렇다면 선생님, 기독교 성경에 보면 '수고하고 무거운 짐 진 자들아 다 내게로 오라 내가 너희를 편히 쉬게 하리라' 하는 말이 있습니다. 또 기독교의 궁극적인 목적은 신도들이 예수님의 십자가의 보혈에

의지하여 자신의 영혼을 구제하는 것이라고 합니다. 이것은 어디까지
나 자력(自力)보다는 타력(他力)에 의지하여 영혼을 구원받자는 것 아
닙니까? 다시 말해서 남의 등에 업혀서 득도하고 해탈하자는 말이 아
닙니까? 이 점에 대해서는 어떻게 생각하십니까?"

"기독교 역시 도를 이루는 하나의 방편임에는 틀림없습니다. 그러나
어디까지나 타력에 의존한다는 점에서는 유치원 수준이라고 봅니다.
유아나 유치원생들은 자립할 수 있는 능력이 없습니다. 이때는 어디까
지나 보호자에 의해 길러질 수밖에 더 있겠습니까. 이것은 기독교가 2
천 년 전에 발생할 당시의 사람들의 의식 수준이 그 정도밖에는 안 되
어 있었다는 것을 말해 줍니다.

처음부터 혼자의 힘으로 도를 성취해야 한다고 가르쳤다면 그때 사
람들의 의식 수준에서는 전연 먹혀들지 않았을 겁니다. 그래서 고안해
낸 것이 남의 힘에 철저히 의지하는 타력 종교였습니다. 그렇게라도
하지 않았으면 그때 사람들은 아무도 귀를 기울이려 하지 않았을 것이
기 때문입니다.

그래서 기독교는 많은 사람들을 한꺼번에 대량으로 불러 모으는 데
는 큰 위력을 발휘할 수 있지만 마지막 관문인 생로병사를 이겨내는
사람은 지극히 드물 수밖에 없습니다. 그것은 왜 그러냐 하면 신앙인
각자가 스스로의 힘으로 도를 이룰 생각은 하지 않고 오직 먼저 이룩
한 예수 그리스도가 성취한 성과에만 의지하려고 하기 때문입니다. 각
고의 노력은 하지 않고 남이 이룩한 성과에만 의지해보겠다는 안이한
생각 때문에 정작 진리를 터득하기는 어렵다는 이야기입니다.

예수 그리스도가 영원한 생명을 성취하기 위해서 십자가의 고통을 감수했으면 그의 제자들도 마땅히 자기 자신이 처한 시간과 환경에 따라 맡겨진 숙제를 스스로 각고의 노력을 다하여 풀어야 합니다. 타력은 어디까지나 유치원 단계에서나 필요합니다. 자기 발로 설 수만 있다면 어디까지나 자기 힘으로 걸어가야 합니다. 남의 등에 업혀가겠다는 안이한 태도가 신앙인을 병들게 하고 나약하게 합니다.

젖먹이는 어디까지나 젖먹이로 머물러 있는 한 젖먹이의 수준을 벗어날 수 없습니다. 일정 기간 젖을 먹었으면 젖을 떼고 스스로 음식을 씹어 먹을 줄 알아야 합니다. 그런데 기독교인들은 내가 보기에는 한 번 입문하면 평생 동안 젖먹이로서 남의 등에 업혀서만 지내려고 합니다. 이래가지고는 생명력의 발전을 기할 수 없습니다. 남의 등에 업혀서만 사는 사람의 팔다리는 항상 나약할 수밖에 없습니다. 따라서 예수를 따르는 사람은 온 세계에 무수히 깔려 있어도 예수 그리스도 자신처럼 온갖 고초와 죽음을 스스로 이긴 성현은 찾아보기 어려운 것이 어쩔 수 없는 현실입니다."

"예수 그리스도는 십자가에 못 박혀 죽으면서도 아무도 원망하지 않고 도리어 자기를 죽이는 사람들을 용서해달라고 하느님에게 빌었습니다. 어떻게 하면 사람이 그러한 경지에 도달할 수 있을까요? 저는 그게 언제나 의문입니다."

"영원한 생명의 실상을 깨달은 사람은 어떠한 역경을 당해도 별로 개의치 않습니다. 생명은 영원하지만 역경이니 고통이니 죽음이니 하는 것은 물거품처럼 덧없는 허상이라는 것을 알기 때문입니다. 따라서 깨달은 사람에게는 고통과 역경은 스쳐 지나가는 바람이나 안개나 환영일 뿐 실상은 아닙니다.

실상이 아닌 그림자 따위에 끄달리지 않으니까 어떠한 역경 속에서도 유유자적 할 수 있고 자기를 죽이는 사람들을 오히려 불쌍하게 바라볼 수 있는 마음의 여유를 갖게 됩니다. 그렇지 않겠습니까? 진리를 깨달은 사람의 입장에서 바라보면 남의 생명을 끊는다는 것은 허상에 사로잡혀 무서운 업장을 쌓는 것밖에 안 되니 한심하고 불쌍할 수밖에요."

"선생님 살인에 대해서는 어떻게 생각하십니까?"

"살인요? 사람 죽이는 것 말입니까?"

"네."

"왜 살인을 합니까?"

"가령 자기 재산을 몽땅 사기당한 사람이 사기꾼을 살해했다면 어떻게 되겠습니까?"

"현행법으로는 정당방위가 아닌 이상 살인은 정당화될 수 없는 것 아니겠습니까? 제아무리 얄밉고 교활한 사기꾼이라고 해도 그를 살인했다면 응당 법의 심판을 받아야죠."

"그건 알겠는데요. 구도자의 입장에서는 살인을 어떻게 생각하느냐 그겁니다."

"구도자가 살인을 할 수 있을 만큼 마음이 황폐해졌다면 그건 이미 구도자일수 없습니다. 살인을 결심한 순간에 그는 이미 구도자의 위치에서는 떠난 거죠."

"또 한 가지 알고 싶은 것이 있습니다. 예수 그리스도와 같은 도인도

십자가에서 처형을 당하지 않았습니까? 구도자가 살인을 당하는 것을 어떻게 생각하십니까?"

"아무리 도인이라고 해도 이 세상에서 할일 다 했으면 떠나야 합니다. 어떻게 떠나느냐가 문제인데 예수 그리스도처럼 그렇게 극적으로 세상을 떠나는 것이 많은 사람들에게 깨달음을 주는 데 유익하다면 그렇게 할 수도 있는 것 아니겠습니까?"

"그런 것은 누가 결정한다고 보십니까?"

"섭리죠. 또는 섭리를 주관하는 하느님이라고 해도 됩니다. 섭리나 하느님이나 나나, 내내 같은 말이니까요. 그러나 내가 보기에는 도인은 그렇게 함부로 죽지는 않습니다. 진리를 깨달은 도인은 섭리 자체와 하나가 되어 움직이니까 중생들처럼 생사윤회나 사기(邪氣)나 잡신(雜神) 따위에게 함부로 농락을 당하는 일은 없습니다.

"도인은 보호령이나 보호 천신의 보호를 받는다고 하는데 그것은 무엇을 말하는지요?"

"보호령이니 보호 천신이니 하는 것이 바로 섭리의 보호막을 말합니다. 이 보호막 때문에 사기나 악귀나 잡신 따위가 도인에게 함부로 접근할 수 없다는 이야기입니다."

"종교문제 연구가 탁명환 선생 같은 분이 생전에 늘 자기는 보호천사의 보호를 받기 때문에 죽음을 두려워하지 않는다고 말했는데도 당하지 않았습니까?"

"탁명환 선생은 갈 때가 되어서 갔다고 봅니다. 도둑을 맞으려면 개도 짖지 않는다는 말 듣지 못했습니까? 모든 생명은 변할 때는 마땅히 변해야 향상하고 발전할 수 있습니다. 그분의 생명은 한층 높은 단계로 진화했다고 봅니다."

"다른 질문을 하나 하겠습니다. 일상생활에서 흔히 부닥치는 일인데요. 선생님께서는 일상생활이 수련이 되도록 하라고 늘 말씀하시는데, 그렇게 하려고 애를 쓰기는 하지만 막상 현실에 부딪치면 좌절하는 일이 너무나 많습니다.

그중에서 가장 대표적인 경우가 상대가 생억지를 쓸 때입니다. 가정생활에서나 사업상 흥정을 벌일 때나 마찬가지입니다. 상대가 납득이 되지 않는 억지를 부릴 때는 수련이고 뭐고 다 산산조각이 나고 허탈감밖에는 남는 것이 없습니다. 아니면 복통이 터져서 살고 싶은 생각이 없어질 때도 있습니다. 이럴 때 좋은 수가 없겠습니까?"

"상대가 억지를 쓴다고 복통이 터진다든가 절망에 빠진다면 상대와 맞장구를 치는 것밖에는 되지 않습니다. 맞장구를 치면 똑같은 사람밖에 더 되겠습니까? 이럴 때, 마음을 가라앉히고 상대를 느긋이 관찰해야죠.

상대방의 억지에 이쪽이 말려들 것이 아니라 이쪽의 차분함에 저쪽이 말려들어오게 해야 합니다. 역경을 수련의 기회로 이용하는 절호의 찬스입니다. 난관과 역경과 고통이 크면 클수록 수련을 할 기회도 그만큼 크다는 것을 항상 염두에 두어야 합니다. 흥정이나 협상에서는 극기력이 강한 사람일수록 승산이 큽니다."

"선생님의 말씀대로라면 가장 교활한 상대일수록 수련의 기회도 크다는 이야기 아닙니까?"

"물론입니다."

"사람들은 흔히 말합니다. 인류 역사상 가장 힘든 것은 공산주의자들과의 협상이라고 말입니다. 특히 북한 공산주의자들과의 협상은 어려운 일 중에서도 가장 어려운 일입니다. 그들은 의도적으로 억지와 선전을 그때그때에 교묘하게 구사하고 있으니까요. 그러한 상대와의 협상도 수련의 기회로 이용할 수 있다는 말입니까?"

"물론입니다. 그러한 상대도 자신감을 갖고 관찰해 보면 반드시 허점이 있게 마련입니다. 허점뿐만 아니라 그들의 진짜 의도까지도 환히 들여다보이게 됩니다. 이쯤만 된다면 자신감을 가져도 됩니다."

"선생님 식사의 양은 어떻게 조절하는 것이 좋겠습니까?"

"그것도 면밀하게 관찰해 보면 다 알 수 있습니다. 그럼 나 자신은 어떻게 식사의 양을 조절하는지 말씀드리겠습니다. 첫째는 식사 때의 느낌으로 알아내는 겁니다. 예민한 사람은 어느 정도 식사를 하다가 보면 속에서 그만 들어오라는 신호가 분명히 옵니다.

이것을 나는 느낌이라고 합니다. 그런데 우리는 먹는 데 취하거나 몰두하다가 보면 흔히 이 느낌을 놓쳐버리게 됩니다. 그럴 때에 대비해서 두 번째 방법을 쓰게 됩니다. 그것은 대변의 횟수와 대변의 상태로 알아내는 겁니다."

"대변의 횟수는 얼마가 적당합니까?"

"그야 사람에 따라서 다를 수 있겠지만 내 경우는 이틀 또는 사흘에 한번이 적합하다고 봅니다. 오행생식을 하다가 보면 먹는 분량이 얼마 되지 않으므로 하루에 한 번씩 꼭꼭 대변을 볼 필요는 없습니다."

"그렇지만 우리는 흔히 대변은 하루에 한 번씩은 보아야 하는 것이 상식이 되어 있지 않습니까?"

"그게 다 이렇다 할 근거도 없는 고정관념이 아닙니까? 모든 것은 자연의 흐름에 맡기는 것이 최상책입니다. 생식을 하면 한끼에 네 숟갈 또는 다섯 숟갈 정도밖에는 먹지 않으니까 대변을 하루 한 번씩 꼭꼭 볼 필요가 없습니다. 집에서 기르는 개들을 잘 관찰해 보십시오. 개들은 하루에 한 번씩 대변을 보는 일은 거의 없습니다. 대개 이틀 또는 사흘이나 나흘에 한 번씩 된 대변을 봅니다. 이것이 정상입니다.

근거도 없는 고정관념에 사로 잡혀서 하루에 꼭꼭 한 번씩 대변을 보면 과식만 부추길 뿐입니다. 그다음에는 대변의 묽기와 굳기로 식량을 조절할 수 있습니다. 대변은 건강한 젖먹이나 개의 경우처럼 된 것이 정상입니다. 대변이 설사에 가깝게 묽게 나온다면 과식입니다. 이 때는 식사량을 과감하게 줄여야 합니다. 또 속이 항상 더부룩하거나 불편할 경우에도 식사량을 대폭 줄여야 합니다."

"식사량을 너무 줄이면 배고파서 못 견딜 지경인데도 그렇게 할 수 있습니까?"

"그것은 정말 배고 고파서 그런 것이 아니고 타성 때문이니까 속지 마십시오. 일시적인 현상에 지나지 않습니다. 참고 기다려 보면 정상을 회복할 수 있습니다. 식사의 양은 또 운동량에 따라 달라집니다. 안 하던 운동이나 육체노동을 갑자기 시작해도 식량은 불어납니다. 어떠한 경우이든지 속이 불편할 때 즉 체했거나 설사가 날 때는 무조건 식사량을 줄이는 것이 제일입니다. 이런 때 약국이나 병원을 찾는 것은 어리석은 짓입니다."

"식량은 줄였는데도 계속 설사가 날 때는 어떻게 하죠?"

"그럴 때는 한두 끼쯤 굶어보세요. 사람들은 보통 한끼만 굶어도 큰 일 나는 것으로 알고 있는데, 실상은 그렇지 않습니다. 개를 보십시오. 개는 배탈이 나면 절대로 먹지 않습니다. 완전히 나을 때까지 이틀이고 사흘이고 먹이를 입에 대지 않습니다. 완전히 나았을 때에 비로소 조금씩 먹기 시작합니다.

이런 것을 보면 사람은 짐승보다도 훨씬 못하다는 것을 알 수 있습니다. 위장에 고장이 났을 때는 우선 그 장기에 휴식을 주는 것이 절대적으로 필요합니다. 그래야만이 자연치유력이 생겨납니다. 사람은 한두 끼는 물론이고 며칠 굶는다고 건강에 이상이 오는 것은 절대로 아닙니다. 오히려 소화기관에 휴식을 줌으로써 재정비 강화할 시간을 주게 되어 새로운 활력을 갖게 됩니다.

나는 21일 동안 물만 먹고 버티어 본 일이 있습니다. 원래는 40일을 목표로 했습니다만 집안 식구들이 하도 걱정과 불안 속에 빠져서 꼭 초상난 집 같은 분위기여서 21일로 단식을 끝냈습니다만 물만 먹고도 40일간은 누구나 버틸 수 있습니다. 기공부를 전연 하지 않는 사람들도 그렇게들 하는데 대주천이 되는 수련자는 거저먹기죠."

"그렇다면 기공부하는 사람은 보통 사람보다 단식할 때 무슨 이점이 있습니까?"

"있구말구요, 기수련으로 호흡문이 열리고 기를 느끼는 사람, 특히 대주천이 되는 사람은 단식과 함께 엄청나게 많은 기운이 들어오는 것을 감지할 수 있습니다. 식사는 땅에서 나오는 동식물에서 채취된 것이니까 지기(地氣)가 응집된 것에 지나지 않습니다. 사람은 누구나 다 알다시피 지기와 천기를 동시에 흡수하고 있습니다. 특히 기공부를 하는 사람들은 많은 천기를 자기 몸에 받아들여 순환시키고 있습니다.

지기가 끊어지자 인체라는 소우주는 생존을 위해서 비상체제에 돌입, 천기를 그만큼 더 흡수하게 되는 겁니다. 이 때문에 고도로 수련이 된 선도 수행자는 아무것도 입에 대지 않고도 장기간 연명할 수 있습니다. 옛날에 신선들은 이슬만 받아먹고도 몇 달씩 살았다는 말은 허황된 전설이 아닙니다. 이 중에는 대주천 수련이 되는 사람이 대부분이니까 한번 단식을 해 보시면 금방 알 수 있습니다.

단식은 육장육부를 정화하고 새로운 활력을 갖게 하는 좋은 계기가 될 수 있습니다. 식체나 설사 같은 것은 과식 때문에 일어난 병이니까 식량을 줄이든가 굶기만 하면 약 한 톨 안 쓰고도 얼마든지 고칠 수 있습니다. 이제부터 여러분들은 배탈이 났을 때 소화제나 위장약을 먹는 습관은 버려야 합니다."

"배탈이 아니고 다른 병이 났을 때 통 입맛이 없으면 어떻게 하는 것이 좋겠습니까?"

"입맛이 당기지 않을 때는 다 그만한 이유가 있습니다. 그런 때 식물을 섭취하면 오히려 생체에 해롭기 때문에 소우주인 우리 인체가 다 알아서 그렇게 하는 겁니다. 그럴 때는 식사를 하지 않는 것이 가장 좋습니다. 절대로 억지로 환자에게 식사를 들라고 권하지 마십시오. 그것은 오히려 병을 악화시키는 계기가 됩니다. 식사를 중단시킴으로써

246

식물을 소화 흡수하는 데 드는 에너지를 병 치료에 전용하기 위한 자연의 섭리가 발동된 겁니다.

동물들은 그것을 잘 알기 때문에 군소리 없이 자연의 섭리에 순응하여 재빨리 병을 치료합니다. 그런데 인간만이 이 소중한 자연의 섭리에 거역합니다. 그리하여 어떻게 하든지 입맛이 없다는 환자에게 미음을 쑨다, 깨죽을 끓인다, 전복죽을 쑨다 하여 어떻게 하든지 먹이기만 하면 제일인 줄 알고 있습니다. 그러나 이것은 자연의 섭리를 모르는 무지에서 나온 겁니다."

"그러나 사람이 병이 났을 때 곡기를 끊으면 병은 더욱 악화되는 것이 아닌가요?"

"악화되는 것이 아니라 자연치유가 됩니다."

"입맛이 없어서 못 먹는 사람에게 수액 주사나 다른 영양제 같은 것을 주사하는 것도 나쁩니까?"

"우리 인체인 소우주는 그렇게 허약한 존재가 아닙니다. 며칠 동안 곡기를 끊는다고 해서 어떻게 되는 것은 아닙니다. 그냥 내버려두면 자연히 해결이 되는데도 구태여 수액 주사니 영양제 주사니 하는 것을 주입할 필요는 없습니다."

"그러나 사람이 병이 나고 음식을 못 먹게 되면 죽게 된다는 것이 상식이 아닙니까?"

"그게 바로 잘못된 상식이죠. 상식이야말로 잘못된 고정관념일 때가 많습니다. 어떤 사람이 위암에 걸려서 현대 의술로는 도저히 고칠 수 없다는 말에 너무나 비관한 나머지 아예 굶어 죽기로 작정을 했다고 합니다.

외딴 폐가에서 열흘 동안 식음을 전폐하고 누워 있었는데 그동안에 신기하게도 그 사람의 몸안에서는 일대 정화작업이 진행되어 고질인 위암까지도 깨끗이 나은 일이 있습니다. 이때 가족이 옆에 있어 가지고 자꾸만 먹을 것을 권유했다면 그 사람은 도저히 위암에서 구제받지 못했을 겁니다.

먹을 것이 없어서 사람들이 굶어 죽는 일은 북한 같은 폐쇄 사회나 아프리카 같은 미개 국가에서나 있을 수 있는 일이고 그 밖의 대부분의 문명국가에서는 과식 때문에 죽어나가는 일이 기근 때문에 죽어나가는 것보다 압도적으로 많은 것만은 확실합니다.

반찬이 없어서 밥을 못 먹겠다는 사람은 정신을 번쩍 차려야 합니다. 그런 사람에게 가장 적절한 치료방법은 굶는 것밖에는 없습니다. 게걸이 감식이라는 말은 진리입니다."

〈24권〉

오후 등산에서 있었던 일

1994년 5월 18일 수요일 11~23℃ 맑음, 부처님 오신 날.

어쩐지 오전에도 글이 쓰여지지 않았다. 겨우 5매를 쓰고는 더이상 타자기의 글자판을 두드릴 수가 없었다. 따분하고 온몸이 뻑적지근했다. 만사가 귀찮아 밖으로 나가고만 싶었다. 왜 그럴까? 나는 나 자신을 조용히 관찰하기 시작했다.

내 의지에 반기를 든 내 몸은 그것대로 이유가 있을 것이었다. 그것이 무엇일까? 드디어 나는 그 이유를 알아냈다. 지난 일요일에 등산을 거른 것 때문이라는 것을 알았다. 내 몸은 정기적으로 음식을 들어야 하는 것과 마찬가지로 정기적으로 하던 운동을 해주어야 하는데, 그것을 걸렀으니 반란이 일어나지 않을 수 없었던 것이다.

지난 일요일엔 하루 종일 비가 내려서 등산을 못 했다. 그랬으면 그 다음날 개었을 때 새벽 일찍이 다녀왔어야 하는 건데, 나는 그러지를 못했다. 몸이 지금처럼 못 견딜 지경이었으면 어떻게 하든지 다녀왔을 텐데, 지난 월요일과 화요일은 그런대로 참을 만했었다. 그렇다면 다음 일요일에 가면 되지 하고 지켜보기로 했었는데, 드디어 내 몸은 더

이상 참지를 못하고 강력한 반기를 든 것이다.

점심을 마치고 나자 오후 1시에 나는 집을 나섰다. 1시 50분에 산자락에 붙었다. 집에서 떠날 때는 산에서 펄펄 날을 것 같았는데 막상 산에 접어드니 이상하게 그 전처럼 기운이 솟지를 않았다. 새벽 시간에 늘 산엘 오르다가 오후가 되어서 그럴까 하고 생각해 보았지만 그런 것 같지 않았다. 시간대가 바뀌었다고 해서 이렇게까지 몸이 나른할 이유가 없었다. 전에도 가끔씩 밀린 등산을 오후에 해 본 일이 있었지만 이렇게 몸이 나른한 일은 없었던 것이다.

무엇 때문에 그럴까 하고 찬찬히 나 자신을 살펴보았다. 드디어 그 이유를 알게 되었다. 나는 지금 기몸살을 앓고 있는 것이다. 일종의 명현반응을 겪고 있는 것이다. 수련자에게 있어서 기몸살이나 명현반응은 기운이 바뀔 때면 항상 있게 마련이다.

선도수련을 20년 동안 해왔다는 어떤 사람은 자기는 기몸살 같은 것은 앓아본 일이 없다고 했다. 그 사람의 말이 옳다면 그는 20년 동안 수련을 잘못 해 온 것이 틀림없다. 그래서 그 사람의 건강 상태를 주시해 보았더니 운기가 제대로 되는 사람이라면 있을 수 없는 질병을 앓고 있었다. 가끔 가다가 위경련을 일으키는가 하면 위산과다로 속이 쓰리다면서 병원엘 뻔질나게 드나드는 것이었다. 그는 선도수련자로서는 창피한 줄도 모르고 이러한 질병을 자랑하기까지 했다. 20년 동안 수련을 해오긴 했지만 몸으로 해온 것이 아니고 관념만으로, 상상만으로 해왔기 때문에 몸에는 아무런 변화도 일으키지 못했던 것이다.

선도 수련자에게 있어서 기몸살과 명현반응은 자주 일어날수록 좋

은 것이다. 또 빙의가 자주되면 될수록 좋다. 기몸살, 명현반응, 빙의
현상은 끊임없이 수련이 진척되고 있다는 구체적인 증거이다. 수련을
하든지, 수련을 하지 않든지 사람은 누구나 몸살을 앓게 되어있다. 몸
살이란 심신이 새로운 환경에 적응하기 위한 조정(調整) 작용이다. 만
약에 몸살을 앓지 않는 사람이 있다면 그 사람은 더 생명활동을 계속
할 필요가 없어서 죽음이 임박해 있다는 것을 알아야 한다.

나를 찾는 숱한 수련생들을 유심히 관찰해보면 명현반응이나 빙의
현상을 자주 겪는 사람일수록 수련의 진도가 빠르다는 것을 알 수 있
다. 기몸살, 명현반응, 빙의 현상은 수련이 일취월장하고 있다는 구체
적이고 가시적인 증거이다. 이것을 알면 수련 중에 몸이 나른하고 으
슬으슬 떨린다고 해서 불안해하거나 걱정을 하기보다는 오히려 속으
로 축하해야 할 것이다.

그러나 사람이란 제아무리 수련자라고 해도 오랫동안의 습관에서
벗어나기는 어렵다. 그래서 우선 몸이 아프면 괴로워하고 의욕을 상실
한다. 이런 때야말로 관찰을 생활화해야 한다. 관찰을 생활화한 사람
은 생명의 성장 과정에서 필연적으로 일어나는 이러한 부작용을 잘 알
기 때문에 추호도 좌절하거나 실망하지 않고 씩씩하고 의연하게 이에
대처할 수 있는 것이다.

나는 내내 이런 생각을 하면서 나른한 몸을 이끌고 산을 탔다. 팔봉
중간쯤 이르렀을 때는 힘이 부쳐서 더이상 걸음을 떼어 놓기가 어려웠
다. 왕관바위가 보이는 능선에서 걸음을 멈추고 길가 바위 위에 앉았
다. 제법 싸늘한 서남풍이 불어와 이마에 송글송글 맺혀 있던 땀방울

을 증발시켜 버렸다. 배낭에서 토마토 두 개와 참외 하나를 꺼내어 게 눈 감추듯 했다.

10분쯤 쉬고 다시 걷기 시작했다. 기운이 다소 회복되었다. 칼산을 통과할 때는 다리가 약간 휘청거렸다. 그러나 나는 내 몸을 잘 알기 때문에 조금도 좌절하지 않고 난코스를 전부 주파(走破)했다. 오후 4시부터는 산에 사람의 그림자가 보이지 않는다. 해는 서서히 서산으로 기울고 바람이 스산하게 이따금씩 휘몰아치는 적막한 산길을 홀로 걷는 기분도 괜찮았다.

1994년 5월 19일 목요일 10~23℃ 맑음

오후 3시 이후에 7명의 수련생들이 경향각지에서 다녀갔는데 그중에서 대구에서 온, 개인사업을 한다는 방희성 씨가 말했다.

"선생님은 수련이 일정한 경지에 도달한다든가, 독자적으로 걸어갈 수 있는 경지라든가 하는 말씀을 자주 하시는데 그러한 경지는 구체적으로 어떤 것인지 말씀해 주시기 바랍니다."

"대주천이 정착된 뒤 연정화기, 피부호흡이 되고 자기에게 빙의되어 들어오는 영가들을 순전히 자기 능력으로 천도시킬 수 있는 경지를 말합니다."

"피부호흡이란 무엇을 말하는지요?"

"사람은 누구나 무의식적으로 피부호흡을 하고 있습니다. 그것은 피부 전체의 3분의 2 이상이 심한 화상을 입은 사람은 살 가망이 없는 것만으로도 알 수 있습니다. 사람은 호흡기를 통해서만 호흡을 하는 것이 아니라는 것을 알 수 있습니다. 더구나 대주천 수련이 정착되어 일상생활화된 사람은 760여 개의 경혈이 전부 다 열리게 되므로 보통 사람보다 피부호흡이 더욱더 활발해지게 됩니다.

이렇게 되면 피부에 찰싹 달라붙는 내복은 입을 수 없게 됩니다. 내복을 입으면 갑갑하고 후텁지근해서 영하 20도 이상의 한겨울에도 견딜 수가 없게 됩니다. 이쯤 되면 피부호흡이 정착되었다고 볼 수 있습니다. 또 호흡이 놀랄 만큼 길어지고 가파른 언덕을 올라가도 별로 숨찬 줄을 모르게 됩니다.

이 경지에 도달한 수련자는 쉽사리 삼매에 들 수 있고 어떤 대상에든지 정신을 집중하면 그 정체를 꿰뚫어 볼 수 있습니다. 붓다의 호흡법에서 말하는 지(止)와 관(觀)을 성취했다고 볼 수 있습니다. 이쯤 되어야 비로소 독자적으로 수행을 쌓아나갈 수 있는 능력을 갖추었다고 볼 수 있습니다. 올바른 관을 할 수 있다면 구도자로서 누구에게 의지하지 않고도 독자적으로 자기 앞길을 헤쳐나갈 수 있습니다.

나를 찾는 구도자들을 도와주는 것도 바로 이러한 경지에 다다르게 하는 데 목적이 있습니다. 여기까지가 바로 상구보리(上求普提)에 해당되고 그다음 단계가 자연스럽게 누구에게나 다가오게 되는데, 그것이 바로 하화중생(下化衆生) 즉 홍익인간 이화세계하는 겁니다. 이것을 또 붓다의 호흡법에서는 환정(還淨)이라고 하더군요."

"지관(止觀)과 환정(還淨)은 구체적으로 어떤 차이가 있습니까?"

"삼매와 관을 성취한 사람은 이미 견성을 했다고 보아야 합니다. 도인으로서 자기 앞가림을 할 수 있는 경지를 말합니다. 그러나 어디까

253

지나 여기에서 머물러 있을 수는 없습니다. 견성을 했으면 해탈을 해야 합니다. 자기 앞가림을 했으면 그것에서, 한 단계 더 발전하여 남의 앞가림까지 해줄 수 있어야 합니다. 이것이 하화중생이요 홍익인간입니다. 자기 자신에게 빙의되어 들어온 영혼들뿐만이 아니고 같은 길을 걷는 동료 구도자에게 빙의된 영혼들까지도 천도시킬 수 있는 능력을 자연히 터득하게 됩니다."

"그러나 그건 아무나 될 수 있는 경지는 아니지 않습니까?"

"그건 절대로 그렇지 않습니다. 인간이면 누구나 다 그렇게 될 수 있습니다. 꾸준한 노력과 정성만 있으면 견성하고 해탈하지 못할 사람은 아무도 없습니다. 일단 뜻을 세웠으면 초지일관(初志一貫)해야 되는데 중도에 흐지부지 하차해버리기 때문에 발전이 없을 뿐입니다. 수련이 부진한 것은 어디까지나 자기 탓이지 남의 탓이 아닙니다."

"선생님께서는 항상 개아(個我)와 욕망에서 벗어나야 진리가 보인다고 말씀하시는데 개아니 욕망이니 하는 것은 결국은 이기심이 아니겠습니까?"

"옳은 말씀입니다."

"어떻게 해야 이기심에서 빨리 벗어날 수 있겠습니까?"

"구도자가 이기심에서 벗어날 수만 있다면야 수련은 이미 다 끝난 것이 아닐까요? 생로병사도 윤회도 바로 이기심을 버리지 못했기 때문에 초래되는 것이 아니겠습니까? 나를 찾는 사람들 중에는 제법 수련이 많이 된 분들이 있습니다. 그분들 중에는 지금껏 인생을 살아오면서 누구한테도 털어놓지 못했던 비밀을 얘기하겠으니 아무에게도 발설하지 말아달라고 신신당부를 합니다. 내가 어린애라고 나를 믿고 하는 말을 아무에게나 발설하겠습니까? 절대로 그런 일은 없을 테니 걱정하지 말라고 합니다.

그럼 뭐라고 하는 줄 아십니까? 비록 가명으로라도 『선도체험기』속에 쓰지 말아달라고 신신당부를 합니다. 그런가 하면 또 어떤 사람은 자기 본명이나 직장 이름만 밝히지 않는다면 얼마든지 써도 좋다고 말하는 사람도 있습니다. 자아, 이 두 사람을 놓고 좀 생각해 봅시다. 이 두 사람은 다 같이 『선도체험기』애독자입니다. 『선도체험기』속에는 저자 자신이 직접 겪은 얘기도 있지만 나를 찾는 사람, 나와 직접 간접으로 관계를 맺고 있는 모든 사람들의 얘기가 진솔하게 수록되어 있습니다.

이 이야기들을 통해서 독자들은 수련을 하고 공부를 하게 됩니다. 그렇다면 자기 이야기만은 남이 알아볼 수 없게 본명을 밝히지 않는다고 해도 절대로 쓰지 말아달라는 사람과 가명으로라면 얼마든지 써도 괜찮다는 사람과 어느 쪽이 개아(個我) 즉, 이기심에서 떠난 사람입니까. 어느 쪽이 더 마음공부가 많이 된 사람입니까. 전자입니까? 후자입니까?"

"물론 후자입니다."

"그렇습니다. 후자는 개아나 이기심이라는 것은 한낱 허상에 지나지 않는다는 것을 깨달았기 때문에 그렇게 말했습니다. 그는 자기 이야기가 많은 독자들에게 읽힘으로써 좋은 공부가 될 수 있기를 은근히 바랐기 때문에 얼마든지 써달라고 말할 수 있었습니다. 깨달은 사람이 아니면 이렇게 나올 수가 없습니다. 그는 남의 이야기들을 통해서 지금껏 공부해 왔으니까 이제는 자기 이야기도 같은 길을 걷는 도우들의 공부에 도움이 되기를 바랐던 겁니다. 지금까지 많은 사람들에게 알게 모르게 받아온 도움에 만분의 일이나마 보답할 수 있는 것을 오히려 보람으로 생각했던 것이죠. 상부상조가 무엇인지를 깨달았기 때문에 그러한 태도를 취할 수 있었던 겁니다.

그러나 전자를 생각해 보십시오. 그 사람은 자기 생각만 한 겁니다. 자기는 지금껏 많은 사람들의 이야기를 통하여 공부를 해 왔으면서도 자기의 비밀이 비록 소설의 형식을 빌어서라도 세상에 공개되는 것을 원치 않았던 겁니다. 그 이유는 무엇이겠습니까? 그것은 두말할 여지도 없이 있지도 않는 개아(個我)에 집착했기 때문입니다. 글 쓰는 것을 직업으로 하는 사람에게 자기 비밀을 다 털어놓고 그 이야기만은 쓰지 말아달라는 것은 마치 고양이 보고 쥐를 잡지 말라는 소리와 같고, 경찰관보고 도둑을 잡지 말라는 주문과 같습니다.

개아에서 벗어난다는 것은 개아에 집착하지 않고 모든 것을 훌훌 털어 공개할 수 있는 것을 말합니다. 더구나 그는 자기의 비밀이 많은 독자들에게 큰 교훈과 깨우침을 줄 수 있는 것을 큰 보람으로 알고 있습니다. 그런데 전자는 하화중생하고 홍익인간할 수 있는 절호의 기회를 이용하기는커녕 그냥 뜻 없이 흘려버리려고 합니다.

실제로 나를 찾는 수련생들 중에는 자기 이야기를 가명으로 썼다고 해서 발을 끊어버린 사람도 있습니다. 심지어는 심하게 항의까지 하는 사람도 있습니다. 이런 사람은 그 단단한 개아와 이기심에서 벗어나려면 앞으로 몇 생(生)을 더 윤회를 거듭해야 될지 진실로 안타까운 일입니다.

　말 못 할 비밀은 속에 감추어 두면 언제나 무거운 짐이 되어 큰 부담이 됩니다. 그러나 허심탄회하게 털어내 버리면 그것이 도리어 강한 에너지로 바뀌어 새로운 활력으로 탈바꿈할 수도 있습니다. 혼자만의 비밀은 결국 그것에 발목이 잡혀서 앞으로 더 나아갈 수 없게 됩니다. 그것은 하늘 아래 떳떳하게 한 점 부끄럼 없는 인생을 살기를 포기한 사람과 같습니다.

　또 어떤 사람은 착하고 긍정적인 자기 모습은 글 속에 등장하기를 바라면서도 악하고 부정적인 면만은 알려지는 것을 거부합니다. 이런 사람도 아직 공부가 한참 덜된 사람입니다. 진리는 선행이나 긍정적인 것에만 치중되어 있는 것이 아닙니다. 악이 있으니까 선이 있고 부정적인 것이 있으니까 긍정적인 것도 있게 마련입니다. 착하고 긍정적인 면만을 드러내기를 바라는 사람은 자신의 한쪽 면만을 내놓기를 바라는 것과 같습니다.

　이것은 무엇을 말하는 것일까요? 그 사람은 선하고 긍정적인 면에만 집착하고 있다는 것을 말합니다. 집착하는 것이 있는 한 그 사람은 그것에 발목이 잡혀 한 걸음도 앞으로 나아갈 수 없다는 것을 알아야 합니다. 왜냐하면 선과 긍정만 진리의 참모습이 아니기 때문입니다. 진리는 선과 악, 긍정과 부정의 대립적인 요인을 초월한 데 있습니다. 반쪽 얼굴에 언제까지나 얽매여 있는 한 그 사람은 반쪽 인생밖에는 못 보게 될 겁니다. 반쪽밖에 못 보는 사람은 그만큼 진리와는 동떨어져 있다는 것을 알아야 합니다.

한 알의 밀이 밭에 떨어져 썩어야 새싹이 돋아나 몇백 몇천 배의 수확을 거둘 수 있는 것과 같이 이기심으로 가득찬 개아(個我)는 마땅히 죽어야만이 새롭고 크게 몇천 배 몇만 배로 거듭날 수 있습니다. 썩지 않는 씨앗은 아무리 많은 시간이 흘러도 변하지 않고 항상 그대로 있습니다. 피라미드 속에는 수천 년 동안 그대로 있어온 씨앗이 최근에 발굴되어 싹을 티운 일도 있다고 합니다.

개아를 고집하는 것, 이기심에 집착하는 것은 무한히 뻗어나갈 수 있는 자성(自性)이 싹이 트는 것을 인위적으로 억제하는 것과 같습니다. 대사일번(大死一番)에 득도(得道)라는 말은 개아가 한번 크게 죽어야 도를 얻을 수 있다는 것을 말해주고 있습니다. 크게 한번 죽지 않고는 진리를 볼 수 없습니다.

바로 이 개아를 극복하지 못하고 수련 도중에 떨어져 나간 사람이 한둘이 아닙니다. 뭐, 프라이버시를 침범했다나요. 비록 가명을 썼다고 해도 알 만한 사람은 다 알고 있다나요? 어쨌든 그런 비밀을 공개했다는 것은 앞으로 다시는 그런 짓을 하지 않겠다는 공개장이기도 합니다. 언제까지나 비밀을 감추어 두고 전전긍긍하는 것보다 얼마나 더 떳떳하고 당당합니까? 비록 자기가 악인의 모델로 등장했다고 해도 자기 때문에 많은 독자들이 깊은 반성을 하고 교훈을 얻을 수 있다면 그 사람은 그만큼 큰 공을 세운 것이 됩니다.

아까 방희성 씨는 어떻게 하면 이기심에서 빨리 벗어날 수 있겠느냐고 물어 왔지만 그 방법은 가아(假我)를 죽이고 진아(眞我) 즉, 원래의 자기 자신으로 되돌아오는 길밖에는 없습니다. 누구나 그렇게 하려고

만 하면 할 수 있는 일입니다. 그것을 방해하는 사람은 아무도 없습니다. 단지 욕심의 덩어리인 가아와 개아가 그것을 방해할 뿐입니다. 이것을 빨리 알아차린 사람일수록 이기심에서 빨리 벗어날 수 있습니다.

자기를 모델로 한 글이 발표되었을 때 비록 악역이라고 해도 이것을 읽고 대범할 수 있는 사람은 개아에서 벗어나 삼매와 관찰을 능히 할 수 있는 참된 구도자라고 할 수 있습니다. 악역을 연출했던 과거와는 이미 결별을 고했기 때문에 그것은 과거의 한 자화상에 지나지 않습니다. 따라서 지금은 누가 억만금을 주고 그러한 짓을 하라고 해도 할 수 없는 처지에 놓여 있습니다. 이미 청산된 과거이기에 아픔이나 수치심 따위와도 이미 결별을 했습니다. 그러나 이와는 달리 자신의 악역이 폭로되어 당황하고 수치심을 느끼고 분노를 느낀다면 그 사람은 과거와 아직도 인연을 끊지 않았기 때문입니다."

천도 능력을 가진 지도자라야

1994년 5월 23일 월요일 14~27℃ 맑음

아내가 호랑이 꿈을 꾼 이후에는 평일에도 찾아오는 수련생 수가 그전의 3, 4명에 비해 10명 안팎으로 불어났다. 그렇다면 아내의 꿈이 무슨 예언적인 징후를 띠었었단 말인가? 이들 방문객들 중에는 전에는 자주 오지 않던 수련생들도 끼어 있었다. 그런 고참 수행자 중의 한 사람이 오후 2시에 찾아 왔을 때는 이미 서재 안에는 7명이나 되는 사람들이 앉아 있었다.

그들은 대개 빈손으로 오지 않는다. 선물은 과일이나 주스 같은 식품이나 그때그때 써서 없앨 수 있는 소모품이 주류를 이루고 있다. 피차 큰 부담이 되지 않아서 좋다. 그런데 이따금씩 값비싼 주방기기나 가구와 같은 내구성 상품을 들고 오는 사람들이 있다. 성의는 고맙지만 받는 사람의 입장에서는 곤혹스러울 때가 한두 번이 아니다. 더구나 부피가 큰 물건은 집에 놓아둘 데도 없다. 할 수 없이 되돌려주어야 한다. 상대의 성의를 무시하는 것 같기도 하지만 어쩔 수 없는 일이다. 이것을 오랫동안 지켜 보아온 그 고참 수련자가 말했다.

"선생님께서는 값비싼 내구 상품은 대개 되돌려 보내시는데 꼭 그러실 필요는 없는 것이 아닐까요. 그냥 받아두셨다가 필요한 사람에게 나누어 주셔도 되는 거 아닙니까?"

"나는 자연스러운 인정의 흐름까지는 막고 싶지 않습니다. 허준 선생이 가난한 백성들을 무료로 치료해 주었을 때 병이 나은 사람들은 어떻게 했습니까? 보답을 하고 싶어도 마음뿐인 그들은 달걀 몇 개, 열무 몇 단, 장작 한 짐, 쌀 몇 되 식으로 고마움을 표시했습니다. 허준 선생은 이것을 받아 식구들이 먹고 남은 것은 가난한 이웃들에게 나누어 주었습니다.

나는 이러한 인정의 흐름을 원했을 뿐이지 주는 사람이나 받는 사람에게 다 같이 부담이 되는 값비싼 선물 같은 것은 애당초 원치 않는 사람입니다. 나한테 도를 전수받은 여러분들이 값비싼 선물을 하면 이 담에 여러분이 나와 같이 후배들을 돕는 입장이 되었을 때 비슷한 것을 바라게 될 것입니다. 이렇게 되어 물질이 오고 가는 경향이 커지기 시작하면 도(道)는 물질에 가려져서 질식되어 버리고 맙니다.

나는 여러분보다 조금 앞서 공부를 하여 하늘의 기운을 받아 그것을 필요로 하는 여러분에게 전달해주는 심부름꾼에 지나지 않습니다. 나라고 하는 개인이 여러분을 도와주는 것이 아니고 나를 통해서 섭리의 힘이 여러분에게 역사하는 겁니다. 미구에 여러분도 꼭 나와 같은 입장에 서게 될 것입니다. 이 도(道)가 계속 널리 전파되기 위해서라도 물질적인 욕망은 마땅히 자제되어야 합니다."

"그러니까 선생님께서는 선물을 가져오려면 먹거나 써서 금방 없앨 수 있는 식품이나 소모품을 선호하신다는 말씀이군요."

"그렇습니다. 있어도 그만 없어도 그만인 그러한 것이 가장 좋습니다. 수련하다가 잠깐씩 쉴 때에 손쉽게 나누어 먹거나 마실 수 있는 그런 것이라면 좋겠습니다. 그 외에 내가 바라는 것은 여러분이 나한테서 전수받은 도를 자기 나름으로 더욱 향상 발전시키는 것입니다."

우리집에 자주 오는 수련생의 소개로 오늘 처음 온 40대 후반인 강인철 씨가 말했다.

"선생님 저는 얼마 전까지만 해도 진리전도회의 신도였습니다. 5년 전까지만 해도 시청 공무원으로 근무하고 있었는데, 어느 날 진리전도회 회원에게 포섭되어 하루아침에 신도가 되었습니다. 신도가 되는 바람에 사표를 내고 퇴직금으로 탄 5천만 원까지 몽땅 진리전도회에 바쳤습니다."

"순전히 자발적으로 한 일입니까?"

"지금 와서 생각해 보면 지극히 어리석은 짓이었지만 그때는 5천만 원이 아니라 5억 원이 있었다 해도 미련 없이 바쳤을 겁니다."

"아예 완전히 푹 빠졌었군요."

"결국 그렇게 되었습니다."

"가족은 몇이나 있습니까?"

"아내하고 남매가 있습니다."

"그 가족은 누가 부양했습니까?"

"제가 그렇게 미쳐 돌아가니까 집사람은 아이들 데리고 친정에 가서 겨우 연명을 해왔습니다."

"그럼 강인철 씨는 그동안 어디에 있었습니까?"

"결국은 출가(出家)를 단행한 겁니다."

"어디로 출가를 했습니까?"

"진리전도회 안으로 들어가 살았습니다."

"거기서는 무엇을 주로 했습니까?"

"도를 닦았죠. 진리전도회 일도 해주고요."

"도를 닦는 목적이 무엇입니까?"

"천지개벽 시에 살아남기 위해서죠. 지금은 선생님의 『선도체험기』를 읽고 반신반의하고 있지만 그때만 해도 오직 살길은 그 길밖에 없다고 생각한 것입니다."

"그렇다면 강인철 씨는 아직도 천지개벽론의 꿈에서 완전히 깨어나지 못했군요. 도대체 천지개벽론 어느 대목에 그렇게 매력을 느꼈습니까?"

"진리보급회 경전뿐만이 아니고 『격암유록』이나 노스트라다무스의 예언이나 요한 계시록 같은 예언서들도 전부 다 세계의 종말 즉 천지개벽을 예언하지 않았습니까?"

"그런 예언을 하기는 했지만 어디까지나 교훈적인 성격들을 띠고 있을 뿐이지 어느 날 어느 시에 종말이 꼭 온다고 구체적으로 말하지는 않았습니다."

"그렇지만 대체적으로 금세기 말에 천지개벽이 시작되는 거 아닙니까?"

"강인철 씨는 아직도 꿈에서 깨어나지 못했군요. 예언서에 나온 말들은 귀에 걸면 귀걸이 코에 걸면 코걸이 식으로 애매모호하기 짝이 없습니다. 또 그러한 예언들은 이미 몇천 년 전부터 있어 왔지만 한 번도 적중한 일이 없습니다. 작년에도 다미선교회에서 휴거론을 들고 나와 한때 소동을 피운 일이 있지만, 과거의 종말론은 전부 다 혹세무민한 것으로 결론이 나버리고 말았습니다."

"그러나 과거에 천지개벽이 있었던 것은 사실이 아닙니까?"

"그건 사실입니다. 지질학적으로 지구의 역사를 살펴보면 대홍수나 천지개벽 같은 대지각 변동이 여러 번 일어났었다는 것을 알 수 있습니다. 또 지구의 회전축의 각도가 여러 번 변했었고 지금도 조금씩 변하고 있는 것은 사실입니다.

그러나 앞으로 언제 그런 전 지구적 규모의 대격변이 일어날지는 아무도 모릅니다. 오직 섭리만이 알고 있을 뿐입니다. 또 설사 천지개벽이 일어난다고 합시다. 일어나면 일어났지 뭣 때문에 잘 다니던 직장에는 사표를 내고 퇴직금을 5천만 원씩이나 진리전도회인가 뭔가 하는 곳에 갖다가 바칠 필요까지 있습니까?"

"『격암유록』에도 있다시피 앞으로 1만 2천 도통군자가 우리나라에서 나타나 온 세계를 구한다고 하지 않았습니까?"

"강인철 씨는 『선도체험기』를 다 읽었다면서도 아직도 그런 꿈에서 깨어나지 못했군요. 세계의 종말이니 천지개벽이니 1만 2천 도통군자니 하는 것은 물질과 시공 속에 얽매여 있는 현상 세계에 한정된 이야기라는 것을 알아야 합니다.

내일 지구의 종말이 온다고 해도 나는 오늘 사과나무를 심겠다고 스피노자라는 서양의 철학자는 말하지 않았습니까? 그 사람은 왜 그런 말을 했겠습니까? 죽지 않는 영원한 생명을 알고 있었기 때문입니다. 강인철 씨는 아직도 물질과 시공 속에 구속되어 있는 인간의 육체 생명이 전부인 줄 알기 때문에 천지개벽론 따위에 겁을 먹고 있는 겁니다. 인간의 본질, 도(道), 진리, 자성(自性)은 육체생명을 넘어선 곳에 있습니다. 강인철 씨는 인간의 몸이 인간 그 자체인 줄 알고 있습니다. 강인철 씨는 자기의 몸이 강인철 씨 자신일 줄 착각을 하고 있습니다. 그러나 실상은 그렇지 않습니다.

인도의 성자 중에 라마나 마하리쉬라는 사람이 있었습니다. 그는 12살 때 학교에 갔다가 집에 돌아와보니 아버지가 돌아갔다고 친척들과 동네 사람들이 모여서 웅성대고 있었습니다. 아침까지도 멀쩡하던 아버지가 돌아가셨을 리가 없다고 생각한 그는 아버지 방으로 쏜살같이 달려갔습니다. 아니나 다를까 아버지는 침대에 평소에 잠잘 때처럼 반듯이 누워있었습니다.

"아버지는 저렇게 살아 계신데 왜 돌아가셨다고 합니까?"하고 그는 옆에 있는 친척에게 물었습니다. 그러자 그 친척 아저씨는 "얘야, 아버지는 돌아가셨단다. 만약에 아버지가 돌아가지 않았다면 네가 학교에서 돌아왔는데도 못 본 척하고 누워만 계실 리가 없지 않겠니?"하고 말했습니다. 그 말을 들은 마하리쉬는 침대에 가서 아버지의 손을 만져 보았습니다. 싸늘하고 딱딱하게 굳어 있었어요. 그때에야 이 소년은 아버지의 몸은 아버지가 아니라는 것을 깨달았습니다. 그럼 진짜 아버지는 어떻게 생겼을까요? 진짜 아버지는 형체도 냄새도 색깔도 없는 그 어떤 존재라는 것을 알게 되었습니다.

강인철 씨도 이것을 알아야 합니다. 강인철 씨의 몸뚱이는 강인철 씨 자신이 아니고 임시로 쓰고 있는 외형적인 겉옷에 지나지 않는 겁니다. 설사 지구의 종말이 오고 천지개벽이 일어나 지구상의 인류가 전멸한다고 해도 그것은 어디까지나 물질과 시공에 얽매인 강인철 씨의 임시 거처인 몸이 없어질 뿐이지 강인철 씨 자신, 즉 강인철 씨의 실상인 자성, 진아(眞我)는 엄연히 그대로 있는 겁니다."

"지구가 완전히 파멸해 버린다면 어디에 가서 살 수 있겠습니까?"

"이 우주 안에는 인간이 살 수 있는 지구환경과 비슷한 천체는 무수히 있습니다. 지구가 없어져 버리면 지구 이외의 별에도 얼마든지 가서 재생할 수 있습니다. 자성을 깨달은 사람은 우주 전체가 다 자기 소유인데 어디인들 못 가겠습니까?"

"과연 그런 일이 있을 수 있을까요?"

"좀더 열심히 공부를 하십시오. 자연히 그런 것을 알 때가 올 겁니다. 그때쯤 되면 지금의 강인철 씨 자신이 얼마나 어리석었는가 하는 것을 쓴웃음을 띄우고 되돌아볼 때가 반드시 오게 됩니다. 『선도체험기』를 23권까지 읽으신 분이 아직도 천지개벽론 따위에 전전긍긍해서야 되겠습니까?"

"선생님 그렇다면 강인철이라는 사람의 진짜 모습은 어떻게 생겼다고 생각하십니까?"

"어떻게 생겼다고 생각하면 벌써 형상에 사로잡힌 것이 됩니다. 강인철 씨의 진아(眞我)는 모습이 없습니다."

"모습이 없는데 어떻게 지금과 같은 모습으로 존재할 수 있습니까?"

"모습이 없으면서도 어떤 모습으로든지 나타날 수 있습니다. 아무것도 아니면서도 무엇이든지 될 수 있습니다. 이것을 옛 스승들은 진공묘유(眞空妙有)라고 표현했습니다. 모습 있는 개아(個我)에서 벗어나면 누구든지 자기 자신의 실상을 볼 수 있습니다. 이것이 바로 진아(眞

我)입니다."

"그럼 진아는 무엇입니까?"

"진아야말로 우주 전체입니다. 큰 사람과 큰 지혜와 큰 능력입니다. 여기서 '큰'이라는 형용사는 '무한한'이라는 뜻입니다. 이것을 깨달았을 때 비로소 우리는 대자유를 누릴 수 있습니다. 다시는 천지개벽론 따위에 마음이 흔들리는 일이 없어지게 됩니다. 어떠한 역경에 처하더라도 두려움과 근심 걱정을 하지 않게 됩니다. 우리가 선도를 공부하는 목적은 바로 이러한 경지에 도달하기 위해서입니다. 이때 비로소 우리는 생로병사에서 벗어나게 됩니다."

"선생님 제 친구 하나는 도장에 10년 이상이나 나가고 있는데도 도대체 기운을 느낄 수가 없다고 합니다."

"그래도 건강은 좋아졌을 거 아닙니까?"

"건강 하나는 많이 좋아졌다고 합니다. 그런데 그 이상의 발전은 없다고 합니다. 그뿐 아니고 한때는 백회 쪽이 시원한 느낌이 든 일도 있었는데, 어느 날 갑자기 무엇이 내리누르는 것 같더니만 중단까지도 꽉 막혀서 괴로움을 겪고 있다고 합니다. 도장의 사람에게 물어보아도 그냥 기가 떠서 그렇다느니, 기운이 역상해서 그렇다느니, 주화입마(走火入魔)해서 그렇다느니 알쏭달쏭한 말만 하고는 활공이라고 해서 안마 비슷한 것을 해줄 뿐이라고 합니다.

그래도 전연 낫지를 않아서 병원에 가서 정밀 진단을 해보았더니 몸에는 아무런 이상이 없다고 했답니다. 심인성 또는 신경성 질환 같다는 막연하고 무책임한 소리만 늘어놓고 있다고 합니다. 『선도체험기』를 읽어보면 이것은 분명 빙의 현상 같은데 선생님은 어떻게 보십니까?"

"정확히 잘 보셨군요. 그것은 틀림없는 빙의 현상입니다."

"선생님 그렇다면 도장에 나가지 않고 집에서 혼자 단전호흡을 10년 20년씩 해온 사람 중에도 기운을 전연 느끼지 못한다는 사람들이 수두룩한데 그 사람들도 전부 다 빙의 때문일까요?"

"십중팔구는 그럴 겁니다. 하늘은 요긴하게 쓸 인재에게는 남보다 가혹한 시련을 안겨주기 일수입니다. 그래서 앞으로 공부가 크게 될 인재일수록 심한 빙의 현상을 겪게 마련입니다. 호랑이는 새끼들을 훈련시킬 때 어떻게 하는지 아십니까? 높은 벼랑에서 일부러 밑으로 굴러 떨어뜨립니다. 어떻게 하든지 제자리로 돌아오는 새끼들은 키우고 돌아오지 못하는 새끼들은 그대로 방치해 버립니다. 이 시련을 이기지 못하고 도망친 범 새끼들은 스라소니가 되어버리고 마는데, 이것은 낙오된 바보 호랑이를 말합니다. 선도 수련자들은 어떻게 하든지 이 위기를 극복해야 합니다. 극복한 사람은 향상 발전할 것이고 극복하지 못한 사람은 뒤쳐지고 말 것입니다."

"선도 수련자에게는 가장 현실적인 문제이면서도 가장 소홀히 하고 있는 것이 바로 빙의 문제가 아닌가 생각됩니다."

"옳게 보셨습니다."

"빙의에 가장 효과적으로 대처할 수 있는 좋은 방편을 좀 알려주십시오."

"그 방편은 내가 언제나 말하는 겁니다."

"그게 뭔데요?"

"정신 똑바로 차리고 지켜보는 겁니다."

"관(觀)을 말씀하시는 건가요?"

"맞습니다. 관찰만 제대로 할 수 있다면 우리 앞에 닥치는 어떠한 역경이나 난제든지 다 해결할 수 있습니다. 바로 이 관찰을 통하여 빙의는 인과 때문에 오는 업장이라는 것도 알게 됩니다. 알게만 된 것이 아니고 꾸준히 관찰을 하게 되면 빙의령도 천도시킬 수 있다는 것도 알게 됩니다."

"선생님께서는 빙의 현상을 언제부터 아시게 되었습니까?"

"빙의 현상은 20년 전 내가 한때 심령과학에 심취했을 때부터 알게 되었습니다."

"선생님은 20년 전에는 선도수련을 하시지 않으실 때가 아닙니까?"

"물론입니다."

"선도수련을 하신 이후로는 언제부터 빙의에 눈을 뜨시게 되셨는지요?"

"그때가 90년도니까 지금부터 4년 전이었습니다. 그러나 천도에 대해서 본격적으로 눈을 뜨기 시작한 것은 3년 전부터였습니다. 그 전까지만 해도 중단이 막혀서 고생하는 수련자가 찾아오면 압봉을 이용하여 막힌 경혈을 뚫어주곤 했는데, 그것이 사실은 빙의 때문이라는 것을 뒤에 알고는 압봉 이용하는 것을 그만두었습니다."

"압봉도 사실은 막힌 중단을 뚫는 데 상당한 효과가 있었던 것은 사실이 아닙니까?"

"그럼요. 체질점검을 하고 압봉을 붙이는 동안에 수련자의 빙의령은 이미 나한테 옮겨 와서 환골탈태 작용을 일으키고 있었던 겁니다. 천도(薦度)되고 있었다는 말입니다. 그러나 그때까지만 해도 그러한 사실은 모르고 있었죠."

"그럼 언제부터 빙의령의 천도에 대해서 확실히 아시게 되었습니까?"

"오행생식을 하고 단전호흡을 하다가 명현반응을 심하게 겪은 한 여교사가 병원에 찾아가서 수술받고 사망한 일이 있었는데, 그 여교사의 영가가 나를 찾아온 그녀의 남편에게 빙의되어 있다가 나에게 옮겨온 일이 있었고 뒤이어 곧 천도된 일이 있었는데, 이때부터 나는 빙의령이 천도되는 과정을 확실히 알게 되었습니다. 이 모든 것을 알게 된 것은 순전히 관찰을 통해서였습니다. 이것을 알게 되고 나서는 압봉을 이용하는 것을 그만두게 되었습니다."

"그런데도 선생님께서는 빙의 문제에 대하여『선도체험기』속에 본격적으로 다루시게 된 것은 18권부턴가였는데, 그건 왜 그렇게 되었습니까?"

"빙의와 천도의 과정을 알았을 때만 해도 일단 빙의되어 들어온 영가를 한번 천도시키는 데 보통 3시간이나 걸렸고 천도되는 과정이 나에게는 큰 고통이었습니다. 바로 이 고통 때문에 발표를 망설였던 거죠. 그러나 다행히도 그 후 빙의령을 천도하는 일이 거듭되면서 내 능력도 조금씩 향상되어 드디어 1시간 안으로 빙의된 영가를 천도시킬 수 있게 되고 빙의되었을 때의 고통도 점점 줄어들기 시작했습니다.

나중에는 파리 한 마리가 이마에 앉아 왔다 갔다 하는 정도밖에는 신경을 쓰지 않게 되었습니다. 그전에는 수련자에게서 빙의령이 옮겨왔을 때 중단이 콱 막히는 것 같은 고통을 느꼈는데, 그러한 고통도 점점 완화되어 이제는 참을 만하게 되었습니다. 이쯤 되니까 빙의령 천도에 어느 정도 자신을 갖게 되고 이제는 발표해도 되겠다 싶었습니다. 『선도체험기』19권에 '영가천도'라는 항목으로 다루게 된 것도 이때부터였습니다."

"선생님한테서 지도를 받고 있는 수련생 중에 남의 빙의령을 천도시킬 수 있는 능력을 가진 분이 있습니까?"

"있구말구요."

"몇 분이나 됩니까?"

"아직은 많지는 않습니다. 일곱 사람밖에 안됩니다. 그러나 곧 그렇게 될 사람이 줄을 잇고 있습니다."

"그분들은 남의 빙의령을 볼 수도 있고 그것을 옮겨다가 천도까지도 시킬 수 있다는 말씀입니까?"

"물론입니다."

"선생님 어떻게 생각하십니까? 앞으로는 선도의 지도자쯤 되려면 빙의가 되어 수련이 답보 상태에 있는 수련생들의 빙의령을 천도시킬 수 있는 능력이 있어야 하는 거 아닙니까?"

"마땅히 그래야 합니다. 앞으로는 수련생의 빙의령을 천도시킬 만한 능력이 없는 지도자는 스스로 물러나는 풍토가 되어야 합니다. 이러한 능력을 갖춘 지도자가 많아지게 되면 어떤 종단에서처럼 기수련하는 사람을 이단으로 취급하여 종단에서 쫓아내는 어리석음은 더이상 범하지 않아도 될 것입니다."

"선생님 그렇다면 기수련을 못 하게 하는 그 종단 안에는 수련생의 빙의령을 천도시킬 수 있는 능력을 가진 성직자가 없다는 말과 같지 않습니까?"

"글쎄요. 그렇다고 봐야 할 겁니다. 간혹 그런 능력을 가진 지도자가 있다는 소문도 있지만 직접 확인을 해보지 않았으니 알 수 없는 일입니다. 그러나 그 종단에서 기공부하는 수련자를 지금도 계속 배척하는 한 그러한 능력을 가진 분이 없다는 말과 같지 않나 하는 생각은 해보게 됩니다."

"그 종단에서 기공부하는 수련자를 배척하는 이유는 무엇입니까?"

"기공부하는 사람들은 대체적으로 빙의가 되거나 접신이 되어 정신병자가 되는 일이 많고 엉뚱한 곁길로 새는 일이 있다는 것이 주된 이유입니다. 만약에 그 종단 안에 유능한 지도자가 있었다면 이러한 것은 능히 해결할 수 있었을 겁니다. 그런데 아직 빙의나 접신을 해결했다는 말이 들리지 않는 걸 보니 빙의령을 실제로 천도시킬 수 있는 능력을 가진 지도자가 그 종단 안에는 없지 않나 생각됩니다."

"선생님은 접신이나 빙의된 사람에게서는 누구에게서나 그 영가를 천도시킬 수 있습니까?"

"그렇지 않습니다. 적어도 나와는 공감대가 이루어져 있어야 합니다. 가령 접신된 정신병자가 있다고 합시다. 자기는 정신병자가 아니고 정상인이라고 생각하거나 접신된 영가를 천도시킬 필요를 전연 느끼지 않는다면 별 도리 없는 거 아니겠습니까?"

"저 역시 선생님처럼 앞으로 선도의 지도자가 되려는 사람은 천도능력을 갖추어야 한다고 봅니다. 지금 수련생들에게 가장 절실하고 현실적인 문제는 자기가 빙의가 되어 있으면서도 그 사실을 전연 모르고 있는 겁니다. 10년 20년 도장에 나가거나 집에서 혼자 단전호흡을 하고도 기를 느끼지 못하는 사람은 전부가 다 빙의가 되어 있다고 보아도 과언이 아닙니다. 이러한 수련자들에게 앞길을 열어줄 만한 능력이 없는 사람이 선도의 지도자가 된다는 것은 말이 안 됩니다. 어떻게 하면 전국의 선도수련장 지도자들이 천도능력을 갖게 할 수 있을까요?"

"평안감사도 자기 싫으면 그만입니다. 그러한 능력을 갖고 싶으면 열심히 지극정성으로 공부를 계속해야 되는데, 그 사람들은 별로 그러한 필요성을 느끼고 있는 것 같지 않습니다. 그뿐이 아닙니다. 그 사람들은 도대체 빙의가 무엇인지조차도 모르고 있습니다. 구도심(求道心)을 갖고 현직에 있는 지도자들이 일대 각성을 하여 열심히 공부를 해야 합니다. 공부하는 자신을 정신 똑바로 차리고 늘 지켜보는 사람은 조만간 그러한 능력을 반드시 갖게 될 것입니다."

"그러나 그것은 요원한 장래의 일입니다. 천도 능력을 가진 스승이 그러한 지도자들을 적극 육성해야 되는 거 아닙니까?"

"그래야죠. 그러나 천도 능력을 가진 스승이 있다고 해도 그것을 배우려는 제자가 없으면 어쩔 수 없는 일이 아니겠습니까?"

"하긴 그렇겠군요."

중단이 막히는 이유

1994년 5월 26일 목요일 14~24℃ 구름

오후 3시. 경향 각지에서 온 5명의 수련생들이 내 앞에 앉아 수련을 하고 있었다. 한 수련생이 물었다.

"선생님께서는 얼마 전까지만 해도 수련 도중에 중단이 막히는 이유는 마음이 막혀 있기 때문이라고 하셨는데, 요즘은 그 이유를 다르게 말씀하시는 것 같습니다. 어느 쪽이 맞는지 모르겠습니다."

"중단이 막히는 이유를 얼마 전까지만 해도 마음이 막혀 있기 때문이라고 말한 것은 사실입니다. 크게 보면 틀린 말은 아닙니다. 마음이 바다같이 넓은 사람은 이미 견성을 하고 성통을 했으니까 가슴이 답답하다든가 중단이 막히는 일 따위는 있을 수 없습니다. 그러나 나 역시도 꾸준한 관찰을 거듭한 끝에 최근에야 진실을 알아냈습니다. 좀더 구체적으로 말하면 가슴이 답답하다든가 중단이 막히는 이유는 빙의 때문입니다."

"또 그전에는 가슴이 답답한 이유는 기가 뜨거나 기가 역상하거나 주화입마 했기 때문이라고 말씀하신 일도 있습니다. 그건 어찌된 겁니까?"

"그렇게 한때 말한 일이 있었다는 것을 솔직히 인정합니다. 그러나 지금은 아닙니다. 그때는 나도 수련이 덜되어 미처 그 원인을 제대로 파악하지 못했기 때문에 『혜명경』이나 그 밖의 단학에 관한 옛 책들이 말한 것을 되풀이했었는데 지금은 직접 관찰을 통하여 진실을 알아내었습니다. 의학적으로 아무 이상이 없다는 진단이 분명 나왔는데도 몸이 계속 아플 때는 그것은 틀림없이 빙의 현상입니다."

"선생님 저는 선도수련을 시작한 지는 8년이 넘었습니다. 그런데 이상하게도 기운을 느낄 수가 없었습니다. 그런데 최근에 어떤 사람이 저를 유심히 살펴보고는 당신은 여자에게 빙의가 되어 있으므로 절대로 수련을 할 수 없다고 합니다. 정말 그런 일이 있을 수 있는지 선생님께 알아보고 싶어서 이렇게 찾아 왔습니다."

이렇게 말하는 그를 영안으로 보니 수많은 개떼에게 빙의되어 있는 것이 보였다.

"누가 그런 소리를 했습니까?"

"뭘 좀 볼 줄 안다고 소문이 난 사람입니다."

"남잡니까?"

"아뇨, 여잡니다."

"무당입니까?"

"그런 것 같습니다."

"오죽 답답했으면 무당한테까지 찾아가서 수련이 안 되는 이유를 물어 보았겠습니까? 그러나 『선도체험기』 독자가 창피하지도 않습니까? 기운을 느낄 수 없는 원인을 겨우 무당을 찾아가 알아보려고 했다니. 여자에게 빙의되었다는 것은 잘못 보고 한 소리였습니다. 당신은 전생에 개를 몹시 괴롭힌 인과를 갖고 있습니다. 그러니까 개의 영에게 집단 빙의되어 있습니다. 그 개떼에게 마음을 집중하고 어떤 변화가 일어나는지 관찰해 보십시오. 물론 단전호흡을 해야 합니다."

그렇게 한지 40분쯤 지났을 때였다.

"선생님, 제 백회를 통해서 무엇이 자꾸만 빠져나가는 것 같습니다. 그러면서 답답하던 가슴이 풀리기 시작했습니다."

"그것뿐입니까?"

"단전도 뜨뜻해오기 시작했습니다."

"그것이 무엇을 의미하는지 아시겠습니까?"

"갑자기 당하는 일이라 아직은 뭐가 뭔지 잘 모르겠습니다."

"백회로 무엇이 자꾸만 빠져나가는 것은 집단 빙의되었던 개의 영들이 하나씩 빠져나가는 것을 말합니다. 이것을 보고 빙의령이 천도되어 나간다고 말합니다. 가슴이 풀리기 시작한 것은 중단에 정체되었던 기운이 뚫리는 것을 말하고, 단전이 달아오르는 것은 단전에 축기가 되는 것을 말합니다. 기운을 제대로 느끼기 시작한 것을 말합니다."

"선생님 그럼 저도 선도를 할 수 있다는 말씀입니까?"

"물론입니다. 『선도체험기』 독자이면서 그 저자를 찾아올 정도라면, 여자의 영이 빙의되어 절대로 수련을 할 수 없다고 허풍을 떤 무당을 믿어야 합니까, 아니면 『선도체험기』 저자를 믿어야 합니까?"

"선생님 제가 너무나 어리석었습니다."

"이제 알았으니 됐습니다. 알지도 못하면서 엉뚱한 소리를 늘어놓아 수련자를 현혹시키는 사람은 참 많습니다. 실력이 없으면 공부를 할 생각은 않고 엉뚱한 헛소리를 남발하여 수련자를 실망시키는 짓은 하지 말아야 합니다. 사람은 누구나 다 똑같다는 것을 알아야 합니다. 열의와 정성만 지극하면 수련이 안 되는 사람은 이 세상에 있을 수 없습니다. 단지 수련이 일찍 되고 더디 되는 차이는 있습니다. 그것은 각 개인의 업장 때문입니다.

10년 20년씩 단전호흡을 해도 기운을 느낄 수 없는 원인은 빙의 현상 때문입니다. 빙의는 인과와 업장에서 온다는 것을 알아야 합니다. 이것도 모르고 엉터리 무당이나 가짜 도인들은 잠꼬대 같은 소리만 늘어놓고 있습니다. 제대로 공부를 하지 않아서 빙의령을 볼 줄 모르기 때문에 이런 실수를 저지르는 겁니다.

1994년 5월 29일 일요일 15~23℃ 비

하루 종일 비가 오는 바람에 등산을 거르는 수밖에 없었다. 평소와 같이 오전에 집필을 끝냈다. 오후 3시가 되자 두 명의 수련생이 다녀갔다. 오후 5시 20분경 혼자 서재에 앉아서 독서를 하고 있는데, 중단이 슬그머니 막혀 왔다. 3년 전까지만 해도 흔히 있었던 일이지만 근래엔 별로 없는 현상이었다. 중단이 막혀 오기는 했지만 그 전처럼 못 견디게 괴로운 것은 아니고 능히 견딜 만했고, 일상적인 일은 아무 지장 없이 계속할 수 있었다.

그러나 실려오는 무게로 보아 대단히 비중이 큰 신령임에 틀림없었다. 나는 들어온 빙의령을 관찰했다. 이윽고 한 형상이 서서히 나타났다. 백발이 성성한 왕관을 쓴 임금이 나를 향해 절을 하고 있었다. 누굴까? 왕관이나 의상으로 보아 조선왕조 시대의 임금은 분명 아니었다. 삼국 시대의 임금 같았다.

나는 계속 관찰을 해 나갔다. 고구려, 신라, 백제 중 어느 나라 임금일까? 고구려의 임금이라는 강한 느낌이 들었다. 나는 과거 생에 고구려와 신라에서 임금 노릇도 했고 벼슬살이도 했던 나 자신의 모습을 여러 번 수련 중에 본 일이 있으므로 그러한 인연 때문에 나에게 도움을 받으려 들어온 것일까.

그럼 고구려의 어느 임금일까? 계속 마음을 집중하자 광개토대왕이 떠올랐다. 그러나 내가 아는 상식으로는 광개토대왕은 장년에 세상을 떠났다. 나는 삼국사기 광개토대왕조를 훑어보고 뒤이어 그다음 임금에게 눈이 갔다. 장수왕. 그는 이름 그대로 향년 98세의 장수를 누렸다.

'고구려 제20대 왕. 휘호는 거련(巨連) 또는 연. 427년 평양으로 천도. 475년 백제를 쳐서 한성(漢城)을 함락하고 개로왕을 살해하였고, 신라의 영토도 공략하여 고구려의 판도를 많이 넓혔음. 〈394-490 : 재위기간 413-490〉' 이희승 『국어대사전』 장수왕조에 나와 있는 대로다.

지금으로부터 무려 천오백여 년 전에 활동했던 장수왕. 그의 영혼이 어떻게 나에게 도움을 청했을까? 여기서 말한 '나에게'라는 말 속의 '나'는 이기적인 나는 분명 아니다. 그러면 어떠한 '나'일까? 그것은 '나 없는 나'다. 그 정도의 비중이 큰 임금이 이기적인 나에게 도움을 청했을 리는 만무한 일이다.

이 글을 읽는 독자들 중에는 혹시 저자를 보고 정신 나간 사람이 아닌가 하고 의심을 하는 사람이 있을지도 모른다. 그러나 나로서는 본 대로 느낀 대로 쓸 수밖에 없다. 『선도체험기』 제1권 서문에서 말한 대로 "선배 수련가들의 말을 들어보면 어느 경지에 도달하면 천기가 누설될까 봐 아예 입을 다물어버리게 된다고 한다. 나는 아직 그 경지에는 이르지 못했다. 바로 그 경지에 이르기까지 앞으로도 내가 겪은 선도수련 체험을 기록해 나갈 작정이다. 그것이 작가로서의 의무요 사명이라고 생각되기 때문이다."

이 약속을 나는 『선도체험기』 시리즈가 끝날 때까지 지키지 않을 수 없다. 그러나 솔직히 말해서 현실 문제와 관련이 있는 민감한 사항들은 생략을 하지 않을 수 없다. 내가 수련 중에 겪은 일을 그야말로 곧이곧대로 다 쓴다면 이 책을 더이상 쓸 수 없는 지경에까지 이를지도 모르기 때문이다.

그런 일만은 피하지 않을 수 없다. 그것은 독자와 저자를 위해서도 불가피한 일이다. 그러나 천오백 년 전 임금의 얘기이고 그 임금의 후손들이 필자를 고발할 것 같지도 않고 하여 과감하게 써보았다. 나에게 들어왔던 장수왕의 영가는 정확히 한 시간 만에 천도되었다.

1994년 5월 31일 화요일 13~27℃ 맑음

새벽 달리기를 한참 하다가 한 상념이 문득 떠올랐다. 광개토대왕과 장수왕은 부자지간이었다. 아들이 아버지에게 절을 하는 것은 하등 이상할 것이 없는 것이 아닌가. 그렇다면 부자의 인연으로 그가 나를 찾아 왔단 말인가? 있을 수 있는 일이다. 이 세상에 있을 수 없는 일은 없다. 더구나 시공과 물질과 시비와 대립과 선악을 초월한 진리의 세계에서는 불가능이란 있을 수 없는 것이다.

알고 보면 인간은 물론이고 만물의 본질은 거대한 거울과도 같다. 그리고 그 거울 속에 비쳐지는 것들은 시간과 공간 속에 얽매인 삼라만상이다. 우리의 몸 역시 그러한 삼라만상의 일부에 지나지 않는다. 거울에는 온갖 것들이 다 스쳐 지나간다. 그러나 그들이 스쳐 지나간 뒤 거울은 텅 비어버리는 때도 있다. 허지만 그 비어 있는 속에서는 만물만상이 필요에 따라 언제나 떠오를 수 있다.

거울 속에 비쳐지는 형상들 중 그 어느 하나에 집착하지 않는 한 우리는 그 모든 것을 손아귀에 거머쥘 수 있다. 그러나 그들 중 어느 하나에 집착할 경우 우리는 희로애락의 고통 속에 휘말리게 된다. 사람의 몸 역시 그 형상들 중의 하나에 지나지 않는다. 그러니까 우리는 누구든지 광개토대왕이 될 수 있고 장수왕이 될 수도 있는 것이다. 우주만물은 둘이 아니고 하나이기 때문이다. 영가의 형태로 누가 나에게 찾아와 절을 한다고 해서 새삼 우쭐해 할 것도 없는 일이다.

그가 나고 내가 그인 이상 무엇을 따로 구분하고 대비시킨다는 것 자체가 무의미하다. 단지 섭리의 필요에 따라 이것도 되고 저것도 될 수 있을 뿐인 것이다. 따라서 거울에 비치는 영상에 집착만 하지 않는 한 우리는 그 거울의 소우주가 될 수 있다. 여기서 거울은 우주 자체를 말한다. 우주는 진리고 진리는 도다.

진리는 거대한 거울과 같을 뿐만 아니고 또한 우주만한 영사막과 같다고 할 수 있다. 눈에 보이는 모든 것은 바로 이 영사막에 비치는 영상들이다. 온갖 영상들이 그 쓰임에 따라 나타났다가는 사라진다. 우주가 한순간도 쉬지 않고 움직이듯 이 영상들도 끊임없이 나타났다가는 사라지게 되어 있다. 우리가 이들 영상들 중의 어느 하나에 사로잡히지 않는 한 우리는 언제나 그 영사막 자체로 남을 수 있을 뿐만 아니고 그 영사막의 주인이 될 수 있는 것이다. 영사막에 비추는 영상들은 무상하건만 영사막 자체는 영원부터 영원까지 그대로 있다. 그러나 사실은 똑같은 영상이 똑같은 시간대에 비추어질 수 없듯이 영사막은 변하지 않으면서도 변하고 있다. 또 변하면서 변하지 않고 있는 것이다.

죽음 속에 삶이 있다

1994년 6월 4일 토요일 17~26℃ 가끔 흐림

오후 3시. 자주 찾아오는 정태윤 씨가 말했다.

"요즘 미국에서는 창조학이라는 새로운 수련체계가 개발되어 많은 마스터(스승)들이 양성되어 신속하게 보급이 되고 있다고 합니다. 선생님 혹시 창조학에 대해서 들어 보신 일이 있습니까?"

"아뇨. 금시초문인데요. 어떤 수련방법을 말하는데요?"

"에고(ego)를 아주 조직적으로 파괴하여 결국에는 창조주 자신만이 남게 된다고 합니다. 그런데 그렇게 수련하는 과정이 지극히 과학적이고 합리적이라고 합니다."

"그럴듯한 얘기군요. 과학과 합리주의는 현대인의 정신을 떠받드는 두 개의 기둥이 아니겠습니까? 수련에도 그것을 역이용해 보겠다는 발상엔 찬성을 합니다. 그러나 진리와 깨달음은 과학이나 합리주의를 초월한 곳에 있습니다. 과학과 합리주의만을 고집하는 한 도에 이르기는 어려울 겁니다."

"어쨌든 모로 가도 서울만 가면 되는 게 아닐까요?"

"그렇습니다. 모로 가든 갈짓자로 가든 똑바로 가든 서울만 가면 되는 것은 틀림이 없습니다. 그러나 꼭 과학과 합리의 길만을 고집하는 것은 일종의 집착이라고 봅니다. 계율에 위반되지 않는 이상 방편에는 구애받지 않아야 한다고 봅니다."

"선생님 우리나라에서도 중국 기공에서처럼 수련의 체계가 잡히고 수련의 단계 같은 것도 설정되어야 하는 것이 아닌지 모르겠습니다. 국내의 모든 선도 도장의 지도자들이 모여서 대책 회의를 열고 어떤 공인된 체계를 만들어야 할 것 같습니다. 중국에서는 기공사 제도가 있어서 마치 의사처럼 공개시험을 거쳐 자격이 부여된다고 합니다."

"중국 기공의 목적은 일상생활에 편리를 가져다주고 질병을 고치는 등 실용적인 면에 한정이 되어 있으니까 그러한 제도를 만들 수도 있을 겁니다. 그러나 어떤 제도든지 도(道)를 규제하려는 것과 같이 불가능한 일이 될 것입니다. 도는 생명인데 생명은 원래 어떠한 규제든지 거부하는 것이 그 속성입니다. 항상 흐르는 물과 같아서 어떠한 규제를 가하여 흐름이 정체되면 썩어버립니다. 종교가 지나치게 신도들에게 규제를 가하면 반드시 부패하는 것도 같은 맥락입니다.

선도는 일상생활에 편리를 주거나 질병을 고치는 것이 목적이 아닙니다. 망아(妄我)에서 진아(眞我)를 찾아내자는 것이 기공부의 진정한 목적이 되어야 합니다."

1994년 6월 10일 금요일 17~28℃ 구름 맑음

오후 3시부터 다섯 명의 수련생들이 내 앞에 반가부좌를 틀고 앉아서 수행을 하고 있었다. 남자가 셋, 여자가 둘이었다. 그중에 나이가 45세쯤 된 서인애라는 여자 수련생이 한창 수련에 열중하다가 느닷없이 말했다.

"선생님은 진짜 도인이세요?"

"도인이냐구요?"

"네."

"이 안에 도인 아닌 사람이 있나요?"

"그건 구도자를 말씀하시는 거겠죠."

"구도자는 도인이 아닌가요?"

"그야 크게 보면 도를 공부하는 사람은 다 구도자고 도인이라고 할 수 있겠죠. 그러나 제가 보기에는 구도자와 도인은 구분이 되어야 한다고 생각합니다."

"어떻게요?"

"도인은 그 옆에만 가도 무엇이 달라도 확실히 다른 데가 있어야 한다고 봅니다."

"다르다뇨. 무엇이 어떻게 다르다는 말씀입니까?"

"선생님처럼 옆에만 가 앉아있어도 이렇게 편안한 기운이 술술 들어와야 한다고 생각합니다. 기운만 들어올 뿐 아니고 그 기운이 몸속에서 돌고 돌아 심신에 좋은 변화를 일으킬 수 있어야 한다고 봅니다.

백회도 열리고 빙의령도 천도되고 몸속에 잠복해 있던 고질병도 자기도 모르는 사이에 치료되고 그렇게 하여 몸도 바뀌고 기운도 바뀌고 마음도 바뀌어야 합니다. 이런 분이 진짜 도인이지 입만 잔뜩 까가지고 입으로만 성통을 하고 해탈을 하고 성불한 사람은 옆에 가도 아무런 변화를 느낄 수 없습니다. 이런 점에서 저는 선생님은 진짜 도인이라고 봅니다."

"그건 서인애 씨가 생각을 잘못한 겁니다."

"제가 생각을 잘못하고 있다니요. 이건 제가 체험한 사실을 그대로 말하는 건데요."

"아무리 그렇다고 해도 너무나도 당연한 것을 거론하시기 때문입니다. 그것은 마치 바닷가에 가면 시원한 바람이 불어오고 땡볕에 정자나무 밑에 가 앉으면 시원한 그늘을 즐길 수 있다는 얘기와 조금도 다르지 않다 그겁니다. 나는 서인애 씨보다 수련을 조금 일찍 시작했고, 어떻게 하든지 정도에서 이탈하지 않고 갖은 유혹과 시험에 빠지지 않고 헤쳐 오려고 노력했을 뿐이지 서인애 씨와 다른 데는 아무것도 없습니다.

서인애 씨도 나처럼 곁눈 팔지 않고 수행을 하면 기필코 나처럼 될 겁니다. 그것은 실개천이 흐르고 흘러서 시내가 되고 강이 되어, 대해로 흘러드는 것과 같이 확실합니다. 그걸 가지고 왈가왈부하는 것 자체가 말하기조차 쑥스러운 일입니다. 그것은 마치 서인애 씨 앞에도 확실히 보이는 길을 놓고 새삼스럽게 감탄하는 것과 같습니다. 감탄할 시간이 있으면 수련의 행보를 한 걸음이라도 빨리 옮겨 놓는 것이 나을 겁니다."

"선생님의 백분의 일밖에 안 되는 능력밖에 없으면서도 새로운 종교를 만들어 교주가 되는 사람이 많습니다. 그런데도 선생님은 조금도 그런 티를 내지 않으시는 것이 이상할 정도입니다."

"티를 내다뇨. 티를 낸다면 그 사람은 이미 구도자가 아니고 대동강물을 팔아먹은 봉이 김선달 같은 사기꾼에 지나지 않습니다. 구도자는 오직 진리를 구할 뿐이지 교주가 되는 것 따위에는 애초부터 관심이 없습니다."

"그래서 도인은 교주와는 다르다고 생각됩니다."

"무엇이 무엇과는 다르다는 생각조차 하지 말아야 합니다. 오직 자기 앞에 열려 있는 길을 걸어가기만 하면 됩니다. 그렇게 한참 더 가다가 보면 서인애 씨 자신도 지금 내가 도달한 위치에 서게 됩니다. 그때 서인애 씨는 새로운 종교를 창안해 내겠습니까?"

"아니요. 절대로 그런 짓은 하지 않겠습니다."

"그럼 됐습니다. 완전히 깨달음이 올 때까지 곧바로 앞으로 나아가기만 하면 됩니다."

이번에는 남자 수련생이 입을 열었다.

"선생님 저는 포항에서 온 개업중인 한의사입니다. 이름은 이명환이라고 합니다. 선생님에게 꼭 상의드릴 일이 있어서 일부러 이렇게 찾아왔습니다."

"그러십니까. 무슨 일인데요?"

"선생님 혹시 이명복 박사의 사상팔상 체질 진단법이라는 거 아십니까?"

"네, 알고 있습니다. 우리집에 자주 출입하는 분이 『체질을 알면 건강이 보인다』는 책을 한 권 갖다 주기에 읽어 보았습니다."

"그 책의 내용을 어떻게 보십니까?"

"매우 기발한 착상이라고 봅니다."

"저는 직업이 한의사라 팔상법과 오행생식법을 면밀히 검토해 보았습니다. 두 가지가 일치하는 점도 있지만 상치되는 점도 있었습니다. 오행생식은 체형과 맥으로 알아낸 체질을 토대로 처방하는 데 비해서

팔상법은 완력 테스트니 오링 테스트 같은 것을 통해서 음식을 가려 먹습니다.

그런데 문제는 똑같은 음식을 놓고 오행생식은 어떤 체질에는 좋다고 했는데 팔상법에서는 그 반대로 말한 것이 있습니다. 이 양자의 차이점을 잘 연구하여 종합해 놓으면 좋을 것 같은데, 선생님께서는 어떻게 보십니까?"

"그거야 이명환 씨 같은 의사가 한번 해볼 만한 일이 아닙니까? 양자를 비교 연구해서 획기적인 건강법을 발견해 보도록 하십시오. 그런 것이 의사로서 마땅히 해볼 만한 일이 아니겠습니까? 그러나 나를 그런 일에 끌어들일 생각은 하지 마십시오. 내가 할 일과 의사가 해야 할 일은 같은 점도 있지만 다른 점도 있으니까요."

"어떤 점이 다르다고 보시는지요?"

"사람이 이 세상을 살아나가는 동안 건강하게 사는 것은 좋은 일이고 꼭 그래야죠. 그러나 무턱대고 이 세상에서 빈둥빈둥 아무 할 일도 없으면서 오래만 산다는 것은 별로 좋은 일은 아닙니다."

"아니 왜요? 건강과 장수는 인류가 이 지구상에 나타난 이래 한결같이 희구해 오는 염원이 아닙니까?"

"그것도 이 땅에서 마땅히 할일이 있을 때 얘기입니다. 아무 할일도 없으면서 오래만 산다면 그것은 자손에게 부담만 줍니다. 가마와 증기기관차는 때가 되면 박물관으로 들어가야 합니다. 할일 마쳤으면 보따리 싸가지고 떠나는 것이 당연한 일이 아닐까요. 그리고 건강과 장수는 어디까지나 어떤 목적을 달성하기 위한 방편이어야지 그것 자체가 목표가 될 수는 없습니다."

"그럼 선생님께서 희구하시는 목표는 무엇입니까?"

"『선도체험기』를 22권까지 읽었다면서 새삼스레 그런 질문을 하십니까?"

"아아 죄송하게 됐습니다. 그러니까 건강과 장수 역시 구도를 위한 하나의 방편에 지나지 않는다는 말씀이군요."

서인애 씨가 또 말했다.

"선생님께서는 정말 도인이세요?"

"왜 또 그런 말씀을 하십니까? 그런 말은 다 부질 없다고 하지 않았습니까?"

"그래도 생각할수록 납득이 가지 않아서 그럽니다."

"뭐가 그렇습니까?"

"선생님은 생식도 한끼에 한 숟갈밖에 안 드신다면서 어떻게 찾아오는 수련생에게 이렇게 많은 기운을 줄 수 있는지 그게 도무지 알 수 없습니다."

"구도자가 빙의나 접신이 되지 않고 올바른 길을 계속 정진해나가면 누구나 그렇게 된다고 말하지 않았습니까. 그리고 나에게서 기운이 나간다면 그것은 김태영이라는 개인에게서 나가는 것이 아닙니다. 그것은 내 개인의 기운이 아니라 하늘의 기운, 우주의 기운, 섭리의 기운이 내 몸을 통해서 여러분에게 흘러 들어갈 뿐입니다. 그러니까 나는 단지 하늘의 기운을 전달해주는 심부름꾼입니다. 발전소의 전기를 일반 가정이나 공장에 전달해주는 변전소에 지나지 않습니다. 그리고 서인애 씨는 날보고 한끼에 생식을 한 숟갈씩밖에 안 든다고 했는데, 그건 별 의미가 없는 말입니다."

"왜요?"

"식량은 소우주의 필요에 따라 늘어날 수도 있고 줄어들 수도 있기 때문입니다. 절대로 어떤 정해진 양이 있는 것은 아닙니다. 실제로 나는 한끼에 생식 한 숟갈씩 한 3년 동안 먹어온 일이 있지만 요즘은 운동량이 많아져서인지 두 숟갈 또는 세 숟갈씩 들고 있습니다.

더 늘어날 수도 있고 더 줄어들 수도 있습니다. 어떤 정해진 룰에 얽매일 필요는 없다는 말입니다. 수면도 마찬가지입니다. 수면 역시 소우주의 필요에 따라 어떤 때는 하루에 3시간 내지 다섯 시간으로 충분할 때가 있지만 어떤 때는 여섯 시간 내지 일곱 시간씩 잠을 자야 할 때도 있습니다. 생리 현상은 물 흐르듯 해야 합니다. 어떤 틀 속에 묶을 필요가 없습니다."

1994년 6월 11일 토요일 17~29℃ 구름 조금

오후 3시가 되자 토요일이라 그런지 수련생들이 하나둘 모여들기 시작하더니 어느덧 16명이 내 서재에 빼곡히 들어찼다. 열심히들 눈감고 명상을 하다가 박인훈 씨가 입을 열었다.

"선생님 저는 어제 친구의 장례식에 갔다 왔는데 아직도 침통한 기분이 가시지 않는 걸 보니 도를 이루려면 아직 멀어서 그렇겠죠?"

"장례식 치른 친구는 몇 살에 운명을 했는데요?"

"저하고 동갑인데 이제 겨우 60밖에 안되었습니다. 아직도 한참 더 살아야 하는 건데 퇴직금 1억을 몽땅 사기당하고 상심 끝에 산속에 들어가 나무에 목을 매어 자살을 했습니다."

"신문 사회면 기삿거리군요. 흔히 있는 일 아닙니까?"

"신문에서 읽을 때는 그런 일도 있었구나 하구 무심히 지나치곤 했었는데 제 친구가 그런 일을 당하는 걸 보니 남의 일 같지 않고 마음이 무겁습니다. 선생님 앞에서 이런 심정을 털어놓는 것이 송구스럽습니다."

"아니 그럴 필요 없습니다. 우리는 구도자이기 이전에 하나의 인간이 아닙니까. 친구가 자살을 했는데 마음이 침통하지 않은 사람이 어디 있겠습니까? 단지 구도자와 비구도자 사이에는 똑같은 일을 당해도 생각하는 데 차이가 있을 뿐이죠. 구도에 관심이 없는 사람이라면 며칠 동안 침통한 기분에 싸여 있다가 시간이 흐르면서 차츰 잊어버릴 것이고, 구도자라면 그 침통한 기분을 관찰하여 수도의 계기로 삼아 하나의 깨달음으로 승화시킬 것입니다.

이러한 차이가 있을 뿐이지 슬픔과 비통함을 느끼는 데는 하등의 차이가 있을 수 없다고 생각합니다. 아까 박인훈 씨는 친구가 당한 일이 남의 일 같지 않다고 하셨는데, 그 말에는 나도 동감입니다. 박인훈 씨 자신이 퇴직금 1억을 몽땅 사기당했다고 상상해 볼 수도 있습니다. 자살한 친구가 만약에 청념결백한 공직자였다면 부정축재를 하지는 않았을 것이고 게다가 물려받은 재산도 없고 아직 대학에 다니는 자녀가 있다면 한 가정의 생계를 책임진 가장으로써 정말 앞날이 캄캄했을 겁니다.

그러나 바로 이때가 중요합니다. 이 순간을 슬기롭게 넘길 수 있으면 오히려 전화위복이 될 수도 있었을 텐데, 그분은 상실감 자체에 얽매여 그것에서 헤어나지 못한 겁니다. 이때 조금이라도 도심이 싹터 있는 사람이었다면 소유욕이라는 것이 따지고 보면 얼마나 허망한 것인가를 깨달았을 겁니다. 금품을 도둑맞는다, 사기를 당한다, 무엇을 잃어버린다 하는 것은 처음부터 있었던 것이 아니고 그것은 일시적인 파동에 지나지 않는다는 것을 알고 있었을 겁니다. 그렇다면 그만 일로 그렇게 간단히 목숨을 끊는 행위는 하지 않았을 겁니다."

"자기 소유의 금품을 도둑맞는다, 사기당한다, 잃는다 하는 것은 처음부터 없다고 하셨는데 그 점을 좀더 알아듣기 쉽게 설명해 주셨으면 좋겠습니다."

"깊은 통찰 끝에 결국 우주와 나는 하나, 즉 우아일체임을 깨달은 사람이라면 금품에 대한 소유욕 자체에서도 이미 벗어나 있었을 겁니다. 물질은 소유하는 것이 아니고 필요할 때 이용하는 것이라는 확고한 의식이 자리잡고 있었을 테니까 상실감에 사로잡히지도 않았을 겁니다.

우주 전체가 나라고 생각하는 사람에게는 도둑맞는다, 사기당한다는 것 자체가 이미 의미를 상실하게 됩니다. 제아무리 도둑을 맞고 사기를 당한다 해도 그 물건은 매양 우주 안에 있고 단지 그 안에서 이쪽에서 저쪽으로 자리바꿈을 한 데 지나지 않는 것이기 때문입니다. 그런데 무엇 때문에 아직도 살날이 많이 남은 육체를 스스로 파괴합니까?

여기서 한 걸음 더 나아가서 깊은 관찰을 해 본 수련자라면 1억이나 되는 큰돈을 사기당한 것은 자기 자신이 그만한 인과를 저질렀기 때문이라는 것을 알았을 겁니다. 이것을 알았다면 지금까지 짊어지고 있던 무거운 업장의 짐 하나를 벗어버린 것으로 알고 오히려 홀가분하게 생각했어야 합니다."

"그래도 그 친구는 앞길이 막막하니까 차라리 죽음을 택한 거 아니겠습니까?"

"그렇다고 그 친구의 앞길이 환히 열리겠습니까? 열리기는커녕 오히려 살생의 더 큰 업장 하나를 짊어지게 된 것이죠. 우리 인생 앞에 밀어닥치는 어떠한 역경도 그 사람에게는 한 단계 더 높은 발전을 위한 시련입니다. 시련을 시련으로 보지 못하고 그것을 있지도 않은 절망으로 착각을 한 데서 자살이라는 덫에 걸려버린 겁니다.

퇴직금 1억을 사기당했다고 하지만 그 사람에게는 아직 집도 있고 처자도 있었을 거 아닙니까? 전쟁이 나서 졸지에 집과 처자와 재산을 몽땅 잃고도 의연히 살아남아 자기 갈길을 꿋꿋이 걸어가는 사람이 얼마든지 있는데, 그만 일로 자살을 택했다는 것은 단견이 지나쳤다고 보아야 합니다.

인생이란 하나의 수련도장이기도 합니다. 자살은 학교에서 공부하던 학생이 공부하기 싫다고 중도에 도망치는 것과도 같습니다. 또 수련하던 구도자가 수련하기 힘들다고 공부 도중에 도장에서 빠져 나오는 것과도 같습니다. 우리는 이 세상을 살아 나가면서 그 업장을 하나씩 하나씩 벗어나야 할 의무가 지워져 있습니다.

그런데 그 일을 마다하고 자살을 택하는 것은 교도소의 기결수가 복역기간 전에 탈옥을 하는 것과 똑같습니다. 탈옥을 한다고 해서 죄가 가벼워지겠습니까? 가벼워지기는커녕 도망죄까지 가중되어 더욱 무거운 형벌을 받게 됩니다. 또 자살하는 사람은 인생은 죽으면 그만이라

고 생각합니다. 그러나 죽으면 그만이 결코 아닙니다. 구도자는 누구
나 그것을 다 알고 있습니다. 생명은 영원한 것입니다. 우리가 인간으
로 태어난 것은 과거의 업장에 따라 인간으로 태어날 수밖에 없는 인
과를 지었기 때문입니다.

다시 말해서 인간이라는 옷을 입었을 뿐입니다. 육체 생명이 끊어
진다는 것은 그 인간이라는 옷을 벗는 것뿐이지 생명 자체가 말살되는
것은 아니라는 것을 자살자는 몰랐습니다. 인과에서 벗어나지 못하는
한 우리는 언제까지나 윤회의 고리에서 탈출할 수 없습니다. 이 윤회
의 고리에서 벗어나자는 것이 구도의 목적입니다. 견성은 바로 윤회의
고리에서 벗어나는 첫걸음입니다."

"선생님 어떻게 해야 견성을 할 수 있습니까?"

"사심(私心), 이기심, 욕심에서 벗어나면 견성을 할 수 있습니다."

"견성이란 무엇인데요?"

"참나 즉 진아를 보는 것을 말합니다."

"진아는 무엇입니까?"

"마음이 없는 상태 다시 말해서 무심(無心), 내가 없는 상태 즉 무아
(無我)의 경지를 말합니다. 무아, 무심의 상태가 되면 항상 진아 즉 진
리와 접할 수 있습니다. 그러한 사람의 일상생활은 섭리와 하나가 되어
늘 어떠한 난관이나 역경에도 구애받지 않고 유유자적할 수 있습니다."

"유유자적(悠悠自適)은 무엇인데요?"

"마음이 아무것에도 걸려 있지 않는 것을 말합니다. 다시 말해서 온
갖 욕망과 집착에서 벗어난 것이죠."

10단계 수련

1994년 6월 14일 화요일 19～31℃ 구름 조금

오후 3시. 오연옥이라는 가정주부 수련생이 와서 말했다.

"선생님 저는 아들이 둘이 있거든요. 하나는 아홉 살이고 또 하나는 여덟 살인데요."

"웬 아들이 둘씩이나 있습니까? 남들은 하나도 없어서 안달인데."

"그건 저도 모르겠어요. 자식 농사는 제아무리 첨단 과학 장비가 나왔다고 해도 맘대로 되는 것은 아닌가 봐요."

"아들이 둘이 있다고 했는데, 무슨 문제가 있습니까?"

"문제라기보다는 아무래도 알 수 없는 일이 돼놔서 선생님한테 한번 여쭈어 보고 싶어서 그럽니다."

"뭔지 말씀해 보시죠."

"다른 게 아니고요. 두 아들 중에서 큰아들에게는 이상하게도 정이 가지 않습니다. 혹시 전생에 무슨 원수라도 진 사이가 아닌지 모르겠습니다."

"아들과 전생에 원수 사이인지 아닌지 하는 것은 백문이 불여일견이라고 앞으로 수련이 좀더 깊어지면 스스로 보시게 될 겁니다."

"글쎄 그거야 보든 말든 별문제가 되지 않는데요. 무엇 때문에 내 속에서 나온 자식을 이렇게 까닭 없이 미워져야 하는지 그 이유야 어떻든지 간에 사람이 산다는 것이 고해라고 하더니, 어떤 때는 서글플 때가 있습니다."

"서글퍼하거나 괴로워할 것이 아니라 타고 넘어야 할 하나의 숙제라고 생각해야 합니다. 그 숙제가 해결되면 마음공부가 한 차원 높아지게 됩니다."

"정말 그렇게 될 수 있을까요?"

"있구말구요. 그때가 되면 내가 그때는 왜 그렇게 어리석은 고민을 했을까 하고 뉘우칠 때가 반드시 오게 됩니다. 그것은 무엇을 말하는고 하니 오연옥 씨 스스로 뿌린 씨를 거둔 것을 말합니다. 그렇게 되려면 마음공부라고 하는 일정한 과정을 반드시 거쳐야 합니다. 오연옥 씨는 지금 바로 그 과정을 겪고 있는 겁니다. 그런데 같은 숙제를 푸는데도 마음을 어떻게 먹느냐에 따라 해결의 과정이 길어질 수도 있고 짧아질 수도 있습니다. 까닭 없이 미워지는 큰아들을 원망만 하다가는 평생을 다해도 숙제는 풀 수 없습니다."

"그럼 어떻게 해야 될까요?"

"아들이 미워지게 된 원인은 바로 나 자신에게 있다는 것을 솔직히 인정해야 합니다. 모든 갈등의 원인은 바로 남이 아니고 나 자신에게 있다고 보고 자기 중심에 던져 넣어야 합니다. 그것을 방하착이라고 하죠. 어떤 상대와의 갈등도 내 탓으로 돌리지 않는 한 그 문제는 영원히 해결되지 않습니다. 그것만 보아도 근본적 원인은 언제나 나 자신에게 있다는 것을 알 수 있습니다."

"선생님 그리고 저는 남편이 결혼하고부터 지금까지 하도 제 속을 많이 썩혀놔서 그런지 마음이 그지없이 슬플 때가 있습니다. 아무리 공정하게 관찰을 해도 원인 제공자는 남편이거든요. 그런데도 이제 선생님 말씀처럼 모든 잘못은 저 자신에게 돌려야만 합니까?"

"당연한 일입니다."

"저는 조금도 잘못한 일이 없는데두요."

"그래도 오연옥 씨가 존재하고 있다는 사실 자체를 부인할 수는 없는 일이 아닙니까?"

"그렇다면, 저의 존재 자체가 온갖 인생고의 원인이라는 말씀인가요?"

"바로 맞히셨네요."

"무슨 말씀인지 도무지 이해가 되지 않는데요."

"그렇겠죠. 모든 것을 남의 탓이 아니라 내 탓으로 돌려버리면 내 마음은 무한히 넓다는 것을 어느 시점에 가서는 깨닫게 됩니다. 왜냐하면 이 세상을 살아가면서 뭇사람들과의 상관관계에서 느끼는 기쁨, 두려움, 슬픔, 노여움, 탐욕, 혐오감, 어리석음 따위는 부지기수이기 때문입니다.

그러나 그런 감정이 일 때마다 이것을 전부 다 내 탓으로 돌리고, 내 마음의 중심에 아무리 던져 넣어도 꽉 찬다거나 비좁다는 일은 있을 수 없습니다. 그렇기는커녕 던져 넣으면 넣을수록 점점 넓어진다는 것을 알게 될 겁니다. 그래서 결국은 마음은 무한히 넓다는 것을 깨닫게 됩니다. 그렇습니다. 우리가 수련을 하는 목적은 바로 이 마음의 진상을 깨닫는 데 있습니다. 개인의 욕심을 떠난 마음은 시공을 초월해 있다는 것도 자연히 알게 됩니다. 이것이 바로 참마음입니다. 참마음이 바로 관찰을 하는 주체입니다.

관찰을 당하는 것은 욕심을 가진 개인의 마음이고 그것을 관찰하는 마음은 참마음이고 한마음이고 진아입니다. 진아를 깨닫게 되면 슬픔이나 미움 같은 것은 개아(個我)의 산물, 욕심의 산물이라는 것을 스스로 깨우치게 됩니다. 이렇게 되면 다시는 슬픔이나 미움 때문에 괴로워하는 일은 없어지게 될 것입니다. 아들이 까닭 없이 미워지는 것도, 남편이 속을 썩여서 슬퍼지는 것도 따지고 보면 오연옥 씨 자신의 참마음에서 나온 것은 아닙니다.

그것이야말로 가짜 마음, 이기심에서 나온 마음의 작용이라는 것을 알게 됩니다. 한 부대의 지휘관은 자기 부대 안에서 일어난 모든 일에 책임을 느낄 줄 알아야 합니다. 사고가 날 때마다 부하나 다른 부대에 떠맡기는 지휘관은 부대도 자기 개인도 향상 발전시킬 수 없습니다. 한 나라의 통치권자 역시 국정 전반에 대한 투철한 책임 의식을 가져야 합니다.

주인은 자기가 관찰하는 모든 것에 대해서 책임을 져야 합니다. 그와 마찬가지로 이 우주의 주재자는 우주 안에서 일어나는 온갖 일에 책임을 질 줄 알아야 향상과 발전을 이룰 수 있습니다. 인간은, 그리고 모든 존재는 깨닫고 보면 결국은 이 우주의 주재자 자신입니다. 그런데 누구에게 책임을 떠맡긴다는 말입니까?"

"무슨 말씀인지 알쏭달쏭하네요."

"머리만으로는 이해하기 어렵습니다. 깨달음이 있어야 합니다."

"그 깨달음은 언제 오는데요?"

"바로 그 때문에 오연옥 씨는 지금도 수련을 하고 있지 않습니까? 천 릿길도 한 걸음부터 시작되고, 첫술에 배 부르는 일은 없지 않습니까? 꾸준히 한눈팔지 않고 열심히 공부하다가 보면 어느 순간 자기도 모르게 깨달음이 오게 되어 있습니다."

"그 공부는 어떻게 해야 하는 데요?"

"『선도체험기』에서 기회 있을 때마다 강조하는 것이 있지 않습니까? 몸공부, 기공부, 마음공부 하는 방법은 잘 알고 계실 텐데요. 몸공부를 하든 기공부를 하든 마음공부를 하든 무엇을 하든지 간에 항상 깨어서 관찰하는 것이 공부의 핵심입니다. 관찰을 해야만이 지혜의 눈이 뜨이고 깨달음이 한발한발 다가오게 되어 있습니다."

"선생님, 깨달음에 이르자면 몇 단계를 거쳐야 합니까?"

"방바닥에 눕혀 놓은 애기는 처음에는 가만히 누워 있다가 차츰 시간이 흐르면 팔다리를 움직이고, 그다음엔 버둥대다가 때가 되면 홱 몸을 뒤채게 됩니다. 몸을 뒤챈 다음에는 기어가게 되고 기는 것이 익숙해지면 그다음엔 일어나 앉습니다. 앉는 것이 숙달되면 다음엔 벽을 짚고 일어서게 됩니다. 그다음에 혼자서 일어선 뒤에는 힘겹게 걸음을 떼어놓게 됩니다. 그것이 숙달이 되면 걷게 되고 그다음에는 달리고 뛰게 되고, 그 뒤엔 듣고 말을 하고 젖을 떼게 됩니다. 누어서 버둥대고 뒤집고, 기고 앉고 일어서고, 걸음을 떼어 놓고, 달리고 뛰고 대화하고, 젖을 떼는 열 개의 단계를 거치게 되어 있습니다. 어떠한 사람도 이 단계를 건너뛸 수는 없습니다.

이것을 선도수련의 단계와 비교하면 다음과 같습니다.

첫 단계, 누워 있던 애기가 팔다리를 버둥대다가 뒤채는 것은 단전 호흡을 시작하여 호흡문이 열리면서 기를 느끼는 것을 말합니다.

두 번째 단계, 몸을 뒤챈 애기가 기는 것은 축기가 완성되어 소주천 이 되는 상수(相隨)에 해당됩니다.

세 번째 단계, 기어가던 애기가 앉는 것은 소주천이 발전하여 대주 천이 되는 지(止)를 말합니다.

네 번째 단계, 앉았던 애기가 일어서는 것은 삼매 즉 관(觀)을 말합 니다. 이 단계에서 우리는 비로소 객관적이고 올바른 관찰을 할 수 있 는 능력을 갖게 됩니다.

다섯 번째 단계, 몸을 일으킨 애기가 걸음을 떼어놓는 걸음마를 시 작하는 것으로서 선도수련에서는 가장 힘겨운, 빙의령을 천도할 수 있 는 능력을 배양하는 단계를 말합니다. 빠르면 1년, 늦으면 3년 내지 5 년의 시간이 걸리는데, 대다수의 수련자들은 이때 탈락하게 되거나 아 니면 빙의나 접신이 되어 무당, 초능력자, 점쟁이, 사이비 교주로 풀려 나가게 됩니다. 그 원인은 수련 중에 욕심을 갖고 있거나 정신적인 인 내력과 신체적인 지구력이 달렸기 때문입니다.

여섯째 단계, 걸음마를 하던 애기가 몸의 균형을 잡아 걷는 것은 상·중·하 단전이 맞뚫려 하나의 관(管)으로 연결되는 삼합진공(三合 眞空)을 말합니다.

일곱 번째 단계, 걷던 애기가 달리는 것은 연정화기(煉精化氣)를 말 합니다. 대주천 시에 연정화기가 되는 사람도 있기는 하지만 대체로 이 단계에 와서야 연정화기가 명실 공히 완성된다고 보아야 합니다.

여덟 번째 단계, 달리던 애기가 뛰는 것은 연기화신(煉氣化神) 즉 초견성의 경지에 드는 것을 말합니다.

아홉 번째 단계, 남과 대화를 나눌 줄 알게 되는 것은 견성 즉 환(還)에 해당됩니다.

열 번째 단계, 젖을 떼고 자연식을 할 수 있게 되는 것은 과거생의 습기(習氣)와 아상(我相)을 하나하나 깨뜨려 나가면서 하화중생하는 것 즉 정(淨)을 말합니다. 이렇게 하여 성통공완 또는 해탈, 성불의 과정을 밟게 되는 것이죠."

"그럼 선생님 전 어느 단계에 와 있습니까?"

"오연옥 씨는 지금 겨우 세 번째 단계에 와 있습니다. 아기로 말하면 기어 다니다가 간신히 앉을 수 있게 된 단계입니다. 백회 열린 지가 두 달도 채 안 되지 않았습니까? 그러나 옛날 같으면 그 단계까지 오는 데도 10년 20년 30년씩 걸리는 것이 보통이었고, 심지어 평생을 도를 닦아도 백회가 열리지 않은 사람도 많았습니다.

아직은 갈 길이 멉니다. 그러나 아무리 갈 길이 멀다고 해도 반드시 지감, 조식, 금촉 수련을 골고루 해야만 합니다. 한 사람의 인간이 균형적인 발전을 꾀하여 마침내 진리를 깨닫게 되려면 반드시 이 세 가지 공부가 고르게 진행되어야 합니다. 이 세 가지 수련이 골고루 실천되지 않으면 각종 부작용이 발생되게 됩니다. 세기적인 성인이라는 칭송을 받던 인도의 라마나 마하리쉬 같은 분도 수술을 네 번이나 받았다는 것은 몸공부, 즉 금촉 수련을 제대로 안 했기 때문이었습니다.

붓다의 가슴에 예수의 머리를 가진 것으로 신격화되었던 인도의 라즈니시가 평생 해소병으로 고생을 한 것 역시 몸공부를 제대로 못 했기 때문이었습니다. 더구나 요즘 외신에 따르면 로마 법왕이 위암이니 후두암이니 장암이니 하는 진단이 나왔다고 하는데, 이것 역시 몸공부가 제대로 안 되어서 그렇게 된 겁니다.

최고위직에 있는 성직자로서 뻔질나게 병원 신세를 지는 사람들 역시 금촉 수련을 제대로 안 했기 때문에 그렇게 된 겁니다. 그렇다고 해서 각종 스포츠에서처럼 몸공부에만 치중해도 안 됩니다. 또 기공에서처럼 기공부에만 중점을 두어도 안 되고, 각종 종교에서처럼 마음공부에만 집중해도 안 됩니다. 이 세 가지 공부를 골고루 조화롭게 해야만 반드시 도를 깨칠 수 있습니다."

"몸, 기, 마음공부를 같이 해야만 된다는 것은 잘 알겠는데요. 그 열 단계를 다 마치려면 얼마나 시간이 걸릴까요?"

"그거야, 각자가 수련을 어떻게 하느냐에 달려 있죠. 지극 정성으로 전력투구하는 사람은 어느 한순간에 갑자기 깨달을 수도 있습니다. 어느 한순간이라고 말했지만 그런 사람은 이미 그전에 공부가 축적되어 여덟 번째 단계에까지 와 있다가 어느 한순간에 확 깨닫게 됩니다. 이 것을 확철대오(廓徹大悟)라고 말합니다."

"그냥 깨닫는 것이 아니고 왜 확철대오라고 합니까?"

"옛날에 구도자들이 깨닫기 전에는 결코 밖에 안 나가겠다는 단단한 각오로 겨우 밥그릇만 드나들 정도의 구멍만 남기고 문을 모조리 봉해 버린 오두막집 벽 속에 스스로 갇혀서 10년이고 20년이고 용맹 정진하다가 마침내 진리를 깨닫는 순간 벽을 박차고 밖으로 튀어 나오는 것을 확철대오라고 합니다. 클확(廓), 무너질 철(撤) 즉 크게 무너지는 큰 깨달음 또는 크게 통하는 큰 깨달음이라는 뜻으로 확철대오라고 한 것이죠."

"『선도체험기』에 대해서 물어봐도 되겠습니까?"

"그러세요. 의문 나는 것이 있으면 무엇이든지 물어봐도 좋습니다. 단 지금까지 나온 『선도체험기』 시리즈를 전부 읽고 나서도 의문이 있으면 그때 질문을 해야 합니다."

"저는 『선도체험기』를 22권까지 읽었는데도 의문이 풀리지 않는 것이 있어서 그럽니다."

"그렇다면 어서 질문하십시오."

"『선도체험기』 1권에 보면 선생님께서 짐승의 고기를 드시면 현기증이나 속이 울렁거린다고 하셨는데, 그 이유에 대해서는 확실한 설명이 나와 있지 않습니다."

"참으로 좋은 질문을 해 주셨습니다. 사실 나는 육류의 거부 반응에 대해서, 그 당시에는 수련 초기가 돼 놔서, 나 자신도 잘 모르고 있었습니다. 그 때문에 나는 도장을 운영한다는 소위 전문가들에게 문의해 보았지만 누구 하나 제대로 아는 사람이 없었습니다.

어떤 사람은 육류가 몸속에 들어가면 탁기를 내보내기 때문에 그런 거부 반응이 온다고 했고 또 어떤 전문가라는 사람은 인체의 생리적인 리듬 때문에 일어나는 음양기의 순환 현상이라고 아리송한 말을 했습니다. 또 어떤 사람은 기공부가 진행되어 맑아진 기운과 육류에서 나오는 사기와의 영유권 다툼 때문에 일어나는 과도기적 현상이라고 제법 그럴듯한 설명을 하는 사람도 있었습니다. 그러나 지금 와서 생각해보니 그것은 전부 다 잘못된 답변이었습니다."

"그럼 무엇 때문이었을까요?"

"그걸 말씀드리기 전에 『선도체험기』에 대해서 이 자리에서 좀 해명을 해야 하겠습니다. 사실 『선도체험기』 1권에서 14권까지는 수련을 어떻게 해야 하는가 하는 문제에 대하여 나 나름대로의 확고한 방향설정이 되어 있지 않았을 때였습니다. 무슨 말인고 하니 그때까지는 아직 선도수련에 대한 내 나름의 독특한 목소리를 갖고 있지 못했을 때였습니다. 이 때문에 나는 많은 방황을 해 왔습니다.

14권을 쓸 때까지만 해도 나는 진허 도인이라는 사람에게 잠시 현혹되었을 때였습니다. 그러나 15권부터는 내 나름대로 나 자신의 관찰에 의해서 수련의 가닥을 잡기 시작했습니다. 그때부터 사실은 본격적으로 나 자신의 목소리가 나오기 시작했습니다. 그렇다면 14권까지는 읽을 필요가 없는 것이 아니냐 하고 묻는 독자가 있을지 모르지만 절대로 그렇지는 않습니다.

15권 이후는 바로 14권까지의 경험과 시행착오의 축적이 있었기 때문에 쓸 수 있었습니다. 따라서 내 독자들은 『선도체험기』를 읽는 동안 나와 비슷한 경로를 걸으면서 간접 경험을 하고 나와 유사한 경험을 하면서 한 걸음 한 걸음 수련을 쌓아온 겁니다. 적어도 14권까지 저자가 겪어온 방황과 시행착오가 없이는 선도수련에 대한 단단한 기초를 쌓을 수가 없습니다.

이런 의미에서 내 방식대로 나를 따라서 수련을 하고 나의 도움을 받고자 하는 구도자들은 어떠한 일이 있어도 『선도체험기』 1권에서부터 차곡차곡 빼놓지 말고 끝까지 다 읽어야 합니다. 사실은 그러한 방황과 시행착오가 실제로 수련을 해보려는 사람들에게는 확실한 밑거름이 됩니다. 산 정상에 오르면 산 밑과 중턱으로 올라오는 등산로가 한눈에 환히 드러나는 것과 같은 이치라고 할 수 있습니다.

그럼 본론으로 돌아가서 왜 짐승 고기를 먹으면 거부 반응이 왔을까? 그것은 한마디로 말해서 그 고기가 있게 한 짐승의 영가에게 빙의되었기 때문입니다. 그때만 해도 나는 수련 수준이 낮았으므로 그 짐승의 영들에게 휘둘린 겁니다. 닭고기를 먹으면 닭의 영에게 휘둘리고, 쇠고기를 먹으면 소의 영에게, 돼지고기를 먹으면 돼지의 영에게 휘둘린 겁니다. 고기를 먹고 나서 어지럽고 매스꺼웠던 것은 바로 이들 영가 때문이었습니다."

"그렇다면 선생님. 선생님과 똑같은 고기를 먹은 다른 사람들은 아무 일도 없었는데 왜 하필이면 선생님만 짐승령들에게 빙의가 되었을까요?"

"영혼을 포함해서 모든 존재는 그 속성상 미완성에서 완성을 지향하고 있습니다. 짐승의 영들도 항상 현재의 처지에서 향상 진화하려고 합니다. 따라서 이들은 언제든지 보다 빠르고 확실하게 자기 자신을 개선할 수 있는 방편들을 찾아 헤매게 됩니다. 이렇게 방황하는 영가들에게 선도수련을 시작하여 한창 운기가 잘되는 사람은 아주 좋은 목표가 됩니다. 그런 사람에게 붙으면 기운을 나누어 가질 수도 있고 깨우침도 얻을 수 있기 때문입니다.

그런데 새로이 운기를 시작한 구도자 자신에게는 빙의령들이 벅찰 수밖에 없습니다. 이제 겨우 걸음마를 타기 시작한 아이가 감당하기에는 벅찬 부담입니다. 이 때문에 그 사람은 빙의령에게 휘둘리게 됩니다. 이것이 어지럽고 매스꺼운 증상으로 나타난 겁니다."

"선생님 지금은 어떻습니까?"

"뭐가요?"

"지금은 고기를 드시면 어떻습니까?"

"지금은 고기를 별로 먹지도 않지만 만약에 먹는 일이 있어도 그전 같은 빙의 현상은 일어나지 않습니다."

"그렇다면 지금은 빙의가 되지 않는다는 말씀인가요?"

"그렇지는 않습니다. 지금도 분명 빙의가 되지만 그때처럼 그 빙의령들에게 휘둘리지는 않는다는 말이죠. 빙의령들에게 휘둘리지 않고도 그들을 천도시킬 수 있는 능력을 갖게 되었다는 말입니다. 나뿐만 아니라 구도자는 누구나 조만간 다 이렇게 될 수 있어야 합니다. 그러기 위해서 우리는 수련을 하는 거죠."

"불교에서는 고기를 먹는 것은 살생을 조장하는 것이기 때문에 못 먹게 하지 않습니까?"

"그렇습니다."

"그런데도 고기를 먹어도 됩니까?"

"그것은 고기를 먹는 사람이 살생을 한다는 생각을 하면서 먹으면 살생이 되는 것이고, 같은 고기를 먹으면서도 살생이 아니라 이것이 내 몸속에 흡수되어 내 몸과 하나가 된다는 지극한 자비심을 갖고 먹으면 그것은 그 짐승령에게는 살생이 아니라 구원이 됩니다. 왜냐하면 방황하거나 원한을 품었던 동물의 영가가 정화되어 진리를 깨닫고 천도가 됨으로써 새롭게 진화된 생명으로 거듭날 수 있으니까요.

어차피 이 지구상의 생물들은 먹이사슬의 순환 구조를 이루고 있습니다. 모든 동물령들은 될 수 있으면 현재의 상태에서 한층 더 진화되기를 바랍니다. 그러한 영가들은 자기 자신을 환골탈태시킬 수 있는 구도자에게 먹히는 것을 무척 다행스럽게 여기게 됩니다. 그것은 고기를 먹는 사람이 얼마나 진아에 가까워져 있느냐에 따라 빙의령의 진화의 정도가 결정되기 때문입니다."

"구도가 무엇인지도 모르고 맘속엔 욕심이 가득찬 사람이 고기를 먹으면서 이것이 내 몸속에 흡수되어 나와 하나가 된다고 생각할 때는 어떻게 되겠습니까?"

"구도자도 아니고 욕심이 가득찬 사람이라면 고기를 먹으면서 이 고기가 내 몸속에 들어가 나와 하나가 된다는 생각을 할 수 있을 것이라고 생각하십니까? 적어도 그런 생각을 할 수 있으려면 수도가 상당한 경지에 이르지 않은 사람이라면 할 수도 없는 일입니다. 뱁새는 어디까지나 뱁새지 하루아침에 황새가 될 수는 없습니다. 따라서 뱁새는 황새가 생각하는 것을 따를 수는 없는 일입니다. 그러나 전연 불가능한 일은 아닙니다. 제아무리 뱁새라고 해도 도심이 싹터서 구도의 길에 들어선다면 수많은 윤회와 구도의 세월이 지난 뒤에는 황새가 되지 말라는 법도 없습니다.

우선 짐승의 영가들은 아무한테나 들어가지 않습니다. 더구나 생명력의 향상을 꾀하는 동물령들은 진화에 도움이 되지 않는 사람에게는 의존하려고도 하지 않습니다. 그것은 먼 길을 떠난 나그네의 심정과 같습니다. 가능하면 빠르고 안전한 교통수단을 이용하려고 할 겁니다. 가장 빠르고 안전한 교통수단은 구도자일 수밖에 없습니다. 구도자들 중에서도 자기와 인연이 있는 운기가 활발하고 영능력이 높은 구도자를 찾게 되어 있습니다."

"선생님 말씀을 들으니까 생각이 나는데요. 며칠 전에 친구네 잔칫집에 간 일이 있었거든요. 저는 원래 고기를 별로 좋아하지 않습니다. 더구나 생식을 시작한 뒤로는 더 고기를 먹지 않게 되었는데요. 그날은 어쩐지 상에 차려 내온 갈비찜이 굉장히 먹음직스러웠어요. 그래 저도 모르게 그리로 젓가락이 가는 거예요. 그런데 겨우 갈비 한쪽을 입에 넣는 순간 갑자기 머리가 어질어질하면서 가슴이 꽉 막혀 오는 겁니다.

그런지 벌써 일주일이 다 되어 오는데도 낫지를 않는 거예요. 그래도 저는『선도체험기』를 읽어 왔기 때문에 이것이 명현반응이 아니면 빙의 현상일지도 모른다고 생각하고 병원에는 안 가고 지켜보고만 있었는데 오늘은 어쩐지 갑자기 선생님을 찾아뵙고 싶은 생각이 불일 듯하는 거 있죠.

꼭 벌덕증 같은 거였어요. 그런데 여기 와서 선생님과 마주 앉아서 대화를 나누는 사이에 그러한 증세가 슬그머니 걷혀가면서 탁한 기운이 밑에서 위로 자꾸만 오르더니 백회를 통해서 밖으로 나가는 느낌을 받았어요. 그리고 나서는 몸이 한결 가벼워지고 그 전처럼 시원한 기운이 잘 들어오고 있습니다. 이게 혹시 빙의령이 천도되는 현상이 아닐까요?"

"바로 맞추셨군요. 아까 오연옥 씨가 들어오실 때 보니까 벌써 소의 모습이 비치더군요. 그때 벌써 소의 영가에게 빙의된 것을 알았습니다."

"그러셨군요. 그럼 왜 진작 말씀을 해주시지 않았습니까?"

"미리 알려주면 공부에 별로 도움이 되지 않습니다. 공부하다가 스스로 의문이 일어나서 질문을 해올 때가 공부하기에는 절호의 찬스거든요. 그때가 오기를 기다리고 있었죠."

"그렇다면 그 소의 영가는 천도가 되었습니까?"

"방금 백회로 무슨 기운이 빠져나가면서 몸도 가벼워지고 기운이 잘 들어온다고 하시지 않았습니까? 그것이 바로 빙의되었던 영가가 천도되어 나가는 과정을 느낌으로 보여준 겁니다."

"선생님께서 도와주신 덕분이겠죠."

"아직은 오연옥 씨 혼자서 스스로 빙의되어 들어온 영가들을 천도시킬 수 있는 능력이 부족합니다. 그러나 이제 시작입니다. 꾸준히 몸, 기, 마음공부가 진행되다가 보면 자기도 모르는 사이에 천도 능력을 갖게 됩니다."

"선생님께서는 아까 저를 보고 세 번째 단계에 와 있다고 하시지 않았습니까?"

"그랬죠. 그러나 삼 단계 즉 백회가 열리고 대주천이 시작되면서 거의 동시에 사 단계와 오 단계가 진행되는 사람도 가끔 있습니다. 오연옥 씨가 그런 경우입니다. 수련이 매우 고속으로 진행되고 있습니다.

너무 들뜰까봐서 아까는 삼 단계라고 말했는데 사실은 삼, 사, 오단계가 동시에 진행되고 있었습니다. 아기가 앉았다가 일어서면서 걸음마를 하기 시작한 것과 같습니다. 축하할 일입니다."

"고맙습니다. 다 선생님 덕분입니다."

"천만에 말씀입니다. 전생에 도를 많이 닦은 공로가 있었기 때문입니다. 그러나 앞으로 빙의령을 천도시키는 능력을 배양하는 기간은 그렇게 금방 끝나지 않을 겁니다. 진리를 깨달아 도를 이루느냐 아니면 초능력자나 무당이나 사이비 교주가 되느냐 하는 갈림길은 바로 이 기간에 결정됩니다. 그만큼 유혹도 시련도 고통도 많습니다. 지금부터 오연옥 씨는 단단한 각오로 임해주시기 바랍니다."

"수련자 자신이 5단계 기간이 끝나가는 것을 스스로 알 수 있습니까?"

"물론입니다."

"어떻게 알 수 있죠?"

"빙의령 천도에 자신이 붙게 됩니다. 누구나 처음에 빙의되었을 때는 불쾌감과 함께 아주 심한 고통을 느끼게 됩니다. 한번 빙의가 되면 몇 달씩 갈 때도 있습니다. 나도 그런 과정을 겪었는데 그때는 아무도 그것이 빙의령 때문이라는 것을 몰랐습니다.

처음에 빙의가 되기 시작했을 때 나는 어떤 도장에 나가고 있었는데, 가슴이 답답하고 어지럽고 매스껍고 어떤 때는 으실으실 몸살기가 있고 눈이 충혈되고 재채기가 나기도 하고 귀에서 왱왱 이상한 소리가 들리기도 하고 옆구리가 갑자기 결리는가 하면, 몸 여기저기에 신경통이 생겨나고 좌우간 별별 희한한 증상에 시달리곤 했습니다. 도장 간부들에게 이런 아픔을 호소하면 고작 한다는 소리가 기가 떴다느니 기가 역상했다느니, 주화입마 했다느니 하고 옛날 책에 나오는 말을 앵무새처럼 반복하면서 안마를 해주고 침을 놓아주거나 하는 것이 고작이었습니다. 그런데 효과는 전연 없었습니다.

그 당시에는 선도에 대한 어떠한 책에도 빙의령을 다룬 일이 없었으니 빙의령을 천도하는 방법이 소개될 리가 없었습니다. 그래도 지금 수련하는 사람들은 그때에 대면 아주 행복한 겁니다. 급하면 이렇게『선도체험기』저자에게라도 찾아올 수도 있지 않습니까? 찾아올 형편이 못되면 최소한 빙의령을 천도하는 방법은 알 수 있지 않습니까?"

"빙의령을 천도하는 방법을 관찰이라고 하셨죠?"

"그렇습니다."

"그런데 실제로 제가 영안이 뜨이지 않아서 빙의령은 볼 수 없지만 『선도체험기』에 나온 대로 빙의된 사실 자체를 관찰했는데도 별 효과가 없는 것 같던데요."

"첫술에 배부르겠습니까? 꾸준히 지속적으로 그 일을 진행해 나가야죠. 자기 자신과의 인내력, 지구력의 싸움입니다. 일주일 동안 관찰을 했는데도 아무 효과가 없었다면 2주, 3주, 4주, 한 달, 두 달, 석 달, 반 년, 1년, 2년, 3년이라도 간단없이 관찰을 해야 합니다. 그러다가 보면 언젠가는 빙의령은 반드시 천도가 됩니다.

이렇게 한번 스스로 천도시킨 경험을 갖게 되면 그로 인해 자신감이 생겨서, 다음번에 빙의가 되었을 때는 빙의 기간이 현저히 단축됩니다. 3년이 1년으로, 1년이 6개월로, 6개월이 3개월로, 3개월이 한 달로,

한 달이 보름으로, 보름이 열흘로, 열흘이 1주일로, 1주일이 3일 정도로 단축이 되면 그때는 이미 상당한 경지에 오른 겁니다.

이렇게 되면 그 어려운 고비를 넘기게 되는 거죠. 이렇게 스스로 자기 능력을 향상시키는 것이 가장 확실한 방법입니다. 빙의 기간이 사흘에서 하루로, 24시간에서 12시간으로, 12시간에서 6시간으로, 6시간에서 3시간으로 줄어들면 이때부터는 제아무리 무서운 빙의령이 들어와도 조금도 겁나지 않습니다."

"선생님, 그렇게 할 것이 아니라 아예 처음부터 빙의령이 들어오지 못하게 방어막을 철저히 치는 방법은 없을까요?"

"그렇게 생각하고 보석이나 은으로 목걸이, 반지, 팔찌 따위를 만들어 착용하는 사람들이 있는데, 이것은 근본 대책이 아닙니다. 빚쟁이가 오는 것이 귀찮다고 울타리를 제아무리 높이고 철조망을 치고 사금파리를 외벽상층부에 박아 놓는다고 해서 해결이 되겠습니까? 빚쟁이들이 그렇게 호락호락 물러갈 것 같습니까? 담을 넘어 들어갈 수 없으면 다른 방법을 얼마든지 고안해 내어 어떻게 해서든지 쳐들어와서 빚을 받아내고야 말 것입니다. 소송을 한다든가, 청부 해결사를 동원한다든가, 납치 폭행을 한다든가 방법은 얼마든지 있지 않습니까?

빚을 졌으면 응당 갚아야 합니다. 빚만 갚으면 빚쟁이는 물러가라고 하지 않아도 자동적으로 물러납니다. 빙의령이 찾아오는 것은 과거세에 자기 자신이 저지른 인과 때문입니다. 빚쟁이가 찾아오지 않게 하는 가장 효과적인 방법은 돈을 많이 벌어서 빚진 돈을 갚아버리는 겁니다.

　이와 마찬가지로 빙의령을 처리하는 가장 확실한 방법은 수련으로 능력을 배양해서 들어오는 영가들을 천도시키는 능력을 향상시키는 길밖에는 없습니다. 이 능력이 커지면 별로 어려움 없이 빙의령이 들어올 때마다 금방금방 천도시킬 수 있게 됩니다. 천도를 많이 시키면 시킬수록 과거생에 쌓였던 업장은 한 꺼풀 한 꺼풀씩 벗겨져 나가게 되고 이것은 동시에 하화중생하여 공을 쌓는 것이 됩니다."

　"그러니까 방어막을 칠 것이 아니라 천도 능력을 키워야겠군요."

　"옳은 말씀입니다."

　"선생님 제자들 중에서 실제로 이 5단계 수련을 마친 사람들이 있습니까?"

　"있구말구요."

　"몇 명이나 됩니까?"

　"우리집에 자주 오는 사람들 중에서 적어도 일곱 사람은 이 5단계 수련을 끝냈습니다."

　"그분들은 얼마나 좋을까요?"

　"그 정도로 수련이 된 사람들은 벌써 세상을 보는 안목이 달라집니다. 빙의굴을 통과하는 어렵고 고된 수련 기간은 바로 몸과 기와 마음을 단련하여 스스로 진리를 보고 느낄 수 있는 기간이기도 합니다. 우선 몸과 마음과 기가 한꺼번에 변해버립니다. 관찰이 이미 몸에 배었기 때문에 이런 사람들은 늘 지혜롭게 행동할 수 있습니다. 건강에도 자신을 갖게 됩니다. 남과 다투거나 화를 내는 일도 별로 없습니다. 누구를 부러워하는 일도 없습니다. 명예와 자기 이익을 위해서 정력을 소비하는 일도 없어집니다."

"선생님 저도 그분들을 만나볼 수 있을까요?"

"우리집에 자주 오시게 되면 자연스럽게 만날 때가 있게 될 겁니다."

오연옥 씨는 손목시계를 보더니,

"친구와 만날 약속 시간이 다 되어 가네요. 오늘 참 많은 공부했습니다. 그럼 전 이만 물러가겠습니다."

1994년 6월 16일 목요일 19~31℃ 구름 조금

오후 3시. 어제 왔던 황영훈 씨가 또 왔다.

"선생님 어떻게 된 것일까요? 어제 저에게 빙의되었던 저승사자가 천도되었을 때는 답답하던 가슴도 풀리고 꼿꼿하던 등줄기도 부드러워진 것 같았는데, 몇 시간 안 되어 그전 못지않게 명치끝이 콱 막혀오고 누가 제 등줄기를 타고 앉아 심하게 내리누르는 것 같습니다."

이 말을 들으면서 그에게 집중을 했더니 곧 사나운 호랑이 한 마리가 떠올랐다.

"저승사자는 분명히 떠났는데, 지금은 맹호 한 마리가 들어와 있습니다."

"앞문으로 여우를 내보내고 나니 뒷문으로 승냥이가 들어온다더니 제가 그 격이 아닙니까?"

"수련하는 사람은 어려움에 처할 때가 공부의 수준을 높이는 가장 좋은 기회임을 잊지 말아야 합니다. 명현반응이 자주 온다든가, 빙의가 쉴 새 없이 반복된다든가 하는 것은 향상 발전할 수 있는 더 없이 좋은 계기라는 것을 명심하셔야 합니다."

"그런 말씀은 심신이 편안할 때는 설득력이 있을지 모르지만 지금처럼 괴로울 때는 고통만 가중시켜 주는 것 같습니다."

"그런 생각을 바꾸셔야 합니다. 구도자는 언젠가 역경에 처할 때를 발전과 도약의 계기로 삼아야 합니다."

"말은 쉽지만, 이 세상을 살아나가다 보면 모든 것이 뜻대로 안 됩니다."

"그게 왜 그런지 아십니까?"

"수련을 좀 하려고 해도 돈 없이는 꼼짝을 할 수 없으니 제대로 되는 일이 없습니다."

"그럼 황영훈 선생님은 지금 전연 수입이 없습니까?"

"정년퇴직을 한 이후로는 이렇다 할 수입이 없이 아이들이 조금씩 거두어 주는 돈으로 겨우 두 내외가 살아가고 있습니다. 남들처럼 재산이라도 좀 모아 놓았더라면 노년기에 수련하기도 좋았을 텐데 그렇지 못합니다."

"구도자의 첫 번째 조건이 뭐라고 『선도체험기』에 나와 있습니까, 경제적으로 자립을 해야 한다고 하지 않았습니까? 경제적 자립은 누구한테서 기대서는 해결이 되지 않습니다. 어떻게 하든지 스스로 해결해야 합니다. 경제적 자립 없이 수련을 하겠다는 것은 배 없이 강물을 건너겠다는 것만큼이나 어리석은 일입니다.

그리고 수련은 취미나 소일거리로 하시면 안 됩니다. 그런 태도로 수련을 하면 생전 해보아야 진전이 없습니다. 전심전력을 기울여 전력투구를 해야 합니다. 그런데 황영훈 선생님이 지금까지 8년 동안 수련

해 오신 것을 보니 그렇지 못한 것 같습니다. 『선도체험기』를 읽어 보셨다니까 잘 아시겠지만, 저 역시도 수련을 본격적으로 시작한 지는 8년밖에 안 되었습니다.

저는 선도를 취미나 심심풀이로 생각한 일은 한 번도 없습니다. 그런데 황 선생님은 수련을 심심풀이로밖에는 생각한 것 같지 않았습니다. 8년간 수련이 지지부진, 항상 제자리걸음만을 해온 것은 바로 이 때문입니다. 어떤 범위를 정해놓고 스스로 그 울타리 안에서 벗어나기를 한사코 거부해온 것입니다. 수련이 향상되지 않은 것은 황 선생님 스스로 그렇게 하신 겁니다. 스스로 정한 울타리를 과감하게 쳐부수지 않는 한 앞으로 향상 발전은 기대하시지 않는 것이 좋을 것입니다."

"아까 선생님께서는 저에게 호랑이 영이 빙의되어 있다고 하시지 않았습니까?"

"맞습니다."

"그런데 어떻게 빙의 현상과는 전연 상관없는 경제적 자립이니. 취미나 심심풀이로 수련을 해왔다느니, 스스로 어떤 울타리를 정해 놓고 그 안에서 벗어나지를 못했느니 하는 얘기가 나오는지 모르겠습니다."

"빙의 현상과 그것들과는 밀접한 관련이 있기 때문에 하는 말입니다. 경제적 자립이 안 되어 있다는 것은 자신의 행동반경이 한정되어 있다는 것을 말해 줍니다. 이렇게 되면 누구와 무슨 약속을 하고도 자신의 열악한 한계 안에서만 해결하려고 하니까 자기중심에서 벗어날 수 없다는 말이 됩니다.

다시 말해서 다른 사람과의 관계에서도 항상 대등한 위치를 유지할 수 없습니다. 대등한 관계를 가질 수 없으니까 항상 자기 한계 속에서 갇혀서 시야는 고정되어 있습니다. 이렇게 되면 누구와 약속을 하고도 자기중심으로만 생각하기 때문에 상대에게 관심을 가질 여유를 갖지 못합니다. 그래서 언제나 약속을 이행하지 못하게 됩니다. 이 말은 역지사지할 수 있는 사고 능력을 **빼앗겨** 버린다는 말입니다. 자기 한계 안에서 언제까지나 뱅뱅 맴돌 수밖에 없습니다. 자연히 마음도 밖으로 향해 열리지 못하여 늘 폐쇄적이 되어 버립니다.

이런 사람은 한번 빙의가 되면 그 폐쇄적인 마음 때문에 빙의령을 천도시킬 만한 능력을 발휘할 수가 없습니다. 같은 빙의령에게 그렇게 오랫동안 잡혀 있었던 것은 바로 이 때문입니다. 30년 40년 또는 평생을 같은 빙의령에게 붙잡혀 있는 사람도 있습니다. 드넓은 공간이 바로 옆에 있는데도 그것을 발견 못 하고 분합문의 격자 속에 스스로 갇혀서 지칠 때까지 무작정 날갯짓만 해대는 왕파리와 같은 신세입니다.

"어떻습니까? 황 선생님은 건강에는 자신이 있습니까?"

"네, 그것 하나만은 자신이 있습니다. 『선도체험기』를 읽고 몸공부하는 방법만은 철저히 이행했습니다. 지금도 일주일에 한 번씩은 꼭꼭 다섯 시간 정도 걸리는 코스를 택하여 등산을 하고 다른 날은 새벽 다섯 시에 일어나 달리기를 5킬로씩 합니다. 도인체조도 하루에 30분씩 틀림없이 합니다."

"그 정도의 건강을 가지고 계시면 어떻게 해서라도 경제적으로 자립을 하도록 하십시오. 자식들의 눈치 보면서 얹혀사는 한 수련도 제대로 하기는 힘이 들 겁니다. 경제적으로 자립을 해야 자기중심에서 벗어날 수 있습니다. 그래야 나와 남을 한 눈에 공평하게 볼 수 있습니다. 그래야 밖으로 향해 마음도 열리게 됩니다.

그렇게 되면 새로운 시야가 넓게 전개되어 여지까지 못 보던 것들을 보게 됩니다. 이웃을 향해 마음이 열려야 비로소 수련은 제 궤도에 오르게 됩니다. 그러기 위해서라도 경제 자립은 꼭 하셔야 합니다. 제가 보기에 황영훈 선생님은 아직은 자녀들에게 생활을 의존해야 할 만큼 무력하지도 않고 늙지도 않았습니다."

"그렇지만 환갑을 넘긴 사람을 누가 써 주나요?"

"일자리를 알아는 보았습니까?"

"아뇨. 올라가지 못할 나무는 쳐다보지도 말랬다고 취직할 생각은 해보지도 않았습니다."

"그것 보세요. 황 선생님 정도의 건강과 체력을 가진 분이라면 맘만 있으면 무슨 일이든지 할 수 있습니다. 일전에 우리집에서 10년 만에 집안 보수공사를 크게 벌인 일이 있었는데, 공사 책임자는 잡부가 없어서 쩔쩔 매더군요. 적어도 일당 7, 8만원씩 주는데도 젊은이 늙은이 할 것 없이 사람을 구할 수가 없어서 앞으로는 이 일도 못해 먹겠다고 합디다. 삼디(3D) 현상이라고 아십니까?"

"삼디 현상이라뇨?"

"더럽고 힘들고 위험하다는 영어 단어의 두문자를 따서 삼디 기피현상이라고 하지 않습니까. 요즘은 이런 일에 외국 인력이 많이 쓰이고 있지 않습니까? 맘만 있다면 이런 일은 얼마든지 할 수 있습니다. 삼디에 해당되는 일이 힘이 부친다면 그보다 좀더 가벼운 일도 원하기만 하면 얼마든지 구할 수 있습니다. 만약에 황 선생님께서 건설 현상에 가서 두세 번만 잡부 일을 자청했어도 약속을 어기는 일은 하시지 않아도 되었을 겁니다.

항상 자기중심에서 벗어날 때 시야가 넓어집니다. 이 말은 무슨 말인고 하면 무아(無我), 무심(無心)일 때가 진리에 가장 가까워진다는 말입니다. 자기 자신을 잊고 삼매경에 빠져 있는 구도자에게는 저승사자도 감히 접근하지 못합니다. 40년간이나 황 선생님에게서 저승사자가 떠나지 않고 있었다는 것은 무아(無我)의 경지에 도달한 일이 한번도 없었다는 것을 말해줍니다.

이러한 무아의 경지는 자신의 생존 문제를 해결한 사람이 아니고는 결코 도달할 수 없습니다. 생존 문제를 해결하지 못한 사람이 어떻게 상구보리(上求普提)할 수 있겠습니까? 상구보리란 진리를 구한다는 말입니다. 상구보리하지 못한 사람이 어떻게 하화중생(下化衆生)할 수 있겠나 생각해 보십시오. 황 선생님이 8년간이나 방황한 이유를 이제는 아실 것 같습니까?"

"네에. 조금 가슴이 티어 오면서 약간이나마 서광이 보이는 것 같습니다."

1994년 6월 18일 토요일 21~32℃ 소나기

오후 3시. 12명의 남녀수련생들이 나를 중심으로 둘러 앉아 수련을 하고 있었는데 이윤희 씨가 갑자기 입을 열었다.

"선생님 수련 중에 제 모습이 금빛이 번쩍번쩍 나는 부처가 되었다가 완전히 녹아 없어져 공(空)으로 돌아가는 장면을 보았습니다. 장면을 보았다기보다는 저 자신이 그렇게 되는 경험을 했다는 것이 보다 정확한 표현이 될 것 같습니다."

"그런 장면을 보고 겪을 때의 느낌이나 기분이 어땠습니까?"

"뭐라고 말할 수 없는 황홀감이라 할까 법열 같은 것을 느꼈습니다."

"수련이 바른 궤도에 접어들어 쾌속으로 진행되고 있군요. 이때 자기가 부처가 되었다 해서 우쭐해버리면 끝장입니다. 그러나 이윤희 씨는 그런 위험한 고비는 진작 넘었으니까 걱정할 필요는 없을 것 같습니다. 부처가 공으로 화했다는 것은 생명의 실상을 화면으로 보여준 수련입니다. 생명의 본질은 형태가 없죠. 눈에 보이는 삼라만상은 한갓 쓰임에 지나지 않지만 본바탕은 변하지 않는다는 것을 보여준 겁니다.

용변부동본(用變不動本)이라는 『천부경』 구절을 생각하게 하는 대목입니다. 따라서 만물은 변하면서도 변하지 않는다고 할 수 있습니다. 그런데 문제는 그러한 경험을 할 때의 심신의 자세입니다. 마음과 몸과 기가 동시에 생명의 실상을 깨닫고 중심이 자각을 하여 그것이 일상생활화 되어야 한다는 겁니다. 그러한 장면을 겪을 때만 한없는 충족감이나 무욕(無慾), 또는 내 육체는 당장 없어져도 전연 당황해 하거나 억울해 할 것도 없는 마음의 평정을 가질 수 있지만 그것은 머리로만 깨닫는 혜해탈(慧解脫)밖에는 안 된다 그겁니다.

명상 중이든 명상 중이 아니든, 수련 중이든 일상생활 중이든 상관없이 언제 어디서든 항상 한없는 충족감과 평안 속에서 일체의 욕망이 없어져야 합니다. 그래야, 인간인 소우주는 우리를 둘러싼 무한한 대우주와 합일이 될 수 있고 그것을 실감할 수 있습니다. 삼매경에 빠져 있을 때만 무아, 무심의 경지를 맛보다가 명상에서 깨어나면 언제 그랬더냐 싶게 한갓 보잘것없는 중생으로 변해서 남과 아귀다툼을 벌인다면 그것은 반쪽 깨달음밖에는 안 된다는 얘기죠.

반쪽 깨달음을 혜해탈이라고 하고 온전한 깨달음을 정해탈(定解脫)이라고 합니다. 나는 이윤희 씨가 부디 정해탈을 하기를 바랍니다. 일상생활과 깨달음이 하나가 될 때 구도자는 자기도 모르는 사이에 초능력이 발현됩니다. 어떻습니까? 이윤희 씨는 지금 도우의 빙의령을 천도시킬 수 있습니까?"

"백 프로까지는 아직 힘에 부치고 팔십 프로까지는 할 수 있습니다."

"상대의 빙의령이 보입니까?"

"네."

"천도되어 떠나는 장면도 보이겠죠?"

"네."

"천도되는 시간은 얼마나 걸립니까?"

"가벼운 것은 한 시간밖에 안 걸리는데요. 영력이 센 빙의령은 세 시간 이상 걸리는 경우도 있고, 어떤 때는 사흘씩 걸릴 때도 있습니다. 재작년 겨울까지만 해도 빙의되는 것이 겁이 나고 귀찮고 짜증이 나고 그랬는데, 요즘 와서는 어떤 빙의령이 들어와도 천도시킬 수 있다는 자신감을 갖게 되었습니다."

"정말 축하드릴 일이군요. 우리집에 찾아오는 수련생들 중에서 아직 이윤희 씨만큼 수도에 큰 진전이 있는 사람은 없습니다."

"다 선생님께서 도와주신 덕분입니다."

"그것보다 이윤희 씨가 정말 지극정성으로 수련에 전력투구를 했기 때문입니다. 이윤희 씨는 나한테 와서 기공부를 하기 전서부터 이미 수련의 토대가 단단히 다져져 있었습니다. 앞으로 이윤희 씨가 있는 자리에는 항상 따르는 사람들이 떠나지 않을 겁니다."

"그렇지 않아도 어디를 가나 사람들이 이상하게도 제 옆에 머물러 있기를 좋아합니다. 제 옆에 있으면 이상하게도 마음이 편안하다고 합니다. 줄담배를 피우던 남자도 제 옆자리에서 일을 하게 되면 얼마 가지 않아서 담배를 끊습니다. 그리고 제가 오행생식을 일상생활화 하는 것을 보고는 처음에는 기인(奇人)을 대하듯 했는데 지금은 저를 본떠서 하나씩 하나씩 생식을 생활화하고 있습니다. 그리고 직장 동료들도 어려운 일이 있으면 저한테 와서 꼭 의논을 합니다. 그런데 희한하게도 제가 충고한 대로 실천하면 엉켰던 매듭이 술술 잘 풀린다고 합니다."

"그러다가 대행 스님이나 테레사 수녀 같은 성자가 되는 거 아닌지 모르겠네요. 좌우간 축하할 일입니다."

"고맙습니다."

"이윤희 씨 이외에도 지금 그 뒤를 바싹 따르고 있는 분이 여섯 사람쯤 됩니다. 이분들 중에는 영안이 뜨여서 빙의령들이 들어오고 나가는 것을 보기는 하지만 천도 능력이 아직 미치지 못하는 경우가 있습니다. 그런가 하면 아직 영안은 뜨이지 않았지만 느낌으로 빙의령이 들어오고 나가는 것을 알 뿐만 아니라 천도시킬 수 있는 능력을 가진 분들도 있습니다."

〈25권〉

빙의굴 통과

1994년 6월 30일 목요일 21~23℃ 비

하루 종일 비가 내렸다. 본격적인 장마철에 접어든 것 같다. 비 때문인지 찾아오는 수련생도 한 사람밖에 없었다. 오후 2시. 중소기업을 경영하고 있는 정태윤 씨가 왔다. 중간에 1년쯤의 공백기가 있기는 했지만 그는 그래도 지금 나에게 찾아오는 수련생 중에서는 가장 고참이고 지구력이 강하다. 91년 8월부터 지금까지 햇수로 무려 4년 동안이나 꾸준히 나오고 있다. 끈질긴 인내력 때문인지 최근에 와서는 서서히 수련 효과가 나타나기 시작했다. 오늘도 그는 말했다.

"선생님, 어제 저녁에 혼자서 사무실에 앉아 잠시 명상에 들었는데, 아주 이상한 현상을 경험했습니다."

"무슨 일이 있었습니까?"

"명상하고 있는 제 머리 위에 꼭 해처럼 생긴 둥글고 하얀 기의 덩어리가 떠서 빙글빙글 돌고 있는데, 갑자기 그 덩어리에서 한줄기 빛이 제 머리 정수리에 꽂히더니 뜨거운 기운이 맞바로 중단을 거쳐서 하단전과 연결이 되었습니다. 그러자 제 몸이 기분 좋게 후끈후끈 달아올랐습니다. 그리고는 호흡이 아예 끊어진 것 같았습니다. 숨이 없어진 것 같기도 하구요. 그런가 하고 유심히 살펴보면 숨을 아직도 쉬고 있었습니다."

"숨이 없어진 것 같은 느낌은 그전에도 여러 번 느끼지 않았습니까?"

"네, 그런데 그때는 호흡만 없어진 것 같았지 머리 위에 뜬 기운이 야구공만한 직경의 관(管)으로 흘러 들어와 상·중·하단전을 맞뚫은 일은 없었습니다."

"그것은 기운이 기존의 기맥을 통하지 않고 상·중·하단전을 한 통으로 연결하여 일직선으로 흐르는 현상입니다. 이것을 보고 상·중·하단전이 맞뚫린다고도 하고 삼합진공(三合眞空)이라고도 말합니다. 5단계인 빙의령 천도 능력을 얻은 뒤에 흔히 오는 6단계 수련입니다. 어떻습니까? 이제는 정태윤 씨에게 들어오는 빙의령은 누구의 도움도 받지 않고 얼마든지 스스로 천도시킬 수 있죠?"

"네, 시간은 좀 걸리지만 그전처럼 빙의령 때문에 고통을 느끼는 일은 없어졌습니다."

"그리고 빙의령의 모습이 보이죠?"

"네, 보입니다. 조금 전에도 색깔이 새까맣고 윤이 반들반들 나는 이상한 짐승의 영가가 나가는 것이 보였습니다. 영가가 들어오는 것은 포착이 될 때도 있고 안 될 때도 있습니다. 그러나 나가는 것은 확실히 볼 수 있습니다. 그리고 요즘은 어떤 사람을 만나면 그 사람이 전생에 나와 어떤 관계에 있었다는 것이 직감으로 느껴져 올 때가 있습니다.

그 순간에 눈을 감고 마음을 집중하면 그 사람이 저와 전생에 어떤 관계였는지 화면으로 나타날 때도 있습니다. 며칠 전에는 우리 회사의 하청업체에서 경리부장으로 일하는 중년 여성이 찾아 온 일이 있었는데, 첫눈에 이상하게 확 끌렸습니다. 저만 그런 줄 알았는데, 그 여자쪽에서도 저를 보고는 깜짝 놀라는 눈치였습니다.

그 여자는 자기도 모르게 깜짝 놀라는 자신을 자기도 이해할 수 없다는 표정으로 그 자리를 떠났지만 저는 그 순간에 그 여자와는 범상한 사이가 아니었다는 직감이 들었습니다. 누굴까 하고 의문을 품으면서 마음을 집중하자 금방 전생의 한 장면이 떠올랐습니다. 그 여자는 전생에 저의 측실(側室)이었습니다."

"화면이 떠올랐으면 어느 시대였는지 짐작이 가지 않던가요?"

"삼국 시대의 환경과 복장 같았습니다. 그때 저는 조정에서 고위직에 있었고 다섯 살 난 딸애도 하나 있었습니다. 그 후에도 그 여자는 우리 회사에 오기만 하면 제 방을 기웃기웃하다가 사라지곤 했습니다."

"아니, 그럼 차라도 한 잔 같이 마시자고 할 것이지 그냥 모른 척했습니까?"

"그런데 이상하게도 그 여자만 보면 시한폭탄이라도 대하는 것처럼 조심스러웠습니다. 그래서 자리를 같이하자는 말이 목구멍까지 올라오다가도 쑥 들어가곤 했습니다. 그 여자 역시 내 눈치만 슬금슬금 살피다가는 부리나케 사라지곤 했습니다."

"항상 깨어 있으면서 관찰만 하고 있으면 겁낼 것은 아무것도 없습니다. 무슨 일에든지 집착만 하지 않으면 됩니다. 자기가 지금 무슨 일을 하고 있는가를 깨닫고만 있으면 아무런 사고도 일어나지 않습니다."

"그래도 어쩐지 만나면 무슨 일이 벌어질 것 같은 예감이 듭니다."

"그렇다면 애써 만날 필요가 없습니다. 위험한 일은 피하는 것이 상책이니까요. 아직은 그럴 때가 아닙니다."

1994년 7월 2일 토요일 21~27℃ 구름 많음

토요일 오후. 12명의 수련생들이 나를 중심으로 비잉 둘러앉아서 수련을 하다가 이 얘기 저 얘기가 오가고 있었다. 영주에서 오래간만에 올라온 한영훈 씨가 물었다.

"선생님. 동양철학에서는 만물이 무에서 생겨난다고 하지 않았습니까?"

"그래서요."

"무극에서 태극이 생겨나는데 이것을 하나 또는 한이라고도 하죠. 이 하나가 음양과 오행으로 갈라져서 삼라만상이 생겨난다고 했는데요. 제가 의문을 품는 것은 무극에서 하나가 생겨나려면 그럴 만한 인(因)이 있어야 하는 거 아닙니까?"

"계속 말씀하세요."

"그 인은 왜 생겨나는 것일까요?"

"우리가 육안이나 영안으로 볼 수 있는 삼라만상은 형체를 가지고 있습니다. 그래서 유형(有形)이라고 합니다. 이 유형의 만물만생은 항상 변화하고 있습니다. 그래서 무상(無常)이라는 말이 나왔습니다.

만물은 인과, 순환, 변화의 원리에 의해 그리고 일정한 자연의 법칙에 따라 변화하게 되어 있습니다. 여기서 인(因) 역시 변화와 순환의 한 과정에 지나지 않습니다. 따라서 삼라만상은 항상 변화의 과정을 겪는 순환과 변화의 양상 속에서 실상을 파악해야지 그 이유를 따지다가는 여우가 제 꾀에 넘어가듯이 자기가 파 놓은 함정에 빠져서 헤어나오지 못하게 되는 수도 있습니다.

낮이 먼저냐 밤이 먼저냐, 닭이 먼저냐 달걀이 먼저냐를 따지는 것은 원인이 먼저냐 결과가 먼저냐를 따지는 것과 같습니다. 낮이 먼저냐 밤이 먼저냐는 아무리 따져 보았자 결론이 나오지 않습니다. 존재하는 모든 것을 긍정하는 관찰이 마음공부의 시초인데, 존재 이전의 문제를 거론한다는 것은 한낱 공리공론에 지나지 않습니다. 공리공론은 제아무리 따져보았자 수련에는 전연 도움이 되지 않습니다."

"그렇겠는데요."

"여난옥 씨가 근 한 달 만에 나오셨는데, 어떻게 된 겁니까? 토요일마다 무슨 일이 있어도 거르는 일이 없었는데, 회사에서 바쁜 일이라도 있었습니까?"

남자 수련생 하나가 물었다.

"그동안 집안에서 꼼짝을 못 하고 된통 기몸살을 앓았어요."

"그러세요. 그렇게 되게 기몸살을 앓으셨다면 수련이 몇 단계 뛰어오르셨겠는데요."

"전 지금까지 기몸살도 여러 번 앓아 왔지만 이번처럼 심하게 앓아보기는 처음이에요. 제 몸의 오장육부는 말할 것도 없구요. 사지백체(四肢百體)가 온통 다 용광로 속에 들어가 완전히 녹여져서 새로 만들어지는 것 같은 느낌을 받았어요. 하도 심하게 앓는 것을 보고 어머니가 병원으로 실어가려는 것을 몇 번이나 말렸는지 모릅니다. 정말이지 제가 수련을 하지 않은 상태에서 그렇게 심하게 앓았더라면 병원에 끌려가고도 남았을 겁니다. 그러나 그렇게 녹초가 되도록 앓으면서 며칠씩 미음 한술도 입에 넣을 수 없었는데도, 기운은 점점 더 세게 들어오는 거 있죠."

"있죠."

"만약에 이 기운만 아니었다면 그렇게 한 달씩이나 집안에서 버티지 못했을 거예요."

"혹시 앓기 전과 앓은 후에 변한 거 없었습니까?"

"왜 없겠어요. 앓기 전에는 매사에 짜증과 신경질이 나는 바람에 이유도 없이 주위 사람들을 달달 볶다시피 했었는데, 이번에 그렇게 된통 앓고 난 뒤에는 언제 그랬더냐 싶게 마음이 아주 바다처럼 너그러워지고 그지없이 편안해지는 거 있죠."

"있고말고요."

"전에는 빙의령이 한번 들어오면 백회도 중단도 막히고 하도 괴로워서 쩔쩔맬 때가 많았었는데, 앓고 난 뒤에는 빙의가 되어도 그전처럼 고통스럽지 않습니다. 아직도 중단이 좀 답답할 때가 있기는 하지만 견딜 만합니다. 이제는 어떠한 빙의령이 들어와도 다 이겨낼 만합니다."

"그러니까 여난옥 씨가 빙의령 때문에 고생을 하기 시작한 지 몇 해가 되었죠?"

"벌써 삼 년이 넘었습니다."

"축하합니다. 드디어 빙의굴을 통과하셨군요."

"고맙습니다. 선생님께서 그렇게 인정해 주시니 기쁘기는 한데 얼른 실감이 나지 않습니다."

"언젠가 여난옥 씨가 도장을 하나 개설하겠다고 할 때 좀더 기다려 보자고 한 것은 바로 지금과 같은 때가 오기를 바라고 한 말이었습니다. 어떻습니까? 여난옥 씨는 빙의된 사람이 옆에 오면 어떤 느낌을 받지 않습니까?"

"빙의당한 사람이 옆에 오면 제 가슴도 답답해지고 등줄기가 당길 때가 있습니다."

"그건 이미 자기 자신에게 빙의되어 들어온 빙의령뿐만 아니고 다른 사람의 빙의령까지도 천도시킬 수 있다는 것을 말해 줍니다. 도장을 개설할 만한 지도자가 되려면 적어도 이 정도의 실력은 기본적으로 갖추어야 합니다. 그래야 중단이 막혀서 도움을 호소해오는 수련생들을 보고 기가 떴다느니, 기가 울체(鬱滯)되었다느니, 주화입마(走火入魔) 했다느니 하고 자기 자신도 모르는 막연한 헛소리를 안 하게 됩니다.

어떤 선도의 도장에서든지 중단이 막혀서 찾아간 수련생들에게 이런 소리를 하는 지도자는 일단 자격이 없다고 보아도 틀림없습니다. 그런 사람들은 자기 자신에게 들어온 빙의령도 제때에 천도시킬 수 없는 사람들이어서 기껏해야 건강 차원에 머물러 있을 수밖에 없습니다.

기를 논할 수 있으려면 빙의 문제를 해결할 능력이 있어야 합니다. 그런데 유감스럽게도 나는 지금껏 숱하게 많은 기공 수련가, 자칭 스승이니 하는 사람들을 만나 보았는데, 빙의령을 천도할 수 있는 사람은 단 한 사람도 만나볼 수 없었습니다. 전부가 다 수련들이 한참 덜된 사람들입니다. 얼마 전에도 성명쌍수를 완성했다고 하면서 자칭 도인이라는 사람에게서 전화가 걸려 왔는데 보니까 이 사람도 역시 가짜였습니다."

"어떻게 그것을 알 수 있었습니까?"

"통화를 하는 순간 상대방이 두 명의 조상신에게 빙의되어 있는 것이 보였습니다. 말하자면 자기 자신의 앞가림도 못 하고 있다는 것이 드러난 셈이죠. 거듭 말하거니와 원장이니 사범이니 중국의 기공사니 하고 도장을 차리고 수련생들을 지도하는 사람들 중에서 나는 아직 단 한 사람도 빙의령을 천도시킬 수 있는 능력을 가진 사람을 발견하지 못했습니다.

그런데 참으로 다행스러운 일은 지난 4년 동안 나를 찾아와서 나한테서 수련을 지도받은 사람 중에서 여난옥 씨를 포함해서 여섯 사람이 빙의령을 천도할 수 있는 능력을 갖게 되었다는 겁니다. 이 여섯 분은 지금 당장 도장을 개설해도 조금도 부족한 데가 없는 사람들입니다. 나에게 만약에 도장 개설 자격증을 발급할 권한이 주어진다면 이분들에게 당장이라도 자격증을 발급할 용의가 있습니다."

"선생님, 그런데, 저는 아직 느낌으로는 빙의령이 들어오고 나가는 것을 알겠는데. 영안으로는 보이지는 않거든요. 그래도 됩니까?"

"영안으로 보이지 않는다고 해도 일단 빙의령을 천도시킬 수 있는 능력이 생긴 이상 영안이 뜨이는 것은 시간문제입니다. 10단계 수련 중에서 빙의굴 통과는 가장 어렵고 힘겨운 과정이고 시간이 제일 오래 걸리는 과정입니다."

"여난옥 씨, 정말 축하합니다."

남자 수련생이 말했다.

"전 뭐가 뭔지 아직 모르겠어요. 좌우간 그렇게 축하해 주시니 고맙습니다."

"이거 한턱내야 되는 거 아니예요?"

"한턱 아니라 열턱이라도 낼게요. 그러나 아직 뭐가 뭔지 숨이나 좀 돌리고 봅시다."

"선생님 빙의굴 통과는 10단계 수련 중에서 몇 번째에 해당됩니까?"

"다섯 번째 단계에 속합니다."

"그럼 그 전 네 단계는 뭡니까?"

"첫 번째 단전호흡을 시작하여 호흡문이 열리고 기를 느끼는 단계이고, 두 번째는 소주천, 세 번째는 대주천, 네 번째는 삼매의 단계이고 다섯 번째가 바로 빙의굴을 통과하는 단계입니다. 그런데 사실은 호흡문이 열리면서부터 빙의굴 통과의 기나긴 과정은 시작된다고 볼 수 있습니다."

"그건 왜 그렇습니까?"

"대체로 기를 느끼고 호흡문이 열리면서부터 빙의령에게 시달리기 시작하기 때문입니다. 그러니까 사실은 빙의령에게 시달리면서 수련자들은 소주천, 대주천, 삼매의 과정을 거치게 되어 있습니다."

"선생님, 피부호흡 단계는 어디에 속합니까?"

"네 번째 삼매의 단계에 속합니다."

"그럼 여난옥 씨는 호흡문이 열리고부터 빙의굴 통과까지 얼마나 시간이 걸렸습니까?"

"기를 느끼기 시작한 것이 92년 10월부터니까 햇수로 꼭 3년째군요."

"선생님 3년이면 빠른 편입니까 늦은 편입니까?"

"빠르지도 늦지도 않는 보통입니다."

"선생님은 얼마나 걸렸습니까?"

"나도 한 3년 걸렸습니다."

"그러나 선생님은 우리들과는 비교할 수 없는 거 아닙니까?"

"왜요?"

"우리야 일일이 선생님의 지도를 받으면서 수련을 하고 있지만 선생님은 빙의굴 통과에 관한 한 아무한테서도 도움을 못 받지 않았습니까?"

"아무도 지도해주는 사람이 없으니까 혼자서 길을 잘못 들기도 하고 이상한 유혹에 빠져보기도 하고 숱한 방황을 했습니다."

"그러니까 우리는 선생님께서 애써서 개척해 놓으신 길을 따라가기만 하면 되는 거군요."

"그렇게 안이한 태도를 취하면 안 됩니다. 일단 빙의굴을 통과했으면 어린애로 말하면 걸음마를 타는 것과 같은 거니까, 스스로 걸어가면서 체험에 의한 자기 목소리를 내도 좋습니다. 나보다 좋은 방편이 있으면 소개를 해도 됩니다.

빙의굴 통과는 10단계 수련 중에서 중간을 통과한 것과 같습니다. 선도에 관한 한 돌아오지 않는 루비콘 강을 건넌 것과 같습니다. 빙의굴까지 통과해 놓고 나서 사이비 종교에 빠지는 일 같은 불상사는 결코 일어나지 않을 겁니다. 빙의굴 통과야말로 견성을 향한 본격적인 궤도에 오른 것을 말합니다."

"그럼 5단계 다음에는 어떤 것이 있습니까?"

"여섯 번째는 상·중·하 단전이 하나의 통으로 연결되는 삼합진공의 과정이 있습니다. 이 삼합진공의 과정에는 진짜와 가짜가 있습니다. 가짜는 통과해 보았자 별 의미가 없습니다. 빙의굴을 통과한 뒤에 오는 것이라야 진짜입니다.

일곱 번째는 연정화기(煉精化氣) 단계를 말합니다. 두 번째인 소주천 단계에서 이 과정을 마치는 사람들이 간혹 있기는 하지만 내 경험에 의하면 일곱 번째 단계에서 연정화기는 제대로 정착이 된다고 봅니다.

여덟 번째는 연기화신(煉氣化神)의 단계입니다. 생체 에너지인 기가 정신 에너지인 신(神)의 단계로 승화되는 것을 말합니다. 초견성의 단계이기도 합니다. 이 단계에서는 명상 중에 여러 가지 빛이나 화면이 보입니다. 무엇인지 구분을 할 수 없는 것이 있는가 하면 뚜렷한 광경이 보이기도 합니다. 형상이 뚜렷한 화면이 보일 때는 무엇일까 하고 의문을 품고 그것을 화두로 삼아 관찰을 하면 어느 순간에 직감으로 해답이 나오기도 합니다. 인물상이었다면 전생의 자신의 한 모습일 수도 있고 아니면 전생의 부모나 배우자나 형제자매일 수도 있습니다. 명상 중에 보이는 여러 가지 빛깔 중에서 청색은 목기, 붉은 색은 화기, 노란색은 토기, 흰색은 금기, 검은색은 수기입니다."

아홉 번째는 견성의 단계입니다. 다시 말해서 진리의 참모습을 체험하는 단계를 말하죠. 이것은 말이나 글로 표현하기는 지극히 어려운 일이고 수련자 자신이 직접 겪어보아야 합니다. 수련자 자신의 몸과 기와 마음 즉, 인격이 이 순간에 완전히 바뀌어 버리기 때문입니다. 이 순간부터 세상과 우주를 보는 마음과 눈이 완전히 달라집니다. 어떻게 달라지느냐 하는 것은 겪어 본 사람이 아니면 알 수가 없게 되어 있습니다.

이것은 지식으로 알아내는 시험 문제의 해답과 같은 차원이 아니고 존재 자체가 송두리째 변혁을 일으키는 일이기 때문입니다. 그러나 견성은 완전한 해탈은 아닙니다. 문자 그대로 진리를 보았을 뿐이죠. 해탈을 할 수 있는 씨를 잉태했을 뿐 그 씨가 완전히 개화하여 열매를 맺는 것은 아닙니다. 이것을 불교에서는 혜해탈(慧解脫)이라고 합니다. 머리로만 깨달았다는 말이죠. 그러나 이때부터 수련자 자신의 의지에 따라 수련의 향방은 결정되게 되어 있습니다. 견성은 했지만 수많은 생을 거쳐 오면서 형성된 습기(習氣)와 아상(我相)은 아직 그대로 남아 있기 때문입니다.

열 번째가 완전한 해탈을 하는 단계입니다. 보림(保任)을 통하여 혜해탈이 정해탈(定解脫)로 바뀌어 가는 과정을 말합니다. 지혜의 눈이 열리고 습기와 아상이 하나하나 단계적으로 파괴되어 나가는 과정이기도 하죠. 다시 말해서 성통공완을 말합니다."

"그런 것은 우리들에게는 너무나 아득한 미래의 일 같습니다. 그보다도 여난옥 씨는 어떻게 했기에 그렇게 빨리 빙의굴을 통과할 수 있게 되었는지 나름대로의 비결이 있으면 이 자리에서 후진들을 위해서 좀 발표해 주실 수 없을까요?"

"제가 석 달 전에 도장을 하나 개설했으면 한다고 말했더니 선생님께서 수련을 좀더 해야 된다고 하셨습니다. 그때 선생님은 적어도 일주일에 한 번씩 등산을 하되 적어도 다섯 시간은 걸리는 코스를 택하여 사지를 다 움직일 수 있는 좀 격렬한 등산을 하라고 하셨습니다. 그리고 등산 안 하는 날은 매일 새벽에 일찍 일어나서 적어도 5킬로씩 달리기를 하고 도인체조는 하루에 30분씩 필수적으로 하라고 하셨습니다. 제깐에는 시키는 대로 착실히 했죠. 그렇게 두 달을 꾸준히 하고 나니까 아까 말한 바와 같은 기몸살이 온 거예요. 그 기몸살을 고비로 지금은 빙의령에 대해서는 자신감을 갖게 되었습니다."

"그렇게 해서 빙의굴을 일단 통과했다고 해서 몸공부를 게을리하면 꼭 큰 대가(代價)를 치르게 됩니다. 어떤 대가인지 아세요?"

"글쎄요 어떤 대가일까요?"

"반드시 비만이라는 만만치 않은 대가를 치르게 됩니다. 잘 아시다시피 비만은 만병의 근원이 아닙니까? 선도 수련자라고 해서 자연의 법칙에서 예외일 수는 없습니다."

"선생님께서 그렇게까지 강조하지 않으셔도 등산과 새벽 조깅과 도인체조는 죽을 때까지 계속할 작정입니다."

"어디 두고 봅시다. 어쨌든 우리집에 출입하는 수련자 중에서 빙의굴을 통과한 사람이 여섯이 태어났다는 것은 정말 축하할 일입니다. 지금 이 자리에는 그들 여섯 사람의 뒤를 바짝 쫓아가는 사람들이 6, 7명은 됩니다. 그분들도 지금과 같은 정성을 계속 수련에 쏟는다면 미구에 빙의굴이라는 난관을 통과하게 될 것입니다."

가짜 깨달음

1994년 7월 18일 월요일 24~34℃ 구름 약간

오후 2시 이후에 6명의 수련생이 찾아왔다. 그중에는 경북 L경찰서에서 근무하다가 몸이 약해서 1년간 휴직을 하고 있다는 30대 중반의 정병호 씨도 끼어 있었다. 그가 좌선을 하다가 입을 열었다.

"선생님 저는 대학에 다닐 때부터 참선에 관심이 있었습니다. 그래서 군대생활 중에도 파견근무를 할 때 좀 한가한 시간이 나면 늘 참선에 전념해 왔습니다."

"참선을 할 때 화두를 잡았습니까?"

"네, 이뭐꼬 화두를 늘 잡고 있었습니다. 시간만 나면 가부좌를 틀고 앉아서 조금도 흐트러짐이 없이 이뭐꼬 화두를 잡았죠. 그렇게 참선에 전념한 보람이 있었는지 어느 날 밤, 전우들이 잠든 뒤에 홀로 일어나 앉아서 이뭐꼬 화두를 계속 붙잡고 있다가 갑자기 눈앞이 환해지면서 이 세상 만물만생이 결국은 몽환포영(夢幻泡影)이라는 것을 문득 깨닫게 되었습니다.

불경에 보면 이런 경지에 오른 것을 보고 초견성이라고 하더군요. 그런데 제대를 하고 경찰에 투신하여 순경이 되어 4년간이나 근무하는 과정에도 늘 참선을 잊지 않고 있었는데도 이렇다 할 까닭도 없이 몸은 점점 날이 갈수록 쇠약해지고 빙의령이 한번 들어오면 몇 달씩 떠나지 않고 계속 애를 먹입니다.

그러다가 우연히 어떤 도우의 소개로 『선도체험기』를 읽게 되었습니다. 이 책을 읽고 나니 지금까지의 제 수련에 무슨 잘못이 있었던 것 같은 느낌이 들었습니다. 선생님의 권고대로 오행생식을 시작한 지도 6개월이 되었는데도 아직 뚜렷한 변화가 없습니다. 왜 그런지 선생님의 고견을 좀 듣고 싶습니다."

"참선 중에 갑자기 눈앞이 환해지면서 삼라만상이 몽환포영이라는 것을 깨달았다고 했습니까?"

"네."

"그런 깨달음이 왔는데도 빙의령이 한번 들어오면 몇 달씩 나가지 않고 애를 먹인다고 했습니까?"

"네."

"그리고 몸도 날이 갈수록 자꾸만 쇠약해졌다는 말이죠?"

"네."

"그렇다면 그것은 제대로 된 깨달음이 아닙니다. 머릿속으로만 깨달은 겁니다. 이렇게 머릿속으로만 깨달은 것을 혜해탈(慧解脫)이라고 불교에서는 말하더군요."

"그럼 어떤 것이 제대로 된 깨달음입니까?"

"머리로만 깨달을 것이 아니라 몸도 기도 같이 깨달아야 합니다. 혜해탈은 머리로는 환히 다 알고 있는데 몸이 말을 듣지 않는 경우입니다. 권투시합을 관람하는 관객은 자기가 응원하는 선수가 고전을 하고 있을 때, 어떻게 상대를 가격해야 된다는 것을 환히 알고 있건만 그대로 안 되는 걸 보면 안타깝기 짝이 없습니다.

그러나 그 관객이 막상 링 위에 올라가면 제대로 권투를 할 것 같습니까? 어림도 없습니다. 머리로만 깨닫는 것은 이 관객의 경우와 같습니다. 머리로는 환히 알고 있으면서도 행동이나 기량이 따르지 않는 상태, 이것이 바로 혜해탈입니다. 낟알도 맺지 못하고 웃자라기만 한 곡식 포기와도 같습니다. 그래서 자꾸만 몸이 허약해지는 겁니다."

"운전면허 필기시험에만 합격해 놓고 운전면허를 다 딴 것처럼 생각하는 것과 같군요."

"아주 적절한 표현입니다. 조작 기술도 없이 운전대만 잡았다고 할 때 어떤 현상이 벌어지겠습니까? 사고날 확률이 많아질 것은 뻔한 일이 아닙니까?"

"과연 그렇겠는데요. 그럼 어떻게 해야 됩니까?"

"가짜 해탈에 머물지 말고 진짜 해탈을 해야 합니다. 진짜 해탈을 불교에서는 정해탈(定解脫)이라고 하더군요. 정해탈을 하면 몸이 쇠약해질 리가 없고 빙의령이 오래 머물러 있을 리가 없습니다. 어떤 구도자가 수련이 제대로 되고 있는가의 여부를 측정할 수 있는 가장 확실한 기준이 있는데, 그게 무엇인지 아십니까?"

"모르겠는데요."

"들어온 빙의령을 제때 제때에 천도시킬 수 있느냐 없느냐를 보면 금방 알 수 있습니다. 입으로는 성통공완에 득도까지 했다고 떠드는 사람이 있습니다. 그런 사람을 유심히 살펴보면 빙의가 되어 있는 경우가 대부분입니다. 이것을 보고 그 사람의 수련 정도를 알 수 있습니다. 이런 가짜 도인은 자기보다 낮은 수준에 있는 사람들은 얼마든지 속일 수 있지만 그 자신보다 수련이 높은 사람은 속일 수 없습니다. 그래서 가짜 도인은 언제나 진짜 도인을 피하게 되어 있습니다. 맹종자를 시켜서 뒤에서 음해를 꾀할망정 절대로 직접 나서서 정면 도전을 해오지 않습니다. 승산이 없다는 것을 뻔히 알기 때문입니다."

"선생님 그럼 저는 어떻게 해야 제대로 수련을 할 수 있겠습니까?"

"『선도체험기』를 23권까지 읽었다면 이미 그 요령을 알고 있을 텐데요."

"그래도 선생님한테서 직접 지도를 받고 싶습니다."

"지금까지 정병호 씨는 머리로만 수련을 해 왔기 때문에 지식으로 가짜로 깨닫기는 했지만 진짜로 깨닫지는 못했습니다. 따라서 가짜를 진짜로 바꾸기만 하면 됩니다. 머릿속으로 꿈만 꾸지 말고 몸과 기(氣)가 같이 따라가도록 하십시오. 그러기 위해서는 몸공부와 기공부를 반드시 마음공부와 조화를 이루어 병행시켜 나가야 합니다.

적어도 일주일에 한 번씩은 다섯 시간쯤 걸리는 등산을 해야 합니다. 손발을 다 같이 움직이는 격렬한 등산을 해야 합니다. 그리고 등산 안 하는 날에는 새벽에 일찍 일어나 달리기를 적어도 5킬로씩 하십시오. 게다가 등산하는 날을 빼고는 하루에 꼭 2, 30분씩 도인체조를 해야 합니다. 오행생식을 생활화하면서 이제 말한 바와 같은 몸공부를 꾸준히 밀고 나가면서 단전호흡을 해야 합니다.

단전호흡은 기공부의 핵심입니다. 정병호 씨는 아직 백회도 열리지 않았습니다. 부지런히 기공부를 해서 백회가 열릴 수 있을 정도가 되어야 합니다. 기공부도 10단계를 밟아서 차례차례 뚫고 나가야 합니다. 그럼 마음공부는 어떻게 해야 하는가? 무조건 처음부터 이뭐꼬 화두에만 매달려 있을 것이 아니라, 일상생활 그 자체가 화두가 되어야 합니다. 일상생활에서 일어나는 문제를 화두로 삼아 해결해 나가라는 말입니다. 나는 이것을 화두라기보다 관찰이라고 부르고 있습니다.

몸공부, 기공부, 마음공부가 반드시 삼위일체가 되어야 진짜 깨달음을 얻을 수 있습니다. 이 세 가지 수련이 완전히 조화를 이루지 못하고 세 가지 중 어느 한 가지나 두 가지만 고집해도 수련은 헛돌게 되어 있습니다. 진흙 속에서 바퀴만 헛돌아가는 것이 가짜 깨달음이죠. 바퀴만 헛돌 것이 아니라 바퀴가 돌면서 차도 같이 움직여야만 합니다. 바퀴만 헛돌아가는 입만 까진 사람은 얼마든지 있습니다."

1994년 7월 19일 화요일 26~35℃ 구름 조금

오후 1시 정각. 집필을 마치고 점심을 든 후 소파에 앉아서 쉬고 있다가 깜빡 잠이 들었다. 예정보다 이틀 연장된 김일성 장례 치르는 날이어서 일까? 돌연 유리관 속에 들어 있는 김일성의 시신이 클로즈업되더니 평소의 그의 모습이 나타났다. 마치 잘 아는 사이라도 되는 듯.

"아니 도대체 당신 어떻게 된 거요? 민족상잔(民族相殘)의 전쟁을 일으키고 그렇게도 많은 사람들을 희생시키고 우상화 작업으로 주민 전체를 맹종자로 만들고 그게 어디 사람이 할 짓이요?" 하고 내가 힐난하듯 따지고 들자,

"너무 그러지 마시오. 나도 내가 맡은 역할을 다했을 뿐이오. 무슨 업장 때문인지 모르지만 하필이면 내가 왜 그런 악역을 맡아야 했는지

나도 잘 모르겠소."

이 한마디에 내가 평소 그에게 품고 있던 못마땅했던 감정이 불에 닿은 엿가락처럼 녹아버리는 것을 느꼈다. 인생은 한바탕 연극이라더니 정말 그렇단 말인가? 그렇다면 그가 자신이 맡은 악역을 수행하느라고 그런 못된 짓만을 골라서 했단 말인가? 내가 미처 결론을 못 내리고 어리둥절해 하고 있는 사이에 그는

"난 이제 떠나봐야겠소. 누가 그러는데 꼭 들렀다 가라기에 찾아 왔을 뿐이오."

"일을 이렇게 엉망으로 만들어놓고 그냥 떠나버리면 어떻게 할 거요?"

"죄값을 뒤늦게나마 치르려고 했지만, 갑자기 위에서 오라고 독촉이 추상같으니 난들 어떻게 하겠소."

이렇게 말하면서 그는 표표히 사라져 갔다. 그의 쓸쓸한 뒷모습을 물끄러미 바라보고 있는데, 요란한 전화벨 소리가 울렸다.

서재에 있는 전화기 앞으로 가서 송수화기를 집어들었다.

"아니 뭘 하느라고 전화를 그렇게 늦게 받는 거예요?"

아내가 직장에서 거는 전화였다.

"난 벨소리 울리자마자 금방 받았는데."

"금방이 뭐예요. 벌써 열 번도 더 울렸다구요."

"그랬나?"

"집안에 별일 없죠?"

"아무 일 없어요."

"그럼 끊어요. 전화기 잘 내려놓으세요."

인생이 한바탕 연극이라면 무대에서 죽음을 당하는 사람은 그 장면만 끝나면 곧 되살아나서 다른 역할을 맡는다는 말이 된다. 죽음 속에 삶이 있는 것이 진리인 이상 당연한 일이다. 따라서 극악한 독재자라고 해서 그에게 증오심을 갖는다는 것은 무의미한 일이다. 단지 그의 미망을 일깨워주는 것이 동시대인의 사명이다. 악을 저지르는 것도 하나의 역할이라면 그것을 막는 것도 또 다른 역할이 될 수밖에 없다.

그렇다면 누가 인간에게 그러한 역할을 맡길까? 톨스토이가 말한 대로 역사의식일까? 아니면 하늘의 뜻 또는 섭리일까? 역사의식이니 하늘의 뜻이니 섭리니 하는 것은 결국 같은 뜻이다. 인간이 섭리와 대립적인 위치에 있거나 아니면 섭리를 모르고 있다면 언제나 섭리의 부림을 당할 수밖에 없다. 섭리의 노예가 되어 악역을 맡느냐 섭리 자체가 되느냐 하는 것은 인간의 의지에 달려 있다.

구도에 전력투구하여 마침내 자기 자신이 섭리의 일부임을 깨달은 사람은 더이상 섭리의 부림을 당하지 않아도 된다. 자기 자신이 섭리 그 자체임을 깨달은 사람은 자성의 쓰임에 따라 어떠한 형상을 취하고 있든지 간에 역사의 주인이다. 더이상 부림을 당하지 않고 부리는 입장에 서기 때문이다.

1994년 7월 22일 금요일 25~34℃ 구름 조금

오후 2시. 오늘도 여전히 35도의 찜통더위가 맹위를 떨치고 있다. 이런 무더위 속에서도 네 명의 수련생이 찾아와서 수도에 열중하다가 시국 문제를 토론했다.

"선생님, 이런 때 우리 같은 구도자는 어떻게 하는 것이 좋겠습니까?"

"자기가 할 일을 더욱 열심히 하는 길밖에 뭐가 있겠습니까?"

"하긴 그렇군요."

"마조(馬祖)의 말대로 평상심(平常心)이 곧 도(道)니까요. 이런 전환기일수록 마음 흔들리지 말아야죠. 그러면서도 어떠한 외부의 변화든지 마음속에 수용할 수 있어야 합니다. 그리고 그것을 지그시 관찰할 수 있는 여유를 확보해야 합니다. 들뜨게 되면 그만큼 도와는 멀어지게 됩니다. 그래야만이 섭리에 지배당하거나 이끌려 다니지 않고 그 섭리의 주류를 탈 수 있습니다."

"선생님 그런 의미에서 저는 수련에 대해서 좀 문의하고자 합니다. 괜찮겠습니까?"

정병호 씨가 말했다.

"괜찮습니다."

"선생님 저는 정좌 수련 중에 뭐라고 할까? 거대한 생명의 덩어리 같은 것이 바로 제 머리 위쪽에 떠 있는 것을 느꼈습니다. 이건 무슨 현상입니까?"

"그 머리 위에 떠 있는 생명의 덩어리에서 기운을 느꼈습니까?"

"아뇨. 아직은 기운을 못 느끼고 있습니다. 오늘로 여섯 번째 선생님을 찾아 왔는데요. 그전까지는 통 기운이라는 것을 느껴보지 못하다가 요즘은 노궁과 용천에는 약간씩 짜릿한 느낌이 있습니다."

"정병호 씨는 그전에 참선을 한 일이 있다고 했죠?"

"네 그전에 한 3년간 참선을 했습니다."

"요즘도 합니까?"

"단전호흡을 하다가 참선을 하다가 그렇게 반반씩 섞어서 합니다."

"그럼 요즘도 참선 중에 이뭐꼬 화두를 잡습니까?"

"네. 습관이 되어 있어서 자연히 그렇게 됩니다."

"정병호 씨는 이제 기운을 조금씩 느끼기 시작했습니다. 그러나 아직은 노궁과 용천에만 느끼는 극히 초보적인 단계에 지나지 않습니다. 이제 좀더 깊이 들어가면 하단전에도 기운을 느끼게 됩니다. 하단전에 기운의 방이 형성되고 충분한 축기가 이루어지면 중단전과 상단전에도 축기가 되어 그곳에서도 기운을 느끼게 됩니다. 그렇게 되면 소주천이 자연스럽게 형성되고 뒤이어 백회까지도 열려 대주천 수련이 정착하게 됩니다.

수식(數息), 상수(相隨), 지(止), 관(觀)을 거쳐 백회가 열리고 삼매에 들기 전까지는 이뭐꼬 화두를 잡지 않는 것이 좋습니다. 삼매경에 들기 전에 이뭐꼬 화두를 잡는 것은 진흙탕에 빠진 자동차가 바퀴만 헛돌리는 것과 같습니다. 그러나 대주천을 통해서 피부호흡을 하고 삼매에 들 수 있게 되면 기운을 타게 됩니다. 기운을 탄다는 것은 진흙탕속에 빠져서 헛돌던 자동차 바퀴가 마른 땅 위로 빠져 나와 도로를 정상적으로 달리는 것과 같습니다.

이렇게 되려면 몸공부, 기공부, 마음공부가 삼위일체가 되어야 합니다. 승유지기(乘遊至氣)한 상태에서 화두를 잡아야 비로소 공부가 제대로 자리를 잡게 되고 화두만 겉돌아가는 일이 없어지게 됩니다. 이뭐꼬 화두를 10년을 잡고도 아무런 깨달음을 얻지 못하고 20년, 30년을 잡고도 맨날 그 타령이라면 이거야말로 잘못되어도 크게 잘못된 겁니다. 그러나 대단히 유감스러운 일이지만 지금도 산속 깊은 선방에서 열심히 참선을 하는 선승들의 대부분이 화두만 헛돌리는 엉터리 공부를 하고 있습니다.

그래서 아까운 청춘을 10년 동안이나 바쳐가면서 참선을 하던 젊은 이가 깨달음은커녕 병만 잔뜩 키워가지고 어쩔 수 없이 살기 위해서 환속하지 않을 수 없는 딱한 이야기를 쓴 책이 한때 시중에 큰 화제가 되었던 일도 있었습니다. 기운을 타지 않은 채 화두만 잡는 것은 마치 세계 일주에 나선 사람이 순전히 두 발로 걷는 것을 고집하는 것과도 같습니다.

기를 타면서 화두를 잡는 것은 자동차든 비행기든 선박이든 무엇이든지 이용하는 것을 말합니다. 몸공부와 기공부를 깡그리 외면했기 때문에 그 이야기의 주인공은 참선에 실패하고 병까지 얻고 환속에 이어 결혼을 하여 범부가 된 것을 억압당했던 인간의 자유를 크게 성취한 것처럼 알고 있었던 겁니다.

그러나 몸공부, 기공부, 마음공부를 조화롭게 실천할 수 있다면 구태여 출가까지 단행하여 눈물을 뚝뚝 흘리면서 머리를 깎을 필요도 없고 답답하게 승복만을 입을 이유도 없습니다. 진정한 출가는 마음이 하는 것이지 몸이 하는 것은 아니기 때문입니다. 몸만의 형식적인 출가는 언제든지 실패할 수 있지만, 마음의 출가는 실패할래야 할 수가 없습니다. 마음이 모든 것을 다 지배하기 때문입니다."

"선생님, 저 혹시 초견성을 한 거 아닙니까?"

"그런 생각을 하는 것 자체가 욕심과 이기심을 버리지 못했다는 증겁니다. 눈앞을 가린 것이 많아서 진리를 보지 못하니까 그런 말이 나오는 겁니다. 정말 견성을 했다면 그런 식의 질문이 나올 수가 없습니다. 걸음마를 간신히 타던 애기가 힘이 생겨서 달리기를 할 수 있게 되면 그저 달릴 뿐이지 내가 달리고 있느냐고 새삼스럽게 물을 필요가 있겠습니까?

올챙이가 개구리가 되었으면 자기도 모르게 올챙이 적 생활을 청산하고 개구리로서의 새로운 삶을 살 뿐이지 내가 개구리가 되었느냐고 누구에게 확인을 받으려고 하지 않습니다. 올챙이에서 개구리가 된 것은 자기 자신이 묻지 않아도 남들이 다 인정해 주게 될 것입니다. 견성한 사람은 내가 견성했느냐고 묻지 않습니다. 남들이 그의 행동거지를 보고 그렇게 인정해 줍니다.

일단 올챙이에서 개구리가 되었으면 올챙이로 다시 되돌아갈 수는 없습니다. 견성을 하고 해탈을 하고 성통한 사람은 개구리가 올챙이로 되돌아 갈 수 없는 것과 같이 그 이전으로 되돌아갈 수는 없습니다. 그것은 스스로 그것을 인정하든 말든 남이 알아주든 말든 상관없이 이미 그렇게 탈바꿈된 상태로 살아갈 뿐입니다.

깨달은 사람은 그저 깨달은 상태로 유유자적하며 살아갈 뿐이지 구태여 자기가 깨달았다는 것을 인정받으려고 하지 않습니다. 소경이 눈을 떴으면 눈 뜬 사람으로 생활하면 되지 구태여 남들이 그것을 인정해 줄 것을 원할 필요가 어디에 있겠습니까? 남들이 인정을 하든 말든 눈 뜬 사람의 삶을 살면 그것으로 그만입니다. 남에게서 인정을 받아야겠다고 생각하는 것 자체가 어리석음을 스스로 폭로한 겁니다.

견성한 사람은 천상천하 유아독존(天上天下唯我獨存), 삼세개고오당안지(三世皆苦吾當安之)할 것이고 누가 뭐라고 하든 말든 제 홀로 무소의 뿔처럼 자기 삶을 당당하게 개척해 나갈 뿐이지 누구의 눈치 따위는 보지 않습니다. 볼 필요도 없구요. 견성했느니, 깨달았느니, 성통을 했느니, 해탈을 했느니 하는 의식도 생각도 없이 자기도 모르게 진리와 하나가 된 삶을 살 뿐입니다."